ISBN 978-1-332-65645-5
PIBN 10366594

For support please visit www.forgottenbooks.com

1 MONTH OF
FREE
READING

at

www.ForgottenBooks.com

---◇---

By purchasing this book you are
eligible for one month membership to
ForgottenBooks.com, giving you
unlimited access to our entire
collection of over 1,000,000 titles via
our web site and mobile apps.

To claim your free month visit:

www.forgottenbooks.com/free366594

SAINT-DENIS. — TYPOGRAPHIE DE PREVOT ET DROUARD.

THÉOPHILE GAUTIER

CAPRICES

ET

ZIGZAGS

PARIS

VICTOR LECOU, ÉDITEUR

10, RUE DU BOULOI

1852

UN TOUR EN BELGIQUE.

1.

Avant de commencer le récit de ma triomphante expédition, je crois devoir déclarer à l'univers qu'il ne trouvevera ici ni hautes considérations politiques, ni théories sur les chemins de fer, ni plaintes à propos de contrefaçons, ni tirades dithyrambiques en l'honneur des millions au service de toute entreprise dans cet heureux pays de Belgique, véritable Eldorado industriel ; il n'y aura exactement dans ma relation que ce que j'aurai vu avec mes yeux, c'est-à-dire avec mon binocle ou avec ma lorgnette, car je craindrais que mes yeux ne me fissent des mensonges. Je n'emprunterai rien au Guide du voyageur, ni aux livres de géographie ou d'histoire, et ceci est un mérite assez rare pour que l'on m'en sache gré.

Ce voyage est le premier que j'aie jamais fait, et j'en ai rapporté cette conviction, à savoir, que les auteurs de relation n'ont pas seulement mis le bout du pied dans les pays qu'ils décrivent, ou que, s'ils y ont été, ils avaient, comme l'abbé de Vertot, leur siége fait d'avance. Diverses lettres sur la Belgique que j'ai lues depuis mon retour m'ont singulièrement étonné pour la dépense d'imagination et de poésie qu'on y a faite. Assurément je n'y ai pas reconnu la contrée ni les hommes que je venais de quitter.

A présent, si le lecteur curieux veut savoir la raison pour laquelle j'ai été en Belgique plutôt qu'ailleurs, je la lui dirai volontiers, car je n'ai rien de caché pour un être aussi respectable qu'un lecteur. C'est une idée qui m'est venue au Musée, en me promenant dans la galerie de Rubens. La vue de ces belles femmes aux formes rebondies, ces beaux corps si pleins de santé, toutes ces montagnes de chair rose d'où tombent des torrents de chevelures dorées, m'avaient inspiré le désir de les confronter avec les types réels. De plus, l'héroïne de mon prochain roman devant être très-blonde, je faisais, comme on dit, d'une pierre deux coups. — Voilà donc les motifs qui ont poussé un honnête et naïf Parisien à faire une courte infidélité à son cher ruisseau de la rue Saint-Honoré. — Je n'allais pas, comme le père Enfantin, en Orient chercher la femme libre, j'allais au Nord chercher la femme blonde, je n'ai pas beaucoup mieux réussi que le vénérable père Enfantin, ex-dieu, et maintenant ingénieur.

Vous savez avec quelle difficulté un Parisien s'arrache de Paris, et comme la plante humaine pousse de profondes racines à travers les fentes de son pavé. Je restai bien trois mois à me décider à ce voyage de quinze jours. Mon paquet fut fait et défait dix fois, et ma place retenue à toutes les diligences; j'avais dit je ne sais combien de fois adieu aux trois ou quatre personnes que je croyais capables de s'apercevoir de mon absence ; ma sensibilité souffrait beaucoup de la répétition de ces scènes pathétiques, et je commençais à avoir mal à l'estomac, à force de boire le coup de l'étrier ; enfin un beau matin, ayant changé un assez gros tas de pièces de cent sous contre un fort petit tas de louis, je me pris au collet moi-même, et je me mis à la porte de chez moi, en enjoignant au camarade que j'y laissais, de me tirer dessus comme - sur un loup enragé si je m'y représentais avant trois semaines, et je m'en allai à la fatale rue du Bouloi où était la voiture.

Il est clair que le départ d'un ami doit affecter douloureusement les âmes sensibles ; et pourtant, si vous restez après avoir annoncé un voyage, quelque chose qui ne ressemble pas mal à un mécontentement commence à se produire dans votre entourage ; il semble que vous ne soyez plus en droit de prendre le pont des Arts pour un sou et le pont Neuf pour rien. Votre portier, lorsque vous rentrez, ne vous tire le cordon qu'à regret ; Paris vous pousse par les épaules, et votre propre chambre vous regarde comme un intrus. C'est ce qui m'arriva pour avoir dit que j'allais à Anvers. La divinité *que j'adore*, tout en convenant que ces trois semaines lui paraîtraient fort longnes, me faisait remarquer que j'aurais dû être parti depuis longtemps.

Si vous allez en Belgique, et que vous ayez des amis lettrés, l'inconvénient est double. Rapportez-moi mon dernier roman, ou mon volume de poésies, un Hugo, un Lamartine, un Alfred de Musset, un Manuel du libraire (4 vol. in-8°, excusez du peu). Vous aurez bien soin de les couper, car sans cela on les saisirait à la douane ; et

que sais-je, moi! des listes de trois pages, plus longues
que la liste de don Juan ! *Sono Mille e trè*, et encore personne n'a la délicatesse de vous offrir une bourse pleine
et une malle vide pour rapporter tout ce bagage.

Mon père, qui m'accompagna à la diligence, se com-
porta fort bien dans cette suprême circonstance ; il ne me
pressa pas sur son cœur, il ne me donna point sa bénédic-
tion, mais aussi il ne me donna rien autre chose. Ma
conduite fut également très-mâle : je ne pleurai point ;
je n'embrassai point le sol de cette belle France que j'allais quitter, et même je fredonnai assez gaiement et aussi
faux qu'à mon ordinaire, un petit air qui est mon *lilla
burello* et mon *tirily;* mais tout mon courage m'aban-
donna quand je vis arriver mes deux compagnons, ou
plutôt mes deux compagnes de voyage : c'étaient deux
femmes de vingt-neuf à soixante ans, avec des chapeaux
extravagants, des manches violentes, des frisures hors de
proportion, des nez insociables, et le plus cannibale, et le
plus odieusement criard de tous les perroquets verts mé-
langés de rouge, qui ait jamais fait le désespoir d'un
honnête homme, prisonnier dans un coupé. A cette vue,
mon sourcil

Prit l'effroyable aspect d'un accent circonflexe,

et je me sentis le cœur triste jusqu'à la mort. Fort heureusement, je trouvai une autre place dans l'intérieur,
ainsi que mon brave camarade Fritz, dont je ne vous ai
pas encore parlé et dont je vous parlerai plus d'une fois,
car c'est le meilleur fils du monde. La voiture partit, et,
arrivés à la barrière de la Villette, nous pûmes dire
comme J. J. Rousseau : Adieu Paris, ville de boue, de
fumée et de bruit.

Comme les abords de la reine des villes sont misérables ! Il n'y a rien de plus pauvre au monde que ces maisons dont les flancs, mis à nu par la démolition des bâtiments voisins, conservent encore la noire empreinte des tuyaux de cheminée, des lambeaux de papier, et des restes de peinture à demi effacée, et que tous ces terrains vagues coupés de flaques d'eau, et bossués de tas d'ordures, que l'on voit aux environs des barrières : cette dégradation et cette saleté me furent sensibles surtout au retour, accoutumé que j'étais à la propreté et à la bonne tenue des villes flamandes.

Fidèle à mes devoirs de voyageur pittoresque, je mis le nez à la portière pour voir un peu de quelle façon se comportait la nature à ma droite et à ma gauche. J'observai d'abord une grande quantité de troncs d'arbres que je renoncerai à décrire un à un, vu que cela pourrait à la longue devenir un peu monotone ; ces troncs d'arbres, dont je ne pouvais apercevoir le feuillage, galopaient de toute la vitesse des chevaux et fuyaient comme une armée de bâtons en déroute. A travers cette espèce de grillage mouvant, apparaissaient des terres labourées, des cultures de teintes différentes, quelques petites maisons, avec un filet de fumée, des processions de peupliers, des groupes d'arbres à fruit, et, tout à l'extrême bord, un ourlet bleu, haut de deux doigts ; puis, par-dessus, de grands bancs de nuages gris-pommelé, avec des traînées d'azur verdâtre à de certains points du ciel, et des entassements de flocons neigeux, comme une fonte de glace dans une des mers du pôle. Le ciel était très-beau, grassement peint, d'une touche large et fière ; quant aux terrains, je les ai trouvés beaucoup moins bien réussis ; les lignes étaient froides, la couleur sèche et criarde : je ne conçois pas comment la nature pouvait avoir l'air aussi peu naturelle et ressembler autant à une mauvaise tenture de salle à manger. Je ne sais si l'habitude de voir des tableaux m'a faussé les yeux et le jugement, mais j'ai éprouvé assez souvent une sensation singulière en face de la réalité ; le paysage véritable m'a paru peint et n'être, après tout, qu'une imitation maladroite des paysages de Cabat ou de Ruysdaël. Cette idée me revint plus d'une fois en voyant se dérouler dans la vitre ces interminables rubans de terre couleur chocolat et ces files d'arbres du plus délectable vert épinard que l'on puisse imaginer.

Il est certain qu'un peintre qui risquerait de pareils feuillages et de semblables terrains serait accusé par tout le monde de ne pas faire *nature ;* tout cela était découpé comme à l'emporte-pièce, avec une crudité, une dureté et un manque de perspective aérienne inconcevables : les décorations du *Gymnase,* où l'on voit de grands gazons en manière de tapis de billard, avec des allées café au lait et des maisons qui ont l'air d'avoir mis des pantalons de nankin, ressemblent à la nature beaucoup plus qu'on ne le croit.

Voilà pour la couleur ; pour la forme, figurez-vous je ne sais combien de lieues de bandelettes, dans le genre de ces dessins transversaux lithographiés par Arnout, qui représentent les quais ou les boulevards, il n'y a pas de comparaison plus juste.

A une espèce de descente assez rapide, je remarquai sur les bords du chemin une certaine quantité de petites croix d'un aspect passablement sinistre, et l'on m'apprit que ces croix marquaient les endroits où de pauvres postillons s'étaient tués en tombant de cheval, et où la diligence avait versé avec une grande perte de commis-voyageurs et

autres ustensiles ; explication qui fit jeter les hauts cris à
une manière de femme d'un âge désagréable ornée de
deux yeux charbonnés, d'un nez pudiquement rouge, et,
pour moyen de séduction principal, de trente-deux dents
d'un ivoire jaunâtre, longues et larges comme des manches
de couteaux, et de l'aspect le plus formidable du monde.
Cette intéressante jeune personne, qui déployait de profondes connaissances stratégiques et paraissait connaître
intimement l'armée française, se tenait accroupie dans un
angle de la voiture, entourée de toutes sortes de sacs et de
poches contenant des vaisselles inconnues qui rendaient
des bruits étranges à chaque cahot de la voiture. De dix
minutes en dix minutes, elle s'évanouissait avec une régularité qui eût fait honneur à la montre la mieux réglée.

Puisque j'ai ébauché ce portrait, pour que la collection
soit complète je vais donner ici la description succincte du
reste dela carrossée. — Premièrement, un grand vieillard,
maigre comme un lézard qui a jeûné six mois, et pour
ainsi dire momifié, si sec, que s'il eût mouché la chandelle
avec ses doigts, il se serait infailliblement allumé. Son
front peaussu avait plus de fossés et de contrescarpes
qu'une ville fortifiée à la Vauban. Ses joues flétries et
traversées de fibrilles écarlates ressemblaient à des feuilles
de vigne grillées par la gelée ; et sa bouche noire, dans sa
figure terreuse, représentait assez bien une ouverture de
tirelire. Ce témoin des anciens jours, ce contemporain du
monde fossile, sans crainte de faire *rougir* ses cheveux
blancs, se livrait aux facéties les plus anacréontiques, et
racontait ses bonnes fortunes aux époques reculées où il
avait dû fleurir ; il ne tarissait pas ;

Près de lui, non, Hercules
Et Jupiter n'étaient que des fats ridicules.

Sa principale histoire consistait en un amour qu'il avait eu pendant la révolution pour une déesse de la Liberté, qui était fort *libertine*, jeu de mots qu'il semblait affectionner beaucoup ; il la répéta cinq ou six fois de cinq à six manières différentes. Je pense que la vérité ne se trouvait dans aucune de ces versions.

Secondement, — certain être excentrique et mystérieux à qui je ne pus d'abord assigner de profession ; il était vêtu d'une façon bizarre : sa redingote prétentieusement coupée, d'une étoffe luisante, avait des reflets métalliques très-singuliers ; on eût dit qu'il sortait de la rivière ou qu'il venait de recevoir une ondée. Une petite casquette toute recroquevillée se dandinait, sans perdre l'équilibre, sur sa petite tête toute bossuée et pleine de protubérances. Le pantalon était insignifiant ; mais les bottes me parurent douteuses, pour ne pas dire suspectes. Je n'ai jamais vu une plus drôle de physionomie ; un sourcil crochu, et placé beaucoup plus haut que l'autre, lui donnait quelque chose d'effaré et d'extravagant dont l'effet comique ne peut que difficilement se rendre. Son nez semblait un coin que l'on eût fait entrer de force au milieu de sa figure ; son menton avait été taillé à coups de hache par la négligente nature, et du milieu de son cou, laissé à découvert par une cravate très-basse, s'avançait un énorme cartilage qui eût fait dire aux bonnes femmes qu'un fameux quartier de la pomme fatale s'était arrêté à sa gorge, et qu'il ne pouvait pas se défendre d'en avoir mangé. Des tics nerveux lui agitaient la face de temps en temps ; il roulait des yeux exorbitants, et brochait des babines comme un singe qui dit ses patenôtres tout bas. Cet homme avait, à coup sûr, posé pour le premier casse-noisette que l'on ait fait à Nuremberg : du reste, il ne sonnait mot. J'aurais cru que c'était un poëte qui cherchait une rime à *triomphe* et à *oncle*, tant il avait l'air profondément occupé. Mais la forme de ses mains ne me permit pas de m'arrêter à cette supposition purement gratuite. — On verra plus tard quel était ce personnage drolatique, qui semblait échappé d'un conte fantastique d'Hoffmann, et qui, en effet y eût tenu fort bien son rang.

Je ne vous ferai pas la topographie de mon illustre camarade, de peur d'offenser sa modestie et de violer son incognito. Vous y perdez beaucoup, car, dans cette heureuse expédition à la recherche du bouffon, ce que j'ai vu de plus bouffon, c'est très-certainement lui ; je vous dirai seulement qu'il ne jeta pas une fois les yeux sur le pays qu'il traversait, et qu'il employa tout son temps à lire *la Nouvelle Héloïse* ou *la Fleur des Exemples*, occupation on ne peut plus édifiante.

Vers la frontière du département de la Seine, on ouvrit la porte de notre ménagerie, et on y poussa un animal nouveau ; je n'en avais jamais vu de semblable : c'était un agréable Wallon avec la blouse patriotique et la casquette conforme ; cette chose en avait sous le bras une autre en fer-blanc, de figure oblongue, et d'un contenu ténébreux. Ce monsieur s'encaissa entre moi et le vieillard aux paroles légères, puis tira de sa poche un disque prodigieux que je pris d'abord pour une table de douze couverts, ou une meule de moulin, mais qui était véritablement une tabatière dont les deux charnières poussaient, en tournant sur elles-mêmes, des miaulements plus affreux que ceux de vingt chats écorchés vifs. La boîte de Robert Macaire est un harmonica en comparaison. Le Wallon puisait dans ce cratère des poignées de poudre dont il farcissait sa trompe en renâclant avec un bruit formidable, comme

Leviathan ou Behémoth quand ils éternuent ; mais n'an-
ticipons pas sur les relais et les événements.

La voiture roulait toujours, et nous arrivâmes bientôt
dans un village, un hameau ou un bourg, je suis profen-
dément incapable de vous dire lequel, dont les maisons
portaient, sans en excepter une, écrite sur le front, en
caractères de toutes les grosseurs, et avec toutes les fautes
d'orthographe possibles et impossibles, cette inscription
alléchante et fallacieuse : *A la renommée du ratafia.*
Comme on changeait de chevaux dans cet endroit, nous
descendîmes de notre juchoir, et nous allâmes vérifier
l'assertion en touristes pleins de conscience. Nous commençâmes par les épiciers de gauche, et nous finîmes par
ceux de droite, et, j'en jure par Hécate aux trois visages
et par le Styx infranchissable, c'est une affreuse déception :
figurez-vous quelque chose d'amer et de fade, un abominable arrière-goût de mélasse, comme du cassis tourné.
O voyageur trop confiant ! ne buvez jamais de ratafia à
Louvres ; que notre malheur ne soit pas inutile à l'humanité ! — Dans le même lieu, nous vîmes par compensation un Hôtel-Dieu gothique, avec des ogives à pointes de
diamant d'un caractère assez beau, et des mendiants si
bien vêtus et de si bonne mine, que nous fûmes tentés de
leur demander l'aumône.

Senlis, que nous laissâmes derrière nous, semblait nous
poursuivre en nous montrant le ciel avec le grand doigt
de son clocher. Hélas ! nous ne songions guère au ciel,
mais bien à la table d'hôte, car la faim, *malesuada,*
nous éperonnait furieusement, et nous commencions à
nous regarder avec des figures terribles, comme Ugolin
et ses fils dans la tour : et si nous n'étions pas arrivés
à Courtnay, lieu de la dînée, nous allions tirer au sort

pour savoir qui de nous serait mangé par les autres.

Que le lecteur ne regrette pas le temps que nous avons mis à décrire les habitants temporaires de cette petite ville à quatre roues que l'on nomme diligence ; la route n'avait exactement rien de curieux, la nature continuait à se moquer de moi et à garder ses airs de plan lavé ; c'étaient toujours des peupliers semblables à des arêtes de poisson, des cultures bariolées comme le livre d'échantillon d'un tailleur, des feuillages de fer-blanc peint, et un sol de sciure de bois, des arbres, de la terre, et du ciel comme toujours ; pas le moindre petit point de vue, pas le plus petit site — romantique et pittoresque.

Nous nous arrêterons ici, et nous laisserons l'imagination du lecteur se reposer sur une scène riante : qu'il se représente une grande table où rayonnaient sur une belle nappe blanche des constellations de plats et d'assiettes garnies ; plus, deux voygeurs enthousiastes, avec une douzaine d'autres voyageurs très-positifs, à qui leurs serviettes passées autour du cou donnaient l'air de héros grecs dans leur chlamyde de marbre, ressemblance que confirmait encore la mine belliqueuse avec laquelle ils brandissaient leurs armes offensives.

II.

O fallacieux aubergistes! vous, à qui l'on peut appliquer aussi justement qu'aux femmes le mot de Shakespeare : *Perfides comme l'onde*, Palforios machiavéliques, hôtes à double face, croyez-vous que, malgré mon apparente candeur, je ne me suis pas aperçu de votre diabolique invention, pour faire perdre à de malheureux voyageurs mourants de faim dix des précieuses vingt minutes accordées par l'implacable conducteur, pour prendre leur repas?

Je dénonce au monde ambulatoire et touriste cette exécrable ruse, d'autant plus dangereuse, qu'elle se présente sous la forme d'une belle soupière de porcelaine opaque, à filets bleus, remplie d'un potage suffisamment étoilé, ce qui éloigne d'abord toute méfiance; mais ce bouillon qui a plus d'yeux qu'Argus, a sans doute été fait dans la marmite du diable, avec un volcan pour fournèau, car il dépasse de plusieurs degrés la chaleur du plomb fondu, et bout encore dans l'assiette.'

Mon acolyte Fritz, plongeant d'une façon résolue sa tête luisante à travers les tourbillons de tiède fumée qui s'élevaient de cette mixture insidieuse, en prit une énorme cuillerée; du milieu de l'épaisse vapeur on entendit sortir un cri, et l'on vit bientôt le digne Fritz faisant une grimace horrible et tenant à la main comme un gant retourné les deux premières pellicules de sa langue.

Malgré notre faim plus que canine, instruits par ce fatal exemple, nous sommes forcés d'attendre et de laisser refroidir notre soupe, car, pour tolérer une pareille température, il faudrait avoir le palais doublé, cloué et chevillé en cuivre. Les aubergistes le savent bien, et ils calculent en conséquence; ce potage, si habilement maintenu à cent cinquante degrés centigrades, leur épargne trois ou quatre volailles, et leur sauve complétement le dessert. Ce retard était d'autant plus douleureux, que le plus goguenard des coucous, nous regardant avec les deux trous par où on le remonte, comme avec deux prunelles, semblait nous mépriser infiniment et nous poursuivre de son tic-tac ironique, qui nous disait en langage d'horloge : — L'heure coule, la soupe est toujours chaude.

J'en appelle à toutes les civilisations antiques et modernes, y a-t-il rien de plus noir?

Un autre inconvénient se présenta : quoique mon ami et moi, nous eussions tâché de n'être pas à table à côté d'une dame, de peur d'être obligés de nous montrer honnêtes et galants, chose fort ennuyeuse quand on veut dîner sérieusement, nous ne pûmes éviter qu'il s'en trouvât une à notre droite. — J'avoue que rien au monde ne me déplaît comme de donner à une inconnue, faite de façon à vous

faire estimer heureux de ne l'avoir jamais rencontrée, la
seule chose que je puisse manger d'un poulet, c'est-à-dire
l'aile et le blanc. Fritz, qui vit ma douleur, tourna habilement la difficulté, en prenant au passage de l'assiette
tout ce que le poulet pouvait avoir d'ailes. Par cette ma-
nœuvre savante, je ne pus offrir à la dame ni aile ni blanc,
Fritz les ayant confisqués d'autorité ; je pris par contenance un petit morceau de peau grillée, et la dame désap-
pointée n'eut pour sa part qu'une cuisse filandreuse et
sèche comme elle-même ; puis, le magnanime Fritz, fei-
gnant d'avoir eu plus grands yeux que grand ventre, me
repassa la moitié de sa capture : de cette façon je mangeai
l'aile, et je n'eus pas l'air malhonnête, et le beau sexe de
la diligence put garder une opinion favorable de moi.

    Voilà de ces actions dont on se souvient jusqu'au monu-
ment, et qui forment des amitiés indissolubles : Oreste et
Pylade, Énée et Achate, Thésée et Pirithoüs s'étaient sans
doute rendu de pareils services à table d'hôte. O amitié !
quoique M. Alexandre Dumas t'appelle dans Antony un
sentiment faux et bâtard, je te proclame ici une chose fort
agréable et supérieur à l'amour, sous le rapport des
ailes de poulet.

    Cette bataille entre les aubergistes et les voyageurs, que
l'on nomme dîner, s'étant terminée sans trop de désa-
vantages pour nous, grâce à notre expéditive férocité, l'on
nous remit en cage, et nous partîmes au grand galop.

    Le petit être excentrique, dodelinant la tête plus fort
que de coutume, grommelait entre ses dents : Le mauvais dîner, oh! mauvais en vérité! Puis il retombait en
rêveries. Après quelques grimaces nerveuses plus fantastiques les unes que les autres, il plongea sa main osseuse
dans une des poches de sa redingote, et en retira un por-

tefeuille trop volumineux pour être celui d'un poëte élégiaque ou d'un vaudevilliste. Il ouvrit son portefeuille, et tira d'un des goussets quelque chose de noir, qu'il se mit à observer d'un air de satisfaction indéfinissable. Bon! me dis-je en moi-même, c'est une boucle de cheveux de sa maîtresse; il paraît que c'est un amoureux; cependant, il a un drôle de nez et de singulières bottes.

J'aime les *amoureux*, en étant moi-même un,

et je le regardai d'une façon plus bienveillante sans doute, car il me tendit le petit chiffon noir qu'il tenait à la main, comme à quelqu'un qu'il jugeait digne de le comprendre; puis, il demeura coi dans son angle, fixant sur moi des yeux dont la pupille était complétement entourée de blanc, les lèvres prêtes à se joindre derrière la tête dans un sourire surhumain, et le front illuminé du plus rayonnant orgueil, attendant en silence l'explosion de mon étonnement.

Dignes lecteurs, fussiez-vous OEdipe (prononcez *Édipe*, comme Kean qui se prononce *Kine*), vous ne devineriez jamais ce que m'avait donné à examiner le petit monsieur hétéroclite dans l'intérieur de la diligence de Paris à Bruxelles.

Quand j'eus bien retourné la chose dans tous les sens, de l'air d'un singe qui tient une montre, l'être étonnant en redingote luisante me dit avec un ton de jubilation profonde et contenue :

— Eh bien! monsieur, qu'y trouvez-vous?

— C'est un petit habit de drap brun cousu de fil blanc, comme les malices de Gribouille : voilà ce que j'y trouve, monsieur, et rien de plus. Je ne vois pas trop ce qu'on

pourrait faire d'un pareil habit. Est-ce que vous seriez,
par hasard, directeur des hannetons savants?

L'individu fit un signe de tête négatif.

— Alors, vous êtes M. Gulliver, et vous revenez de
Lilliput avec l'habit d'un des naturels de l'endroit; pour-
riez-vous m'en montrer la culotte?

— Je ne suis pas M. Gulliver, et je ne le connais pas;
je viens de Paris, où j'ai vendu quatorze de ces petits
habits cent francs pièce, et je vais comme vous à
Bruxelles, où nous arriverons demain soir, s'il plaît à
Dieu et aux maîtres de poste; mais regardez bien encore
l'habit et surtout la couture.

Je recommençai l'examen; et je ne vis pas plus clai-
rement que la première fois ce qu'il y avait de curieux
dans cet habit de marionnette, hors son excessive petitesse

— Vous ne voyez rien? dit le petit être après m'avoir
laissé le temps de recueillir mes idées.

— Pardieu, non! lui répondis-je; rangez-moi, si vous
voulez, dans la classe des palmipèdes, ou dans telle classe
de l'Institut que vous voudrez, mais je ne n'y comprends
rien.

Et je lui remis le petit habit qu'il fit passer aux autres
personnes de la voiture, qui ne se montrèrent pas plus
intelligentes que moi.

Alors, avec la majesté d'un mistagogue, ou d'un poëte
orphéique qui dévoile une allégorie, il expliqua à l'assistance ébahie comme quoi c'était un modèle d'habit d'un
seul morceau, cousu avec une seule couture; problème
non encore résolu jusqu'à nos jours. Le fil était blanc
pour qu'on pût mieux suivre les méandres de cette unique
et triomphante couture.

Oui, il n'y a pas pour deux sous de drap là dedans, et

un centime de fil ; eh bien ! cela se vend cent francs, mais c'est l'invention qui se paye.

Je lui répondis qu'un habit sans couture serait une invention supérieure et vaudrait bien deux cents francs, fût-il deux fois plus petit.

— Aussurément, répondit-il après une minute de réflexion profonde, mais ce n'est pas possible qu'en caoutchouc.

Je crus nécessaire, voyant l'intérêt violent qu'il y mettait, de donner des éloges excessifs à cette mirifique découverte, éloges qui exaspérèrent tellement son amour-propre, qu'il ne put garder plus longtemps l'incognito.

— Qui croyez-vous qui ait inventé cela, monsieur? Peut-être pensez-vous que ce soit un autre? non! c'est moi! J'ai une fameuse tête, allez! — Je suis *tailleur!* Il dit cela avec une expression de suffisance heureuse, très-difficile à rendre, et exactement de la voix dont on dirait : je suis prince, ou virtuose; puis, il ajouta d'un ton plus humain : pour le civil et le militaire, rue d'Or, à Bruxelles.

Diable, dis-je à part moi, — l'aventurier est un prince, l'idiot est un esprit, le chat qui dort un chat qui guette, et mon poëte élégiaque un estimable tailleur.

Me voyant taciturne, il se mit à parler de sa profession, avec un lyrisme transcendantal, qui me rappela plus d'une fois le petit perruquier enthousiaste qu'Hoffmann a si bien peint dans l'*Elixir du Diable.* — Mais ce n'était pas seulement à la confection des habits qu'il bornait son esprit inventif; il venait de trouver le moyen de faire des moulins à eau sur les plus hautes montagnes ; découverte aussi utile que celle d'établir des moulins à vent au fond des puits. Il m'expliqua si bien le mécanisme de sa machine, que j'avoue à ma honte que la chose me parut non-seulement

possible, mais facile, et que si je n'en donne pas la description ici, c'est de peur que quelque ingénieur ne
profite du procédé de mon ami de l'Aiguille et de son
associé le charpentier ; il se proposait, du reste, de demander un brevet.

Pendant toutes ces conversations, les arbres filaient
toujours, à droite et à gauche ; les teintes roses de l'horizon
devenaient violettes ; le paysage s'embrouillait, et le soleil,
au milieu de la brume, avait l'air d'un œuf sur le plat ; ce
qui est humiliant pour un astre à qui M. Malfilâtre a fait
une ode trouvée admirable par d'Alembert.

La différence de température, et la fraîcheur de la nuit
qui venait, ayant fait ruisseler sur les vitres une sueur
abondante et perlée, qui m'empêchait de distinguer les objets déjà estompés par l'ombre ; une bouffée de brise glaciale me faisant rentrer la tête chaque fois que je la sortais,
comme un colimaçon dont on frappe les cornes ; je renon-
çai à mon rôle d'observateur, et je m'établis dans mon
coin le moins incommodément qu'il me fut possible. Pour
Fritz, il s'avisa d'un moyen de dormir, qu'un autre eût
employé pour se tenir éveillé : il noua son foulard par les
deux bouts à la vache de la voiture, passa son mufle dans
cette espèce de licol, et but bientôt, à pleines gorgées, à la
noire coupe du sommeil. Ce qui m'a beaucoup surpris,
c'est qu'il ne se soit pas étranglé bel et bien ; apparemment
que Dieu, toujours bon, toujours paternel, veut lui épar-
gner la peine de se pendre lui-même.

Tout le monde dormit bientôt du sommeil des justes,
dans la diligence, excepté le centenaire anacréontique, qui
lâchait des mots à triple entente et courtisait de près la
femme aux trente-deux dents couleur d'or, dont les poteries rendaient des sons de plus en plus inquiétants ; le

pâle frère de la mort contre lequel je luttais depuis deux heures, me jeta tant de sable dans les yeux, que force me fut de les fermer, comme le reste de la compagnie. Il existe donc nécessairement ici une lacune dans les descriptions et les événements ; j'en demande pardon au public, mais il me fut imposible de ne pas céder à la nature, lui ayant résisté toute la nuit précédente en faveur de l'Amitié, à qui je faisais mes adieux.

Un cahot assez violent me réveilla, et j'entendis la voiture rouler sourdement comme sur une espèce de plancher ; je baissai la glace, et je distinguai dans l'obscurité une autre obscurité plus opaque et plus intense, comme du velours noir sur du drap noir : c'était Péronne où nous entrions déjà depuis une demi-heure, en passant par une complication de portes et de ponts-levis tout à fait décourageants, et qui aident beaucoup à expliquer la virginité de la susdite Péronne. En traversant une espèce de place, j'entrevis, à la lueur de deux ou trois étoiles, qui avaient mis la tête à la lucarne d'un nuage, une tour à quatre pans vaguement ébauchée. — C'est tout ce que je distinguai. Après avoir roulé encore dans quelques rues étroites, dont la pesante diligence faisait trembler les maisons, nous sortimes par autant de portes que nous étions entrés.

Péronne traversée, je me rendormis ; quand je rouvris les yeux, le petit jour commençait à poindre ; l'aurore avait des pâleurs charmantes, comme une jeune mariée, et je crois réellement qu'elle n'avait pas couché cette nuit-là dans le lit de son vieil époux. Quant au soleil qui se faisait attendre, je pense qu'il l'avait passée à boire au cabaret, à jouer au brelan chez madame Thétis, car il avait les yeux passablement rouges.

Nous n'étions pas loin de Cambrai. — L'aspect du pays

était complétement différent. La température s'abaissait
considérablement, et nous nous attendions à toute minute
à voir paraître les ours blancs et les bancs de glaces flot-
tants. — Ce ne fut guère que sous cette latitude que je
m'aperçus que je n'étais plus à Pantin ou à Bagnolet : le
type français s'efface pour céder le pas au type flamand ;
c'est aussi vers cet endroit que l'usage des bas et des souliers commence à être inconnu, et où l'on prend tant de
soin de laver les maisons, que l'on ne se lave jamais la
figure.

III.

Que vous dirai-je de Cambrai, sinon que c'est une ville
fortifiée dont François Salignac de Lamothe de Fénelon
était autrefois archevêque, ce qui lui valut le titre de cygne de Cambrai, par opposition à l'aigle de Meaux? En fait
de cygne, lorsque j'y suis passé, je n'y ai vu qu'un magnifique troupeau d'oies ; les unes blanches, les autres ta-
chetées de gris.

Une ville fortifiée, et à la Vauban encore, c'est-à-dire
tout ce que l'on peut imaginer de plus laid et de plus triste
au monde. — Figurez-vous trois murailles de briques faisant des zigzags à n'en plus finir, séparées par des fossés
remplis de roseaux, de joncs, de nénuphars, de pommes
de terre, et généralement de toute espèce de choses, excepté de l'eau, bien entendu ; trois murailles qui n'ont
d'autre ornement que des embrasures de canons, avec des
volets peints en vert, et qui sont toutes les trois exactement pareilles. — La couleur rose tendre de la brique, et

le vert pacifique de ces volets qu'on ouvre tous les matins pour faire prendre l'air aux canons, sont de l'effet le plus singulier et le plus pastoral du monde.

Je me flatte d'être très-ignorant en architecture militaire et en stratégie ; et j'avoue que ces fortifications si vantées me paraissent plutôt faites pour y mettre de la vigne, ou des pêchers en espalier, que pour défendre une ville.

Il me faut des donjons, des tours rondes et carrées, des remparts superposés, des machecoulis, des barbacanes, des ponts-levis, des herses et tout l'appareil des anciennes forteresses ; les lunettes, les cuvettes, les casemates, les bastions, les contrescarpes et les demi-lunes me sont peu agréables ; je suis comme Mascarille, j'aime mieux les lunes entières.

A quoi sert d'ailleurs une ville fortifiée, sinon à être prise? — S'il n'y avait pas de villes fortifiées, il n'y aurait pas de siéges, et je ne vois pas ce qui empêche de passer à côté de ces forteresses si virginalement retranchées sous leurs jupons de murailles et leurs vertugadins de pierre.

Les villes fortifiées me semblent, à vrai dire, malgré leur air prude, de franches coquettes très-capables de laisser chiffonner au dieu Mars leurs collerettes de créneaux, et beaucoup plus promptes à dénouer leur ceinture de tours pour entrer dans le lit du vainqueur, qu'on ne pourrait le croire d'après leur réputation sauvage et farouche. On y a ménagé aux ennemis toutes les facilités possibles pour y entrer avec agrément, par une infinité de petits chemins *tout parsemés de roses*, et entretenus très-soigneusement ; les talus et les glacis forment des pentes douces qui invitent à grimper ceux qui en auraient le moins envie.

Dans Cambrai, où l'on déjeûna, je ne vis rien de remarquable qu'une gigantesque affiche de la *Presse* et une autre de dimension plus modeste, qui faisait savoir aux dignes habitants du lieu qu'on donnait ce soir-là au théâtre de ville la superbe pièce d'*Édouard en Ecosse*, généralement admirée à Paris, et jouée par les premiers talents ; puis, une assez belle tour à droite du chemin, que je n'eus pas le temps d'examiner.

Une chose qui me frappa, c'est que toutes les rues étaient sablées d'une poussière bleue, trois ou quatre voitures de charbon de terre que je vis passer, et qui tamisaient, en marchant, une poudre impalpable, m'expliquèrent le pourquoi. J'avais déjà pris mon crayon pour écrire sur mon carnet : — Dans ces régions éloignées et non décrites, par un phénomène assez étrange, la terre est bleue ; — beaucoup d'observations de voyageurs ne sont pas mieux fondées.

Voici donc, pour en finir avec Cambrai, l'aspect de l'endroit que nous livrons bénévolement aux amateurs de couleur locale. — Terre bleue, ciel eaux du Nil plombée, maisons feuilles de roses sèches, toits violet d'évêque, habitants potiron clair, habitantes jaune paille. — Cambrai est une excellente ville pour encadrer un roman intime ; si nous nous livrions à ce genre de divertissement, nous en aurions levé le plan, et nous y aurions mis une ou deux paires de héros et d'héroïnes plus ou moins adultères et phthisiques, ce qui eût été du meilleur effet.

Cambrai passé, la campagne prit un caractère tout différent de ce que j'avais vu jusqu'alors ; l'approche du Nord se faisait déjà sentir, et il vous arrivait dans la figure quelques bouffées de son haleine glaciale. J'avais quitté Paris la veille en chemise et par une chaleur de vingt-six degrés ;

je trouvai en vingt heures de distance que ma vertu n'était
pas un habit suffisant, et je m'emmaillotai soigneusement
dans mon manteau.

Je n'ai jamais rien vu de plus gracieux et de plus frais
que le tableau qui se déroula devant mes yeux au sortir
de cette vieille vilaine ville, tout enfumée et toute noir de
charbon.

. Le ciel était d'un bleu très-pâle qui tournait au lilas
clair en s'approchant de la zone de reflets roses que le
soleil levant suspendait au bord de l'horizon. Le terrain
ondulait mollement, de façon à rompre la monotonie des
lignes presque toujours plates dans ce pays, et de petits
lisérés d'azur terminaient harmonieusement la vue de chaque côté du chemin ; d'immenses plantations d'œillettes tout
emperlées de rosée frissonnaient doucement sous l'haleine
du matin, comme les épaules d'une jeune fille au sortir
du bal ; la fleur de l'œillette est presque pareille à celle de
l'iris, d'un bleu délicat, où le blanc domine ; ces grandes
nappes azurées avaient l'air de morceaux de ciel qu'une
lavandière divine aurait étendus par terre pour les faire
sécher. Le ciel lui-même ressemblait à un carré d'œillettes renversé, si la comparaison vous plaît mieux, tournée
de cette manière ; pour la transparence, la finesse et la légèreté du ton, on eût dit une des plus limpides aquarelles
de Turner ; il n'y avait cependant que deux teintes domi-
nantes, du bleu pâle et du lilas pâle ; çà et là quelques
bandes de ce vert prasin que les peintres appellent vert
Véronèse, deux ou trois traînées d'ocre et de lueurs blou-
des accrochant quelques bouquets d'arbres lointains, voilà
tout ; rien au monde n'était plus charmant, ce sont de ces
effets qu'il faut renoncer à peindre et à décrire, et qui se
sentent plutôt qu'ils ne se voient.

A mesure que la voiture avançait, la vue s'élargissait, de nouvelles perspectives s'ouvraient de tous côtés. De petites maisons de briques, enfouies dans des feuillages, et rouges comme des pommes d'api montées sur de la mousse, s'avançaient curieusement entre deux branches pour nous regarder passer. On voyait miroiter des eaux sous les rayons obliques, et s'écailler brusquement comme une paillette d'argent le toit d'ardoise de quelque clocher ; de grandes trouées laissaient pénétrer l'œil dans des prairies du vert le plus amoureusement printanier que l'on puisse rêver, et découvraient mille petits sites calmes et reposés, d'une intimité toute flamande et du charme le plus attendrissant.

Il y avait surtout de petits sentiers, de vrais sentiers d'école buissonnière, qui venaient aboutir au grand chemin en filant le long de quelque muraille de clôture ou de quelque haie d'aubépine, avec des airs incultes et sauvages les plus engageants du monde, et qui me ravissaient fort. J'aurais voulu pouvoir descendre de voiture, et m'enfoncer à tout hasard dans un de ces sentiers qui, assurément, devait mener dans les endroits les plus agréables et les plus pittoresquement champêtres. On ne peut s'imaginer combien d'idylles dans le genre de Gessner ces petits chemins m'ont fait composer ; dans quels océans de crème ma rêverie s'est plongée à propos d'eux ; et combien d'épinards au sucre ils ont fait hacher à mon imagination !

Nous traversions fréquemment des hameaux, des villages, des bourgs, entièrement bâtis en briques, d'une propreté charmante, et si mignonnement construits en comparaison des hideuses chaumières des environs de Paris, que je ne revenais pas de ma surprise.

Toutes ces maisons zébrées de blanc et de rouge, cha-

2

marrées des dessins formés par les différentes manières de
poser la brique, avec leur contrevents peints et vernis,
leurs corniches en saillie, leurs toits d'ardoise violette,
leurs puits en guérite festonnés de houblon ou de vigne
vierge, font l'effet de ces villes de bois colorié qu'on en-
voie de Nuremberg dans des boîtes de sapin pour les
étrennes des enfants. Les proportions sont plus grandes
nécessairement, mais c'est la même chose. On pourrait
donner un de ces villages au jeune Gargantua pour lui
servir de jouet.

On croirait que de telles maisons doivent renfermer des
habitants grassouillets, propres et bien vêtus, mais on aurait
tort de juger de l'escargot par la coquille. On place volontiers contre ces fenêtres à vitrage de plomb encadrées de
plantes grimpantes, quelque vaporeux profil de blonde
jeune fille, se retournant au bruit des chevaux, ou travail-
lant à son petit rouet :

OEuvre de patience et de mélancolie.

On se figure quelque jeune mère, debout, sur le pas de
sa porte, avec son nourrisson au bras, et se détachant pure
et lumineuse sur le front sombre et bitumineux de la salle
basse, avec un grand chien qui la regarde tendrement et
jappe à petit bruit, comme pour exprimer qu'il prend part
à cette joie et à ce repos domestique.

Au lieu de cela, de vilaines créatures hâlées comme si
elles eussent fait la campagne d'Afrique, et si laides, que
les plus jeunes paraissaient avoir soixante ans. Ces infantes,
pour la plupart, pétrissaient la crotte à cru avec de grands
pieds plats auxquels il ne manquait que d'être palmés, et
laissaient flotter fort négligement le pli supérieur de leur
robe. Si c'était une coquetterie, elle était mal entendue,

et cette exhibition n'avait rien d'engageant ; mais je crois qu'elles n'y entendaient pas malice.

Ajoutez à cela quelques petits enfants morveux, en chemise beaucoup plus courte par devant que par derrière, sans bas, sans souliers, dont les jambes nues et rouges de froid, ressemblaient à des carottes bifurquées, se battant à coup de mottes de terre sur le bord des fossés, ou jouant sur le pas des portes, et vous aurez un tableau très-exact de la population de ces délicieuses maisonnettes.

Victor Hugo appelle quelque part les habitants d'une admirable petite ville de Bretagne, *les punaises de ces magnifiques logis.* Cela est vrai de toutes les villes qui ne sont pas des villes capitales ; le mot a paru exorbitant aux Bretons et même à quelques Parisiens ; mais il ne semble que suffisant quand on est sur les lieux. — L'homme est de trop presque partout, et les figures ne valent presque jamais le paysage.

Toutes les fois que la voiture passait par un village, il s'élevait subitement, du fond des fossés, de derrières les haies, du fumier des basses-cours, une meute de petits garçons albinos, avec de longues mèches de cheveux d'un blond de filasse éparpillés sur les yeux, qui la suivaient jusqu'à la limite extrême en faisant la roue, et en piaulant sur un ton plaintif le seul monosyllabe *cents, cents,* dont je ne compris que plus tard la signification terrible. Ces petits garçons, dont plusieurs sont des petites filles qui font la roue aussi prestement que les autres, remplissent l'emploi des chiens, qui est d'aboyer autour des voitures et de mordre les jarrets des chevaux. Une place de chien est, dans ce pays-là, une véritable sinécure ; seulement les chiens sont mieux vêtus, moins sales, et ne demandent pas de *cents :* triple avantage.

A propos de chiens, je dois consigner ici cette remarque importante, qu'ils deviennent de plus en plus rares, à mesure, que l'on progresse vers les régions polaires et la zone arctique; les chats sont aussi en fort petit nombre, je n'en ai vu que cinq dans tout mon voyage; ils étaient d'un pelage gris fauve, rayé de quelques bandes noires. Ces pauvres animaux avaient l'air de ne pas souper tous les jours et de manger peu, mais rarement, contrairement au précepte de l'école de Salerne. Pour en finir avec la zoologie, je n'ai vu que deux papillons blancs, qui traversèrent le champ de ma lunette entre midi et une heure; en revanche, j'ai vu beaucoup de Wallons en blouse et en casquette; les moulins à vent (observation de mœurs qui n'est pas à négliger) varient singulièrement dans leur forme. Ce n'est plus le classique moulin, carré, tournant sur un pivot, c'est une tour élégante, dont le toit seul et les ailes sont mobiles; quelques-uns portent au col une collerette de charpente, d'un effet très-pittoresque. Si ma description succincte ne vous suffit pas, je vous renvoie à un charmant petit tableau de Camille Roqueplan, qui était au dernier salon, où vous verrez une collection de moulins, les plus bouffons et les plus flamands du monde. — J'ajouterai ici, car vous n'en trouveriez pas de modèle dans le tableau que je vous indique, que j'en ai même remarqué un muni d'un seul aileron, qui s'agitait de l'air le plus démanché et le plus risible qu'on puisse voir. Je le recommande à Godefroy Jadin, le Raphaël des moulins à vent.

Je ne parlerai pas de Bouchain, qui est une ville si forte, que je suis passé à côté sans l'apercevoir. Si vous me permettez, nous sauterons quelques postes, et nous serons à Valenciennes.

C'est à peu près vers cette ville que commença une mau-

vaise plaisanterie qui se prolongea tout le temps de notre
voyage : de quart d'heure en quart d'heure, nous traversions des cours d'eau, et des façons de rivière de province,
et comme des voyageurs ignorants et consciencieux, nous
demandions à quelque Wallon plus ou moins stupide :

— Monsieur, le nom de la rivière?

— C'est l'Escaut, monsieur.

— Ah! fort bien.

Plus loin nouvelle rivière, nouvelle question :

— Et ceci, monsieur le Wallon, auriez-vous l'obligeance
de me dire ce que c'est?

— Certainement, monsieur; c'est l'Escaut canalisé.

— Monsieur, j'en suis bien aise ; j'aime les canaux ; c'est
un bienfait de la civilisation. Mais il ne faut pas en abuser
cependant.

Le Wallon restait dans l'attitude calme et simple qui
convient à une conscience pure; il n'avait pas l'air de
comprendre l'intention majestueuse du dernier membre
de phrase.

— Et là-bas, où je vois des bateaux à voile rouges et à
gouvernail vert pomme?

— L'Escaut, monsieur, l'Escaut lui-même.

Nous nous étions si bien habitués à cette réponse, que
lorsque nous arrivâmes au bord de la mer, à Ostende, mon
camarade Fritz ne voulut jamais convenir que ce fût l'Océan
et il soutint *mordicus unguibus et rostro* que c'était encore
l'Escaut canalisé. On eut toutes les peines du monde à le
faire sortir de là ; et quoiqu'il ait bu *l'onde amère* comme
Télémaque, fils d'Ulysse, il n'est pas encore bien sûr de
son fait.

J'entrai dans Valenciennes avec une idée de broderies et
de dentelles qui ne me quitta point : j'aurais voulu que

2.

toute la ville fût découpée et festonnée à jour, et je de-
meurai désagréablement surpris en y voyant très-peu de
valenciennes. La silhouette de Malines se dessine involontairement sur le fond de mon esprit en mille petits filaments d'une tenuité excessive et que brodent des fleurs et
des ramages d'une délicatesse idéale comme dans une architecture gothique ouvrée par des fées. — Alençon est
forcément un point d'Alençon, et c'est avec beaucoup de
peine que j'y admets des maisons en plâtre et en pierre.
Toutes les villes célèbres par un produit se configurent à
mon imagination par ce produit même. A combien de dé-
ceptions de pareils préjugés exposent un honnête touriste?

Valenciennes est, du reste, une jolie petite ville, avec
quelques maisons *renaissance*, un hôtel de ville du commencement de Louis XIV, et une église dans le goût florentin. C'est à Valenciennes que je vis pour la première
fois sur les murs cette inscription formidable, qui s'est re-
produite invariablement de dix maisons en dix maisons
jusqu'à la fin de cette odyssée merveilleuse :

Verkoopt men dranken.

Ce qui signifie en loyal flamand : *Ici l'on vend à boire,*
ou bien en français belge : *Ici l'on van de boison* (sic).
C'est aussi à Valenciennes qu'on me rendit, pour de l'argent que je donnai, je ne sais quelle fabuleuse petite monnaie de cents et de pièces de plomb marquées d'un double W couronné, où le diable n'aurait rien compris, et
qu'on me présenta un tuyau de paille de chanvre au lieu
d'allumette pour mettre le feu à mon cigare.

Dans la grande rue de Valenciennes, j'aperçus le premier et le seul Rubens que j'aie jamais vu dans mon
voyage à la recherche de la chevelure blonde et du contour

ondoyant; c'était une grosse fille de cuisine, avec des hanches énormes et des avalanches d'appas prodigieuses, qui balayait naïvement un ruisseau, sans se douter le moins du monde qu'elle était un Rubens très-authentique. Cette rencontre me donna bon espoir : espoir trompeur!

Valenciennes est la dernière ville française; il n'y avait plus que quelques lieues pour atteindre la frontière. Je récurai soigneusement ma lorgnette pour ne rien perdre des choses étonnantes que j'allais sans doute voir. Fritz, lui-même, mit *la Fleur des Exemples* dans sa poche.

De grandes cheminées d'usine, en briques roses, donnent à toute cette portion du pays un air égyptien fort peu flamand. Beaucoup de maisons, aussi de briques rouges, sont dissiminées le long de la route; elles portent toutes le millésime de l'année où elles ont été bâties; la plus ancienne ne remonte pas au-delà de **1811**. A droite et à gauche, des clochers s'élèvent fréquemment par-dessus cette forêt de cheminées, et déchirent la toile grise de l'horizon.

Nous nous croisâmes avec plusieurs voitures d'une configuration particulière, à ridelles fort longues et fort évasécs, entièrement peintes de ce bleu de ciel réservé autrefois aux boutiques de perruquier. Les chevaux n'étaient pas attelés de même que ceux de nos charrettes; ils n'avaient qu'un collier et étaient du reste entièrement nus.

Enfin nous arrivâmes à un endroit où l'on nous fit descendre de voiture, et où l'on porta nos paquets dans une espèce de hangar pour les visiter. Nous n'étions plus en France. Je fut fort étonné de ne pas éprouver une sensation violente. Je croyais qu'un cœur un peu bien situé devait donner au moins vingt pulsations de plus à la minute en quittant le sol adoré de la patrie; je vis qu'il n'en était rien. Je croyais aussi qu'une frontière était marquée de petits points, et enluminée d'une teinte bleue ou rouge, ainsi qu'on le voit dans les cartes géographiques; je me trompais encore.

Un café, intitulé Café de France, orné d'un coq qui avait l'air d'un chameau, marquait l'endroit où finissait le territoire *français*. Un estaminet, à l'enseigne du Lion de Belgique, indiquait la place où commençaient les possessions de sa majesté Léopold. L'enseigne de cet estaminet ne nous donna pas une bien haute idée de l'état actuel des arts en ce bienheureux pays de contrefaçon. Recette général : Voulez-vous faire un lion belge? ne prenez pas un lion; prenez un caniche adolescent, mettez-lui une culotte de nankin, une perruque de filasse et une pipé à la gueule, et vous aurez un lion belge, qui fera un excellent effet au-dessus de l'inscription : *Verkoopt men dranken.*

Je me donnai le plaisir, pendant que les douaniers fouillaient ma valise, de faire plusieurs fois le voyage de France en Belgique et de Belgique en France. Une fois même je me tins un pied sur la France et l'autre sur la Belgique. Le pied droit, qui posait sur la France, ne sentit pas, je l'avoue à ma honte, le moindre picotement patriotique. Fritz, s'avançant de mon côté, me demanda si je ne baiserais pas le sol de la patrie avant de remonter en diligence. Nous cherchâmes vainement une place propre pour accomplir ce pieux devoir; mais il faisait une boue d'enfer, et nous fûmes forcés de renoncer à cette formalité indispensable. D'ailleurs il se présentait une autre difficulté, à savoir : si un *pavé* pouvait passer pour la *terre* natale, et nous n'avions que des pavés à embrasser!

En attendant que la visite fût finie, nous nous jetâmes, tout altérés de couleur locale et crevant en outre de soif,

dans le triomphant estaminet du Lion Belge, où nous
nous répandîmes dans le corps plus de bière qu'il n'en pouvait raisonnablement tenir. Ce fut un déluge de faro,
de lambic, de bière blanche de Louvain, à mettre à flot
l'arche de Noé. Nous prîmes aussi du café belge, du genièvre belge, du tabac belge, et nous nous assimilâmes la
Belgique par tous les moyens possibles.

Étant retourné sous le hangar, j'assistai à l'ouverture
des malles des deux dames du coupé dont j'avais si subti-
lement évité la compagnie et le perroquet. C'était une singulière collection d'oripeaux, de blondes jaunes, de pots
de pommade et autres ustensiles plus ou moins congrus.
L'une de ces dames, si respectables à cause de leur grand
âge, était une modiste parisienne qui s'en allait en Russie;
l'autre une cantatrice portugaise qui s'en allait en Angleterre. Comme j'étais occupé à regarder ces brimborions in-
times, car une malle ouverte est souvent la révélation de
la vie entière d'une personne, je me sentis baiser la main
par derrière. Je me retournai vivement pour voir la divinité à qui j'avais inspiré une passion si subite, et j'en au-
gurais déjà bien pour mes futures bonnes fortunes en pays
étranger. Je vis une espèce de jeune homme en blouse
bleue, d'un aspect équivoque, qui souriait bêtement avec
une grande gueule qui lui servait de bouche.

Je ne comprenais rien à cette comédie; un douanier
me mit au fait : c'était une mendiante idiote, habillée en
homme, qui aidait quelquefois à décharger les paquets, et
qui demandait l'aumône de cette manière. Je lui jetai vite
un sou pour m'en débarrasser. Fritz lui en donna deux;
elle lui baisa sa botte fort tendrement. Pour trois, je ne
sais trop ce qu'elle aurait embrassé.

IV.

Je suis réellement désireux autant que vous, mon cher lecteur, d'arriver à la fin de mon voyage ; je meurs d'envie d'être à Bruxelles, comme si j'avais fait une banqueroute frauduleuse ; mais j'ai beau éperonner ma plume lancée au grandissime galop sur cette route de papier blanc, qu'il faut rayer d'ornières noires, je n'avance pas, je ne puis suivre cette grosse diligence chargée de paquets et de Wallons, et traînée depuis quelques heures par des chevaux également wallons. J'aurai mis moins de temps à faire le tour de la Belgique qu'à écrire ces quatre misérables chapitres.

Comme la jeune souris sortie pour la première fois de son trou, je suis enclin à prendre des taupinières pour des montagnes, et à raconter comme des choses étranges et merveilleuses les événements les plus simples du monde. J'ai dû faire et je ferai sans doute des observations de la plus haute ingénuité. Mes remarques seront un peu dans le genre de celles de ce Chinois venu à Paris, et qui, entre autres choses singulières, écrivit sur ses tablettes qu'il avait vu des maisons si hautes que l'on pouvait du toit cueillir les étoiles avec la main, des femmes qui se coupaient les ongles, et des jeunes hommes, de vingt ans au plus, qui lisaient couramment dans toutes sortes de livres. Ou bien encore de la façon de cet Anglais qui s'étonnait fort que de tout petits enfants parlassent très-bien l'italien en Italie.

Je voudrais décrire les pavés un à un, compter les feuilles des arbres, rendre l'aspect des objets, et même noter d'heure en heure la teinte et la forme des nuages, et si je n'étais retenu par une honte virginale, j'écrirais des choses comme ceci :

Le ciel est beaucoup plus grand que je ne croyais (le plus grand morceau de ciel que j'eusse jamais vu est celui qui sert de plafond à la place de la Concorde) ; les hommes ne sont pas bleu-de-ciel ni les chevaux jaune-serin ; il existe donc quelque chose hors de la banlieue, et la terre ne vous manque nulle part sous les pieds ! il y a donc des gens qui ne vivent pas à Paris, qui n'ont jamais vu Paris, qui ne verront jamais Paris !

Je savais bien vaguement qu'il y avait par là toutes sortes de parties du monde, qu'on appelle l'Europe, l'Asie, l'Amérique et l'Afrique ; mais, à vrai dire, je n'y ajoutais pas grand'foi, et je pensais au fond de l'âme que c'étaient des bruits qu'on faisait courir.

J'entrai dans Mons avec cette idée saugrenue, assez pareille à celle qu'ont les provinciaux en visitant la bibliothèque du Roi... Est-ce que la vie suffirait à lire tous ces livres?... Est-ce qu'on pourrait connaître tous les hommes

qui sont dans toutes les maisons de toutes ces villes, qui
se succèdent si rapidement? Je me sentais, je ne sais trop
pourquoi, une prodigieuse envie d'être l'ami intime des
pacifiques habitants de Mons, ville de guerre.

C'est vraiment une chose effrayante pour tout cœur un
peu vaste et d'une ambition un peu haute de voir combien
il y a de gens au monde qui ne se doutent pas de votre
existence ; aux oreilles de qui votre nom, si retentissant
qu'il soit, ne parviendra jamais : il me semble qu'on doit
revenir de voyage plus modeste qu'auparavant, et avec
une idée beaucoup plus juste de l'importance relative des
choses. On est sujet à se méprendre sur le bruit qu'on fait
et la place qu'on occupe dans le monde ; parce qu'autour
de vous une douzaine de personne parlent de vous, on se
croit le pivot sur quoi roule la terre : il est bon d'aller regarder le rayonnement de sa gloire du fond d'un pays
étranger. Combien partent avec de grandes inquiétudes et
de grandes précautions pour garder leur incognito, qui
écriraient volontiers au retour sur leur chapeau :

C'est moi qui suis Guillot, gardien de ce troupeau,

et qu'on ne reconnaîtrait pas plus pour cela !

Somme toute, l'impression d'un voyage est douloureuse. On voit combien facilement l'on se passe de gens
que l'on croyait le plus aimer, et comme de cette absence
temporaire à l'absence absolue la transition serait simple
et naturelle ; on sent instinctivement que le coin que l'on
occupait dans quelques existences s'est déjà rempli, ou va
l'être. On comprend qu'on peut vivre ailleurs que dans
son pays, sa ville, sa rue, avec d'autres que ses parents,
ses amis, son chien et sa maîtresse ; et je suis persuadé
que c'est une pensée mauvaise. La fable du juif errant est

plus profonde qu'on ne le pense. Rien n'est plus triste
que de voir tous les jours des choses qu'on ne verra
plus.

Un homme qui voyage beaucoup est nécessairement un
égoïste.

Retournons à Mons. — Mons est une vraie ville flamande. Les rues y sont plus propres que les parquets en
France; on les dirait cirées et mises en couleur. Les maisons sont peintes, sans exceptions, du haut en bas, et de
teintes fabuleuses. Il y en a de blanches, de bleu cendré,
de ventre de biche, de roses, de vert pomme, de gris de
souris effarouchée, et de toutes sortes de nuances égayées,
inconnues dans ce pays-ci. Le pignon découpé en forme
d'escalier s'y montre assez fréquemment: La toiture de
l'Ambigu-Comique peut donner aux Parisiens, qui ne
sont pas très-cosmopolites en général, une idée assez nette
de ce genre de construction : cela produit un effet d'une
bizarrerie assez agréable.

J'entrevis à peine au bout d'une rue la silhouette vague
de la cathédrale, qui ne me parut pas belle. En revanche,
la voiture s'étant arrêtée, j'eus tout le loisir d'examiner
une charmante église fantastique et gaie au possible, avec
une foule de clochetons, d'aiguilles et de petits minarets
ventrus, d'une tournure tout à fait moscovite : on dirait
d'une grande quantité de bilboquets et de poivrières rangés symétriquement sur le toit, ou bien encore de grosses
pommes enfilées dans une broche. Ceci est l'image grotesque, mais figurez-vous quelque chose d'un caprice
ravissant et de l'aspect le plus pittoresque : une église
joyeuse et triomphante, plus propre à des noces qu'à des
enterrements, et follement ornée dans le goût Louis XIII
le plus effréné, le plus fleuri, le plus bossu, une carrure à

3

la fois trapue et svelte, une légèreté lourde, et une lourdeur légère du meilleur effet.

Cette église est, si je ne me trompe, consacrée à sainte Élisabeth, à moins cependant qu'elle ne soit dédiée à saint Pierre ou saint Jude, ce qui est possible ; mais ce qu'il y a de sûr, c'est qu'elle est à droite de la grande rue, en venant de Paris.

À Mons, j'achetai des gâteaux couleur locale ; ce sont de petits ronds de pâte ferme ou de pâte brisée, sucrés très-libéralement, qui ressemblent assez aux *paste frole* italiennes, mais d'un goût moins fin et moins parfumé. En général, j'ai remarqué une chose, c'est qu'en Belgique le pain et la pâtisserie sont toujours très-mal levés ; les gâteaux feuilletés ne réussissent pas : est-ce la faute des mitrons, de l'eau, de la levure, ou de la farine ? Je ne suis pas assez fort en boulangerie pour résoudre la question, mais le fait est certain. Tout en philosophant sur la pâtisserie, je bus une grande quantité de genièvre pour faire passer les gâteaux, et je mangeai une grande quantité de gâteaux pour faire passer le genièvre. J'avais convié à ces magnificences le tailleur excentrique, au petit habit cousu de fil blanc, ce qui acheva de me conquérir son amitié, et me valut par la suite deux bonnes histoires et plusieurs renseignements utiles.

Vers cette latitude, une inquiétude sérieuse me vint prendre au collet. Le lecteur n'a sans doute pas oublié les causes de mon excursion dans ces régions polaires et arctiques, et que, comme un autre Jason, j'étais parti pour aller conquérir la toison d'or, ou, pour parler en style plus humble, chercher la femme blonde et le type de Rubens ; but innocent et louable s'il en fut. Je n'avais pas encore vu **une** seule femme *blonde*, quoique j'eusse

mon télescope constamment braqué, et que mon ami
Fritz regardât à gauche, tandis que j'explorais le côté droit
de la route, de peur de laisser passer, dans un moment
de distraction ou de négligence, quelque Rubens sans
cadre, sous forme d'une honnête Flamande.

Je communiquai mes craintes au digne Fritz qui, avec
le beau sang-froid qui le caractérise dans toutes les occa-
sions difficiles de sa vie, me répondit qu'il ne fallait pas
encore perdre courage ; que Rubens était d'Anvers, et que
c'était probablement à Anvers que se trouvaient les modèles de ses tableaux ; mais que si à Anvers (en flamand
Antwerpen) je ne rencontrais pas de *blonde,* non-seulement il me permettrait de me désespérer, mais encore il
m'y engagerait de son mieux, et ne me refuserait pas
même la douceur de me jeter dans l'Escaut canalisé ou
non, à mon choix.

Selon lui, je n'avais encore aucun droit à des femmes
blondes ; je pouvais tout au plus en exiger de châ-
taines.

Je me rendis à des raisonnements si pleins d'éloquence
et de sagesse, et je me promis de ne demander la femme
blonde que trente ou quarante lieues plus loin.

Les lignes du paysage s'abaissaient de plus en plus, et
prenaient l'horizontalité la plus flamande et la plus déses-
pérante du monde ; on aurait dit un tapis de billard, et si
ce n'eût été un peigne de clochers posé transversalement
au bord du ciel, et qui mordait à belles dents la chevelure
bleue de l'éther, terre et ciel eussent été confondus ; on
n'aurait pas pu se rendre compte de l'espace, de même
que si l'ont eût été en pleine mer.

De temps en temps les obélisques fumants des usines
remplaçaient les clochers ; quelques files de peupliers hé-

rissaient la campagne d'une rangée de points d'exclamation !!!! qui la faisait ressembler à une page pathétique
d'un livre à la mode.

Le houblon, cette vigne du Nord, commençait à se
montrer plus fréquemment. C'est une très-jolie plante qui
monte en festons autour d'échalas très-hauts, avec un faux
air de pampres autour d'un thyrse. Iacchus, le doux père
de la joie, ne s'y tromperait pas, à une lieue de distance;
mais un voyageur à vue basse et ignare en botanique peut
aisément prendre le change.

Des créatures que je suis obligé d'appeler des femmes,
faute d'autre mot, continuaient cependant à passer de
temps à autre sur le chemin. Je dois proclamer hautement ici, dût-on m'accuser de paradoxe, que je n'ai jamais
vu rien de plus brûlé, de plus rôti, de plus dérisoirement
brun que ces femmes. Les blondes, j'en suis sûr, doivent
immanquablement être fort nombreuses en Abyssinie et
en Éthiopie, car les mulâtresses et les négresses abondent
en Belgique.

Plus on avance, plus on sent dans l'air un vague parfum de catholicité totalement inconnu en France; presque
à chaque maison il y a une vierge ou un saint dans une
niche, et non point un saint ou une vierge avec des nez
cassés et des doigts de moins comme ici, mais jouissant
de tout leur nez et très-peu manchots. Dans beaucoup de
villages les vierges sont habillées en robe de soie et ornées
de couronnes, d'oripeaux et de moelle de sureau; elles ont
une lampe devant elles comme en Espagne ou en Italie;
les églises sont aussi parées avec une recherche et une
coquetterie amoureuse tout à fait méridionales.

Un peu avant Bruxelles, le tailleur drolatique de la rue
d'Or me fit remarquer sur la droite de la route, auprès de

quelques cheminées d'usines, deux rangées de bâtiments parfaitement uniformes et composés d'un petit rez-de-chaussée et d'un premier étage; plus, deux ou trois toises de terrain en manière de jardinet.

Il me dit que toutes ces maisonnettes, divisées régulièrement en cellules, appartenaient à MM***, premiers négociants de la Belgique, qui y tenaient à leur usage une espèce de phalanstère ou couvent de travailleurs.

Une cellule est allouée à chaque ouvrier, qui ne peut sortir de l'établissement que sur une permission expresse, qu'on accorde très-difficilement, et pour des cas extraordinaires; un ouvrier qui s'absenterait deux fois sans *exeat* serait irrémissiblement renvoyé. — Pour que les travailleurs n'aient aucun motif plausible de s'éloigner de la fabrique, il y a un cabaret ou cantine géré par l'administration, où les ouvriers sont seuls admis. La paternité de l'administration ne s'est même pas arrêtée là; elle entretient un harem spécial à l'usage de ces moines industriels, en sorte qu'elle trouve moyen de leur reprendre en détail la somme qu'elle leur a donnée en une fois. Ainsi donc, ayant bon souper, bon feu, bon gîte *et le reste,* ces gens-là vivent là comme des rats en paille, et ne sont matériellement pas à plaindre. Mais la dignité morale souffre de voir des hommes réduits à fonctionner comme une machine à vapeur, et n'être plus qu'un rouage, au lieu d'être la créature de Dieu. — Il est très-clair qu'ils ne seraient ni si bien logés, ni si bien nourris, ni si bien vêtus chez eux; cependant ce doit être une vie horriblement triste que cette vie de caserne et de monastère sans éventualité possible : je ne serais pas fort étonné que l'administration ne fût obligée de fournir assez souvent à ces pauvres diables, si heureux en apparence, quelques toises de cordes pour se

pendre, et quelques boisseaux de charbon pour s'as-
phyxier.

Plus loin, le tailleur hoffmanique, inventeur des moulins à eau sur les montagnes, et des moulins à vent au
fond des puits, qui s'était décidément institué mon cicé-
rone, me raconta qu'une petite figurine enluminée, que je
venais d'entrevoir dans une niche, à l'angle d'une maison,
était l'effigie d'une sainte fort célèbre et très-influente dans
le pays ; cette courageuse fille, lors de la guerre des Prus-
siens, allait sur les remparts arrêter les boulets au vol, et
les serrer dans son tablier, ce qui lui avait valu la canoni-
sation. Jusqu'ici l'histoire est des plus simples ; on en
voit mille comme cela dans la Légende dorée, et le miracle
n'est pas trop miraculeux pour un miracle. Mais ce qu'il
y a de beau, c'est que jamais on ne trouve le même
nombre de boulets dans le tablier de pierre de la statue.
Il y en a tantôt cinq, tantôt sept, tantôt neuf ; l'expérience
a été tentée mille fois, et jamais le chiffre ne s'est trouvé
exact. Je vous donne cette fable pour ce qu'elle est,
cependant beaucoup d'histoires sérieuses n'ont pas de fon-
dements plus authentiques.

Au même endroit je vis une église dont le toit en arête
était denticulé de la façon la plus délicate : un cochon
rose, pareil à celui du tableau de Delaberge, une jeune
fille très-blonde, mais en revanche très-maigre et très-
laide ; et une enseigne ainsi conçue : Un tel (tous les
doubles W, les K et les H possibles), charcutier-bottier,
tient la rouennerie et les étoffes ; et cela, vous pensez
bien, sans préjudice de l'inamovible *Verkoopt men dranken.*

A propos d'enseignes et de boutiques, je noterai ici
que tout le monde est épicier, et que l'on va de Paris à

Bruxelles entre une double haie de magasins d'épiceries qui sont en même temps des bureaux de tabac, au Coq gaulois ou au Lion belge.

Qui diable peut donc acheter tout ce poivre et toute cette mélasse? ou bien l'état d'épicier a-t-il de si grands charmes qu'on l'exerce pour le plaisir seulement? Je penche fort à le croire.

La pluie rayait le ciel de hachures menues qui dégénérèrent bientôt en cataractes, de sorte qu'il fallut rentrer la tête dans la coquille et écouter derechef les histoires du tailleur. Il en raconta deux : l'une d'un chevalier pénitent que le prieur envoya en Terre-Sainte avec une tabatière dont tous les grains de tabac étaient comptés; l'autre, de la belle brodeuse de la rue d'Or, à Bruxelles, qui est une histoire de sympathies occultes et de magnétisme très-compliquée (le petit tailleur était affilié à une secte mesmérienne), et pleine de choses étonnantes et incompréhensibles, très-bonnes à écouter dans une diligence, par un jour de brouillard et de pluie grise.

Quand nous entrâmes dans Bruxelles, l'eau tombait des toits en si grande abondance,

> Que les chiens altérés pouvaient boire debout.

Voici les remarques que je fis ce soir-là; elles portent exclusivement sur les fenêtres.

Les carreaux inférieurs sont garnis d'un morceau de tulle exactement de même dimension, et tendu aussi parfaitement que possible; au milieu est un grand bouquet brodé à la main; ou bien encore de petits volets en jonc de la Chine tissé très-dru, sur lesquels sont représentés des paysages, des oiseaux ou des fruits; ces volets, opaques du côté de la rue, permettent aux personnes du dedans de voir, sans être vues, ce qui se fait dehors, occupation qui leur est facilitée par une combinaison de miroirs concentriques, disposés à l'extérieur de manière à réfléchir dans une glace posée sur une table ou dans une boule d'acier suspendue au plafond tous les gens qui passent aux deux bouts de la rue. Les espagnolettes ne sont pas non plus disposées comme les nôtres ; elles ouvrent et ferment plus facilement et plus exactement, à l'aide d'un manche qui tourne sur un petit système de roue dentelée.

Je remarquai, en outre, que toutes les maisons étaient peintes à l'huile, et vernies, pour la plupart, ce qui est assez insupportable à l'œil.

Le temps qu'il fait n'étant pas propre aux observations, nous nous arrêterons, s'il vous plaît, à l'hôtel du Morian, pour dormir un peu et attendre que la pluie soit passée.

V.

L'hôtel du Morian, où nous descendîmes, est situé **rue
d'Or,** tout près d'une place où il y a un édifice qui ressemble à faire peur à la Madeleine. — C'est une grande et
belle maison tenue à l'anglaise. Le dessous de la porte
cochère et la salle de réunion sont ornés de peintures à
fresque, représentant des paysages d'une perspective tout
à fait chinoise et fabuleuse. On y voit des coqs plus gros
que des maisons, des vaisseaux qui voguent en pleine terre
labourée, des forêts qui ont l'air de grands tas d'écailles
d'huîtres, des rochers qu'on prendrait pour des assiettes
de meringues crottées, des pêcheurs qui prennent des
oiseaux à la ligne, et des bergers à genoux devant de belles
princesses que le retour du mur ne leur permet pas d'apercevoir. — J'aime beaucoup ces peintures : elles sont de
l'absurde le plus récréatif, et, du reste, d'un coup d'œil
assez agréable ; je les mets immédiatement après les dessins
des pots du Japon et des paravents de laque.

3.

L'hôtelier du Morian est une espèce de gros muid jovial avec une figure splendidement cramoisie, écarláte de haute graine, comme dirait maître Alcofribas Nasier, un nez en manière de trompe, tout fleureté de bubelettes, tout étincelant et diapré de rougeurs printanières, séparé par le milieu à la façon des chiens de chasse, et hérissé de longs poils rudes et blancs, comme un mufle d'hippopotame; trois cascades de mentons coulant en larges nappes sur son énorme poitrine, et touchant presque son ventre, un vrai Palforio, un Falstaff, un Lepeintre jeune, un éléphant humain. Je décris ce personnage avec quelque soin, parce que c'est le seul être gras que nous ayons vu en Flandre; il nous fit naître un espoir qui ne s'est pas réalisé, et je le note ici comme une des raretés du pays.

Nous demandâmes naturellement à dîner à ce digne seigneur, qui se hâta de nous octroyer notre requête. Fidèle à la couleur locale, en attendant la femme blonde, je lui demandai des choux de Bruxelles. Ce produit végétal parut totalement inconnu au gros monstre en veste de basin et en bonnet de coton.

— Monsieur veut des cardons d'Espagne? les faut-il au jus ou au beurre?

— Je veux des choux de Bruxelles, et non des cardons d'Espagne... je ne suis pas à Madrid, que diable!

— Pardon, je n'avais pas compris; très-bien! Garçon, apportez de la choucroûte à Monsieur.

Si j'avais eu des crics, des chèvres et quelques bigues à mon service, j'aurais de grand cœur jeté l'hôtelier par la propre fenêtre de son hôtellerie; mais je n'en avais pas, et il n'était au pouvoir d'aucune force humaine de remuer une pareille masse.

Le garçon apporta des petits pois verts qui étaient réellement verts et petits, contrairement à l'usage des pois ainsi nommés, qui se permettent, surtout à la fin d'août, d'être jaunes et gros à les couper par tranches comme des melons.

Suivant le conseil de Jules Janin, nous fîmes venir, pour nous acquérir l'estime de l'hôtelier, près de qui notre portemanteau aurait pu nous compromettre, une bouteille de vin de Bordeaux d'une qualité équivalente à peu près à un cabriolet avec cheval demi-sang. Nous n'osâmes pas risquer, vu le peu d'épaisseur de nos habits, le *Laffitte* représentant l'équipage complet. Cela eût été trop mythologique et trop exorbitant.

Notre pâture prise, nous mimes le nez à la fenêtre pour voir un peu la configuration de la rue et des perspectives avoisinantes. Nous avions en face de nous une maison percée de grandes fenêtres, avec toutes sortes de jeunes filles accoudées au balcon, les unes laides, les autres laides, très-brunes et assez maigres. C'était probablement un atelier de broderie ou quelque chose comme cela : une seule était blonde et jolie, mais, hélas! elle ne pesait pas quatre-vingts livres, et elle était d'une blancheur de cire vierge ; elle avait, du reste, une position bizarrement gracieuse : elle était assise sur la fenêtre, le dos appuyé contre le balustre, et la tête renversée du côté de la rue, de façon à ce que ses cheveux, mal retenus par son peigne, pendaient en dehors. Elle chantait je ne sais quelle romance en dodelinant la tête avec un petit tic nerveux on ne saurait plus charmant.

Les petites s'étant aperçues que nous les regardions, nous examinèrent plus à fond, et le résultat fut qu'à l'exception de la pâle blonde, qui se balançait toujours en chantant sa chanson, elles éclatèrent toutes de rire comme

un cent de mouches, et parurent nous trouver très-bouf-
fons, moi surtout, à cause de mes longs cheveux, et Fritz,
pour une raison que je n'ai pas bien démêlée, car il n'a-
vait rien que de très-majestueux en soi-même, et son
aspect, ce soir-là, était des plus convenables.

Nous nous lançâmes ensuite à travers la ville, à tout
hasard, comme deux sangliers dans un fourré. Fritz, qui
a un mouvement particulier d'aileron qui le fait marcher
en volant et voler en marchant, à l'instar des autruches,
allait devant; moi, je suivais bien loin derrière en soufflant comme un dogue qui a avalé une fourchette en lé-
chant un chaudron, et d'autant plus inquiet que j'avais
oublié le nom de la rue où était l'auberge. Ce qui me ras-
surait un peu sur la crainte de perdre mon ami Fritz,
c'est que j'étais porteur de la bourse, circonstance qui
l'eût nécessairement forcé à me retrouver, même au fond
des enfers, ou tout en haut de la Magdalena-Straas.

Après avoir traversé une infinité de rues bordées de
maisons avec des toits en escaliers, nous débouchâmes
tout d'un coup sur la place de l'hôtel de ville, c'est la
plus vive surprise que j'aie éprouvée dans tout mon
voyage.

Il me sembla que j'entrais dans une autre époque, et
que le fantôme du moyen âge se dressait subitement
devant moi; je croyais que de pareils effets n'existaient
plus qu'au Diorama et dans les gravures anglaises.

Qu'on se figure une grande place dont tout un côté est
occupé par l'hôtel de ville, un édifice miraculeux avec un
rang d'arcades, comme le palais ducal à Venise, des clochetons entourés de petits balcons à rampes découpées, un
grand toit rempli de lucarnes historiées, et puis un beffroi de
la hauteur et de la ténuité la plus audacieuse, tailladé à jour,

si frêle que le vent semble l'incliner, et tout en haut, un archange doré, les ailes ouvertes et l'épée à la main.

A droite, en regardant l'hôtel de ville, une suite de maisons qui sont de véritables bijoux, des joyaux de pierre ciselés par les mains merveilleuses de la Renaissance. On ne saurait rien voir de plus amoureusement joli; ce sont de petites colonnettes torses, des étages qui surplombent, des balcons soutenus par des femmes à gorge aiguë, terminées en feuillages ou en queues de serpent, des médaillons aux cadres fouillés et touffus, des bas-reliefs mythologiques, des allégories soutenant des écussons armoriés, et tout ce que la coquetterie architecturale de ce temps-là peut imaginer de plus séduisant et de plus amusant à l'œil. Toutes ces maisons sont admirablement conservées, il n'y manque pas une pierre; la triple chemise de couleur dont elles sont couvertes les conserve comme dans un étui.

La face parallèle est occupée par des édifices d'un caractère tout différent. Ce sont des hôtels dans le style florentin avec des bossages vermiculés, des colonnes trapues, des balustres, des guirlandes sculptées, des pots à feu, et près du comble de ces grands enroulements de pierre, de ces volutes contournées plusieurs fois sur elles-mêmes, dont j'ignore le nom technique, et qui ont assez l'air du paraphe de la signature de l'époque; ajoutez à cela que presque tous les ornements en saillie, tels que les chapiteaux des colonnes, l'intérieur des cannelures, le cadre des cartouches, et les flammes des cassolettes sont dorés, et vous aurez quelque chose d'assez étrangement magnifique, surtout pour un pauvre Parisien qui n'a vu que les maisons crottées jusqu'au troisième étage de son pandémonium.

Ce côté de la place forme une vraie galerie d'architecture, où toutes les nuances du *rococo* espagnol, italien et
français, depuis Louis XIII jusqu'à Louis XV, sont représentées par échantillon authentique et du meilleur choix.
Je me sers ici du mot *rococo* faute d'autre, sans y attacher
aucun sens mauvais, pour désigner une période d'art qui
n'est ni l'antiquité, ni le moyen âge, ni la renaissance, et
qui, dans son genre, est tout aussi originale et tout aussi
admirable.

Vis-à-vis l'hôtel de ville, et pour clore la place, il y a
un grand palais gothique, une espèce de maison votive,
élevée par je ne sais plus quel princesse, à la suite de je
ne sais plus quels événements, ayant perdu la petite
bande de papier où j'avais copié l'inscription latine qui
est écrite sur la façade ; car, bien que j'aie bonne mémoire, je me souviens assez peu volontiers du style lapi-
daire, surtout lorsque je crois avoir l'inscription dans ma
poche. Mais la légende ne fait rien à la médaille.

Cette maison votive sert maintenant de lieu de réunion
à quelque société mangeante, fumante, dansante ou littéraire, et l'intérieur, vivement illuminé, faisait flamboyer
un incendie de vitraux sur la face noire du vieux édifice
enseveli dans l'ombre, car la lune se levait par derrière,
et commençait à jeter sur les autres maisons de la place
son voile de crêpe lilas, glacé d'argent ; tout cela avait
l'air si peu naturel et si peu probable, que nous croyions
être devant une décoration de théâtre, exécutée par des artistes plus admirables que MM. Feuchères, Desplechin,
Séchan et Diéterle, peintres de l'Opéra.

Fritz prétendit même avoir entendu les trois coups du
régisseur et la sonnette qui appelle les acteurs pour entrer
en scène.

En effet, cela ressemblait à s'y méprendre au premier acte d'un drame de Victor Hugo, de *Lucrèce Borgia* ou d'*Angelo*. — Le grand palais de rigueur tout illuminé, et faisant rayonner sa joie dans la morne tristesse de la nuit; au fond la silhouette noire de Padoue, au moyen âge, qui se découpe sur l'horizon avec ses flèches et ses clochers.

Nous attendîmes quelque temps que Gubetta sortît de derrière son pilier, que madame Dorval descendît les marches du palais flamboyant, suivie du podestat jaloux, et qu'Homodei se levât de dessus son banc, avec sa guitare. Mais comme rien ne venait, nous prîmes le parti de nous en aller.

Seulement Fritz voulait redemander son argent à la porte, et cherchait à vendre sa contre-marque à quelque Wallon. Puisqu'il n'y avait pas spectacle, nous résolûmes d'aller prendre une tasse de café, chose qui nous semblait d'une exécution facile, et qui nous coûta des peines infinies.

Ayant vu un établissement où il y avait écrit : *Estaminet*, nous entrâmes bravement tous les deux de front pour avoir l'air plus respectable. — Hélas! autant aurait valu pour nous tomber dans une fourmilière ou dans une marmite d'eau bouillante; il y régnait un brouillard si épais qu'il était impossible à un homme d'une taille moyenne d'apercevoir ses pieds du haut de sa tête. Cependant, grâces au bâillement de la porte que nous n'avions pas refermée, la fumée de tabac s'étant un peu dissipée, nous pûmes apercevoir un comptoir ciré tout chargé de mesures, de verre, de pots d'étain d'un poli resplendissant, et quelque chose au milieu qui avait des ressemblances éloignées avec une femme. Nous demandâmes du café, de l'air sim-

ple et naturel de gens qui ne croient pas dire quelque
chose d'énormément ridicule.

Alors, du fond du nuage où nous commencions à distinguer çà et là quelques hures de Wallons, et quelques
dos de femmes accoudées à des tables, s'éleva une cla-
meur universelle, un hourra gigantesque, un éclat de rire
plus qu'homérique entrecoupé de : Oh eh! les *fransquillons*, oh eh! et d'autres grognements dans le français du
lieu, qui est moins intelligible que le flamand simple ou
le hollandais double. — Fort effrayé de cette réception
peu amicale de la part d'un peuple à qui nous sommes
intimement alliés, dit-on, je fis une prodigieuse cabriole
en arrière, qui me mit à peu près au milieu de la rue, à
une distance assez agréable de ce Capharnaüm damné.
Une demi-seconde, un tiers, un scrupule de seconde après,
je reçus dans l'estomac Fritz, qui battait en retraite préci-
pitamment, quoiqu'il soutînt qu'il s'était retiré avec les
honneurs de la guerre. Pour moi, j'avoue franchement
que je ne résistai pas à l'idée d'être mis en quartiers et
mangé tout cru par les Wallons, et que je me sauvai héroï-
quement le premier, comptant que la mise à mort, l'écor-
chement et le scalpement de mon ami intime me donneraient le temps d'atteindre les pays civilisés.

Malgré cet échec, Fritz, qui tenait à prendre du café,
chercha à me prouver, par des raisonnements plus brill-
lants que fondés, que nous n'étions pas encore tout à fait
chez les Esquimaux, et qu'au bout du compte nous ne cou-
rions guère d'autre risque que de nous faire jeter à la tête
une certaine quantité de pots d'étain, ce qui était une
occasion excellente de faire des expériences sur la dureté
spécifique de notre crâne, occasion qui ne se représente-
rait peut-être jamais.

Entraîné par ses sophismes dorés, je me hasardai avec lui en plusieurs autres endroits, où la même huée colossale nous accueillit, et toujours en refrain : Oh eh! les chiens de *fransquillons!* Je me crus un instant à Constantinople ; il n'y manquait que le chien de chrétien et Giaour.

Enfin, après plusieurs essais plus ou moins malheureux, nous trouvâmes un endroit où l'on nous donna du café, sans hourra et avec un sérieux convenable.

Le café pris, il s'agissait de retourner à l'hôtel du Morian. — Nous fîmes environ vingt-cinq lieues avant de retrouver ce bienheureux hôtel, les indications malicieuses des Wallons aidant sans doute à nous fourvoyer. Cependant, ayant enfilé à tout hasard une rue assez longue, il se trouva que c'était la rue d'Or, la rue que nous cherchions. O bonheur inespéré !

On nous conduisit dans nos chambres, et vers nos lits, dont nous avions éminemment besoin. Les lits belges ne sont pas faits comme les lits de France, il n'y a point de traversin, mais bien deux grands oreillers posés côte à côte. Les couvertures sont de coton, avec de petits nœuds et des entrelacements d'un très-joli effet. Les draps sont en toile de lin, les enveloppes des matelas de toile damassée assez semblable aux nappes à thé ; les chandeliers n'ont pas non plus la même forme que les nôtres ; ils posent sur un pied très-large, et se rapprochent des bougeoirs du temps de Louis XV. Le parquet est fait en planches de sapin grattées au vif, et qui ont une couleur de saumon pâle, au lieu d'être en carrés marquetés comme ici. On les lave toutes les semaines avec de l'eau bouillante et du grès. — Tout ceci ne paraîtra peut-être pas fort intéressant, mais cependant ce sont tous ces petits détails qui constituent la différence d'un pays à un autre.

Quant au sommeil belge, il est exactement pareil au sommeil parisien. Seulement, Fritz rêva qu'il se baignait dans la rivière Jaune de la Chine, et qu'il avait eu une indigestion de nids d'hirondelles, en sortant de souper avec un mandarin dont les ongles avaient huit pouces de long. Voilà ce qui se passa de plus remarquable dans cette nuit.

Le matin nous déjeunâmes comme un troupeau de lions à jeun depuis quinze jours, et je n'ose dire par modestie ce que nous nous infiltrâmes de bière dans le corps. Après cela, nous sentîmes un besoin prononcé de rouler par la ville le tonneau de faro et de lambick que nous avions caché sous notre peau.

Bruxelles est une ville d'un aspect plutôt anglais que français dans les parties modernes, plutôt espagnol que flamand dans ses parties anciennes. Il y a peu d'églises considérables, excepté Sainte-Gudule, rue de la Montagne. Les vitraux, les confessionnaux et la chaire de Sainte-Gudule sont d'une grande beauté. Quand je la visitai on était en train de la regratter, de la restaurer et de la badigeonner, car la rage du badigeon est encore bien plus véhémente en Belgique qu'en France. Dans cette église je remarquai pour la première fois cette idolâtrie de catholicisme générale en Belgique, et d'un effet tout nouveau pour moi, qui n'ai vu que les églises voltairiennes de France : c'était une profusion de clinquant, de couronnes, d'ex-voto, de cierges, de pots de fleurs, de bannières brodées, de caisses d'orangers, et mille autres inventions dévotes.

Une chose très-remarquable à Bruxelles, c'est que toutes les boutiques portent cette inscription : Un tel, bottier de la cour ; un tel, grainetier de la cour ; un tel, marchand d'allumettes de la cour, et sans cesse, et à propos de métiers qui ne semblent pas le moins du monde avoir affaire à la cour. Les boutiques d'apothicaires portent pour enseigne de grands bois de cerfs naturels, cela soit dit sans faire allusion à l'état conjugal d'aucun de ces messieurs. Quant aux estaminets, il y en a deux fois plus que de maisons.

A force de ramper le long de la Magdalena-Straas, nous parvînmes à une grande belle place carrée, qui se nomme la place Royale, et sur laquelle on voit une église avec un fronton où il y a, au milieu d'une gloire, un œil sculpté qui a l'air d'un modèle d'œil gigantesque proposé à tous les bambins de la ville. Le palais du roi est tout près de là. C'est un assez grand édifice, d'une architecture médiocre, peint en blanc, à l'huile, et qui doit être un logis confortable et commode. L'art n'a rien à y voir. Le parc, qui est assez petit, n'offre rien de particulier; on y trouve un petit bassin et quelques groupes thermes, gaines et statues, peints également à l'huile et vernis; les arbres de ce jardin m'ont semblé d'un vert admirable, même pour ce pays de belle verdure, et il y règne un grand air de fraîcheur.

Notre tour fait dans le Parc, nous allâmes chez les éditeurs de contrefaçon; j'achetai les poésies complètes d'Alfred de Musset, en un volume, et *Madame de Sommerville*, de Jules Sandeau; je voulus aussi acheter *Mademoiselle de Maupin*, roman de votre serviteur; mais j'avoue que cela me fut impossible, par la raison que je ne le trouvai nulle part. Ceci me mortifia d'autant plus que le Bibliophile, l'Alphonse Brot, l'Hippolyte Lucas, et autres gens illustres de ma connaissance, étaient mirifiquement contrefaits, et que je confesse avec toute l'humilité qui me caractérise que jusqu'ici je m'étais cru l'égal de ces messieurs. Mon voyage m'a détrompé et fait revenir d'une si folle présomption (1). Le Bibliophile surtout jouit d'une si grande réputation dans ce pays-là, que les *Mauvais Garçons* d'Alphonse Royer et de Barbier, la *Notre-Dame* de Victor Hugo, les deux meilleurs romans que le moyen âge ait inspirés, sont imprimés sous son nom.

Les volumes de prose du *Spectacle dans un Fauteuil*, d'Alfred de Musset, ne sont pas connus en Belgique, et le contrefacteur à qui je les demandai parut tout surpris, et écrivit sur-le-champ à son correspondant de les lui envoyer. Cela ne fait pas grand honneur à la publicité de la *Revue des deux Mondes*, et aux goûts littéraires des libraires belges.

En sortant des boutiques des contrefacteurs, nous prîmes un fiacre, et nous nous fîmes conduire à la porte de Laeken pour voir les chemins de fer. Les fiacres belges sont très-beaux, et ne ressemblent nullement à nos sapins ; ils vont vite et sont attelés de chevaux convenables. Celui où nous étions était une espèce de landau doublé de velours blanc, et qui eût paru ici un équipage fort magnifique ; mais aussi, s'ils sont deux fois plus beaux que les nôtres, ils sont deux fois plus chers. Ils se tiennent d'habitude sur la place Royale ; il y en a à peu près une quarantaine.

Un chemin de fer est maintenant un objet d'une trop haute importance et trop *palpitant d'actualité* pour que nous ne lui consacrions que le dernier alinéa de notre chapitre ; cela serait surtout un peu léger de notre part, à

(1) L'auteur écrivait cela il y a quelques années : aujourd'hui toutes ses œuvres ont subi les honneurs de la contrefaçon. *(Note de l'Editeur.)*

nous qui sommes en délicatesse à l'endroit du chemin de fer, et qui en avons parlé maintes fois en termes peu mesurés. Le chemin de fer de Bruxelles à Anvers, ô magnanime lecteur! sera donc le sujet du chapitre suivant, avec une description très-belle d'Anvers à vol d'oiseau, que je tiens en réserve pour le crescendo de ma symphonie.

VI.

Le chemin de fer est maintenant à la mode ; c'est une manie, un engouement, une fureur ! Mal parler du chemin de fer, c'est vouloir s'exposer de gaieté de cœur aux invectives agréables de messieurs de l'utilité et du progrès ; c'est vouloir se faire appeler rétrograde, fossile, partisan de l'ancien régime et de la barbarie, et passer pour un homme dévoué aux tyrans et à l'obscurantisme. Mais dût-on m'appliquer le fameux vers de M. Andrieux :

Au char de la raison attelé par derrière,

je dirai hardiment que le chemin de fer est une assez sotte invention. — Comme aspect, le chemin de fer n'a rien de pittoresque en lui-même. Figurez-vous de petites tringles (rails-road) posées à plat sur des bûches, dans lesquelles s'engrènent des roues creuses et d'un diamètre médiocre, de la grandeur à peu près des roues de devant d'une diligence. — Puis, une longue file de voitures, fourgons, chariots liés les uns aux autres avec des chaînes, et séparés par de gros tampons de cuir, pour tempérer le frottement et les chocs accidentels. — En tête un remorqueur, espèce de forge roulante, d'où s'échappent des pluies d'étincelles, et qui ressemble, avec son tuyau dressé, à un éléphant qui marcherait la trompe en l'air. — Le reniflement perpétuel de cette machine, qui, en fonctionnant, crache une noire vapeur, avec un bruit pareil à celui que ferait, en soufflant l'eau salée par ses évents, un monstre marin enrhumé du cerveau, est assurément la chose du monde la plus insupportable et la plus pénible ; l'odeur fétide du charbon de terre doit être aussi mise en ligne de compte parmi les avantages de cette manière de voyager.

Je m'imaginais que l'on ne sentait aucune espèce de cahot ni de mouvement sur les bandes polies du chemin de fer ; c'est une erreur : les voitures traînées par le remorqueur ont une oscillation d'avant en arrière, une espèce de tangage horizontal qui affadit et donne mal au cœur. Ce n'est point un cahotement de bas en haut comme celui qui est causé par les inégalités des chemins ordinaires ; c'est un mouvement pareil à celui d'un tiroir à coulisse qu'on ouvrirait et qu'on refermerait plusieurs fois de suite avec précipitation. Le remorqueur se met en marche, la première voiture tire la seconde qui vient frapper sur le tampon intercalaire, et ainsi de suite, jusqu'au bout de la file ; ce contre-coup sourd est quelque chose d'affreux, surtout quand le remorqueur s'arrête, — cérémonie qui s'exécute avec une musique de ferraille peu réjouissante.

Pour la vitesse, elle est assez grande ; mais cependant, elle ne m'a pas paru dépasser celle d'une chaise de poste. On m'a dit, il est vrai, que la machine pouvait être beaucoup plus poussée, et la force de progression doublée. — Après cela, il y a cette petite considération, de sauter en

l'air et d'être envoyé à la rencontre des aérolithes et des
étoiles filantes, promenade qui ne manque pas d'un certain
charme.

J'avoue que j'aime mieux les anciennes voitures attelées
avec des chevaux, que toutes ces mécaniques de complication peu rassurante. — Une bonne berline, avec trois
forts chevaux, et un postillon, seulement à moitié ivre, qui
fait claquer allègrement son fouet, et fesse à tour de bras
les lutins de l'air, a quelque chose d'autrement vivant et
joyeux que des rangées de corbillards qui glissent silen-
cieusement sur ces rainures au bruit asthmatique du
chaudron.

De bons chevaux piaffant, hennissant, avec de grandes
crinières, des croupes satinées, des pompons rouges et des
grelots scandant de leurs sabots ce beau vers de Virgile :

Quadrupe | dante pu | trem soni | tu quatit | ungula | campum,

sont certainement préférables comme poésie et comme
commodité ; on peut aller à droite et à gauche, traverser
et couper au lieu de suivre imperturbablement la ligne
droite, celle de toutes les lignes qui déplaît le plus aux
gens qui n'ont pas le bonheur d'être mathématiciens ou
fabricants de chandelles, et qui ont conservé dans un coin
de leur âme le sentiment du beau, — provenant, comme
on sait, de l'emploi des lignes rondes et des zigzags, vérité
très-connue des enfants qui vont à l'école.

Quand le seul inconvénient des chemins de fer ne serait
que d'amener la suppression des chevaux et des cochers,
ce serait assez, à mon sens, pour qu'on ne les adoptât pas.
— J'abandonnerais assez volontiers les cochers pour qui
j'ai une sollicitude médiocre ; mais je serais désolé que ce
superbe animal qui a fourni à Job et à M. Delille le sujet

d'une si belle description, disparût de la surface du globe ; et vraiment, du train dont y vont MM. les utilitaires, je crains fort que l'on n'en arrive bientôt, comme on le voit dans la caricature de *Cruischank*, à faire l'exhibition du dernier cheval, entre une cage d'humanitaires et de Papous de la mer du Sud. Dans quelques cents ans d'ici, les Georges Cuvier et les Geoffroy Saint-Hilaire de l'époque arriveront, par l'anatomie comparée, à reconstruire les squelettes de chevaux dispersés dans les couches de tuf, de calcaire ou de marne, en feront des descriptions interminables propres à démontrer qu'il ne faut pas confondre la bête appelée hippoterium, qui vivait avant le grand renouvellement du monde, opéré par la vapeur, avec le hanneton et le rhinocéros ; et que ce n'est pas non plus un poisson comme quelques savants l'ont d'abord prétendu.

Nous ne sommes pas encore arrivés au degré de folie des Américains, qui font des chemins de fer dans tous les sens, sous terre, dans l'eau, au grenier, à la cave, et d'un coin de la chambre à l'autre. — Nous avons trop de bon sens pour nous laisser aller à de telles rêveries, et la France sera assurément le dernier pays sillonné de chemins de fer. — Les chemins de fer sont à peu près comme les omnibus, qui coûtent peu de frais de transport, parcourent de grands espaces, et voiturent beaucoup de monde. Ils ne vont jamais où l'on a affaire : c'est ce qui fait que la première rue venue, et un cabriolet, vaudront toujours infiniment mieux. Un chemin de fer et un omnibus aboutissent, sans exception, à un bourbier, à une porte fermée et à un égout en construction ; de sorte que pour arriver à l'endroit où l'on veut aller, il faut toujours prendre une voiture et un cheval ordinaires.

Tout ce qui était véritablement utile à l'homme a été

4

inventé dès le commencement du monde. Ceux qui sont
venus après se sont renversé l'imagination pour trouver
quelque chose de nouveau : on a fait autrement, mais on
n'a pas mieux fait. Changer n'est pas progresser, il s'en
faut de beaucoup; il n'est pas encore prouvé que les bateaux à vapeur l'emportent sur les vaisseaux à voile, et
les chemins de fer, avec leur machine locomotive, sur les
routes ordinaires et les voitures traînées par des chevaux;
et je crois qu'au bout du compte, on finira par en revenir
aux anciennes méthodes, qui sont toujours les meilleures.
— Un de mes amis, homme de grande science et de grand
esprit, s'occupe à fabriquer de la chair, en faisant passer
des courants électriques dans du blanc d'œuf; je pense
qu'il est plus simple d'acheter une livre de viande chez le
boucher, car les beef-steaks de mon honorable ami ressemblent, quoi qu'il en dise, à des omelettes manquées;
et quand même son opération réussirait parfaitement bien,
qu'en résulterait-il? Depuis Adam de bien heureuse mémoire on a de la viande sans galvanisme, sans courants
électriques et sans blanc d'œuf. J'ai connu aussi un autre
jeune homme qui avait trouvé la poudre de projection; il
a dépensé vingt-deux mille francs pour composer un louis,
et fit fondre la maison où était son laboratoire, par la
violence et la continuité du feu. Beau profit! en vérité.
Ceci est un peu l'histoire du chemin de fer.

Les wagons sont divisés en berlines, diligences, chars à
bancs couverts et simples chariots. — Dans la berline, les
places sont séparées comme des stalles de théâtre, et l'on
est assis sur de petits fauteuils; la diligence est absolument pareille aux diligences ordinaires; le prix des places varie depuis quatre francs dix sous jusqu'à un franc;
il y a plusieurs départs dans la journée.

Le chariot locomotif, le cheval de vapeur, qui râlait affreusement depuis quinze minutes, se mit à renacler plus fort, et à souffler plus activement la fumée; un mouve. ment se fit, et nous commençâmes à rouler, d'abord avec lenteur, puis plus rapidement, et enfin avec une assez grande vitesse.

Le pays que nous traversions était parfaitement plat et parfaitement vert; çà et là, les blanches maisons de Laeken, semblables à des marguerites, s'épanouissaient sur ces riches tapis d'émeraude, mouchetés de grands bœufs nageant dans l'herbe jusqu'au ventre; des jardins anglais avec des allées jaunes, des rivières endormies aux eaux d'étain et de vif-argent, des ponts chinois, enluminés de couleurs brillantes, passaient à droite et à gauche; des peupliers maigres et longs défilaient au grand galop; des clochers se haussaient au bord de l'horizon; de grandes flaques d'eau, pareilles aux écailles dispersées d'un poisson gigantesque, miroitaient de loin en loin sur la terre brune; dans les excavations nombreuses qui bordaient le chemin, quelques estaminets avec le *Verkoopt men dranken* en lettres longues d'un pied, souriaient doucement du fond de leur petit jardinet de houblon, et faisaient mille avances au voyageur, pour l'engager à descendre et à boire un bon verre de cette grosse bière flamande, et à fumer une pipe de ce patriotique tabac belge; avances inutiles, car sur un chemin de fer on ne peut s'arrêter, même pour boire, ce qui est un des plus graves inconvénients du chemin de fer, à mon avis.

Des barrières de bois peint, gardées par de petits garçons, barraient tous les chemins de traverse, jusqu'après le passage des wagons; et de distance en distance, de frêles cabanes de gâchis et de paille abritaient les pionniers chargés de veiller à ce qu'aucúne pierre ne se trouvât sur le rail.

La machine étant arrivée à son plus haut degré de prògression, produisit un effet pareil à celui qui dans un bateau vous fait voir les rives en mouvement, tandis qu'il vous semble que vous-même vous êtes immobile. Les champs étoilés des fleurs d'or du colza commencèrent à s'enfuir avec une étrange vélocité, et à se hacher de raies jaunes où l'on ne distinguait plus la forme d'aucúne fleur ; le chemin brun, piqué de petits cailloux blancs crayeux, avait l'apparence d'une immense queue de pintade que l'on aurait tirée violemment sous nous ; les lignes perpendiculaires devenaient horizontales, et si la figure du pays eût été mieux dessinée et plus accidentée, cela eût produit un mirage singulier. La silhouette de Malines, où ressortait principalement une grande tour carrée, passa si vite à côté de nous que, lorsque je poussai le coude à mon ami Fritz pour la lui faire voir, elle était déjà hors de portée. Cette rapidité ne se soutint pas, soit que le charbon manquât, soit que la nécessité de poser des voyageurs à différentes stations forçât de ralentir le feu. Cependant nous approchions d'Anvers, et comme le chemin de fer n'y aboutit pas directement, une foule d'omnibus de diverses formes et de diverses couleurs était ameutée à la descente. Ces omnibus se payent six sous comme les nôtres ; ils sont doublés en toile peinte et cirée, ont une impériale entourée de grillage pour mettre les paquets, et sont attelés de trois chevaux de front, comme l'étaient primitivement les omnibus de Paris. Ces chevaux, plus beaux et mieux nourris que les misérables rosses qui servent ici au transport en commun, n'ont pour tout harnais qu'un collier très-léger et sont du reste entièrement nus.

On entre dans Anvers par une porte de pierre, relevée de bossages, d'armoiries, et de trophées d'un effet qui ne manque pas de majesté; les maisons roses, vert-pomme et gris de souris y abondent comme de raison; j'ai ai même vu deux ou trois en bois d'un ton goudronné fort régalant; mais ce qui m'a le plus étonné, c'est la quantité prodigieuse de madones, peintes et ornées de verroteries comme les bonnes vierges du moyen âge, que l'on voit à chaque angle de rue. Les calvaires ne sont pas moins nombreux; les sept instruments de la passion, la croix, la lance, l'échelle, le marteau, les clous, l'éponge, la couronne d'épines, disposés en faisceau, tapissent presque toutes les murailles; de grands Christs d'un aspect tout à fait patibulaire, teints d'une couleur de chair livide et sillonnés de longs filaments rouges, s'élèvent dans les carrefours et au coin des places; une lanterne leur tient lieu d'auréole, et ils ont tous une instruction conçue à peu près ainsi : *Ex Christo splendor,* ou *Christus dat lucem,* sur toutes les variations possibles; on ne peut se figurer l'effet fantastique que font au clair de lune, dans la brume du soir, ces figures, de grandeur naturelle, avec leur lanterne rougeâtre, qui semble un œil de cyclope ouvert dans la nuit.

J'avais vu chez Roger de Beauvoir, sur son album, un dessin très-fantastique d'Alphonse Boyer, représentant une immense tache d'encre, avec cette pompeuse inscription : *Anvers la nuit.* Rien ne s'opposait à ce que ce fût Constantinople ou Mazulipatnam. J'avais gardé à cause de ce dessin fallacieux une idée très-noire d'Anvers, et rien ne me surprit davantage que d'y voir clair, même la nuit, grâce aux Christs-lanternophores. Rien n'est moins bitumineux, moyen âge et fouillis, que la ville d'Anvers; pas le moindre ruisseau stagnant, pas la moindre rue dépavée,

4.

rien enfin de ce pêle-mêle pittoresque qui fait de Rouen
une si charmante ville pour les artistes. Isabey, Poitevin et
autres seigneurs de la peinture ficelée, chiquée et culottée
(pardon du mot), ne trouveraient pas le plus léger sujet
de croquis à Anvers; tout y est large, vaste, bien aéré,
d'une propreté fabuleuse; tout y est peint à trois couches,
même la cathédrale, qui est enluminée d'un pistache assez
facétieux.

Nous descendîmes sur la place Verte dans le dessein
louable de dîner très-bien; ce à quoi nous ne réussîmes
qu'imparfaitement; mais Dieu, qui ne regarde que l'intention, nous pardonnera, je l'espère. On nous avait indiqué l'hôtel de l'Union comme un endroit où l'on pouvait
vaquer agréablement à la réparation de dessous le nez;
nous allâmes donc à la *restauration* de l'Union, car, en
français-belge, un restaurant se nomme une restauration.
C'est une très-grande maison d'un blanc tirant sur le bleu
de ciel, avec de grandes fenêtres, des bornes de fonte et
et d'un aspect tout à fait convenable. Nous y bûmes d'un
certain vin blanc du Rhin qui n'était pas trop mauvais.
Quant à la cuisine, elle était banale, et sans le moindre
caractère. Fritz, qui à la manie des ingrédients exotiques,
ne put trouver sur la carte, quoiqu'il eût eu la patience de
la lire d'un bout jusqu'à l'autre, rien d'étrange et d'in-
congru, excepté une compote de gingembre de la Chine.
Les confitures que Pantagruel envoya à Pichrocole ne sont
rien auprès de cela. Figurez-vous des cantharides mari-
nées dans de l'eau forte, du piment au vitriol, tout ce que
vous pourrez imaginer de plus diaboliquement épicé et de
plus haut en goût, une mixture à vous faire venir des cloches à la langue, comme si vous eussiez léché des orties,
et vons aurez une faible idée de ce ragoût chinois et de

saveur exorbitante. Dès que nous eûmes dans le corps deux bouchées de cette abominable composition, nous commençâmes à crier : Haro! haro! la gorge m'ard! sus page à la humerie! mais l'incendie ne s'éteignit pas pour cela, et nous fûmes obligés de nous lever de table avec un volcan en flamme dans la poitrine.

A côté de nous dînaient deux vaudevillistes de mes amis dont j'ignore le nom... Aller en Flandre pour voir des Flamandes blondes, et y trouver des Parisiens vaude-villistes : ô dérision!

Les vaudevillistes s'en furent à l'orient, et nous au couchant; nous ne nous sommes pas encore rencontrés depuis.

Comme il faisait encore assez de jour, nous visitâmes la cathédrale : il y a trois Rubens miraculeux, la Descente de croix, l'Érection de la croix et l'Assomption de la Vierge; les deux premiers avec des volets de la même main, qui forment quatre tableaux. Six pages de oh! de ah! et de points d'exclamation, ne pourraient que faiblement représenter la stupeur admirative dont je fus saisi à l'aspect de ces prodiges; au lieu d'un chapitre, il me faudrait un volume in-octavo. La chaire de bois, sculptée par Verbruggen, est de la plus grande beauté. Le sujet représente Adam et Ève, et la rampe, entourée de pampres et de feuillage, est chargée de toutes sortes d'oiseaux et d'animaux singuliers, entre autres, des dindons faisant la roue. Est-ce une allusion maligne de l'artiste aux ouailles du prédicateur, ou au prédicateur lui-même? Nous n'osons décider cette question délicate. Quelle souplesse, quelle netteté, quelles arêtes franches et vives, quelle tournure abondante et facile! comme cela est touffu, luxuriant, plein d'invention et de curiosité dans les détails, et que ces artistes du seizième siècle étaient de robustes

compagnons! L'église renferme aussi quelques bons tableaux de Quintin Metzys, d'Otto Venius, maître de Rubens, de Van Dyck, et de plusieurs autres. Une seule chose
chagrinante, c'est que cette belle cathédrale, qui est peinte
en pistache par dehors, soit barbouillée en-dedans d'un
jaune-serin exécrable, appliqué à plusieurs couches, et
avec le plus grand soin du monde.

L'église visitée intérieurement, l'idée de grimper dans
le clocher se présenta à nous; il nous en coûta trois
francs, ce qui est un peu cher pour un clocher. On montait dans les tours de Notre-Dame pour six sous, avant le
roman de Victor Hugo, qui a mis la vieille cathédrale à
la mode; il en coûte huit sous maintenant, prix encore
assez raisonnable.

Il y a six cent vingt-deux marches du pavé à la base de
la croix qui surmonte la flèche; on se hisse par un petit
escalier tournant, où d'étroites barbacanes laissent à peine
filtrer un jour douteux. L'obscurité est d'abord très-
intense, à cause de l'ombre des édifices voisins; mais à
mesure qu'on s'élève, le jour augmente dans une progression symbolique, pour faire comprendre qu'en s'éloignant
de la terre, les ténèbres se dissipent, et que la vraie lumière
est en haut. A la moitié de la hauteur, se trouvent les
cages des cloches, ces monstrueux oiseaux qui perchent et
chantent sur le feuillage de pierre des cathédrales, et des
chambres où l'on moule en ciment-mastic les fleurons
ébréchés, et où l'on fabrique les ornements en saillie,
dont le temps ou la guerre ébarbe incessamment la vieille
église. — C'est une justice que l'on doit rendre aux Belges,
ils soignent leurs monuments avec un amour tout filial :
une pierre n'est pas plutôt tombée, quelle est replacée ;
un trou ouvert, qu'il est bouché ; ils les mettraient volon-

tiers sous verre, et cela est vraiment un état agréable, que l'état de monument dans ce pays-là. Seulement ils se montrent infiniment trop prodigues de vert-pomme, de jaune-citron, et autres badigeons peu gothiques. L'hôtel de ville d'Alost, où nous passâmes en revenant, est quelque chose de bien curieux dans ce genre : le fond de la muraille est d'un vert tirant sur le prasin, rayé de petites lignes blanches, pour figurer le joint des pierres ; les colonnettes sont bleu d'ardoise, les statues et les sculptures en blanc d'argent verni ; c'est fort bouffon, on dirait un jouet d'Allemagne.

Après bien des détours dans le ventre ténébreux du tube immense, nous débouchâmes enfin sur la plateforme. Un panorama gigantesque se déploya devant nos yeux ; on ne peut guère imaginer un spectacle plus magnifique : de grandes vagues d'air nous baignaient la figure, et les frais baisers du vent séchaient sur nos fronts moites la sueur que la fatigue de l'ascension y avait fait perler ; des bouffées de colombes passaient de temps à autre, et neigeaient en blancs flocons sur la balustrade découpée en trèfles si frêles, que je n'osais m'y appuyer, de peur de me précipiter avec elle dans l'abime ; toute la ville se pressait au pied de la cathédrale, comme un troupeau au pied du pasteur ; les plus hautes maisons lui allaient à peine à la cheville, et les toits découpés en escaliers faisaient de là-haut un singulier effet ; on aurait dit que les habitants de la ville avaient essayé de bâtir des gradins pour monter à l'assaut de la cathédrale, mais qu'ils s'étaient arrêtés au bout d'une douzaine de marches, voyant l'inutilité de leurs efforts. Tous ces toits ainsi chargés d'escaliers qui n'aboutissent à rien, avaient l'air d'un tas de petites Babels inachevées.

La ville, vue à vol d'oiseau, présente la figure d'un arc tendu dont l'Escaut forme la corde ; ses toitures d'un rouge vif et d'un bleu violet écaillaient encore vivement la brume du soir, qui commençait à monter. L'Escaut brillait par places, comme une lame d'acier poli : dans d'autres endroits, il avait l'éclat mat d'une glace tournée du côté du tain ; de l'autre côté du fleuve, on apercevait la Tête-de-Flandre, et par-delà, d'immenses prairies d'un vert velouté où les eaux de l'Escaut, qui font beaucoup de sinuosités, pailletaient de loin en loin. Des koffs à voiles rouges s'avançaient lentement en déchirant de leur léger sillage la terne pellicule de ces rubans de plomb fondu. Souvent, comme l'horizontalité de la perspective ne permettait pas d'apercevoir le lit du fleuve, les barques avaient l'air de naviguer en pleine terre, et d'être des charrues à la voile. Le gardien nous fit remarquer, tout près de la ligne où commençait le ciel, quatre petits points noirs, presque imperceptibles. C'étaient quatre vaisseaux hollandais surveillant les passages. C'est dans cette direction que se trouve Berg-op-Zoom ; mais j'eus beau écurer les verres de ma lorgnette, je ne pus rien distinguer parmi les tons violâtres du lointain qui eût la moindre ressemblance avec une ville. — Si ce grand désir de voir Berg-op-Zoom, vous étonne, c'est que j'ai eu un certain grand-père qui était monté le premier à l'assaut de Berg-op-Zoom, et qui avait reçu une épée d'honneur en argent pour ce beau fait d'armes. Comme c'est l'histoire la plus triomphante de ma famille, je n'aurais pas été fâché d'entrevoir, même de très-loin, un endroit où un de mes ancêtres avait été si courageux. — Mais cette satisfaction me fut refusée.

De grands bancs de vapeurs rougeâtres s'entassaient les uns sur les autres, avec des reflets de cuivre et d'airain, comme de gigantesques armures de Titan sortant de la fournaise. C'étaient des déchirures et des éboulements, des masses entrecoupées de lueurs flamboyantes, en manière de volcan écroulé, d'un effet sublime.

Le soleil, comme un immense bouclier de feu passé au bras de l'archange destructeur, rayonnait sinistrement au milieu de ces teintes rousses; la forme d'un grand nuage, qui avait l'air d'un guerrier assis sur un îlot flottant dans une mer de feu, complétait l'illusion. Cet effet fantasmagorique dura quelques minutes. Le vent soufflait avec violence, le profil du nuage s'estompa, et l'archange se fondit en brouillard.

Quand nous eûmes contemplé suffisamment ce spectacle, le gardien nous fit remarquer que nous n'étions pas tout à fait en haut et qu'il y avait encore cent vingt marches à monter, et il nous fit voir un petit escalier large comme les deux mains, en nous disant qu'il n'y avait qu'à aller tout droit.

Figurez-vous une aiguille très-aiguë, très-mince, creuse par dedans, horriblement fenêtrée et fouillée à jour, haute comme le Chimboraço, et allant toujours en s'étrécissant. Fritz, cette fois, me laissa passer le premier, honneur que je n'ambitionnais guère; je le trouvai beaucoup trop poli. Dès que je fus engagé dans cette abominable tuyau, il me sembla que je devenais énorme et que j'enflais considérablement. J'eus peur de ne pouvoir redescendre et d'être obligé de rester là jusqu'à la fin de ma vie, comme cette femme du gardien du phare, qui avait tellement engraissé dans son nid aérien, qu'elle ne put jamais repasser par l'étroit escalier qu'elle avait gravi lestement, fluette jeune fille. Je me sentais plus lourd qu'un éléphant, avec un château de guerre sur le dos. Les marches me ployaient

sous les pieds, et mes coudes faisaient bomber les parois
du mur, comme un carton sur lequel on appuie. A travers
les découpures scélérates de cette infernale aiguille, aussi
frêle que les dentelles de papier que l'on met sur les bonbons et sur les fruits confits, on apercevait des traînées
d'air bleuâtre ou le pavé de la place, grande comme un
damier de médiocre dimension, les hommes comme des
hannetons, et les chiens comme des mouches, perspective
agréable !

Pour surcroît de plaisir, il faisait une bise carabinée,
une bise à décorner les bœufs, et tout dansait dans ce diable de clocher, comme des assiettes sur un dressoir quand
il passe une voiture.

Je me retournai pour voir si Fritz me suivait, et je lui
fourrai le pied dans l'œil, ce qui vous donnera une idée
suffisante de la douceur de cette rampe ; enfin nous parvînmes à une petite lucarne ouverte sur le vide, près de
la boule de la croix. Notre ascension était finie. Nous
nous assîmes quelques instants sur la dernière marche
pour nous reposer un peu. Pendant que j'étais assis, il
me vint cette idée ingénieuse, qu'un jour les clochers des
cathédrales devaient nécessairement s'écrouler, et que
c'était peut-être ce jour et à cet instant même que la flèche
de Notre-Dame d'Anvers devait fléchir sur ses jambes de
granit et donner du nez sur le pavé. Il eût été peu
réjouissant de se trouver précisément au sommet de la
parabole. Je communiquai cette réflexion à Fritz, qui la
trouva de très-bon goût, et nous nous mîmes à dégringoler
l'escalier en colimaçon, les oreilles couchées sur le dos
comme des lièvres qu'on poursuit.

Au moment où nous touchions la première plate-forme,
le soleil, chancelant comme un homme pris de vin, fit un

faux pas et trébucha au fond d'un gouffre de brume. —
De temps en temps une lueur intermittente, comme celle
d'un feu qu'on ravive avec un soufflet, passait sous les
barres noires des nuages. C'était magnifique au-delà de
toute plume et de toute palette. Le galimatias le plus
transcendant serait faible à côté de cela.

Du côté opposé, ce n'étaient que bleus froids, violets glacés, gris vaporeux ; il faisait déjà nuit. Malines,
avec son clocher à cadran quadruple, recevait seule un
rayon orangé, qui la détachait vivement sur le fond de
culture zébrée de différentes nuances. La silhouette in-
décise de Bruxelles mordait à peine la dernière frange de
l'horizon, et le remorqueur, avec sa queue de chariot et
son aigrette de fumée, rampait sur son rail comme un
animal étrange ; et quelques maisons de campagne, aux
lumières déjà allumées, piquaient de points brillants ces
larges teintes de plus en plus rembrunies.

Le soleil disparut tout à fait.

Fritz, qui est un jeune homme bien élevé, prétendant
qu'il ne faut pas être malhonnête, même avec les astres,
ôta très-gracieusement son chapeau, salua le soleil et lui
dit : Bonne nuit, mon vieux ; à demain. . . . . . .
. . . .
. . . .
. . . .

VII.

Tu te souviens sans doute que nous avons visité Anvers ensemble il y a quelque dix ans, ô mon cher Fritz, alors que le chemin de fer venait d'être établi, et qu'il n'existait encore sur le continent d'autre railway que ce tronçon d'une dizaine de lieües? — Assurément tu te rappelles ces jolies maisons, semblables à des jouets d'Allemagne, que nous aurions voulu emporter dans des boîtes de sapin pour les donner en étrennes aux enfants de notre connaissance; ces façades vert-pomme, rose, bleu de ciel, citron, ventre de biche, lilas, rehaussées de petites raies blanches, qui avaient un aspect si gai, si propre, si coquet? Eh bien! tout cela est changé. Ces maisons à toits en escaliers qui faisaient notre admiration, sont uniformément engluées et poissées de cet horrible badigeon jaune dont au moyen âge on barbouillait le logis des traîtres. C'était le plus affreux supplice que ces siècles coloristes eussent pu rêver. Il est

probable que pour les trahisons particulièrement scélérates
on ajoutait aux murailles ainsi déshonorées une plinthe
chocolat. N'accuse pas, mon cher Fritz, le mauvais goût
des Anversois, ou des Antwerpiens, je ne sais pas quel
est le mot régulier ; ils ne demanderaient pas mieux que
d'égayer les murs de leurs habitations de teintes charmantes. — C'est par autorité supérieure qu'ils sont forcés
à ce crime antipittoresque : un arrêt municipal condamne
une ville innocente à s'affubler d'une robe potiron, à
revêtir la livrée de l'infamie. — Il est bon de dénoncer à
la haine des peintres et aux malédictions des poëtes le
nom du principal promoteur de cette mesure ridicule : il
s'appelle Gérard Legrelle.. — A la maison de ville est
déposé un échantillon des nuances que les badigeonneurs
peuvent employer. — C'est une gamme de tons faux à
faire sauter Rubens dans sa tombe. — Il faudrait avoir la
liberté de termes du temps de la régence pour qualifier
certaines de ces teintes : cela varie du blanc plombé au
jaune putride. Le dauphin et l'oie ont baptisé jadis deux
de ces couleurs, que je ne caractériserai pas davantage ; on ne saurait rien imaginer de plus purulent et de
plus malsain à l'œil. Voilà dans quel état est Anvers. Je
te dirai aussi que la faille, ce souvenir de la mantille
espagnole, a presque entièrement disparu.

Les Christs porte-falots et les madones illuminées au
coin des carrefours m'ont semblé beaucoup moins nombreux qu'autrefois. — Les trois Rubens de la cathédrale
n'ont pas flamboyé si vivement à mes yeux qu'à mon
premier voyage. Cela vient-il du voile jeté sur ma vue par
dix années, ou réellement ces nobles toiles ont-elles subi,
elles aussi, l'altération du temps ? Je me félicite d'être
venu au monde à une époque où les chefs-d'œuvre de

Rubens, de Raphaël, du Titien étaient encore visibles, et ne puis m'empêcher de plaindre la postérité, qui ne les connaîtra que par les gravures. — Cette sereine jouissance d'admirer une pensée sublime sous une forme divine, nos descendants en seront privés.

D'Anvers à Liège, il y a quatre-vingts kilomètres : — un pas, aujourd'hui. Aussi, mon camarade et moi, nous n'avons pas su résister au désir d'aller voir les préparatifs du grand jubilé qui devait bientôt avoir lieu.

Nous voilà donc partis tous deux pour Liége, qui se nomme en flamand Luttich. Au débarcadère du chemin de fer où nous déjeunâmes, une fort jolie fille qui nous servait consentit à nous donner de la bière. — Nous marquons cette circonstance, car c'est la seule fois que nous pûmes en obtenir dans tout notre voyage. — Tu te rappelles sans doute, Fritz, « mon vieil ami, mon vieux complice, » les abondantes et nombreuses libations que nous fîmes autrefois à ce Bacchus du Nord, couronné d'épis d'orge et de houblon, qui, pour ne pas valoir son frère du Midi, n'est cependant pas dénué d'un certain mérite local. Ton gosier a conservé la mémoire de nos études sur le faro, le lambick, la bière blanche de Louvain et les variétés de ces amers et nourrissants breuvages ; maintenant tu ne pourrais trouver une schoppe de bière dans aucune auberge. A l'hôtel de Suède, à Bruxelles, superbe établissement très-bien tenu, nous demandâmes au garçon une cruche de faro. Cet honnête serviteur rougit et pâlit, et donna les signes du plus grand embarras ; il tortillait sa serviette, tracassait les pointes de son col de chemise, et finit par dire d'un ton pénétré d'horreur : « Oh! monsieur, c'est impossible ! » Et comme j'insistais, il alla chercher le maitre.

L'hôte, à qui je réitérai ma demande, parut profondément consterné : qu'ai-je fait pour mériter une pareille humiliation? murmura-t-il d'une voix entrecoupée de soupirs. Mon hôtel n'est-il pas dans le dernier goût de Paris et de Londres?

— Avez-vous peur, vénérable hôtellier, que je ne fasse pas assez de dépense? Je vous paierai la bière sur le pied du vin de Bordeaux ou du vin du Rhin le plus cher. C'est un caprice que j'ai. Je ne boirai pas autre chose, je vous en avertis; car j'aime à suivre mes goûts et non ceux des aubergistes, et si je deviens hydrophobe, je vous mordrai.

— Non; quand même vous me paieriez 20 francs la schoppe. De la bière belge ici! à l'hôtel de Suède! j'en mourrais de honte et de chagrin. Oh! une idée! je puis vous donner de l'ale d'Ecosse ou du porter, de la bière anglaise, ce n'est pas déshonorant; et puis, ajouta-t-il demi-voix : Si vous tenez à votre idée de faro, je vous en porterai cette nuit dans votre chambre, à la condition que vous n'en direz rien à personne.

Cette comédie s'est répétée tout le long de la route. Je n'ai pas encore compris le crime qu'avait pu commettre, ces dernières années, la bière belge, pour que son nom seul prononcé fît fuir la valetaille des auberges, et produisit un effet pareil au *mané*, *thecel*, *pharès*.

A la place de cette bonne liqueur brune qui festonnait si joyeusement d'une couronne d'écume les mesures d'étain bien luisantes, on vous sert dans des bouteilles en forme de quilles, d'affreux vinaigres soufrés, sous prétexte de vin de Moselle et du Rhin; et dans des flacons à rhum, des sirops de mûres alcoolisés, sous les noms des plus célèbres crus de France ; — cela paraît délicieux aux Anglais et aux Allemands, qui, dans le fond, n'aiment que l'eau-de-vie.

Te décrire un pays que tu connais parfaitement, est inutile; et d'ailleurs que peut-on voir, emporté par cet hippogriffe de fer et d'acier, qu'on appelle une locomotive? On voyage au milieu d'un vertige et d'un éblouissement; les arbres détalent comme une armée en déroute; les clochers s'envolent en vous montrant le ciel du doigt. A peine avez-vous le temps de discerner dans le vert des prairies quelques taches blanches ou rousses, qui sont des troupeaux, quelques écailles de tuile, quelques filets de fumée, qui sont des villages.

Au bout de quelques heures, j'étais lestement arrivé à Liège, dont l'entrée est charmante de ce côté; c'est un mélange d'eaux, d'arbres et de maisons tout à fait agréable; ma vigilante (c'est le nom des fiacres du pays) n'allait pas tellement vite que je n'eusse le temps d'inspecter les enseignes et les écriteaux, comme si je possédais l'emploi demandé par Caritidès, dans les Fâcheux; sur un vieux monument tout noir, je lus cette inscription : *Eglise à vendre pour démolir, ou autre chose.*

Les préparatifs de la procession occupaient la ville, les reposoirs, les arcs de triomphe ornés de figures d'anges et de vertus théologales en toile peinte; les oriflammes, les blasons des corps de métiers et les villes voisines eucombraient les rues, toutes noires de soutanes : vingt-neuf évêques ou archevêques devaient assister à la cérémonie, des baraques de marchands de chapelets, d'agnus Dei, de médailles bénites, étaient établies sous les porches de toutes les églises, et paraissaient prospérer.

C'est un spectacle singulier pour des Français, déshabitués des manifestations extérieures du culte, que cet épanouissement de l'église hors de ses murailles, que ce catholicisme mêlé familièrement à la vie, et envahissant la voie publique. Liège ainsi festonnée, tendue et fleurie, m'a rappelé les anciennes fêtes-Dieu, un des plus vifs souvenirs de mon enfance.

Telles étaient mes pensées en visitant la cour de l'hôtel de ville, entourée de colonnes de granit d'ordres fantastiques, dont aucune ne ressemble à l'autre, et la jolie église de Saint-Jacques, précédée d'un élégant portique renaissance.

A quelques pas de Liége, fume et bouillonne Serin, où M. Cockerill a ses usines. Les forges de Lemnos, avec leurs trois pauvres Cyclopes, étaient peu de chose à côté de cet immense établissement, toujours noir de charbon, toujours rouge de flamme, où les métaux coulent par torrents, où l'on pudle, où l'on cingle le fer, où se fabriquent ces énormes pièces, ossements d'acier des machines à vapeur; là l'industrie s'élève jusqu'à la poésie, et laisse bien loin derrière elle les inventions mythologiques.

De Liège à Verviers, le chemin de fer, piqué sans doute de s'entendre reprocher son amour pour les plaines, et son dédain des sites pittoresques, à choisi, comme eût pu le faire une route d'autrefois, un terrain des plus accidentés; une petite rivière, la Vesdre, s'amuse à barrer le passage au railway avec une obstination mutine. A chaque pas, il faut l'enjamber par un pont. — Le pont franchi, une colline se présente, vite un tunnel, et ainsi de suite alternativement. Le passage qu'on traverse est délicieux; ce sont des pentes boisées, relevées d'assez de roches pour être agrestes et non sauvages, constellées de villages, de châteaux, et de maisons de campagne. La Vesdre joue au fond de tout cela, à travers des saules, des aulnes et des peupliers, et produit des effets charmants.

Un embranchement de ce chemin se dirige sur Aix-la-Chapelle, la vieille ville de Charlemagne. A une des stations, un militaire singulier, coiffé d'un casque moyen âge en cuir noir, rehaussé d'agréments de cuivre jaune, et surmonté d'une pointe du même métal, vêtu d'un surcot de drap bleu étroit et court, comme un chevalier partant pour la croisade, me demanda mon passeport. Je le déployai aux yeux de ce guerrier avec une grâce toute civile. C'était la première fois que ce papier me servait à quelque chose. Dans un temps donné, les chemins de fer amèneront la suppression des passeports. — Allez donc demander leurs papiers à deux mille voyageurs qui traversent une ville à vol d'oiseau, où s'y arrêtent une demi-journée. — Les douanes seront aussi prochainement modifiées, vu l'impossibilité de visiter les paquets. Dans dix ans d'ici, rien n'arrêtera l'essor des populations d'un bout de l'Europe à l'autre.

Parler d'Aix-la-Chapelle après l'illustre auteur du Rhin, est une outrecuidance que je ne commettrai pas. Il a dit les merveilles du trésor, et parlé des ossements gigantesques de Charlemagne dans un style qui n'appartient qu'à lui. La chose qui me préoccupait en visitant la cathédrale d'Aix-la-Chapelle, était le monologue de Charles-Quint dans Hernani, dont les vers me revenaient en foule à la mémoire.

Aix-la-Chapelle, en Allemand Auchen, est une ville propre, bien alignée, entourée de belles promenades, celle qu'on appelle le Borcette est particulièrement jolie. — Ceux qui, sur la foi des souvenirs espéreraient une ville gothique, des maisons curieusement sculptées, éprouveraient une grande déception. La particularité la plus frappante pour le voyageur, ce sont les guérites des soldats, les barrières et les poteaux rayés diagonalement de blanc et de noir.

Le théâtre, décoré d'un Apollon musagète, et dans ce style odéon qu'on ne peut éviter nulle part, était fermé ; ce qui nous confirma dans notre résolution de partir pour Cologne le soir même.

Avez-vous jamais possédé une boîte de rouleaux d'eau authentique du sieur Jean-Marie Farina? examinez avec soin la vignette collée sur le couvercle, et vous aurez l'idée la plus juste de la ville de Cologne.

La cathédrale surprend parce que l'on y travaille ; une église gothique remplie de maçons modernes, semble une incohérence, et pourtant rien n'est plus simple.

Les alentours de la place sont occupés par de petites boutiques où l'on vend des vues de la cathédrale, à l'état actuel et à l'état futur ; des chapelets, des images, et des livres de piété.

La marchande à qui j'achetai quelques-unes de ces planches se crut obligée, sans doute pour se montrer à la hauteur de la civilisation, d'étaler le scepticisme le plus voltairien sur les objets de son commerce. — Une vieille femme qui vend des croix, des missels, des légendes remplies de l'esprit du moyen âge, comme l'empereur Octavien, Pierre et Maguelonne, Geneviève de Brabant, Griselidis, et qui ne croit à rien, n'est-ce pas hideux?

Un de mes rêves était le fameux tableau de Rembrandt, connu sous le nom de la Garde de nuit. Aussi, en descendant le Rhin sur un de ces bateaux à vapeur, chargés d'un orchestre, qui parcourent joyeusement le fleuve, laissai-

5.

je à la hauteur d'Emmerich, le steam boat continuer sa
route vers Nimègue.

Un tronçon de railway, qu'il s'agissait d'aller rejoindre
à Arnheim, devait, le soir même, me conduire aux portes d'Amsterdam. Une voiture de poste me fit franchir
l'espace intermédiaire d'un trot des plus modérés, qui
me permit d'admirer en détail toutes les beautés du
paysage. Les postillons hollandais sont éminemment fleg-
matiques ; leurs chevaux partagent cette disposition peu
favorable à la vitesse, et semblent d'ailleurs découragés,
comme les chevaux des autres pays, par l'invasion des
chemins de fer ; ces pauvres quadrupèdes se reconnais-
sent tacitement vaincus par les locomotives, et se contentent de faire deux lieues à l'heure lorsqu'on est forcé de
les employer.

Dès qu'on a dépassé les limites zébrées de blanc et de
noir de la Prusse rhénane, l'aspect du pays change tout à
coup. Quelques tours de roue vous transportent dans un
monde nouveau. Les villages ont un air de propreté et de
richesse ; les maisons prennent des tournures de Van de
Velde et de Van der Heyden ; les toits sont pointus et den-
ticulés en escaliers. Des roues, fichées dans des mâts,
appellent les nids de cigognes. La brique apparaît, joyeuse
et rougeaude, sur les façades rayées de linteaux blancs.
De grands arbres, à feuillages vigoureux, trempent leurs
pieds dans des flaques d'eau brune où manœuvrent des
escadrons de canards ; en passant, votre œil plonge au
fond d'intérieurs calmes et reposés, et distingue vaguement
quelque scène d'intimité domestique. De chaque côté de
la route, presque toujours pratiquée en remblai, vous découvrez à perte de vue des prairies coupées de fossés, se-
mées de bouquets d'arbres, où errent à moitié noyées dans

l'herbe, quelques-unes de ces belles vaches qui ont fait la gloire de Paul Potter.

A partir d'Arnheim, autant que l'heure déjà plus brune et la rapidité du chemin de fer le pouvaient laisser voir, le pays prend un caractère étrange, la prairie se dépouille et tourne à la lande et à la steppe ; la végétation s'appauvrit, rongée par les exhalaisons salines ; on approche des dunes, faible barrière de sable opposée aux colères de l'Océan. Tout cet horizon, bossué çà et là de quelque profil d'arbre, ne manque pas d'une certaine grandeur, entrevu à travers la gaze violette du crépuscule.

Il était nuit close lorsque le convoi atteignit le débarcadère. Alors tous les Hollandais amenés par les wagons, démentant leur renommée proverbiale de lenteur et de sang-froid, saisirent leurs paquets avec une vivacité plus que méridionale et se mirent à courir à toutes jambes du côté de la ville ; les cochers des fiacres locaux fouettèrent leurs chevaux à tour de bras et les firent galoper ventre à terre ; on aurait dit une armée en déroute et poursuivie l'épée dans les reins. L'énigme nous fut bientôt expliquée : une grande porte, dont un des battants se referma sur nous si juste, que nous faillîmes être pris entre les ais, était la cause de cette précipitation ; l'heure de la fermeture de la ville était sonnée.

Mon véhicule m'emportait rapidement vers un hôtel dont on m'avait d'avance indiqué l'enseigne, et je tâchais, en me penchant à la portière, de démêler quelque profil de la ville inconnue que je traversais.

Amsterdam, vue de nuit, offre un spectacle des plus bizarres et des plus saisissants. Ces allées de grands arbres, ces lignes de maisons aux pignons aigus, ces canaux dont l'eau noire, huileuse, endormie, reflète en longues traînées de

paillettes les lumières des fenêtres et des boutiques, ces silhouettes de ponts et d'écluses, ces mâts et ces cordages éclai-
rés subitement par quelque rayon perdu, forment pour l'é-
tranger un ensemble mystérieux et féerique, qui tient plus
du rêve que de la réalité; cet effet ne disparaît pas le
jour; Amsterdam est une des villes les plus singulières
qui existent. Située sur le Zuyderzée, au bord du bras de
mer de l'Y, la Venise hollandaise se développe en forme
de croissant. Un éventail de canaux s'ouvre à travers ses
maisons et lui donne une physionomie toute particulière.
En la regardant du côté du port, la perspective se compose
généralement ainsi : un canal s'enfonçant à perte de vue
entre deux rangées d'arbres séculaires et des maisons aux
toits découpés ou en volute; au fond, quelque moulin à
élever les eaux avec sa fraise de charpente, quelque
clocher à renflement bizarres, d'un goût moscovite et rappelant les tourelles du Kremlin; sur le devant, une passé-
relle, un pont levis, dont les poutres affectent des formes
de potence, des koffs aux voiles rouges, à la poupe
goudronnée et relevée d'une bande de ce joli vert-pomme,
dont Camille Roqueplan et William Wyld attrappent si
bien la nuance; un fourmillement de matelots, de pêcheurs, de paysannes, de portefaix remuant des ballots.
    Comme il était encore trop matin pour que le musée
fût ouvert, je me fis promener au hasard par la ville,
et je retrouvai partout le même cachet d'originalité, beaucoup de clôtures de jardins sont faites en planches posées transversalement et peintes en bitume. Un fossé,
couvert de ces petites plantes en forme de lentilles qui
glacent les eaux dormantes de tons de vert-de-gris, règne le long des maisons qui ne donnent pas sur un canal. Les délicieuses habitations que j'ai regardées en pas-

sant, mélangeaient dans une charmante proportion le caprice chinois à l'exactitude hollandaise.

On se surprend parfois à s'étonner de la tournure javanaise de certain pavillon, mais on se dit bientôt qu'Amsterdam fait depuis longtemps fortune à Batavia. Par leur amour de la porcelaine, de la laque, du vernis, par leur propreté minutieuse, leurs manies patientes, leur goût pour les fleurs, la peinture et le bric-à-brac, les Hollandais ont infiniment de rapport avec les habitants du céleste empire ; c'est de Hollande que les Chinois tirent aujourd'hui les céladons craquelés, les bronzes verruqueux, les ivoires à trame d'araignée, les idoles de jade, les paravents à dessins en relief dont ils ont perdu le secret ; toute la porcelaine faite depuis deux siècles à Pékin se trouve à Amsterdam.

Dans ma course, j'avais remarqué une multitude de couronnes de feuillages enjolivées de papier d'or et de clinquant, auxquelles étaient suspendus de petits poissons de fer-blanc peint ; on nous dit que c'était pour célébrer l'arrivée du hareng. Le hareng est en effet une des richesses de la Hollande, et la ville avait raison d'être en joie. Quelle chose singulière que cette migration de poissons qui partent du pôle à époque fixe, et vont s'empiler sous des couches de sel dans les caques de toutes les nations qui bordent l'Océan.

Le costume des bourgeois d'Amsterdam ne diffère en rien de celui d'un Parisien ou d'un habitant de Londres ; les femmes de la classe moyenne n'ont de caractéristique qu'une camisole qui descend très-bas et fait une espèce de redingote courte. Cette camisole est presque toujours en petite indienne lilas. Le lilas nous a paru, d'ailleurs, la nuance affectionnée par le beau sexe des Pays-Bas : on pourrait même croire à l'exclusion de toute autre couleur, si quelques exceptions roses, très-peu nombreuses, il est vrai, ne venaient prouver que le caprice est admis en fait de camisoles. — Une remarque, peut-être puérile, c'est que toutes les femmes ont le même nez, un nez long, blanc, un peu relevé du bout et à narines très-ouvertes. Un moule ne donnerait pas des épreuves plus identiques. Je signale ce fait physiognomonique aux voyayeurs futurs. Elles sont, d'ailleurs, assez jolies, et rappellent les types consacrés par Gérard Dow; blancheur potelée et douceur triste.

Quelques paysannes des petites îles du Zuyderzée et des provinces un peu en dehors de la circulation des idées nouvelles, portent cette splendide coiffure digne d'une reine du moyen âge, composée de dentelles d'argent et de lames d'or plaquées sur les tempes. Rien n'est plus gracieux et plus noble.

Une chose qui surprend le voyageur, ce sont ces voitures sans roues, dont le nom hollandais nous échappe, et posées sur un traineau, comme les quartauts de bière chez nous. Ces véhicules singuliers commencent à devenir rares, et bientôt ils auront disparu tout à fait.

On est aussi frappé de la taille énorme et de la forme étrange des chevaux, ferrés d'espèces de patins qui les exhaussent de plusieurs pouces. Leurs têtes busquées, leurs croupes monstrueuses, leur col en gorge de pigeon, leurs pieds hérissés de grosses houppes de poil; leur crinière échevelée et leur queue à long crins, font songer aux portraits équestres de Van Dyck, aux batailles de Van der Meulen, aux chasses de Parrocel et de Loutherbourg. En France on ne rencontre presque plus ces fortes races de la Frise et du Meklembourg.

En regardant à une vitre de libraire, j'ai vu une traduction en hollandais de la *Fille du Régent*, d'Alexandre
Dumas. — Cela est flatteur d'être translaté dans une langue si hérissée de consonnes... dix heures sonnaient;
le musée était ouvert, et dans quelques minutes j'allais contempler le radieux chef-d'œuvre du grand maître.

VIII.

Le premier objet qui frappe l'œil en montant l'escalier du musée d'Amsterdam, c'est un cygne gigantesque, les ailes déployées, la plume frémissante, le bec entr'ouvert, dans une attitude à la fois inquiète et protectrice. — Il ne s'agit pas ici d'une incarnation de Jupiter allant séduire Léda, quoique une âme divine respire sous la blancheur du noble oiseau. Le peintre Asselyn a voulu symboliser sous cet emblème la vigilance du grand-pensionnaire Jean de Wit ; — c'est le livret qui le dit, car nous ne l'aurions pas découvert tout seul. Jamais Sneyders ni Wœnincx n'ont rien fait de plus beau.

La Garde de nuit, le plus grand tableau qu'ait peint Rembrandt, occupe presque tout un côté d'une salle qu'on pourrait souhaiter éclairée d'un meilleur jour ; mais pour obvier à cet inconvénient, la toile est disposée sur une espèce de mécanisme qui lui permet de se détacher de la muraille jusqu'à ce qu'on ait trouvé le vrai point.

Avant d'arriver à l'appréciation de cette merveille, il ne sera peut-être pas inutile de dire dans quelles circonstances elle s'est produite et quel est le thème que l'artiste a traité.

Si quelque chose confirme la théorie que j'ai émise et soutenue plus d'une fois, à savoir que le sujet était une chose parfaitement indifférente aux peintres de pure race, c'est assurément le prodigieux tableau du musée d'Amsterdam.

Ce titre, la Garde ou la Ronde de nuit, sous lequel on le désigne habituellement, pourrait faire rêver aux personnes qui ne l'ont pas vue quelques scènes mystérieuses et fantastiques, quelque cauchemar plein d'ombre et d'épouvante, comme Rembrandt sait si bien les esquisser; il n'est pas question de choses si poétiques, mais d'une simple convocation de la garde nationale du temps.

En effet, si l'on s'en rapporte à Wagenaar, l'auteur d'une histoire d'Amsterdam, le 4 mai 1642, il fut ordonné à la milice de se tenir prête pour une revue qui devait avoir lieu le 19 pendant la soirée, sous peine de vingt-cinq guldens d'amende pour les absents. Il s'agissait de recevoir le prince d'Orange arrivant accompagné d'une fille de Charles Ier d'Angleterre qu'il venait d'épouser.

Assurément, il est impossible de donner à un peintre un motif plus insignifiant et plus prosaïque, et l'on sait, par les échantillons qu'on en a vus, ce qu'un pareil sujet produirait aujourd'hui.

Ajoutez à cela l'obligation de placer dans une évidence flatteuse les gros bonnets de la milice, de chercher la ressemblance de chacun d'eux, car la plupart de ces figures sont des portraits, et l'on a conservé les noms assez baroques des principaux personnages représentés. — Ce sont les capitaines Frans Banning Kok, Heer van Purmerland et Upendam ; les lieutenants Willem van Ruytenberg, van Waardingen, Herr van Waardingen ; l'enseigne Jean Wisscher ; les sergents Rombout Kempen et Reinier Engel ; le tambour van Campoort et les miliciens Barend Harmense, Hendrick Willemsen, Jean Métesse, Bronkhorst, Jacob Dirksen de Hoog, Jean Bringmann, Jean-Adriaan Keyser, Jean Okersze, Harmens-Jean Veraaker, J. Schellinger, et quelques autres non moins hérissés de lettres barbares.

Il faut croire que tous ces braves gens n'avaient pas reçu de billets de garde, ou que l'usage en était inconnu dans la bonne ville d'Amsterdam, car le rappel du tambour a l'air de les surprendre au milieu de leurs occupations, et ils se hâtent comme si une minute de retard devait les rendre passibles des vingt-cinq guldens d'amende ; ils s'élancent à moitié habillés ; celui-là boutonne son pourpoint, celui-ci met ses gants de buffle tout en marchant. Il y a dans toute la scène un mouvement, un désordre, un entrain excessifs. Les Spartiates de Léonidas courant aux armes pour la défense des Thermopyles n'y allaient pas d'un plus grand courage que ces honnêtes et débonnaires bourgeois hollandais à la rencontre de leur prince d'Orange.

Vous savez quel goût fantasque le fils du meunier de Leyde apporte aux ajustements dont il affuble ses figures ; eh bien ! jamais il ne s'est montré plus sauvagement bizarre que dans cette réunion inoffensive de miliciens.

Il est vrai que le costume de l'époque prêtait un peu plus à sa peinture que le nôtre. Ces pourpoints de cuir brodé, ces aiguillettes, ces bottes à entonnoir, ces salades, ces plastrons, ces gorgerins, ces grands baudriers, ces épées à coquille, tout cela, même sur le dos d'un garde national, peut fournir des ressources aux pinceaux d'un peintre ha-

bile. Ce que Rembrandt en a tiré est vraiment prodigieux ;
jamais la furie d'exécution ne fut poussée plus loin ; c'est
une témérité de brosse, une folie d'empâtements dont les
plus violentes esquisses de Decamps ne donnent même pas
une idée lointaine ; des broderies d'or sont modelées en
plein relief, des doigts en raccourci enlevés d'un seul
coup. Certains nez sortent positivement de la toile. Chose
étrange et qui fait le génie de Rembrandt, cette exécution
d'une brutalité incroyable est en même temps d'une délicatesse extrême ; c'est de la finesse à coups de pied et à
coups de poing, mais telle que jamais les plus précieux
n'ont pu y arriver ; de ce chaos de touches heurtées, de ce
tumulte d'ombres et de clairs, de ces tas de couleurs jetées
comme au hasard, résulte une harmonie souveraine.

Rembrandt, l'homme qui s'est le moins soucié assurément des Grecs et des Romains, et dont la puissante trivia-
lité ne recule devant aucune des misères de la nature,
n'est pas pour cela dénué de style et d'idéal, comme on
pourrait le croire : par l'accent singulier qu'il donne aux
objets même les plus fidèlement imités, la bizarrerie romanesque de ses ajustements, l'expression pensive et profonde de ses têtes les plus empreintes de laideur, il arrive à
une certaine beauté monstrueuse qu'on sent mieux qu'on
ne peut la rendre. Un caractère formidable règne dans sa
peinture et la rehausse au niveau de tous les chefs-d'œuvre. La manière fantasque et magistrale dont il distribue
l'ombre et la lumière, ses sublimes effets de clair-obscur,
font de lui un artiste aussi poétique qu'il en fut jamais.
Pour vous troubler et vous rendre rêveur toute une journée, il lui suffit d'un vieux bonhomme se soulevant
de son fauteuil, et d'une étoile scintillante sur un fond
noir.

Ces bons Hollandais ont pris sous son pinceau des moustaches en croc, des barbes en feuilles d'artichaut, des sourcils crispés, des tournures de hanches, des allures cambrées et des façons de matamores. Jamais condottieri, lansquenets, stradiots, n'eurent la mine plus rébarbative; les brigands de Salvator Rosa ont l'air d'honnêtes gens à côté de ces dignes miliciens. — Le tambour Van Campoort, surtout, bat sa caisse avec un acharnement féroce, et lance des regards à faire trembler la nature; en revanche, rien n'est plus charmant, plus blond et plus doré que la petite fille habillée de jaune que l'on aperçoit à travers un enchevêtrement assez inextricable de bras et de jambes.

Ce tableau, — toujours d'après Wagenaar, — ornait encore en 1764, la salle du conseil de discipline de ladite milice. Quel plaisir ce devait être alors de ne pas monter sa garde. Vous étiez cité au conseil de discipline, et pendant qu'on vous jugeait vous pouviez regarder à votre aise le merveilleux tableau placé derrière le tribunal. — Les temps sont bien changés. Quelle est la légion qui aurait aujourd'hui l'idée de commander un tableau à Delacroix, et de le mettre dans la salle des délibérations?

Cette page étincelante est signée en 1642; Rembrandt était à cette époque dans toute la maturité de l'âge et du talent. Remarque singulière, les premiers tableaux du peintre hollandais sont d'une exécution tranquille, polie, soignée; d'une couleur claire et blanche, d'un effet calme; à mesure qu'il avance en âge, au lieu de se refroidir, il s'échauffe; au lieu de se serrer, il se débraille; au lieu de s'atténuer, il s'exagère. Devenu complétement maître du moyen, il s'abandonne à la fantaisie; son originalité se développe et s'accentue chaque jour davantage; il promène dans le bitume ses ongles de lion avec une férocité inconcevable ; sa crinière s'emmêle et devient de plus en plus fauve et rutilante ; nulle caverne, si profondes qu'en soient les ténèbres, ne peut l'effrayer maintenant ; il s'y plonge audacieusement, sûr que d'une seule touche il éclairera toute cette obscurité.

C'est un beau spectacle que celui d'un maître à qui les ans ajoutent tout ce qu'ils ôtent à d'autres. Heureux l'artiste qui n'écoute pas les mauvais conseils de la prudence et redouble d'audace à l'heure où les plus fougueux deviennent sages, et soutenu d'une conviction inébranlable, pousse son originalité même jusqu'à la furie et jusqu'à l'extravagance ; nul peintre, nul poëte n'a dit son dernier mot. Forts et glorieux sont ceux qui se cherchent avec opiniâtreté, rejettent de leur nature tout ce qu'ils ont de vague et de commun, et développent leurs qualités spéciales sans souci des clameurs de la critique et du hérissement des bourgeois.

Il y a aussi dans ce musée un autre tableau de Rembrandt, les syndics de la halle aux draps, toile de premier ordre et d'une fierté de touche superbe qu'on regarderait une journée entière sans le voisinage terrible de la Garde de nuit, qui éteint toute la galerie et vous ôte le désir et la puissance de regarder d'autre peinture.

Le soir, encore tout ébloui de ce chef-d'œuvre, j'errai le long d'un des grands canaux qui aboutissent au port, et là je rencontrai une guérite de toile qui marchait ; c'était le polichinelle local, lequel n'ayant sans doute pas trouvé de spectateurs, s'en retournait fort piteusement chez lui. La femme de l'impresario accompagnait le théâtre et le guidait sur sa route. Je lui fis signe de s'arrêter et je lui exprimai par une pantomime soutenue de pièces d'argent, que je désirais une représentation immédiate et spéciale de ce drame immortel qu'aucun poëte n'a égalé.

Le polichinelle hollandais ne ressemble pas au type généralement accepté sous ce nom ; il a des moustaches noires, peu ou point de bosses, et un certain air sacripant tout particulier. Il roue de coups sa femme, son ami, ses voisins, les passants, le charbonnier, le remouleur ; il résiste au diable, au commissaire et au bourreau ; en moins de rien le rebord de la baraque se jonche d'un tas de morts et de blessés. Jusque-là rien que d'ordinaire dans la conduite du polichinelle hollandais ; — mais ici le drame prend des proportions effrayantes et une profondeur digne de la seconde partie de Faust. Polichinelle le vainqueur se promène sur le champ de bataille avec cette hilarité furieuse et ces mouvements désordonnés habituels aux héros triomphants, lorsque tout à coup apparaît une petite poupée étincelante de gaze et de clinquant, qui se met à danser la polka, et du bout de son pied soufflette si dru Polichinelle qu'il tombe bientôt sans vie sur le corps de ses victimes. Polichinelle tué, la polkeuse commence une valse d'une rapidité prodigieuse, quitte terre, et s'enlève en tourbillonnant dans les cieux.

Ainsi, grand Polichinelle, toi qui ne craignais ni la femme, ni le commissaire de police, ni le bourreau, ni le diable, un temps de polka t'a vaincu ; une mince poupée a été plus forte que tous les pouvoirs du ciel et de la terre.

Après la Garde de nuit, il fallait absolument voir la Leçon d'anatomie du docteur Tulp, qui se trouve au musée de La Haye. Une chaleureuse pochade, faite par mon ami Chenavard, sans parler de la gravure répandue partout, m'avait inspiré le plus vif désir de connaître l'original ;

je pris donc le chemin de fer qui mène à La Haye, en longeant l'espèce de golfe intérieur que l'on appelle la mer de Harlem.

On ne saurait imaginer rien de plus riant, rien de plus coquet, de plus propre, de mieux entretenu que toutes ces maisonnettes aux toits de tuiles d'un rouge vif qui reluisent au milieu de la verdure de leurs jardinets, comme des pommes d'api sur la mousse : On se dit involontairement : « on aimerait bien finir sa vie dans une de ces charmantes maisons ; » tant il semble qu'il est impossible de n'y être pas heureux : l'on ne pense pas que l'eau mine tous ces jolis domaines conquis sur elle à grands renforts de pilotis, et que la fièvre s'exhale de ces pâturages si verts, si ondoyants, manteau de velours d'un sol de vase et d'alluvion.

La Haye, où j'arrivai le même soir, est une ville extrêmement pittoresque : les arbres, les canaux et les maisons s'y arrangent à souhait pour le plaisir des aquarellistes : il y a surtout des ruelles d'eau bordées de jardins, de fabriques capricieuses d'un effet charmant. Le palais qu'on me montra, n'a de remarquable que sa simplicité. Parmi les tableaux, presque tous modernes, qu'il renferme, on attira mon attention sur des peintures faites par un prince noir de quelque île de la Polynésie, envoyé en Europe pour faire ses études. Ce prince s'appelle Radin Saleh ; une tête de militaire très-caractéristique et des lions se battant sur le corps d'un buffle terrassé, nous ont vraiment étonné pour la vigueur de la crânerie de la touche.

En face de ce palais, s'élève une espèce de château gothique moderne, devant lequel on a placé la statue en bronze de Guillaume le Taciturne, par M. le comte de

Niewkerke. — Cette statue équestre produit un bien meilleur effet à La Haye qu'à Paris. — La cour de ce bâtiment néo-moyen âge, est remplie de grues du Sénégal, de hérons à aigrettes et autres oiseaux rares.

Les tableaux se lèvent tard en Hollande, aussi, pour attendre l'heure de l'ouverture du Musée, malgré le temps qui tournait à la pluie, allai-je visiter le parc qui entoure la résidence d'été.

Figurez-vous des arbres énormes, hêtres et frênes pour la plupart, dont le pied baigne presque toujours dans l'eau, et qui étalent leurs masses de feuillages d'un vert vigoureux sur des étangs, des lacs, des rivières dont la surface tranquille berce leurs sombres reflets : les lentilles d'eau, les conferves, les nénuphars, toute la froide famille des plantes marécageuses, remplissent les rigoles pratiquées le long des chemins ; une fraîche humidité imprègne l'air même au temps des plus vives chaleurs, et donne à la végétation une activité extraordinaire. A chaque groupe de troncs pittoresquement tortueux, à chaque échappée bleuâtre à travers l'opacité du feuillage, à chaque gerbe de plantes ployant sous la rosée, je me disais : — Ah! si le paysagiste Français, qui a su trouver des sites merveilleux dans le parc de Saint-Cloud, était là!

La résidence est la plus délicieuse habitation qu'un poëte puisse rêver. Malheureusement, les poëtes ne réalisent jamais ces rêves-là. Il y a surtout un certain salon tapissé de tentures chinoises d'une beauté exquise et fabuleuse : ces tentures ont pour sujet les quatre Saisons, représentées par les divers travaux d'agriculture qu'elles nécessitent. Ce n'est vraiment pas la peine d'aller en Chine avec M. de Lagrénée. Ces tapisseries vous en diront autant et plus qu'un voyage. Dans une autre pièce, ce sont des oiseaux brodés en relief qui se détachent d'un fond de satin blanc. Les fées n'auraient pas la main plus légère et plus délicate; c'est la nature imitée avec cette folie d'arabesques et de perspective dont la savante ignorance des Chinois possède seule le secret.

La salle, peinte depuis la voûte qui a plus de quarante pieds de haut, jusqu'au sol, d'allégories en l'honneur de la maison de Nassau, par Jordaens, et l'école de Rubens, est une rareté unique dans son genre. Ce sont des avalanches de cheveux blonds, de chair rose et blanche, des ruissellements de nudités féminines à révolter l'école étique d'Overbeck; quand les peintres flamands de cette époque peuvent mettre la main sur des vertus théologales et des figures emblématiques, ils s'en donnent à cœur joie. Ce que deviennent sous leurs brosses sensuelles la prudence, la chasteté, la bonne foi, la justice et autres substantifs personnifiés à l'usage des princes qui font décorer leur palais, est vraiment quelque chose de très-drôle et de très-exorbitant. Heureusement qu'ils possèdent tous les ressources de la palette, et que la beauté de leur exécution ne laisse pas le temps de penser à l'esthétique de leur œuvre.

Il y a principalement une entrée triomphale de nous ne savons plus quel prince de la dynastie, brossée par Jordaens, *propriâ manu*, et qui est bien la plus étonnante mêlée de femmes nues, de lions, de chevaux, qu'on ait jamais fait hurler le long d'une muraille paisible : ce torrent de chairs satinées, de crinières d'or, de croupes bleuâtres, de joues vermeilles comme si elles allaient prendre feu, produit le plus étrange effet du monde. J'admets la fantaisie sans restriction; mais il est difficile de demêler là-dedans rien qui ressemble à un prince de

Nassau ou d'Orange. — Il est vrai que la peinture est admirable, ce qui ôte toute valeur à ma critique.

La pluie qui menaçait depuis le matin, se mit à tomber d'abord par gouttes, ensuite par seaux, puis par flaques, et enfin par cataractes ; des théories de crapauds sautelaient joyeusemènt sur le sable détrempé, et l'eau semblait saillir du sol pour venir au-devant de la pluie. — Je trouvai un refuge temporaire dans un petit café, situé au milieu du parc, en attendant qu'on allât me chercher une voiture. Je regardais reluire sous les gouttes ces belles feuilles d'émeraude lavées de la poussière de juin par cette salutaire ondée ; j'admirais ces fluts blancs et polis comme des colonnes, tigrés çà et là de jolies plaques de mousses, avec d'autant plus d'étonnement, qu'on venait de me dire que ce parc vaste et ombreux comme une forêt, était planté sur un parquet, le sol étant si marécageux, si inconstant, si noyé d'infiltrations, qu'il avait fallu l'affermir par un pavage de bois, recouvert de terre végétale.

La voiture arriva, et un quart d'heure après j'étais devant la Leçon d'anatomie du docteur Tulp. — C'est une toile d'un aspect si complétement différent de la Garde de Nuit, que d'abord on pourrait la croire d'un autre maître. Lorsqu'il l'exécuta, l'artiste avait vingt-six ans ! C'est un chef-d'œuvre, et un chef-d'œuvre sage.

Placé dans l'amphithéâtre de l'école de chirurgie, ce tableau y resta jusqu'en 1828, époque où les braves carabins de ce temps-là résolurent de le vendre à l'enchère, au bénéfice d'une caisse de secours quelconque. Le jour des enchères était annoncé, et le chef-d'œuvre allait probablement être perdu pour la Hollande, lorsque le roi mit opposition à la vente, donna 32,000 florins aux chirurgiens, et fit appendre le cadre rayonnant dans la salle d'honneur du musée de La Haye.

Le docteur Nicolas Tulp, qui semble avoir fait cadeau à l'école de la Leçon d'anatomie, est entouré de sept personnages distingués de ce temps : Jacob Block, Hartmann, Andriaan Salbran, Jacob de Wit, Matthys Kalkoen, Jacob Koelveld, et Franz Leonen, qui écoutent une leçon du savant professeur avec une intensité d'attention admirarable.

Rien n'est plus simple et plus saisissant à la fois que cette composition, qui n'en est pas une. —. Un cadavre vu en raccourci, la poitrine éclairée, les jambes baignées d'ombre, est étendu sur une table. Le professeur, debout près de lui, soulève avec une pince chirurgicale les muscles du bras dont il donne sans doute la description. Ce corps mort, d'une blancheur exsangue, entouré de ces hommes graves, vêtus de noir, à barbe blonde, à figure intelligente et douce, malgré leur sinistre occupation, se grave dans la mémoire d'une façon indélébile.

Ici la manière du peintre est sobre, contenue, précise; point d'empâtements, point de rehauts, point de touche visible. Tout est moelleux, fondu, poli; les tons gris et argentés abondent. — Vous ne retrouvez pas dans ce tableau la chaude vapeur d'ombre qui dore et enfume les autres productions du maître; mais quelle sûreté déjà, quelle science profonde, quelle force dans cette modération !

La Leçon d'anatomie du docteur Tulp me paraît un des chefs-d'œuvre dont l'étude doit être le plus profitable aux jeunes peintres coloristes. — Admirable magie de l'art, ce sujet hideux, qui dans la réalité ferait détourner la vue à tout autre qu'un médecin, vous retient et vous

captive des heures entières, et pourtant rien n'est esquivé,
rien n'est dissimulé ; on ne saurait pousser plus loin la
franchise de l'horreur.

N'oublions pas une petite Suzanne au bain, esquisse ou
répétition en petit, avec quelque changement, de cette magnifique Suzanne de grandeur naturelle, exposée quelques
instants chez Susse, et acquise par M. Paul Périer.

Le grand tableau de Paul Potter, représentant un taureau, et qui a une réputation colossale, ne m'a pas fait
toute l'impression désirable : j'ai vu en Espagne de si
beaux et de si fiers taureaux, que cette lourde bête
cotonneuse ne pouvait que médiocrement me ravir.

Un Eden de Breughel de Paradis, avec un Adam et Eve
de Rubens ; les portraits des deux femmes de ce grand
peintre sont des morceaux qu'on ne peut s'empêcher de
regarder, même lorsque l'on a pris comme nous la résolution de n'étudier qu'un seul tableau d'un maître choisi.

Au rez-de-chaussée du musée de peinture, l'on a réuni
la plus immense collection de chinoiseries, d'armes sauvages et autres singularités. On y trouve de tout, même
des sirènes et des faunes authentiques.

De La Haye je me rendis à Rotterdam en passant par
Delft, Schiédam, pour prendre le paquebot qui devait me
conduire en Angleterre, en descendant la Meuse et en remontant la Tamise : cela faisait une petite traversée de
trente heures ; mais nous avions vu la Garde de nuit et la
Leçon d'Anatomie du docteur Tulp, et dans ce monde tout
se paie ; c'est Napoléon qui l'a dit. . . . .

UNE JOURNÉE A LONDRES.

IX.

J'avais passé la nuit au bal masqué, et rien n'est triste comme un lendemain de bal ; je pris une détermination violente, et je résolus de traiter mon ennui à la manière homœopathique. Quelques heures après, ayant eu à peine le temps de me débarrasser de mes caftans, de mes poignards et de tout mon attirail turc, j'étais en route pour Londres, la ville natale du spleen.

La perfide Albion vint au-devant de moi dans la diligence, sous la forme de quatre Anglais, entourés, bastionnés de toutes sortes d'ustensiles confortables, et ne sachant pas un mot de français : mon voyage commençait tout de suite. A Boulogne, qui est une ville complétement anglaisée, je fus réduit à une pantomime touchante pour exprimer que j'avais faim et sommeil, et que je voulais un souper et un lit ; enfin l'on alla chercher un drogman qui traduisit mes demandes, et je parvins à manger et à dor-

6.

mir. On n'entend à Boulogne que l'anglais ; je ne sais pas
si le français, par compensation, est l'idiome dont se servent les habitants de Douvres, mais je n'en crois rien. —
C'est une remarque que j'ai déjà faite sur plusieurs de nos
frontières, que cet envahissement des coutumes et du langage des pays voisins. L'espèce de demi-teinte qui sépare
les peuples, sur la carte et dans la réalité, est fondue plutôt du côté de la France que du royaume limitrophe.
Ainsi, tout le littoral qui regarde la Manche est anglais ;
l'Alsace est allemande par les bords, la Flandre est belge,
la Provence italienne, la Gascogne espagnole. Quelqu'un
qui ne sait que le parisien pur est souvent embarrassé
dans ces provinces. Passez la frontière, vous ne trouverez
pas une seule nuance française.

A six heures du matin, j'étais sur le pont du bateau à
vapeur *le Harlequin*. — Cette orthographe t'aurait réjoui
le cœur, mon cher Fritz, et me fit penser à toi. Ne comp-
tez pas sur une description de tempête, dans laquelle vous
verrez apparaître Neptune en barbe verte, aiguillonnant les
coursiers de la mer ; il faisait, comme dit le père Malebran-
che dans les deux seuls vers qu'il ait jamais pu tourner,

> ... Il faisait le plus beau temps du monde
> Pour aller à *vapeur* sur la terre et sur l'onde.

(Excusez cette légère variante autorisée par les progrès de
la civilisation). — La Manche, que l'on prétend si capricieuse et si mauvaise, me fut aussi clémente qu'autrefois
la Méditerranée, mais la Méditerranée n'est, à vrai dire,
qu'un ciel renversé tout aussi bleu et tout aussi limpide
que l'autre. Le mal de mer me respecta, et lès poissons
ne purent pas apprendre à mes dépens si la cuisine de
Boulogne était bonne.

Au bout de deux ou trois heures, une ligne blanche
sortit de la mer comme un nuage; c'était la côte d'Angleterre, qui doit à la couleur de ses rivages son nom d'Albion, sur lequel les vaudevillistes ont fait tant de couplets.
Regardez cette immense falaise à pic, taillée comme un
mur de fortification, qui s'élève sur la gauche, c'est le
rocher de Shakespeare; ces deux petites taches noires, ce
sont les gueules du viaduc d'un chemin de fer en construction; au fond de la baie, voilà Douvres et sa tour, que
l'on prétend être aperçue de Boulogne quand il ne fait
pas de brouillard, — mais il fait toujours du brouillard.
Le temps était très-beau, sans un seul nuage, et cependant un épais diadème de vapeurs couronnait le front de
la vieille Angleterre; la campagne qu'on entrevoyait,
quoique dénudée par l'hiver, avait un aspect net, propre,
soigné, peigné au râteau; les falaises de craie, droites
comme des murs, au bas desquelles la mer creuse des cavernes à souhait pour les contrebandiers, ajoutaient encore
à la régularité de la perspective. De loin en loin se mon-
traient des châteaux et des cottages d'architectures bizarres, avec de grosses tours, des murs crénelés, couverts de lierre, ébréchés çà et là, et, de cette distance,
jouant à s'y méprendre la forteresse gothique en ruine.
Toutes ces citadelles, tous ces donjons à pont-levis, à ma-
chicoulis, à qui ne manquent même pas les canons et les
couleuvrines de bois bronzé, donnent à la côte un air hérissé et rébarbatif, assez pittoresque, et n'en sont pas
moins garnis à l'intérieur de toutes les recherches du luxe.
On me fit remarquer au milieu d'un grand parc une maison blanche à aiguilles gothiques, mais de construction
moderne, qui appartient à un juif colossalement riche,
Mosé Montefiore, qui accompagna dernièrement monsieur

Crémieux en Orient pour l'affaire des juifs de Damas. A partir de là, la côte décrit une courbe jusqu'à Ramsgate ; dans cette courbe se trouve Deal, où les Romains abordèrent, à ce qu'on dit, pour la première fois, lors de leur descente en Angleterre. Je ne vois à cela aucun obstacle. L'on aperçoit ensuite le château de Walmer, résidence du lord-gardien des cinq ports ; le duc de Wellington est aujourd'hui chargé de cette dignité ; puis Sandwich, et un peu plus loing Ramsgate, ville de plaisance de Londres, dont les rues tirées au cordeau et les hautes maisons de briques semblent s'avancer jusque dans l'eau. Tout cela est charmant ; mais le vrai coup d'œil, le beau spectacle à n'en pas vouloir d'autre, ce n'est pas la terre, c'est la mer.

Dans la rade de Docons, devant Deal, plus de deux cents vaisseaux de toute forme et de toute grandeur attendent le vent favorable pour passer le détroit. Les uns vont, les autres viennent : c'est un mouvement perpétuel. De quelque côté qu'on se tourne, on voit fumer au bord du ciel la cheminée des bateaux à vapeur, se découper en noir ou en clair l'élégante silhouette des navires. Tout vous indique l'approche de la Babylone des mers. Vers la France, la solitude est complète ; pas une barque, pas un bateau à vapeur. Plus on avance, plus la cohue augmente. L'horizon est encombré ; les voiles s'arrondissent en dôme, les mâts s'allongent en aiguilles, les agrès s'entrelacent : on dirait une immense ville gothique en dérive, une Venise ayant chassé sur ses ancres et venant à votre rencontre. Les bateaux-phares, le jour avec leur peinture écarlate, la nuit avec leur lumière rouge, indiquent la route à ces troupeaux de navires dont les voiles sont les toisons. Ceux-ci arrivent des Indes, montés par leur équipage de Lascars, et répandent un pénétrant parfum oriental ; ceux-là de la mer du Nord, et n'ont pas encore eu le temps de fondre leurs glaçons. Voici la Chine et l'Amérique, qui apportent leur thé et leur sucre ; mais, dans cette foule, vous reconnaîtrez toujours les navires anglais : leurs voiles sont noires comme celle du vaisseau de Thésée partant pour l'île de Crète, sombre livrée de deuil dont les affuble le triste climat de Londres.

La Tamise, ou plutôt le bras de mer dans lequel ses eaux se dégorgent, est d'une telle largeur, et ses rives sont si basses, que, placé au milieu du fleuve, on ne les aperçoit pas ; ce n'est qu'au bout de plusieurs milles qu'on les découvre, minces, plates, linéaments noirs entre le ciel gris et l'eau jaune. Plus le fleuve se resserre, plus la foule des vaisseaux devient compacte : les palettes des bateaux à vapeur qui remontent et descendent fouettent l'eau sans pitié et sans relâche ; les fumées qui sortent de leurs colonnes de tôle entre-croisent leurs noirs panaches et vont former au ciel, qui s'en passerait bien, de nouveaux bancs de nuage ; le soleil, s'il y avait un soleil à Londres, en serait obscurci. On entend de tous côtés râler et siffler les poumons des machines, dont les narines de fer laissent jaillir des fusées de vapeur bouillante.

Rien n'est plus pénible à entendre que cette respiration asthmatique et stridente, que ces gémissements de la matière aux abois et poussée à bout, qui semble se plaindre et demander grâce comme un esclave épuisé qu'un maître inhumain surcharge de travail.

Je sais que les industriels se moqueront de moi, mais je ne suis pas loin de partager l'avis de l'empereur de la Chine, qui proscrit les bateaux à vapeur comme une invention obscène, immorale et barbare : je trouve qu'il est impie de tourmenter ainsi la matière du bon Dieu, et je pense que la mère nature se vengera un jour des mauvais traitements que lui font subir ses enfants trop avides.

Outre les *steam-boats*, les vaisseaux à voiles, bricks, goëlettes, frégates, depuis le massif trois-mâts jusqu'au simple bateau de pêcheur, jusqu'à la pirogue, où deux personnes peuvent à peine se tenir assises, se succèdent sans relâche et sans intervalle ; c'est une interminable procession navale, où toutes les nations du monde ont leurs représentants. — Tout cela va, vient, descend, remonte, se croise, s'évite avec une confusion pleine d'ordre, et forme le plus prodigieux spectacle qu'il soit donné à un œil humain de contempler, surtout lorsqu'on a le bonheur rare de le voir, comme moi, vivifié et doré par un rayon de soleil.

Sur les bords du fleuve, déjà plus rapprochés, je commençais à distinguer des arbres, des maisons accroupies sur la rive, un pied dans l'eau et la main étendue pour saisir les marchandises au passage ; des chantiers de construction avec leurs immenses hangars et leurs carcasses de navires ébauchés, pareils à des squelettes de cachalots, se dessinaient bizarrement dans le ciel. Une forêt de cheminées colossales, en forme de tours, de colonnes, de pylônes, d'obélisques, donnait à l'horizon un air égyptien, un vague profil de Thèbes, de Babylone, de ville antédiluvienne, de capitale des énormités et des rébellions de l'orgueil, tout à fait extraordinaires. — L'industrie, à cette échelle gigantesque, atteint presque la poésie, poésie où la nature n'est pour rien, et qui résulte de l'immense développement de la volonté humaine.

Lorsqu'on a dépassé Gravesend, limite inférieure du port de Londres, les magasins, les usines, les chantiers se

resserrent, se rapprochent, s'entassent avec une irrégula-
rité toute pittoresque ; à gauche s'arrondissent les deux
coupoles de l'hôpital royal de la marine, Greenwich, dont
la colonnade entr'ouverte laisse apercevoir un fond de
parc à grands arbres d'un effet charmant ; assis sur les
bancs des péristyles, les invalides voient partir et rentrer
les vaisseaux, sujets de leurs souvenirs et de leurs conversations, et l'âcre odeur de la mer vient encore réjouir
leurs narines. Sir Christople Wren est l'architecte de ce
bel édifice. Des bateaux à vapeur-omnibus partent à chaque quart d'heure de Greenwich pour Londres et récipro-
quement. — Greenwich se trouve en face de l'île ou, pour
mieux dire, de la presqu'île des Chiens, où la Tamise revient sur elle-même -et fait un détour dont on a profité
habilement. C'est là que sont creusés les docks de la compagnie des Indes Occidentales. Les docks des Indes Orientales,
beaucoup moins considérables et moins fréquentés, se
trouvent sur la droite, un peu avant et dans le fond de la
courbure que décrit le fleuve.

Les docks des Indes Occidentales sont quelque chose
d'énorme, de gigantesque, de fabuleux, qui dépasse la proportion humaine. C'est une œuvre de cyclopes et de titans.
Au-dessus des maisons, des magasins, des rampes, des escaliers, et de toutes les constructions hybrides qui obstruent
les abords du fleuve, vous découvrez une prodigieuse allée
de mâts de vaisseaux qui se prolonge à l'infini, un inextricable fouillis d'agrès, d'esparres, de cordages, à faire honte,
pour la densité de l'enlacement, aux lianes les plus che-
velues d'une forêt vierge d'Amérique ; c'est là que l'on
construit, que l'on radoube, que l'on remise cette innombrable armée de navires qui vont chercher les richesses
du monde, pour les verser ensuite dans ce gouffre sans

fond de misère et de luxe que l'on nomme Londres. Les
docks de la compagnie de Indes Occidentales peuvent contenir trois cents vaisseaux. Un canal, tracé parallèlement
aux docks, qui coupe la presqu'île dés Chiens, et qu'on
appelle le canal de la Cité, raccourcit de trois ou quatre
milles le chemin que l'on est obligé de faire pour doubler
la pointe.

Les docks du Commerce, sur la rive opposée, les docks
de Londres, ceux de Sainte-Catherine, avant d'arriver à
la Tour, ne sont pas moins surprenants. Au bassin du
Commerce se trouvent les plus énormes caves qui existent
au monde : c'est là que sont entreposés les vins d'Espagne
et de Portugal. Tout cela sans compter les bassins et les
docks particuliers. A chaque instant, au milieu d'un
groupe de maisons, vous voyez se prélasser un vaisseau.
Les vergues éborgnent les croisées, les antennes pénètrent
dans les chambres, et les guibres semblent battre en brè-
che les portes des magasins, comme des béliers antiques.
Les maisons et les vaisseaux vivent dans l'intimité la plus
touchante et la plus cordiale ; à l'heure de la marée, les
cours deviennent des bassins et reçoivent des barques.
Des escaliers, des rampes, des cales de pierre, de granit,
de briques, montent et descendent de la rivière aux maisons. Londres a les bras plongés jusqu'aux coudes dans son
fleuve ; un quai régulier gênerait la familiarité du fleuve et
de la ville. Le pittoresque y gagne, car rien n'est plus horrible à voir que ces éternelles lignes droites prolongées en
dépit de tout, dont s'est engouée si bêtement la civilisation
moderne.

L'Angleterre n'est qu'un chantier ; Londres n'est qu'un
port. La mer est la patrie naturelle des Anglais ; ils s'y
plaisent tellement, que bien des grands seigneurs passent

leur vie à faire les voyages les plus périlleux dans de petits bâtiments équipés et gouvernés par eux. — Le club
des yachts n'a pas d'autre but que d'encourager et de
favoriser ce penchant. — La terre leur déplaît tellement,
qu'ils ont un hôpital installé au milieu de la Tamise,
dans un gros vaisseau rasé, qui sert aux marins qui se
trouvent malades dans le port de Londres. L'avis de Tom
Coffin, dans le roman du *Pilote*, de Cooper, à savoir que
la terre n'est bonne que pour se ravitailler et prendre de
l'eau fraîche, ne doit pas paraitre une exagération en Angleterre.

La façade de toutes ces maisons est tournée vers le
fleuve, car la Tamise est la grande rue de Londres, la
veine artérielle d'où partent les rameaux qui vont porter
la vie et la circulation dans le corps de la ville. Aussi
quel luxe d'écriteaux et d'enseignes ! Des lettres de toutes
couleurs et de toutes dimensions chamarrent les édifices
de haut en bas : les majuscules ont souvent la hauteur
d'un étage. Il s'agit d'aller chercher la vue d'un côté à
l'autre d'une nappe d'eau qui est sept ou huit fois large
comme la Seine. Votre œil s'arrête sur l'acrotère d'une
maison bizarrement découpée à jour ; vous cherchez à
quel ordre d'architecture appartient ce genre d'ornement.
En vous approchant, vous découvrez que ce sont des lettres de cuivre doré, indiquant un magasin quelconque, et
qui servent à la fois d'enseigne et de balustrade. En fait
de charlatanisme d'affiche, les Anglais sont sans rivaux,
et nous engageons nos industriels à faire un petit tour
à Londres pour se convaincre qu'ils ne sont que des
enfants auprès de cela. Ces maisons ainsi bariolées, pla-
cardées, zébrées d'inscriptions et de pancartes, vues du
milieu de la Tamise, présente l'aspect le plus bizarre.

7

Je ne fus pas peu surpris d'apercevoir intacte, du moins
à l'extérieur, la Tour que je croyais, d'après les descriptions des journaux, brûlée et réduite en cendre. La Tour
n'a rien perdu de son antique physionomie ; elle est
encore là, avec ses hautes murailles, son attitude sinistre
et son arcade basse (la porte des Traîtres), sous laquelle
un bateau noir, plus sinistre que la barque des ondes,
apportait les coupables et venait reprendre les condamnés
à mort. La Tour n'est pas, comme son nom semblerait
l'indiquer, un donjon, un beffroi solitaire ; c'est une bas-
tille en règle, un pâté de tours reliées entre elles par des
murailles, une forteresse entourée de fossés, alimentée
par la Tamise, avec des canons, des ponts-levis ; une forteresse du moyen âge, aussi sérieuse pour le moins que
notre Vincennes, où se trouvent une chapelle, une messa-
gerie, un trésor, un arsenal, et mille autres curiosités. —
Si je tenais à allonger cette lettre outre mesure, mon
cher Fritz, je pourrais te donner là-dessus une infinité
de détails que tu sais mieux que moi, et que tout le monde
peut apprendre en ouvrant le premier livre venu.

Je pourrais m'attendrir sur le triste sort des enfants
d'Édouard, de Jane Grey, de Marie Stuart, et surtout de
la pauvre Anne de Boleyn, que j'ai toujours beaucoup ai-
mée à cause du joli réseau de veines bleues qui s'entrelacent sous la blonde transparence de ses tempes, dans le
délicieux portrait caressé avec tant de patience et d'amour
par le précieux Hans Holbein. Il m'eût été facile de dé-
ployer une science que je n'ai point, et de remplir une page
ou deux de noms propres et de dates, mais je laisse cette
besogne à de plus érudits et de plus patients que moi.

Nous approchions du terme du voyage ; encore quelques
tours de roue, et le bateau à vapeur allait toucher à la cale

du Custom-House (la douane), où les malles des voyageurs ne devaient être visitées que le lendemain, car le dimanche est célébré à Londres aussi scrupuleusement que le sabbat des Juifs à Jérusalem.

Jamais je n'oublierai le magnifique spectacle qui s'offrit à mes yeux : les arches gigantesques du pont de Londres traversaient la rivière de leurs cinq enjambées colossales, et se détachaient en sombre sur un fond de soleil couchant. Le disque de l'astre, enflammé comme un bouclier rougi dans la fournaise, descendait précisément derrière l'arche du milieu, qui traçait sur son orbe un segment noir d'une hardiesse et d'une vigueur incomparables.

Une longue traînée de feu scintillait en tremblant sur le clapotis des vagues ; des fumées et des brumes violettes baignaient l'espace jusqu'au pont de Southwark, dont on apercevait les arches vaguement ébauchées. A droite, un peu dans l'éloignement, on voyait briller les flammes de bronze doré qui surmontent la colonne gigantesque élevée en mémoire de l'incendie de 1666 ; à gauche jaillissait au-dessus des toits le clocher de Saint-Olave ; des cheminées monumentales, qu'on pourrait prendre pour des colonnes votives si les chapiteaux ioniens ou doriens étaient dans l'usage de vomir la fumée, brisaient heureusement les lignes de l'horizon, et par leurs tons vigoureux faisaient encore ressortir les tons orange et citron-clair du ciel.

En se retournant, l'on avait derrière soi une vraie ville navale, avec des quartiers et des rues de vaisseaux, car c'est à ce pont, le premier de Londres, que s'arrêtent les navires : jusque-là les deux rives de la ville ne communiquent que par des bateaux. Le tunnel, qui se trouve entre Rotherhithe et Wapping, remédiera à cet inconvénient lorsqu'il sera achevé, c'est-à-dire dans deux ou trois mois.

La difficulté consistait à pouvoir combiner des rampes de façon à faire descendre les voitures jusqu'à cette profondeur. Elle a été vaincue au moyen de chemins circulaires dont l'inclinaison n'est que de quatre pieds sur cent : ne pouvant faire un pont sous lequel les vaisseaux passeraient, on a pris le parti de faire passer le pont sous les vaisseaux et sous la rivière. Cette idée audacieuse est sortie de la tête d'un Français, M. Brunel. Les deux galeries qui forment le tunnel sont entièrement rondes, cette forme étant celle qui présente le plus de résistance. La portion inférieure du cercle a été comblée pour établir un plan horizontal sur lequel pussent rouler les voitures. Les parois des murs latéraux sont concaves. Celui du milieu est percé de petites arcades qui permettent au piéton d'aller d'une galerie dans 'autre. La longueur du tunnel est de treize cents pieds. Le lit du fleuve au-dessus de la voûte a quinze pieds d'épaisseur.

L'on débarqua.

Ne sachant pas un mot d'anglais, je ne laissais pas d'être inquiet sur la manière dont j'allais m'y prendre pour trouver la personne à laquelle j'étais adressé. J'avais écrit fort correctement sur une carte le nom de la rue et le numéro de la maison ; je montrai le tout à un cocher qui heureusement savait lire, et partit pour l'endroit indiqué avec la rapidité de l'éclair. Les plaisanteries, fort bonnes à Paris, sur la lenteur des chevaux de fiacre et de cabriolet, seraient fort mauvaises à Londres, où les voitures de place vont aussi vite qu'ici les équipages les mieux attelés. La voiture dans laquelle j'étais assis, et qui répond à peu près à nos citadines, avait la forme la plus à la mode maintenant à Paris : des roues très-basses, une portière droite et carrée comme un battant d'armoire, toute la physionomie d'une

chaise à porteurs montée sur roulettes. Ce genre de voitures, qui est le suprême de l'élégance chez nous, n'est af-
fecté à Londres qu'aux voitures de place. L'intérieur en
est garni tout simplement de toile cirée. Le cocher donne
un sol au pauvre diable qui ouvre la portière, ce qui n'a
pas lieu en France, où c'est le voyageur qui paye le valet
de place. La course se calcule sur le pied d'un schelling
par mille, et se rétribue selon la longueur. Pour en finir
avec les voitures de place, ce que j'ai vu de plus singulier
ce sont des cabriolets très-bas, où le conducteur n'est pas
placé à côté de vous, comme dans nos cabriolets de régie,
ni par devant, comme dans nos cabriolets à quatre roues,
mais bien par derrière, à l'endroit ou son assis ordinairement les domestiques : les guides passent sur la capote, et
le cocher conduit par-dessus votre tête. Ces petits détails
paraîtront sans doute fort mesquins aux amateurs de dis-
sertations esthétiques, aux admirateurs jurés de monuments, aux commissaires-priseurs d'antiquités ; mais c'est
tout cela qui constitue la différence d'un peuple à un
autre, qui fait qu'on est à Londres et non pas à Paris.

Pendant que la voiture parcourait avec vélocité les rues
qui séparent la douane de High Holborn, je regardais par
la vitre, et j'étais dans un profond étonnement de la solitude et du silence profond qui régnaient dans les quartiers
où je passais. — On eût dit une ville morte, une de ces cités
peuplées d'habitants pétrifiés dont parlent les contes orientaux. Toutes les boutiques étaient fermées, aucun visage
humain ne paraissait aux carreaux des fenêtres. A peine
quelque rare passant qui filait comme une ombre en longeant les murs. Cet aspect morne et désert contrastait si
fort avec l'idée d'animation et de bruit que je m'étais faite
de Londres, que je ne revenais pas de ma surprise ; enfin je

me souvins que c'était dimanche, — et l'on m'avait vanté les dimanches de Londres comme l'idéal de l'ennui.—Ce jour-là, qui est chez nous, du moins pour le peuple, un jour de joie, de promenade, de toilette, de festins et de danse, de l'autre côté de la Manche se passe dans une tristesse inconcevable. Les tavernes ferment la veille à minuit, les théâtres ne jouent pas, les boutiques sont closes hermétiquement, et, pour qui n'aurait pas fait ses provisions la veille, il serait très-difficile de trouver à manger ; la vie semble être suspendue. Les rouages de Londres cessent de fonctionner, comme ceux d'une pendule lorsqu'on met le doigt sur le balancier. De peur de profaner la solennité dominicale, Londres n'ose plus faire un mouvement, c'est tout au plus s'il se permet de respirer. Ce jour-là, après avoir entendu le prêche du pasteur de la secte à laquelle il appartient, tout bon Anglais se claquemure dans sa maison pour méditer la Bible, offrir son ennui à Dieu, et jouir devant un grand feu de charbon de terre du bonheur d'être chez lui et de n'être ni Français ni papiste, source de voluptés inépuisables. A minuit, le charme est rompu ; la circulation, figée un instant, reprend son niveau, les maisons se rouvrent, la vie revient à ce grand corps tombé en léthargie, le Lazare dominical ressuscite à la voix de cuivre du lundi et se remet en marche.

Le lendemain, d'assez bonne heure, je me lançai à travers la ville, tout seul, comme c'est ma coutume en pays étranger, ne haïssant rien comme d'avoir un guide qui me fait voir tout ce dont je ne me soucie pas et me fait passer à côté de ce qui m'intéresse. — Nous professons tous les deux, mon cher Fritz, les mêmes théories sur les voyages ; nous évitons les monuments avec soin, et en général tout ce qu'on appelle *les beautés* d'une ville. Les monuments sont ordinairement composés de colonnes, de frontons, d'attiques et autres architectures que les gravures et les dessins représentent avec beaucoup de fidélité. Je puis dire que je connais tous les monuments de l'Europe comme si je les avais vus, et même beaucoup mieux. Je sais par cœur les églises et les palais de Venise, où je n'ai jamais mis les pieds, et même j'ai écrit une description de cette dernière ville tellement exacte, qu'on ne veut pas croire que je n'y suis pas allé. Les *beautés* d'une ville consistent dans des rues ou des places trop larges bordées de maisons neuves et régulières : c'est toujours ce que l'on m'a fait voir en pareille occasion.

Ce qui me frappa d'abord, c'est l'immense largeur des rues côtoyées de trottoirs où vingt personnes peuvent marcher de front. Le peu d'élévation des maisons rend encore cette largeur plus sensible. La rue de la Paix de Paris ne serait là-bas qu'une rue assez étroite ; le pavé de bois, dont on a fait chez nous un essai de quelques toises, est généralement adopté à Londres, où il résiste parfaitement à une circulation de voitures trois fois plus nombreuse et plus active que celle de Paris. Les roues tournent sur ce parquet de sapin, muettes et sourdes, comme sur un tapis, et épargnent aux habitants des rues fréquentées le tapage assourdissant que font les voitures sur des pavés de grès. Mais il est vrai de dire qu'à Londres le développement des trottoirs permet aux piétons d'abandonner la chaussée aux chevaux et aux véhicules, ce qui prévient les accidents nombreux que ne manquerait pas de causer l'absence de bruit. Les rues qui ne sont pas parquetées en bois sont macadamisées.

Me voilà donc prenant au hasard les rues qui se présentaient devant moi, et marchant d'un pas délibéré

comme un homme sûr de son chemin. Les boutiques
s'ouvraient à peine. Paris se lève plus tôt que Londres :
ce n'est que vers les dix heures que Londres commence
à s'éveiller : il est vrai qu'on s'y couche beaucoup plus
tard.

Les servantes en chapeau, car le chapeau ne quitte jamais la tête des femmes, lavaient et frottaient les marches
des escaliers.

Puisque les habitants ne sont pas encore levés, occupons-nous des habitations; décrivons le nid avant l'oiseau.
— Les maisons anglaises n'ont pas de portes cochères;
presque toutes sont privées de cour : un fossé recouvert
de barreaux ou garni de grilles les sépare du trottoir.
C'est au fond de cette tranchée que sont placées les cuisines, l'office et les dépendances. Le charbon de terre, le
pain, la viande, que l'on porte sur des espèces de planches
creusées, enfin toutes les provisions de bouche se descendent par là sans causer aucun dérangement au maître;
les écuries sont habituellement placées dans d'autres bâtiments, quelquefois assez éloignés; la brique est la base
ordinaire des constructions. Les briques anglaises sont
assez souvent d'une couleur d'ocre d'un ton jaunâtre et
faux qui ne vaut pas à mon avis les tons rouges et chauds
des nôtres. Les maisons construites avec des briques de
cette couleur ont une physionomie malade et malsaine
désagréable à l'œil. Les étages ne dépassent guère le nombre de trois, et ne comportent que deux ou trois fenêtres
de front, car une maison n'est ordinairement habitée que
par une seule famille. Les fenêtres affectent cette forme
connue chez nous sous le nom de châssis à guillotine. Un
perron de pierres blanches, jeté comme un pont-levis sur
le fossé où se trouvent les offices, relie la maison à la rue,

et la porte, peinte en chêne, est souvent ornée d'un écusson de cuivre où sont écrits les noms et qualités des propriétaires ; tels sont les traits caractéristiques d'une vraie maison anglaise.

Une chose qui donne à Londres un aspect tout particulier, outre la largeur de ses rues et de ses trottoirs, et le peu de hauteur des maisons, c'est la couleur noire uniforme qui revêt tous les objets. — Rien n'est plus triste et plus lugubre ; ce noir n'a rien des teintes rembrunies et vigoureuse que le temps donne aux vieux édifices dans les contrées moins septentrionales : c'est une poussière impalpable et subtile qui s'attache à tout, qui pénètre partout et dont on ne peut se défendre. On dirait que tous les monuments sont saupoudrés de mine de plomb. L'immense quantité de charbon de terre que l'on consomme à Londres pour le chauffage des usines et des maisons est une des principales causes de ce deuil général des édifices, dont les plus anciens ont littéralement l'air d'avoir été peints avec du cirage. Cet effet est particulièrement sensible sur les statues. Celles du duc de Bedford, du duc d'York au bout de sa colonne, de George III sur son cheval, ressemblent à des nègres ou à des ramoneurs, tellement elles sont encrassées et défigurées par cette funèbre poussière de charbon quintessencié qui tombe du ciel de Londres. — La prison de Newgate, avec ses bossages et ses pierres vermiculées, la vieille église de Saint-Sauveur, et quelques chapelles gothiques dont les noms ne me reviennent pas, semblent avoir été bâties en granit noir plutôt qu'assombries par les années. — Je n'ai vu nulle part cette teinte opaque et morne qui prête aux édifices, demi-voilés par la brume, l'apparence de grands catafalques, et suffirait pour expliquer le spleen traditionnel des

7.

Anglais. En regardant ces murailles teintes par la suie du charbon, je songeais à l'Alcazar et à la cathédrale de Tolède, que le soleil a revêtus d'une robe de pourpre et de safran.

Le dôme de Saint-Paul, lourde contrefaçon de Saint-Pierre de Rome, édifice de la famille du Panthéon et de l'Escurial, avec sa coupole bossue et ses deux clochetons carrés, souffre cruellement de l'influence de l'atmosphère de Londres. Malgré les efforts que l'on fait pour le tenir blanc, il est toujours noir, au moins par un côté ; on a beau l'empâter de peinture, l'imperceptible poussière de charbon que tamise le brouillard va plus vite que la brosse du badigeonneur. Saint-Paul est un exemple de plus pour prouver que la forme de la coupole appartient à l'Orient et que le ciel du Nord demande à être déchiqueté par les aiguilles et les angles aigus de l'architecture gothique.

Le ciel de Londres, même lorsqu'il est dégagé de nuages, est d'un bleu laiteux où le blanchâtre domine, son azur est plus pâle sensiblement que celui du ciel de France ; les matins et les soirs y sont toujours baignés de brumes, noyés de vapeurs. Londres fume au soleil comme un cheval en sueur ou comme une chaudière en ébullition, ce qui produit dans les espaces libres de ces admirables effets de lumière si bien rendus par les aquarellistes et les graveurs anglais. Souvent, par le plus beau temps, il est difficile d'apercevoir nettement le pont de Southwark du port de Londres, qui, cependant sont assez rapprochés l'un de l'autre. Cette fumée, répandue partout, estompe les angles trop durs, voile les pauvretés des constructions, agrandit la perspective, donne du mystère et du vague aux objets les plus positifs. Avec elle, une cheminée d'usine devient aisément un obélisque, un magasin de pauvre architecture prend des airs de terrasse babylonienne, une maussade rangée de colonnes se change en portiques de Palmyre. La sécheresse symétrique de la civilisation et la vulgarité des formes qu'elle emploie s'adoucissent ou disparaissent, grâce à ce voile bienfaisant.

Les marchands de vin, si communs à Paris, sont remplacés à Londres par les distillateurs de gin et autres liqueurs fortes. Les boutiques de gin sont fort élégantes, ornées de cuivre, de dorures, et forment un contraste pénible par leur luxe avec la misère et le délabrement de la classe qui les fréquente. Les portes sont creusées à hauteur d'homme par les mains calleuses qui sans relâche en poussent les battants. Je vis entrer dans une de ces boutiques une vieille pauvresse qui est restée dans ma mémoire comme un souvenir de cauchemar.

J'ai étudié de près la gueuserie espagnole, et j'ai souvent été accosté par les sorcières qui ont posé pour les caprices de Goya. J'ai enjambé le soir les tas de mendiants qui dormaient à Grenade sur les marches du théâtre; j'ai donné l'aumône à des Ribeira et à des Murillo sans cadre, enveloppés dans des guenilles où tout ce qui n'était pas trou était tache; j'ai erré dans les repaires de l'Albaycin, et suivi le chemin de Monte-Sagrado, où les gitanos creusent leurs tanières dans le roc sous les racines des cactus et des figuiers d'Inde; mais je n'ai jamais rien vu de plus morne, de plus triste et de plus navrant que cette vieille entrant dans le *gin-temple*.

Elle avait un chapeau, la malheureuse; mais quel chapeau! Jamais âne savant n'en a porté entre ses oreilles velues un plus lamentable, plus éraillé, plus chiffonné, plus bossué, plus piteusement grotesque. La couleur depuis longtemps n'en était plus appréciable; s'il avait

été blanc ou noir, jaune ou violet, c'est ce que je ne saurais vous dire. A la voir ainsi coiffée, on eût dit qu'elle
avait sur la tête une écope ou une pelle à charbon. Sur
son pauvre vieux corps pendaient confusément des hail-
lons que je ne saurais mieux comparer qu'aux guenilles
accrochées au-dessus des noyés au porte-manteau de la
Morgue ; seulement, ce qui était bien plus triste, le cadavre était debout. Quelle différence de ces lambeaux terribles aux bonnes guenilles espagnoles, rousses, dorées, pi-
caresques, qu'un grand peintre peut reproduire, et qui
font l'honneur d'une école et d'une littérature ; entre cette
misère anglaise, froide, glacée, comme la pluie d'hiver,
et cette insouciante et poétique misère castillane, qui, à
défaut de manteau, s'enveloppe d'un rayon de soleil, et
qui, si le pain lui manque, étend la main et ramasse
une orange ou une poignée de ces bons glands doux qui
faisaient les délices de Sancho Pança !

Au bout d'une minute, la vieille sortit de la boutique ; elle marchait droit comme un soldat suisse ; sa
figure terreuse s'était ranimée, une rougeur fiévreuse
couvrait ses pommettes. — Un sourire d'une béatitude
idiote voltigeait sur ses lèvres ridées en passant près
de moi. Elle leva les yeux et me jeta un regard noir, profond, fixe et pourtant sans pensée. — Les morts sans doute
regardent ainsi quand un doigt impie relève par curiosité
leurs paupières, qui ne doivent plus s'ouvrir que pour
contempler Dieu. — Puis ses prunelles se troublèrent et
s'éteignirent dans leur orbite comme des charbons qu'on
plonge dans l'eau ; la force du gin agissait, et elle conti-
nua sa route en balançant la tête avec un ricanement stupide. Béni sois-tu, gin, malgré les déclamations des philanthropes et des sociétés de tempérance, pour le quart

d'heure de joie et d'assoupissement que tu donnes aux misérables ! Contre de tels maux, tout remède est légitime, et le peuple ne s'y trompe pas. Voyez comme il court boire à grands coups l'eau du Léthé sous le nom de gin. Etrange humanité, qui veut que les pauvres aient toujours toute leur raison pour sentir sans relâche l'étendue de leurs malheurs ! Anglais, vous feriez bien d'envoyer en Irlande les cargaisons d'opium dont vous voulez empoisonner la Chine.

A quelques pas de là je vis un spectacle du même genre et non moins triste : un vieillard à cheveux blancs et déjà ivre chantait je ne sais quelle chanson glapissante et ridicule, en faisant des gestes désordonnés ; son chapeau avait roulé à terre sans qu'il eût la force de le reprendre, et il s'épaulait de son mieux contre un mur de trois ou quatre pieds de haut surmonté d'une grille de fer.

Ce mur était celui du cimetière d'une paroisse, car à Londres les cimetières sont encore dans la ville ; une église de l'aspect le plus lugubre, enfumée comme le tuyau de cheminée d'une forge, s'élevait au milieu de tombes noires, dont quelques-unes avaient cette vague forme humaine que les bandelettes et les boîtes des momies conservent au corps qu'elles renferment. Ce vieillard ivre, qui chantait à deux pas de ces tombes, faisait le contraste le plus pénible par sa dissonance.

Ces deux échantillons de la misère de Londres n'étaient rien en comparaison de ce que je devais voir plus tard dans Saint-Gilles, le quartier des Irlandais ; mais ils me firent une forte impression, car cette vieille et ce vieillard furent les premiers êtres vivants que je rencontrai. Il est vrai que ceux qui n'ont pas de lit se lèvent de bonne heure.

Cependant les rues commençaient à s'animer ; les ouvriers, leur tablier blanc retroussé à la ceinture, se rendaient à leur ouvrage ; les garçons bouchers portaient la viande dans les auges de bois ; les voitures filaient avec la rapidité de l'éclair ; les omnibus, éclatants de couleurs et de vernis, chamarrés de lettres d'or indiquant leurs destinations, se succédaient presque sans intervalle, avec leurs voyageurs en *outside*, et leurs conducteurs qui se tiennent debout sur une planchette à côté de la portière ; ces omnibus vont fort vite, car Londres est une ville si vaste, si démesurée, que le besoin de la rapidité s'y fait sentir bien plus vivement qu'à Paris. Cette activité de locomotion contraste bizarrement avec l'air impassible, la physionomie phlegmatique et froide, pour ne pas dire plus, de tous ces marcheurs imperturbables. Les Anglais vont vite comme les morts de la ballade, et pourtant on ne lit dans leurs yeux aucun désir d'arriver. Ils courent et n'ont pas l'air pressé : ils filent toujours droit comme un boulet de canon, ne se retournant pas s'ils sont heurtés, ne s'excusant pas s'ils heurtent quelqu'un ; les femmes elles-mêmes marchent d'un pas accéléré qui ferait honneur à des grenadiers allant à l'assaut, de ce pas géométrique et viril auquel on reconnaît une Anglaise sur le continent et qui excite le rire de la Parisienne *trotte-menu :* les bambins vont vite même à l'école ; le flâneur est un être inconnu à Londres, quoique le badaud y revive sous le nom de *cokney.*

Londres occupe une énorme surface : les maisons sont peu hautes, les rues très-larges, les squares grands et nombreux ; le parc Saint-James, Hyde-Park et Regent's-Park couvrent d'immenses terrains : il faut donc presser le pas, autrement l'on n'arriverait à sa destination que le lendemain.

La Tamise est à Londres ce que le boulevard est à Paris, la principale ligne de circulation. Seulement, sur la Tamise, les omnibus sont remplacés par de petits bateaux à vapeur étroits, allongés, tirant peu d'eau, dans le genre des *Dorades*, qui allaient du Pont-Royal à Saint-Cloud. Chaque trajet se paye six pence. L'on va ainsi à Greenwich, à Chelsea ; des cales sont établies près des ponts où se prennent et se déposent les passagers. Rien de plus agréable que ces petits voyages de dix minutes ou d'un quart d'heure qui font défiler devant vous, comme un panorama mobile, les rives si pittoresques du fleuve. Vous passez ainsi sous tous les ponts de Londres. Vous pouvez admirer les trois arches de fer du pont de Southwark, d'un jet si hardi, d'une ouverture si vaste ; les colonnes ioniennes qui donnent un aspect si élégant au pont de Blackfriars, les piliers doriques d'une tournure si robuste et si solide de Waterloo-Bridge, le plus beau du monde assurément. En descendant de Waterloo-Bridge, vous apercevez, à travers les arches du pont de Blackfriars, la silhouette gigantesque de Saint-Paul, qui s'élève au-dessus d'un océan de toits, entre les aiguilles et les clochers de Sainte-Marie-le-Bone, de Saint-Benoît et de Saint-Matthieu, avec une portion de quai encombrée de bateaux, de barques et de magasins. Du pont de Westminster vous découvrez l'antique abbaye de ce nom élevant dans la brume ses deux énormes tours carrées qui rappellent les tours de Notre-Dame de Paris, et qui portent à chaque angle un clocheton aigu ; les trois clochers bizarrement tailladés à jour de Saint-Jean-l'Évangéliste, sans compter les dents de scie formées par les aiguilles des chapelles lointaines, les cheminées de fabriques et les toits de maisons. Le pont du Vauxhall, qui est le dernier qu'on trouve de ce côté,

clôt dignement la perspective. Tous ces ponts, qui sont
en pierre de Portland ou en granit de Cornouailles, ont été
construits par des sociétés particulières, car à Londres le
gouvernement ne se mêle de rien, et les dépenses en sont
couvertes par un droit de péage. Ce péage, pour les piétons,
est perçu d'une façon assez ingénieuse. On passe par un
tourniquet qui, à chaque tour, fait avancer d'un cran une
roue graduée placée dans le bureau de perception ; de cette
manière on sait exactement le nombre de gens qui ont
traversé le pont dans la journée, et la fraude est impossible de la part des employés.

Pardonnez-moi si je vous parle toujours de la Tamise,
mais le panorama mouvant qu'elle déroule sans cesse est
quelque chose de si neuf et de si grandiose, qu'on ne
saurait s'en détacher. — Une forêt de trois mâts au milieu d'une capitale est le plus beau spectacle que puisse
offrir aux yeux l'industrie de l'homme.

Nous allons, si vous voulez, pour être tout de suite au
cœur des beaux quartiers, nous transporter du pont de
Waterloo, par Wellington-Street, dans le Strand, que nous
allons remonter dans sa longueur. A partir de la jolie petite église de Sainte-Marie, si singulièrement posée au
milieu de la rue, le Strand, qui est d'une énorme largeur,
est garni de chaque côté de boutiques somptueuses et magnifiques qui n'ont peut-être pas l'élégance coquette de
celles de Paris, mais un air de richesse et d'abondance
fastueuses. — Là se trouvent les étalages de marchands
d'estampes où l'on peut admirer les chefs-d'œuvre du
burin anglais, si souple, si moelleux, si coloré, et par
malheur appliqué aux plus mauvais dessins du monde ;
car, si le graveur anglais est supérieur comme outil, le
graveur français l'emporte de beaucoup sur lui pour la

perfection du dessin. — Le portrait de la reine Victoria
rayonne sous toutes les formes possibles à toutes les devantures : tantôt elle est revêtue de ses habits royaux,
couronne de diamants et manteau de velours, tantôt en
simple jeune femme, une rose dans les cheveux, seule ou
accompagnée du prince Albert; une gravure les montre
côte à côte dans le même tilbury, et se souriant de l'air le
plus conjugal du monde. Je ne crois pas exagérer en disant que le portrait de la reine Victoria est au moins aussi
commun en Angleterre que le portrait de Napoléon en
France. Le petit prince est aussi fréquemment portraituré,
et chez les marchands de jouets d'enfants il y a des espèces de pêches de cire qu'on appelle fruits de Windsor, et
qui en s'ouvrant laissent voir couché dans ses langes un
marmot abondamment fardé de laque, qui a la prétention
assez mal fondée de représenter le prince de Galles. — Il
faut dire aussi que si les portraits adonisés, flattés, embel-
lis, caressés amoureusement par un burin courtisan, sont
en majorité, il ne manque pas non plus de grossières pocha-
des crayonnées avec la verve humoristique des caricatures
anglaises, qui traitent *her majesty* aussi cavalièrement que
possible.—A propos des marchands de jouets d'enfants, je
fis la remarque que les joujoux anglais étaient bien autrement sérieux que les nôtres. Peu de tambours, peu de
trompettes, disette de polichinelles et de soldats, mais force
bateaux à vapeur, force vaisseaux à voiles, force chemins
de fer avec leur locomotive et leurs wagons en miniature;
les verres des lanternes magiques, au lieu de représenter
les infortunes burlesques de Jocrisse ou tout autre sujet
analogue, offrent un cours d'astronomie, un système pla-
nétaire complet. Il y a aussi des jeux d'architecture avec
lesquels ont peut bâtir toutes sortes d'édifices au moyen

de pièces détachées, et mille autres amusements géométri-
ques et physiques qui réjouiraient fort peu les bambins de
Paris. Puisque je suis à parler de boutiques, je vais te raconter ici, mon cher Fritz, une petite drôlerie industrielle que nos charlatans de Paris regretteront bien de ne
pas avoir trouvée. — Il s'agit de *makintosh*, de *water-
proof* imperméables. Pour démontrer victorieusement l'im-
perméabilité de ses étoffes, le marchand a eu l'idée triomphante de faire clouer sur un châssis le pan d'un *water-
proof* de manière à former une espèce de creux ; dans ce
creux il a versé à peu près la contenance d'une cuvette
d'eau où nagent et frétillent une douzaine de poissons
rouges. Faire un vivier d'un paletot et donner aux amateurs la facilité de pêcher à la ligne dans le pan de leur
redingote, n'est-ce pas l'idéal de l'annonce, le sublime du
charlatanisme ?

En marchant du côté de Charing-Cross, vous trouvez,
au coin de la place de Trafalgar, la façade de l'hôtel du duc
de Northumberland, reconnaissable à un grand lion dont
la queue relevée en l'air et toute droite produit un effet
sculptural assez médiocre, quoique nouveau ; c'est le lion
des Percy, et jamais lion héraldique n'a plus abusé du
droit qu'il avait d'affecter des formes fabuleuses. — On
vante beaucoup l'escalier de marbre qui conduit aux appartements et la collection de tableaux, qui se compose,
comme toutes les collections possibles, de Raphaël, de
Titien, de Paul Véronèse, de Rubens, d'Albert Durer, de
Van-Dyck, sans compter les vieux Franck, les Fatti, les
Tempesta, les Salvator Rosa, etc. Je ne veux pas suspecter
ici la galerie du duc de Northumberland, que je n'ai pas
vue, mais je crois qu'il n'y a pas beaucoup de certitude à
fonder sur les tableaux anciens qui se trouvent en Angle-

terre. — Bien qu'ils aient été, pour la plupart, payés des sommes folles, ils n'en sont pas moins en général de simples copies. La quantité de Murillo que j'ai vu fabriquer à Séville pour le compte des Anglais me met en garde sur leurs Raphaël : les Van-Dick et les Holbein sont beaucoup plus authentiques; ce sont des portraits de grands seigneurs, de grandes dames ou de hauts personnages peints dans le pays, qui ne sont pas sortis de la famille, et dont la filiation est parfaitement connue. Ceci soit dit sans affliger personne; que ceux qui s'imaginent posséder un Raphaël ou un Titien, et qui en réalité n'ont autre chose que sept ou huit couches de vernis dans un riche cadre, n'en soient pas moins heureux pour cela. Il n'y a que la foi qui sauve.

Au milieu de la place de Trafalgar, l'on est en train d'élever un monument à la mémoire de Nelson. En attendant, sur l'enceinte de planches qui entoure l'espace qu'occuperont les constructions, se prélassent des placards gigantesques, des affiches monstres avec des lettres de six pieds de haut des formes les plus bizarres; c'est là que se placardent les phénomènes, les exhibitions extraordinaires et les représentations théâtrales.

Les Anglais abusent, en vérité, de Waterloo et de Trafalgar. Je sais bien que nous ne sommes pas non plus exempts de cette manie d'affubler nos rues et nos ponts du nom de nos victoires, mais au moins notre répertoire est un peu plus varié.

Regent-Street, qui a des arcades comme la rue de Rivoli, Piccadilly, Pall-Mall, Hay-Market, l'Opéra italien, qu'on ne saurait mieux comparer qu'à l'Odéon de Paris, Carlton-Palace et Saint-James's-Parck, le palais de la reine avec son arc de triomphe imité de celui du Carrou-

sel, font de cette portion de la ville une des plus brillantes de Londres.

L'architecture des maisons, ou plutôt des palais qui forment ce quartier, habité par les classes riches, est tout à
fait grandiose et monumentale, quoique d'une composition hybride et souvent équivoque. Jamais l'on n'a vu
tant de colonnes et de frontons, même dans une ville antique. Les Romains et les Grecs n'étaient pas si Romains
et si Grecs assurément que les sujets de sa majesté britannique. Vous marchez entre deux rangs de Parthénons;
c'est flatteur. Vous ne voyez que temples de Vesta et de
Jupiter-Stator, et l'illusion serait complète si dans les en-
tre-colonnements vous ne lisiez des inscriptions du genre
de celles-ci : — *Compagnie du gaz.* — *Assurances sur la
vie.* — L'ordre ionique est bien vu, le dorique encore mieux;
mais la colonne pestumnienne jouit d'une vogue prodigieuse ; on en a mis partout, comme la muscade dont parle
Boileau. Ces colonnades et ces frontons ne manquent pas,
au premier coup d'œil, d'un certain aspect splendide ;
mais toutes ces magnificences sont pour la plupart en
mastic ou en ciment romain, car la pierre est fort rare à
Londres. — C'est surtout dans les églises de construction
nouvelle que le génie architectural anglais a déployé le cos-
mopolitisme le plus bizarre et fait la plus étrange confusion
de genres. Sur un pylône égyptien se déploie un ordre
grec entremêlé de pleins cintres romains, le tout surmonté d'une flèche gothique. Cela ferait hausser les épaules de pitié au moindre paysan italien. A très-peu d'exceptions près, tous les monuments modernes sont de ce style.

Les Anglais sont riches, actifs, industrieux; ils peuvent
forger le fer, dompter la vapeur, tordre la matière en tout
sens, inventer des machines d'une puissance effrayante ; ils

peuvent être de grands poëtes; mais l'art, à proprement parler, leur fera toujours défaut, la forme en elle-même leur échappe. Ils le sentent et s'en irritent, leur orgueil national en est blessé; ils comprennent qu'au fond, malgré leur prodigieuse civilisation matérielle, ils ne sont que des barbares vernis. Lord Elgin, si violemment anathématisé par lord Byron, a commis un sacrilége inutile. Les bas-reliefs du Parthénon apportés à Londres n'y inspireront personne. Le don de la plastique est refusé aux races du Nord; le soleil, qui met les objets en relief, assure les contours et rend à chaque chose sa véritable forme, éclaire ces pâles contrées d'un rayon trop oblique que ne peut suppléer la clarté plombée du gaz. Et puis les Anglais ne sont pas catholiques. — Le protestantisme est une religion aussi funeste aux arts que l'islamisme, et peut-être davantage. — Des artistes ne peuvent être que païens ou catholiques. Dans un pays où les temples ne sont que de grandes chambres carrées, sans tableaux, sans statues, sans ornements, où des messieurs coiffés de perruques à trois rouleaux vous parlent sérieusement, et avec force allusions bibliques, des idoles papistes et de la grande prostituée de Babylone, l'art ne peut jamais atteindre à une grande hauteur; car le plus noble but du statuaire et du peintre est de fixer dans le marbre et sur la toile les symboles divins de la religion en usage à son époque et dans son pays. Phidias sculpte la Vénus, Raphaël peint la Madone, mais ni l'un ni l'autre n'était anglican. Londres pourra devenir Rome, mais elle ne sera jamais Athènes, à coup sûr. Cette dernière place semble réservée à Paris. Là-bas, l'or, la puissance, le développement matériel au plus haut degré; une exagération gigantesque de tout ce qui peut se faire avec de l'argent, de la

patience et de la volonté; l'utile, le confortable; mais
l'agréable et le beau, non. — Ici, l'intelligence, la grâce,
la flexibilité, la finesse, la compréhension facile de l'harmonie et de la beauté, les qualités grecques, en un mot.
Les Anglais excelleront en tout ce qu'il est possible de
faire, et surtout dans ce qui est impossible. Ils établiront
une société biblique à Pékin, ils arriveront à Tombouctou
en gants blancs et en bottes vernies, dans un état de *res-
pectability* complet; ils inventeront des machines qui
produiront six cent mille paires de bas à la minute, et
même ils découvriront de nouvelles contrées pour écou-
ler leurs paires de bas; mais ils ne pourront jamais faire
un chapeau qu'une grisette française voulût mettre sur sa
tête. — Si le goût pouvait s'acheter, ils le payeraient bien
cher. Heureusement, Dieu s'est réservé la distribution de
deux ou trois petites choses sur lesquelles ne peut rien
l'or des puissants de la terre : le génie, la beauté et le
bonheur.

Cependant, malgré ces critiques de détail, l'aspect général de Londres a quelque chose qui étonne et cause une
espèce de stupeur. C'est bien réellement là une capitale dans
le sens de la civilisation. Tout est grand, splendide, disposé
selon le dernier perfectionnement. Les rues sont trop larges, trop vastes, trop éclairées. Le soin des facilités maté-
rielles est porté au degré le plus extrême. Paris, sous ce
rapport, est en arrière de cent ans pour le moins, et jusqu'à un certain point sa construction s'oppose à ce qu'il
puisse jamais égaler Londres. Les maisons anglaises sont
bâties très-légèrement, car le terrain sur lequel on les
construit n'appartient pas à celui qui les fait élever. Tout
le terrain de la ville est possédé, comme au moyen âge,
par un fort petit nombre de grands seigneurs ou de mil-

lionnaires qui permettent d'y bâtir moyennant une rede-
vance. Cette permission s'achète pour un certain temps,
et l'on s'arrange de manière à ce que la maison ne dure
pas plus que le bail. Cette raison, jointe à la fragilité des
matériaux employés, fait que Londres se renouvelle tous
les trente ans, et permet, comme on dit, de suivre les progrès de la civilisation. Ajoutez à cela que le grand incendie de 1666 a fait place nette, ce que je regrette fort pour
ma part, moi qui ne suis pas très-engoué du génie architectural moderne, et qui aime mieux le pittoresque que
le confortable.

L'esprit anglais est méthodique de sa nature; dans les
rues, chacun prend naturellement la droite, et il se forme
des courants réguliers de gens qui montent et d'autres qui
descendent. — Une poignée de soldats suffit à Londres, et
encore ne s'occupent-ils pas de police. — Je ne me rappelle
pas avoir vu un seul corps de garde : les policemen, un
chapeau numéroté sur la tête, un bracelet à la manche
pour montrer qu'ils sont en fonctions, se promènent d'un
air tranquille et philosophique, sans autres armes qu'un
petit bâton long de deux pieds à peine, et traversent ainsi
les quartiers les plus populeux. En cas d'alerte, ils s'appellent entre eux au moyen d'une crécelle de bois. Cette
circulation immense, ce mouvement effrayant qui donne
le vertige, est pour ainsi dire livré à lui-même, et, grâce
au bon sens de la foule, il n'arrive aucun accident.

La population a l'apparence plus misérable que celle de
Paris. Chez nous, les ouvriers, les gens des basses classes,
ont des habits faits pour eux, grossiers il est vrai, mais
d'une forme particulière, et qu'on voit bien leur avoir
toujours appartenu. Si leur veste est déchirée aujourd'hui,
on comprend qu'ils l'ont portée neuve autrefois. **Les gri-**

settes et les ouvrières sont fraîches et propres, malgré la simplicité de leur mise; à Londres, ce n'est pas cela : tout le monde porte un habit noir à queue de morue, un pantalon à sous-pieds et un *qui capit ille facit*, même le misérable qui ouvre la portière des voitures de place.

Les femmes ont toutes un chapeau et une robe de *dame*, de sorte qu'au premier coup d'œil on croit voir des gens d'une classe supérieur tombés dans la détresse, soit par inconduite, soit par revers de fortune. Cela vient de ce que le peuple de Londres s'habille à la friperie; et de dégradation en dégradation, l'habit du gentleman finit par figurer sur le dos du récureur d'égout, et le chapeau de satin de la duchesse sur la nuque d'une ignoble servante; même dans Saint-Gilles, dans ce triste quartier des Irlandais, qui surpasse en pauvreté tout ce qu'on peut imaginer d'horrible et de sale, on voit des chapeaux et des habits noirs, portés le plus souvent sans chemise, et boutonnés sur la peau qui apparaît à travers les déchirures : — Saint-Gilles est pourtant à deux pas d'Oxford-Street et de Piccadilly. Ce contraste n'est ménagé par aucune nuance. Vous passez sans transition de la plus flamboyante opulence à la plus infime misère. Les voitures ne pénètrent pas dans ces ruelles défoncées, pleines de mares d'eau où grouillent des enfants déguenillés, où de grandes filles à la chevelure éparse, pieds nus, jambes nues, un mauvais bâillon à peine croisé sur la poitrine, vous regardent d'un air hagard et farouche. Quelle souffrance, quelle famine se lit sur ces figures maigres, hâves, terreuses, martelées, vergetées par le froid! Il y a là des pauvres diables qui ont toujours eu faim à partir du jour où ils ont été sevrés; tout cela vit de pommes de terre cuites à la vapeur, et ne mange du pain que bien rarement. A force de privations, le sang de ces malheureux s'appauvrit, et de rouge devient jaune, comme l'ont constaté les rapports des médecins.

Il y a dans Saint-Gilles, sur les maisons des logeurs, des inscriptions ainsi conçues : *Cave garnie à louer pour un gentleman célibataire.* Cela doit vous donner une idée suffisante de l'endroit. J'ai eu la curiosité d'entrer dans une de ces caves, et je t'assure, mon cher Fritz, que je n'ai jamais rien vu de si *dégarni.* Il paraît invraisemblable que des êtres humains puissent vivre dans de pareilles tanières'; il est vrai qu'ils y meurent, et par milliers.

C'est là le revers de la médaille de toute civilisation ; les fortunes monstrueuses s'expliquent par des misères effroyables : pour que quelques-uns dévorent tant, il faut que beaucoup jeûnent; plus le palais est élevé, plus la carrière est profonde, et nulle part cette disproportion n'est plus sensible qu'en Angleterre. — Être pauvre à Londres me paraît une des tortures oubliées par Dante dans sa spirale de douleurs. Avoir de l'or est si visiblement le seul mérite reconnu, que les Anglais pauvres se méprisent eux-mêmes, et acceptent humblement l'arrogance et les dédains des classes aisées ou riches. Les Anglais, qui parlent tant des idoles des papistes, devraient bien ne pas oublier que le veau d'or est l'idole la plus infâme et qui exige le plus de sacrifices.

Les squares, qui sont en grand nombre, corrigent heureusement la fétidité de ces cloaques. La place Royale de Paris est ce qui peut donner la plus juste idée d'un square anglais ; — un square est une place bordée de maisons d'architecture uniforme, dont le milieu est occupé par un jardin planté de grands arbres, entouré de grilles, et dont le gazon d'un vert d'émeraude repose doucement

les yeux attristés par les teintes sombres du ciel et des édifices. — Les squares communiquent souvent les uns avec
les autres, et occupent des espaces immenses. — L'on
vient d'en bâtir de magnifiques du côté de Hyde-Park,
pour être habités par la noblesse ; aucune boutique, aucun
magasin ne troublent la quiétude aristocratique de ces
élégantes thébaïdes. — Il serait bien à désirer que l'usage
des squares se propageât à Paris, où les maisons tendent à
se rapprocher de plus en plus, et d'où la végétation et la
verdure finiront par disparaître complétement. — Rien
n'est plus charmant que ces vastes enceintes, tranquilles,
vertes et fraîches ; — Il est vrai de dire que jamais je n'ai
vu personne se promener dans ces jardins si attrayants,
dont les locataires ont chacun une clef : il leur suffit d'empêcher les autres d'y entrer.

Les squares et les parks sont un des grands charmes de
Londres. Saint-James's-Park, tout près de Pall-Mall, est
une délicieuse promenade. On y descend par un escalier
énorme, digne de Babylone, qui se trouve au pied de la
colonne du duc d'York. L'allée qui longe la terrasse égyp-
tienne de Carlton-Palace est fort large et fort belle. Mais
ce qui m'en plaît surtout, c'est la grande pièce d'eau peu-
plée de hérons, de canards et d'oiseaux aquatiques. Les
Anglais excellent dans l'art de donner aux jardins factices
un air romantique et naturel ; Westminster, dont les tours
s'élèvent par-dessus les touffes d'arbres, termine admirablement la vue du côté de la rivière.

Hyde-Park, où vont parader les voitures et les chevaux
de la fashion, par l'étendue de ses eaux et de ses boulin-
grins, a quelque chose de tout à fait rural et champêtre.
Ce n'est pas un jardin, c'est un paysage. La statue votée
par les dames de Londres à lord Wellington se trouve dans

Hyde-Park. — Le noble duc est idéalisé et divinisé sous la forme d'Achille. — Je ne crois pas qu'il soit possible de pousser le grotesque et le ridicule plus loin ; mettre sur le torse robuste du vaillant fils de Pélée et le col musculeux du vainqueur d'Hector la tête britannique de l'honorable duc avec son nez recourbé, sa bouche plate et son menton carré, est une des plus divertissantes idées qui puissent traverser un cerveau humain : c'est de la caricature naïve, involontaire, et par cela même irrésistible. — La statue, coulée en bronze par M. Westmacott avec les canons pris dans les batailles de Vittoria, de Salamanque, de Toulouse et de Waterloo, n'a pas moins de dix-huit pieds de haut. Le correctif de cette apothéose un peu exagérée est placé tout à côté. Par une de ces antithèses ironiques du hasard, ce grand railleur des choses humaines, Apsley-House, l'hôtel du noble duc, occupe le coin de Piccadilly, et de sa fenêtre il peut se voir chaque matin sous la forme d'un Achille de bronze, ce qui est un réveil fort agréable. Malheureusement lord Wellington jouit en Angleterre d'une popularité très-problématique. — La canaille ne connaît pas de jouissance plus vive que de casser à coups de pierre, et quelquefois à coups de fusil, les vitres d'Achille. Aussi toutes les fenêtres d'Apsley-House son revêtues de lames de fer et garnies de volets doublés en tôle. Ce sont les gémonies à côté du Panthéon, la roche tarpéienne tout près du Capitole. Hyde-Park est bordé de charmantes maisons de style tout à fait anglais, ornées de galeries vitrées, de jalousies vertes, et de pavillons en ronde-bosse sur les corps de logis, qui rappellent les tourelles gothiques et font le meilleur effet.

On s'étonne de voir de si grands espaces libres dans une ville comme Londres. Regent's-Park, où se trouve enclavé le jardin zoologique et que bordent des palais dans le goût du Garde-Meublé et du ministère de la marine de Paris, est véritablement énorme, on s'y perd. Une ondulation du terrain, dont l'on a très-habilement profité, y produit les effets les plus pittoresques.

Voilà à peu près, mon cher ami, ce que j'ai vu en me promenant à travers la ville. Tout ceci est bien incomplet; si je voulais faire une description exacte et détaillée de Londres, une lettre ne suffirait pas, il faudrait des volumes. Mais quel est ton avis sur la cuisine de Londres? me diras-tu; qu'y boit-on? qu'y mange-t-on? car les faiseurs de voyages, tout occupés de se quereller pour la mesure exacte d'une colonne ou d'un obélisque dont personne ne se soucie, passent ordinairement ces choses-là sous silence. Moi, qui n'appartiens pas à cette classe sublime, je te répondrai : La question est grave, aussi grave pour le moins que la question d'Orient. —Les Anglais prétendent qu'ils ont seuls le secret d'une nourriture saine, substantielle et abondante. — Cette nourriture se compose principalement de soupe de tortue, de beefsteak, de rump-steak, de poissons, de légumes cuits à l'eau, de jambon de bœuf, de tourtes de rhubarbe, et autres mets aussi primitifs. Il est bien vrai que toutes ces nourritures sont parfaitement naturelles et cuites sans aucune sauce ou ragoût, mais on ne les mange pas comme on les sert. L'accommodement se fait sur la table, et chacun le gradue à sa guise. Six à huit petites buires posées sur un plateau d'argent, renfermant du beurre d'anchois, du poivre de Cayenne, de l'Harvey-sauce, et je ne sais quels ingrédients hindous à vous faire venir des ampoules au palais, font de ces mets si simplement apprêtés quelque chose de plus violent que les ragoûts les plus sublimés. — J'ai mangé sans sourcil-

ler une friture de piments et des confitures de gingembre de la Chine. Ce n'était que miel et sucre à côté de
cela. Le porter, la vieille ale d'Écosse, qui me plaît beaucoup, ne ressemblent en rien à nos bières de France, ni à
celles de Belgique, déjà si supérieures aux nôtres. Le porter prend feu comme l'eau-de-vie, l'ale d'Écosse grise
comme du vin de Champagne. Quant au vin qu'on boit
en Angleterre, le claret, le sherry et le porto, c'est du
rhum plus ou moins déguisé. On y absorbe aussi, sous
prétexte de vin de Champagne, une grande quantité de
poiré d'Exeter. Au dessert, avec le fromage de Chester et
les petits gâteaux secs, on apporte du céleri fort proprement dressé dans une coupe de cristal. Les oranges, qui
viennent de Portugal, sont excellentes et ne coûtent presque rien. C'est la seule chose qui soit à bon marché à
Londres.

J'ai dîné à l'hôtel de Brunswick, près des docks des
Indes, tout au bord de la Tamise. Les vaisseaux passaient
et repassaient devant les fenêtres, et semblaient presque
entrer dans la salle; on m'y servit, entre autres choses,
un rump-steak d'une telle dimension, si flanqué de pommes de terre, de têtes de choux-fleurs, et arrosé d'une si
abondante sauce aux huîtres, qu'il y aurait bien eu de
quoi rassasier quatre personnes. On me conduisit aussi à
une table d'hôte, dans une taverne près du marché au
poisson, à Billingsgate. J'y mangeai du turbot, des soles et
du saumon d'une fraîcheur exquise. Au commencement
du repas, le *landlord* dit les *Grâces* , et à la fin le *Benedi-
cite,* après avoir frappé sur la table avec le manche de son
couteau pour commander l'attention.

Les cafés, *coffee-room,* ne ressemblent en rien aux cafés de France. Ce sont des chambres assez tristes, divisées

8.

en petits cabinets ou cloisons, comme les stalles des chevaux dans les écuries, et qui n'ont rien de l'éclat de nos
cafés de Paris, étincelants de moulures, de dorures et de
glaces; les glaces, du reste, sont assez rares en Angleterre : je n'en ai vu que de fort petites.

Il y a aussi dans tous les quartiers de la ville des taver-
nes-poissonneries où l'on va manger des huîtres, des crevettes, du homard, le soir à la sortie du théâtre. Comme
ces tavernes ne payent pas patente de marchands de vin et
d'esprits, si vous voulez boire il faut donner de l'argent au
garçon, qui va chercher, au fur et à mesure, ce que vous
lui demandez, à la boutique voisine.

En fait de théâtre, je n'ai vu que l'Opéra-Italien et le
Théâtre-Français. Te parler de Mlle Forgeot, de Perlet, t'a-
muserait médiocrement; je préfère te dire quelques mots
de l'Opéra-Italien.

La salle peut lutter de grandeur avec celle de la rue
Lepelletier; mais ses dimensions sont acquises un peu aux
dépens de la scène, qui est fort petite. Les spectateurs
empiètent sur le théâtre. Il y a trois loges d'avant-scène
entre la rampe et le rideau, ce qui produit l'effet le plus
bizarre : les *espaliers*, les chœurs, n'ont pas le droit de
s'avancer plus loin que le manteau d'Arlequin, car alors
ils empêcheraient de voir les jeunes gentlemen placés dans
les baignoires. Les premiers sujets seuls se postent sur le
proscenium et jouent hors du cadre de la décoration, à
peu près comme les figures d'un tableau qui seraient découpées et posées à cinq à six pieds en avant du fond sur
lequel elles se meuvent. Quand, vers la fin d'un acte, par
suite de quelque combinaison tragique, les héros sont
poignardés et meurent près de la rampe, il faut les prendre sous les bras et les traîner à reculons, en remontant

vers le théâtre, pour que la chute du rideau ne les sépare pas de leur suite éplorée.

Les loges sont garnies de rideaux de damas rouge qui les rendent un peu sombres; la salle elle-même n'est pas très-éclairée; toute la masse de lumières est réservée pour la scène. Cette disposition et la puissance des rampes de gaz permettent d'exécuter des effets vraiment magiques. Le lever de soleil qui termine le ballet de *Giselle* produit une illusion complète, et fait honneur à l'habileté de M. Greave. — L'on donnait avec *Giselle* un opéra de Donizetti, *Gemma de Vergy*, imité, pour le poëme, du *Charles VII chez ses grands vassaux*, de Dumas, et pour la musique de Donizetti lui-même, sans préjudice de Bellini et de Rossini. — Le ténor Guasco et Mlle Adélaïde Moltini, de Milan, ont trouvé moyen de s'y faire applaudir; mais les épaules de la Moltini sont pour moitié au moins dans les applaudissements.

Quoique le beau monde ne fût pas encore arrivé, je vis à l'Opéra-Italien de charmantes physionomies féminines, encadrées admirablement dans le damas rouge des loges. Les keepsakes sont plus fidèles qu'on ne pense, et représentent très-bien la grâce maniérée, les formes élégantes et frêles des femmes de l'aristocratie. Ce sont bien là les yeux aux longs cils, aux regards noyés, les spirales de cheveux blonds faiblement contournées, et venant caresser de blanches épaules et de blanches poitrines généreusement livrées aux regards, mode qui nous paraît contraster un peu avec la pruderie anglaise. Quant aux toilettes, elles ont un caractère d'excentricité frappant. Les couleurs voyantes sont adoptées de préférence. Dans la même loge rayonnaient comme un spectre solaire trois dames habillées l'une en jonquille, l'autre en écarlate, et la dernière

en bleu de ciel. Les coiffures ne sont pas d'un goût très-
heureux. On sait tout ce que les Anglaises se mettent sur
la tète : franges d'or, buissons de corail, branches d'arbres, coquillages, bancs d'huîtres, leur fantaisie ne recule
devant rien, surtout lorsqu'elles ont atteint cet âge que
l'on appelle âge de retour, et auquel cependant personne
ne voudrait arriver, loin d'y vouloir retourner.

Voilà à peu près, mon cher Fritz, ce que peut voir, en
allant à travers Londres tout droit devant lui, un honnête
rêveur qui ne sait pas un mot d'anglais, n'est pas grand
admirateur de vieilles pierres noires, et trouve la première
rue venue aussi curieuse que l'exhibition la plus attrac-
tive.

Pochades, Zigzags et Paradoxes.

I.

IDÉES RÉTROGRADES.

Que doit dire là-haut ou là-bas (car ce n'est qu'une question d'antipodes) le Créateur de toutes choses de la conduite que nous menons sur ce globe terraqué? Il avait inventé une assez jolie machine à quatre pieds que l'on appelait cheval. Cette machine vivante, qui se reproduisait d'elle-même, s'attelait à des voitures, se laissait mettre des selles sur le dos, et nous transportait d'un endroit à un autre avec une rapidité qui avait paru suffisante jusqu'à présent; mais il y a des gens qui ne sont jamais contents de rien, et qui regrettent, comme ce roi d'Espagne, de ne pas s'être trouvés là lorsque Dieu fit le monde, parce qu'ils lui auraient donné de bons conseils. Ces gens-là, à force de recherches, de combinaisons et d'efforts, sont parvenus à fabriquer un animal de fer, de cuivre et d'acier, qui boit de l'eau bouillante et mange du feu, a des roues au lieu de jambes, et ne peut marcher que sur des tringles. Cette bête monstrueuse, qui grogne, qui glapit, éructe et produit toute sorte de bruits singuliers, traine des fardeaux énormes plus vite que le vent!... Le vent! qu'ai-je dit là? quelle comparaison antique et surannée! le vent reste bien en arrière de la vapeur. — Cette bête ne se fatigue pas, bien qu'elle se couvre de sueur; toutefois, elle a cela de commun avec l'ex-chèval, qu'elle prend le mors aux dents si on la surmène, éclate comme un obus, et fait payer bien cher sa vélocité. — Dans l'esprit du peuple, une locomotive passe pour un être doué de vie, et j'avoue que je suis un peu de l'avis du peuple. — Un savant chimiste ne vient-il pas de découvrir que l'homme était un appareil consommant du carbone? Dans les procès qui ont suivi le désastreux événement du 8 mai, n'avez-vous pas remarqué parmi les dépositions des témoins des phrases comme celles-ci : — Le Mathieu-Murray était une machine capricieuse; Georges (le Baucher de ces chevaux de fer) se défiait de ses tours ; il la montait lui-même, car elle avait ses bons et ses mauvais jours. — Une machine capricieuse! quel mot effrayant! quel abîme de profondeur! Le caprice, c'est la volonté, c'est la vie; il y aura donc, dans quelques années d'ici, des machines qui vivront!

Au moyen de cette invention, je viens de faire trente lieues et plus en moins de quatre heures. — Je suis furieux ; je trouve qu'on s'est arrêté trop souvent, qu'on a perdu vingt minutes. Autant aller en fiacre, autant s'asseoir sur un colimaçon. Jadis, lorsqu'on faisait quatre lieues à l'heure, on appelait cela un train d'enfer, et l'on donnait cinq francs de guides. Il est vrai que l'on avait du bruit pour son argent : les postillons faisaient claquer leurs fouets, les chevaux secouaient des grappes de grelots,

arrachaient du pavé des milliers d'étincelles, les rues gron-
daient comme le tonnerre, on était cahoté, jeté d'un angle
à l'autre, agité comme dans un van. Cette réflexion m'est
venue, et ma colère s'est calmée.

Une seconde réflexion s'est présentée à mon esprit : —
Un vertige de rapidité s'est emparé des populations modernes ; toutes les idées convergent de ce côté. La vapeur
ne suffit déjà plus : — on cherche dans l'air comprimé,
dans le fluide électrique, des moteurs encore plus puissants. Cruikshanck, le caricaturiste, représente des voyageurs qui partent pour le Bengale, et qui se placent au
centre d'une énorme bombe qu'un mortier va lancer à sa
destination. En 1945, cette plaisanterie sera du plus mauvais goût. La route de l'air va bientôt être ouverte. En
France, en Angleterre, plusieurs de ces fous qu'on
nomme génies lorsqu'ils réussissent, cherchent les moyens
de se diriger à travers les couches atmosphériques. — Ce
moyen, on le trouvera ; il est peut-être trouvé. — En attendant, je vais vous raconter une petite histoire. — Un
Anglais (c'est peut-être bien un Ecossais) avait inventé
une machine pour voler ; — la machine achevée, le Dédale britannique voulut en faire un essai solennel ; il in-
vita beaucoup de monde à déjeuner ; — le repas fut long
et magnifique ; les vins de France et d'Espagne y coulé-
rent à flots : après quoi l'on descendit dans la cour pour
l'expérience. Le gentleman, au moment de partir, allégua
qu'il avait beaucoup mangé, bu davantage, qu'il était un
peu lourd, qu'il lui serait difficile de s'élever de terre, et
qu'il réclamait de la respectable société la faveur de monter avec la machine sur le bord d'un toit, du haut duquel
il prendrait plus commodément son essor. Cette facilité
lui fut gracieusement accordée : les aigles eux-mêmes se

la donnent, et se jettent dans l'air de quelque rocher ou
de quelque pic. — Arrivé au bord du toit, le gentleman
prit deux ou trois fois son élan, sans toutefois quitter l'é-
lément solide. L'assistance attendait avec anxiété ; mais
notre homme, s'arrêtant tout à coup, se mit à crier d'une
voix de Stentor : — John !

John parut.

— Vous êtes mon domestique ?

— Oui, monsieur.

— Je vous paye pour me servir et faire ce que je vous
commande.

— Oui, monsieur.

— C'est bien ! entrez dans cette machine, et lancez-
vous...

— Monsieur m'excusera ; je ne sais pas voler.

Le maître s'emporta, le domestique tint bon, et au
grand amusement des spectateurs, une querelle en règle
s'engagea.

— Monsieur, je cirerai vos bottes, j'irai vous chercher
de l'eau chaude, je brosserai vos habits, mais je ne veux
pas me casser le cou pour vous obéir.

— Mais je réponds de tout, mes calculs sont justes ; et
d'ailleurs, estimez votre carcasse, je vous la payerai.

John ne parut pas convaincu, résista, et fut glorieuse-
ment mis à la porte.

Ici se présente une question de droit des plus intéressantes : — Un maître inventeur peut-il exiger de son domestique, comme service, d'essayer ses mécaniques et de
prendre part à ses expériences ?

Je disais tout à l'heure que la rapidité était un des besoins de l'époque. — On a donc découvert depuis peu des
endroits bien délicieux, bien ravissants, pour qu'il soit

nécessaire d'y arriver si vite ! A quelle Otaïti, à quel Eldorado, à quel paradis terrestre conduisent ces chemins, ces
rails-ways inflexibles? La terre n'a jamais été plus ennuyeuse ; toutes les différences disparaissent, et il est
presque impossible de distinguer une ville d'une autre ;
la rue de Rivoli menace d'étendre indéfiniment ses arcades ; les paletots et les makintosh ont fait disparaître tous
les costumes pittoresques. — Et d'ailleurs, arriver est toujours triste, même quand on arrive à une belle chose. —
Je voudrais qu'un nouveau bouleversement géologique
vînt tourmenter la face du globe, creusât les vallées en
abimes, soulevât les montagnes jusqu'aux cieux, et détrui-
sît toutes les routes ! — Comme alors on réinventerait les
chevaux, les ânes et les mulets ! — Quel beau voyage ce
serait d'aller à Rouen !

Il y a quelques années, nous avons fait le voyage de
Rouen dans une petite barque, trois ou quatre amis ensemble, autant que cela, mais nous étions bien jeunes ! tantôt
à la voile, tantôt à la rame, le plus souvent à la dérive. —
Nous abordions à des iles inconnues, pleines de saules et
d'osier, plus fiers de nos découvertes que des aventuriers
espagnols allant à la conquête de l'Amérique. Nous sur-
prenions les martins-pêcheurs dans leur intimité. De
temps en temps la barque tournait. Quels jolis naufrages !
nous plongions, et nous allions repêcher notre cargaison
moelleusement étalée au fond de la rivière, sur un lit de
sable fin. — Une seule chose me contraria pendant cette
délicieuse navigation : l'un de nous avait un fusil, et ti-
rait aux hirondelles... J'avoue que je n'ai jamais compris
le plaisir que l'on peut prendre à envoyer un grain de
plomb à un pauvre petit oiseau qui jouit innocemment de
la vie que Dieu lui a donnée, qui nage dans l'air et la lu-

9

mière, poussant de jolis petits cris, et ne faisant de mal à personne. Heureusement la poudre se mouilla, et les hirondelles purent voltiger sans péril autour de notre canot. — Ce voyage mémorable dura trois jours. En mettant le pied sur le quai, je disais : Déjà! — L'autre jour, au débarcadère, je disais : Enfin! — Il est vrai que...

II.

PAYSAGE ET SENTIMENT.

Le temps est beau. Quelques nuages qui ternissaient la pureté du ciel ont été balayés par la brise de la nuit. La route monte, descend, capricieuse comme une jolie femme. De grands arbres projettent sur le chemin des ombres bizarres, où les chevaux n'entrent qu'en frissonnant. La lune s'est levée entourée d'un halo. L'attelage fume, et nous marchons dans un nuage comme les dieux de Virgile.

Nous venons de passer près d'une petite maison à moitié enfouie dans des masses de végétations. Une seule fenêtre brille à la façade éteinte. Une lampe posée près d'un rideau de mousseline dessine une vague silhouette, comme celle de quelqu'un qui lit ou qui travaille. Est-ce un homme ou une femme? c'est une jeune fille, j'en suis sûr.

— Elle est jolie sans doute. Il me prend je ne sais quelles envies de descendre de la voiture, de frapper à la porte de cette maison, et de m'y établir pour le reste de mes

jours. Je serai tres-bien là. Le site est charmant, et j'aime
déjà beaucoup le corps à qui appartient l'ombre que je
viens d'apercevoir. — C'est là peut-être que mon bonheur
attend que je passe : demain, cette fenêtre s'ouvrira aux
parfums de l'aube, une tête blonde et vermeille, comme
une pêche dans son duvet, apparaîtra au milieu d'un cadre de feuillage fait par les guirlandes de la vigne. —
Qu'un groupe d'enfants jouant avec les oreilles d'un bon
gros chien serait joyeux à voir sur les marches du perron!
— De quelle couleur serait l'ameublement de sa chambre?
— Bleu et blanc... frais et doux comme elle... Eh bien!
mon cœur, tu te gonfles; es-tu donc encore si facile aux
chimères?... Quelle étrange chose que le monde! J'ai
usé de grands morceaux de ma vie auprès des gens que je
ne pouvais souffrir, et que le hasard des circonstances
avait mis sur mon chemin, et dans cette maison devant
laquelle je passe pour n'y plus revenir, où je n'entrerai
probablement jamais, peut se trouver l'âme la mieux as-
sortie à la mienne, la forme la plus agréable à mes yeux.
— La route fait un coude, hélas! je me sens les paupières humides..... — Allons, rêveur, console-toi, c'était
une vieille femme qui, lunettes sur le nez, marmottait
ses prières avant de s'endormir.

A gauche, au fond d'une vallée baignée de vapeurs,
le fleuve scintille et miroite sous les rayons de la lune qui
a l'air de laver dans l'eau le bord de sa tunique d'argent;
tout dort, excepté un phare dont l'œil rouge est ouvert et
regarde dans les ténèbres.

Pourquoi les peintres, qui ont tant fait de scènes de
jour, ont-ils si rarement représenté la nuit? Il y a là un
côté nouveau à rendre : la nuit n'est pas si noire qu'elle
en a l'air, et que le croient communément les mortels ver-

tueux qui se mettent au lit et s'endorment à neuf heures. Il y a peu de nuits complétement obscures, même dans nos climats du Nord. Outre la lune, espèce de soleil blanc, vous avez les rayons des étoiles, mille vagues reflets du jour disparu ou qui va renaître, je ne sais quelle phosphorescence des objets. Un grand coloriste qui étudierait la nuit *con amore* y trouverait des gammes de nuances d'une harmonie et même d'une variété surprenantes, des effets vraiment merveilleux et neufs ; toutes les minuties, toutes les misères impitoyablement trahies par le jour, disparaissent. Le jour est grossier, cynique, il n'épargne rien ; — la nuit, on n'aperçoit plus que les masses, les grands clairs et les grandes ombres : c'est la poésie, la mélancolie, le mystère. Et puis, s'il faut l'avouer, un des grands charmes de la nuit, à mes yeux, c'est que les bourgeois sont couchés, et laissent la place libre à la nature et à Dieu.

Il faut dire aussi que l'on ne peut pas peindre sans voir clair, et que les effets de nuit s'exécutent le jour ; et ensuite, qui jugerait de la vérité de ces tableaux ? Les chats, les amants et les poëtes, animaux inquiets, furtifs, amis de l'ombre, et qui sortent quand tout le monde rentre.

III.

NÈGRES, WHITE-HORSES ET MOUTONS.

Le port s'éveille et salue le jour; les vaisseaux étendent leurs vergues comme des bras fatigués de dormir; les matelots grimpent aux hunes, et de loin ressemblent, à travers l'enchevêtrement des cordages, à des mouches qui se démènent dans des toiles d'araignée. Les poulies grincent, les câbles se tendent en gémissant; des cris plaintifs, des mélopées bizarres accentuent et rhythment les manœuvres des matelots. Voilà un bâtiment qui lève l'ancre : les voiles se développent comme des nuages blancs, depuis les bonnettes basses jusqu'aux pommes des girouettes, car il fait peu de vent, et il faut ramasser le moindre souffle de brise. A bord de ce navire, un nègre, vêtu d'une chemise de laine rouge et coiffé d'un petit chapeau de paille, s'agite avec la joyeuse mièvrerie d'un singe en belle humeur. — Il va, il vient, en se donnant un mouvement extraordinaire —Est-ce la joie de quitter notre pays, et voit-il déjà le soleil d'Afrique reluire sur sa peau noire?

Les nègres m'ont toujours beaucoup préoccupé, non pas à la façon des philanthropes ; je ne réclame pas leur émancipation, et je ne suis pas tourmenté du désir de voir des députés de couleur siéger à la chambre. Mais cette race mystérieuse a pour moi un attrait singulier. Évidemment leurs pensées n'ont pas la même teinte que les nôtres, et j'ai peine à croire qu'ils descendent d'Adam, qui était rouge, s'il faut s'én rapporter à son nom. Or, s'ils ne descendent pas d'Adam, ils ne sont pas solidaires de sa désobéissance et ils naissent sans péché originel, ce qui fait qu'ils n'ont pas besoin d'être rachetés. Aux iles, tous les nègres ont dans leur case le portrait de Napoléon, mais recouvert d'une couche de cirage, et ils barbouillent le diable de blanc. Deburau est Satan pour un nègre.

Nous allons partir. Que de tuyaux, que de fumées, bon Dieu ! — Fumée blanche, fumée noire, fumée rousse, fumée grise ; feu de la première chambre, feu de la seconde chambre, feu de la cabine du capitaine, feu de la cuisine On dirait, à voir tous ces tubes de tôle, un toit de maison à la dérive. Ce que les Anglais produisent de fumée est prodigieux, abstraction faite des cigares et des pipes : on dirait qu'ils sont mis au monde pour cela.

Les coteaux d'Ingouville font place à de grandes falaises rousses d'un aspect sauvage et féroce. Par opposition, les côtes de l'Angleterre sont entièrement blanches d'où lui vient son nom d'Albion. Nous sommes en mer.

Voir la mer a été pour moi un désir presque maladif. Dès l'âge de cinq ou six ans, j'étais un des spectateurs les plus assidus du spectacle mécanique de M. Pierre, où l'on représentait des combats, des tempêtes, des naufrages et autres scènes analogues. Je connaissais le nom et la forme de tous les vaisseaux ; j'aurais pu faire le catalogue qui se

trouve dans l'ode de Victor Hugo sur la bataille de Nava-
rin. Tout le monde croyait que je me ferais marin, et mes
parents, en cas de mauvaise conduite de ma part, se
voyaient privés de la ressource de me faire embarquer en
qualité de mousse, car ma joie eût été au comble. — Plus
tard, j'ai vu la mer, et j'avoue que je l'ai trouvée trop res-
semblante au spectacle de M. Pierre ; il me semble que les
vaisseaux sont de carton, et glissent sur une rainure ; les
vagues me font l'effet de calicot vert glacé d'argent, n'en
déplaise à lord Byron et aux descriptions poétiques.

Le temps fraîchit, la lame devient courte, clapoteuse et
dure ; le ciel est clair encore du côté de la France ; mais
une tenture de brouillard ferme l'horizon du côté de l'Angleterre. L'eau est d'un gris verdâtre ; les white-horses (chevaux blancs) commencent à secouer leur crinière d'écume,
et accourent au grand galop du fond de l'étendue. Les
white-horses sont appelés chez nous moutons, d'où le verbe
moutonner, pour exprimer ces barres blanches qui zèbrent
la surface de la mer quand elle devient houleuse, et qui,
en effet, ont assez l'air de flocons de laine. N'y a-t-il pas
là une différence toute caractéristique ? Les Anglais, peuple
hippique, toujours occupés de courses, de races, voient des
chevaux partout ; pour eux l'Océan est un *turf* où galopent
des coursiers d'écume ; pour le Français, pastoral et trou-
badour, la mer représente un tapis de gazon vert où pais-
sent de blancs moutons.

IV.

YEUX VERTS ET TALONS ROSES.

Le bateau s'élève, puis redescend avec une douceur perfide. Nous sommes bien rarement parallèles à l'horizon,
situation désagréable à tous ceux qui n'ont pas le pied marin. Horace avait raison de dire que celui qui s'aventura
le premier sur les flots devait avoir un cœur de chêne doublé
d'un triple airain, et cela au propre encore plus qu'au fi-
guré. Mais éloignons ces idées malsaines.

J'ai déjà fait plusieurs traversées, et le vieux père Océan
n'a pas exigé de moi le tribut ordinaire. La Méditerranée,
ce ciel liquide, ce grand saphir fondu, a été pour moi d'une
clémence rare, et les Anglais de Gibraltar n'ont pas eu la
satisfaction de voir un jeune Parisien prendre un teint de
citron qui a fait des excès, au roulis d'un steamer britannique ; — je suis un débiteur oublié, si tant est que le
Léthé existe pour les créanciers.

Cependant j'éprouve une vague inquiétude, et je pense
au vers de Lucrèce :

9.

Suave mari magno.....

hexamètre excellent à débiter du rivage. Ces souvenirs
classiques qui me reviennent en foule ne sont pas d'un bon
augure ; — le vent augmente, les roues nous envoient une
poussière salée ; au roulis s'est joint le tangage ; la fumée
rabattue par le gros temps nous enveloppe de ses noirs flocons. Si cela continue, il faudra, en arrivant, nous ramo-
ner la figure. .

Combien de fois j'ai marché par des chemins qui ne venaient point au-devant de mes pieds, dans des allées sablées, sur des parquets parfaitement tranquilles, et cela
sans apprécier mon bonheur ! Aujourd'hui j'imiterais volontiers la naïveté de cette cantatrice italienne qui, malade du
mal de mer, s'écriait au milieu de la Manche : — Descen-
dez-moi, je ne veux pas aller plus loin.

Pour nous distraire de ces pensées maladives, regardons
les yeux de notre voisine, qui est assise sur le pont, groupée
dans son manteau de fourrure.

Ce sont de beaux yeux d'une teinte étrange, ni noirs ni
bleus, ni gris ni fauves, mais d'un vert d'algue marine, des
yeux orageux : *Procellosi oculi*. — Ce n'est peut-être pas
un moyen d'éviter ce que je crains. — Dans ces prunelles
transparentes et profondes, je reconnais les couleurs de
l'Océan. Il ne faut pas trop s'y mirer, le vertige pourrait
vous prendre. Mon cœur se trouble... Que disais-je donc ?
— Qu'Aphrodite, née du ciel et de l'écume de la mer, avait
les prunelles de cette teinte, où l'azur des flots et l'or du
soleil se fondent également, et rappellent ainsi sa double
origine. (J'avais commencé un compliment... le fini-
rai-je ?)

Le froid me transit, je vais descendre dans l'entrepont.
Quel dissolvant malaise! il me semble que mon âme va
quitter mon corps. — O saint plancher... des génisses,
comme eût dit l'abbé Delille, combien je te regrette! et
quel dommage que l'on ne puisse aller dans une île que
par eau ! Quel caractère morose doivent avoir des gens qui
ne peuvent ni rentrer chez eux ni en sortir sans reconnaître l'inefficacité des bonbons de Malte ! En conséquence,
je me crois en droit de formuler cet axiome : — Les îles
ne sont pas des pays. — J'admets à peine les presqu'îles,
mais j'adore les continents.

Les stoïciens étaient des gaillards solidement trempés
qui niaient la souffrance, et, au milieu des plus atroces
tourments, avaient la force morale de dire : « Douleur, tu
n'es qu'un nom! » Tenons au mal de mer le même langage, narguons-le, ne l'admettons pas, traitons-le comme
une pure abstraction. Domptons le corps par l'esprit, faisons
voir à la matière que l'âme est la maitresse ; forçons-nous
par la pensée à l'oubli du présent ; à l'amertume des nau-
sées, opposons la douceur des souvenirs ; faisons comme
les musiciens, prenons un thème et brodons-le. Les pieds
ont joué dans ma vie un grand rôle, sans compter le pied
embaumé de la princesse Hermonthis, morte il y a quatre
mille ans, et qui m'a longtemps poursuivi.

Que les pieds soient notre thème ; avec un pareil sujet,
on peut aller loin.

Elle avait promis de me faire une visite. — Je demeurais
alors à l'Alhambra, dans la salle de *las dos hermanas*. —
Lola, son amie, habitait une vieille maison moresque, —
la maison du Kislar-Agassi, au temps du roi Boabdil, tout
près des jardins de Lindaraja. Le prétexte de sortie était
suffisamment plausible. Elle arriva un matin, vers huit

heures, fine et mince dans sa mantille, un éventail vert à
la main, un œillet rouge à la tempe, avec cet air délibéré
et furtif à la fois qui la faisait ressembler à une biche prenant sa résolution pour traverser un chemin. Je ne l'atten-
dais pas encore, et j'étais assis sur une marche de marbre
blanc, occupé, comme dit Gubetta, à faire se becqueter
deux rimes au bout d'une idée, et deux rimes espagnoles,
qui pis est! car la fantasque créature m'avait ordonné de
lui faire un dixain dans cette langue, que je savais fort
mal, et cela avec la menace de ne pas me parler de huit
jours et de ne pas me donner la fleur qu'elle avait portée
dans ses cheveux à la promenade. — Elle était fille à tenir
parole, et j'avoue que pour éviter un pareil malheur, j'aurais composé un madrigal sanscrit.

—Vous écrivez à votre *novia*, à votre maîtresse de France,
me dit-elle en m'arrachant des mains le pauvre papier tout
couturé de ratures, que je n'avais pas eu le temps de cacher
dans ma poche.

Les quelques mots qu'elle put saisir étaient d'une ortho-
doxie rassurante : je lui disais que ses yeux feraient fondre
la Sierra-Nevada, éteindraient le soleil, éclipseraient les
étoiles, et autres galanteries un peu hyperboliques pour
nous autres gens du Nord, mais parfaitement naturelles
dans la patrie des Zégris et des Abencerrages, — qui n'ont
jamais existé, à ce que prétendent les érudits.— Métaphore
à part c'étaient des yeux qui, pour n'être pas verts... Mais
ne sortons pas de notre thème.

Occupée de sa lecture, elle trempa par mégarde son
pied chaussé de satin à la mode andalouse dans une de ces
rigoles de marbre qui réunissent un bassin à un autre, et
où ruisselle toujours ce cristal de roche, ce diamant humide, qu'à Grenade on appelle tout simplement de l'eau.

Elle ôta son soulier, que n'aurait pas chaussé un enfant de dix ans, et dit en riant : — Quelle bonne tasse pour boire ! et le porta à mes lèvres à moitié plein d'eau. Jamais vin du Rhin dans un verre de Bohème ne me parut aussi délicieux que l'eau de la fontaine des Lions dans ce petit soulier.

Avant de se rechausser, elle tendit vers moi sa jambe qui luisait comme une agate sous les mailles de la soie, et me dit, avec un regard tout à fait royal : — Cavalier, regardez bien ce pied, souvenez-vous que jamais vous n'en verrez de pareil; en quoi, elle se trompait, car...

Pouvoir magique de la pensée ! pendant une heure, j'ai vécu réellement à six ou sept cents lieues de mon corps. Malgré la dureté de la houle et l'âcre odeur de l'Océan, j'étais bien dans le *Patio de la Tassa*.

L'alcaraza d'argile poreuse posée par terre à côté de deux citrons, le nez cassé d'un des lions de la fontaine qui lui donnait une physionomie grotesquement furieuse, les fleurs du parterre, les mystérieuses inscriptions arabes, je voyais tout ; j'entendais la voix de contralto de l'amie de Lola, tantôt claire comme l'argent, tantôt riche comme le cuivre. — Je me porterais parfaitement bien sans cet infernal miroir qui est placé juste en face de moi, et qui vacille au mouvement de la vague ; il brille et s'éteint comme un piége d'alouettes, puis il se ravive et jette des étincelles dans l'ombre ; la lumière tremble dessus comme du vif-argent ; il m'éblouit, me fascine et me donne le vertige. Chacune de ses oscillations m'avertit de ne pas oublier que je suis sur mer. — Que n'ai-je le pied assez ferme pour me lever et l'aller briser !... Damné miroir ! puisse la première femme qui se regardera dans ta glace, se trouver une rougeur sur le nez ! elle te cassera en mille morceaux. J'ai beau fermer les yeux, ses reflets louches me poursuivent et m'entrent sous les paupières comme des lames d'épée ; allons, ma pensée, courage ! ne te laisse pas vaincre ! Encore un coup d'aile, et nous arriverons triomphants au rivage !

— ... Comment ! vous irez au bal par cette chaleur ?

— Apprenez, monsieur, qu'il ne fait pas. chaud pour aller au bal.

— Mais il n'y a pas assez d'air pour soulever l'aile d'une mouche ; vous étoufferez.

— Me prenez-vous pour une Anglaise qui s'empourpre après diner, ou pour une Française trop serrée dans son corset? Je vous ferai voir demain que je n'ai pas eu chaud ; et, croyez-en ma conscience, je ne manquerai ni une contredanse ni une valse.

En débitant cette phrase d'un ton de déesse blasphémée, elle défit son bas, arracha trois pétales d'une rose de son bouquet et les colla à son talon ; puis elle se rechaussa et dansa toute la nuit. Le lendemain, les trois feuilles étaient aussi fraîches que la veille.

Les côtes d'Angleterre commencent à se dessiner là-bas tout au bord de l'horizon. O ma mémoire ! dans un de tes replis secrets, dans un de ces tiroirs pleins de ces riens qui sont tout, cherche un souvenir qui puisse me faire croire que je suis assis dans ma chambre, dans un fauteuil moelleux, tranquille.

... Un jour, j'avais pris du hachich, c'est-à-dire une cuillerée de paradis sous la forme d'une pâte verte. Je fis les rêves les plus bizarres : j'entendis des fleurs qui chantaient, je vis des phrases de musique bleues, vertes et rouges, qui sentaient la vanille. Une transposition complète de toutes les idées : le plafond s'entr'ouvrit, et laissa

passer un talon frais, rose, poli, un talon d'ange, de syl-
phide, qui n'a jamais marché que sur l'azur et sur les
nuages ; je devins amoureux fou de ce talon, qui valait
pour moi le visage d'Hélène ou de Cléopâtre. — Etre
amoureux d'un talon, cela ne s'est jamais vu ; c'est une
bizarrerie incompréhensible. Et pourquoi donc, s'il vous
plaît? Un talon n'a-t-il pas des courbes gracieuses, des
finesses de lignes admirables, des teintes charmantes?
Que ceux qui ne me comprennent pas aillent voir au
Musée des Antiques les pieds de jaspe d'une Isis en basalte
noire, et ils ne seront plus étonnés de ma passion. — Un
secret pressentiment me disait que ce talon existait ; mais
quelle babouche, quel brodequin, quel soulier le contenait? Où trouver mon idéal? Je n'avais d'autre ressource
que le hachich, magicien fidèle qui évoquait l'objet de
mon amour. Une chose qui semblera incroyable, et qui
est pourtant vraie comme toutes les choses incroyables,
c'est que je ne m'étais jamais représenté ce talon aecom-
pagué d'un corps ; à peine si je voyais le reste du pied,
comme l'adorateur d'une femme qui a de beaux yeux, et
qui ne s'attache pas aux autres traits du visage. J'étais aussi
malheureux, aussi agité, aussi plein de désirs extravagants
que Faust, après avoir vu l'image d'Hélène dans le miroir
magique.

Un soir, elle dansait ; je ne sais quel sylphe, pris de
jalousie à la voir si légère, se métamorphosa en pointe de
clou, et traversa l'étroite semelle de son mince soulier.
Jugez quelle alarme! Tout le monde s'empressait autour
d'elle. Je me trouvais là par hasard, et l'on me donna à
tenir la bandelette qui devait comprimer la piqûre. Que
devins-je, quand je reconnus le talon de mon rêve, ce
talon qui semblait me sourire du haut des nuages!..

Hélas! pensai-je, il y a bien loin du talon au cœur!... Si je faisais revenir du Caire une autre portion de hachich?...

— Nous sommes arrivés! crie d'une voix glapissante un petit mousse en passant sa tête par l'ouverture de la cabine.

Il était temps!

V.

PUCHERO.

Il est certains voyageurs qui ne s'occupent que de ruines romaines et d'inscriptions latines. Dès qu'ils voient quelques inégalités dans un champ, c'est un *camp de César ;* rencontrent-ils un pan de mur moisi, une borne tronquée, ils en font un temple, une statue de déesse. Cette classe de voyageurs se fait éditer in-quarto à l'Imprimerie Royale, et la plupart finissent à l'Institut. D'autres ne sont occupés qu'à prendre des mesures : tel monument a tant de mètres de long, tant de mètre de large; un millimètre d'erreur les plonge dans le plus profond désespoir. — Quelques-uns sont à la recherche des curiosités, telles que les échos singuliers, les effets bizarres d'optique. Un Anglais rencontre à Boulogne un autre Anglais, revenant comme lui d'Italie. Ils allaient monter sur le bateau à vapeur. La conversation s'engage, quoiqu'il soit difficile qu'une conversation s'engage entre Anglais qui n'ont pas été présentés l'un à l'autre par une tierce personne; mais

ils arrivaient des pays chauds, et leur glace britannique
s'était un peu fondue à ce tiède soleil.

— Je reviens d'Italie, dit le premier Anglais. Et vous?

— Oh! oui, répond le deuxième, d'Italie.

— Vous avez visité Saint-Pierre de Rome?

— Oh! oui, le 29 juin, à une heure cinquante-sept
minutes; je l'ai noté sur mon carnet.

— Vous êtes-vous mis à la bonne place?

— Oh! non... il y a donc une bonne place?

— Oh! oui. En se mettant à un certain endroit, au
lieu de voir toute la colonnade, on n'aperçoit qu'un seul
pilier. C'est vraiment très-drôle.

Le second Anglais rougit un peu comme un homme
pris en faute, resta pensif quelques minutes, puis prenant
sa résolution :

— James, allez chercher des chevaux de poste. Nous
retournons à Rome. Je vais voir Saint-Pierre à la bonne
place, d'où l'on ne voit rien.

Moi-même, j'ai eu pour les cathédrales gothiques et les
galeries de tableaux un goût désordonné. Que d'ogives,
que de colonnettes, que de trèfles, que de clochetons, que
d'absides, que de jubés, que de transsepts, que de portails, que de roses de vitraux, que de pendentifs, que de
lancettes j'ai décrits tant en prose qu'en vers! que de tableaux espagnols, flamands, italiens j'ai tâché de traduire
avec des mots! — Mais toutes les descriptions de cathédrales finissent par se ressembler, et lorsqu'on a vu huit
ou dix fois le même original dans différentes galeries, l'esprit le moins sceptique commence à concevoir quelques
doutes sur ce qu'on appelle les chefs-d'œuvre des maîtres.

— Je nie les originaux, et j'ai un ami qui prétend qu'il

n'y a pas de copies non plus, et que tout cela n'est que pure illusion, affaire de fumée et de vernis.

Je sais bien une chose : — si j'étais millionnaire, jamais un tableau ancien n'entrerait chez moi. Je prendrais en pension Ingres, Delacroix, Decamps, Chassériau, Scheffer, Roqueplan, Cabat, et je leur ferais peindre devant mes yeux et sur mes murs toutes sortes de chefs-d'œuvre d'une certitude incontestable, qui ne me coûteraient presque rien, et occuperaient d'admirables artistes, au lieu d'enrichir des juifs escrocs et faussaires.

Puisque nous parlons de tableaux, et que nous passons précisément sur la place de Trafalgar, entrons un instant dans la galerie nationale.

Trafalgar-Square est d'un effet charmant au clair de lune. L'église Saint-Martin, avec son clocher gothique accroupi sur un fronton grec, et sa massive balustrade en fer fondu ; le palais du duc de Northumberland, dont le portail est surmonté d'un lion dans une attitude héraldique singulière ; la colonne de Nelson, encore enchevêtrée dans ses échafaudages, qui lui donnent un aspect sévère, qu'elle n'aura plus lorsqu'elle en sera débarrassée ; la barrière de planches, placardée de ces affiches extravagantes comme les Anglais seuls savent les faire ; toutes ces choses, qui sont fort laides le jour, prennent un caractère grandiose dans un bain de brouillards et de rayons.

La galerie nationale est un bâtiment orné de colonnes... Grands dieux ! qui nous délivrera des colonnes ? Mais ce n'est pas de cela qu'il s'agit.

Nous ne dirons rien des tableaux de maîtres, ce sont les mêmes que l'on rencontre partout.

Je n'avais jamais vu de peinture de Wilkie ; il y a là un tableau de lui — une perle ! Il représente des paysans atta-

blés devant un cottage et buvant de la bière ; — un magnifique sujet que Téniers a traité cent fois, et qui a suffi
pour rendre son nom illustre, car personne jusqu'à lui
n'avait remarqué que les paysans se mettent à table pour
boire, les objets qui sont perpétuellement sous nos yeux
étant ceux qu'on ne voit jamais.

Quelle chaleur et quelle finesse! Les Flamands n'ont
rien fait de mieux. Regardez la couleur de l'ale qui brille
dans le verre de ce bienheureux nègre ; la topaze n'est ni
plus blonde ni plus chaude. Comme ces physionomies
sont variées, comme on suit sur elles les différentes phases
de l'ivresse! comme le panier de crevettes renversées est
touché de main de maître! — Tout cela est admirable,
mais ce que vous ne trouverez ni dans Adrien Brawer, ni
dans Craësbeke, ni dans Ostade, ni dans Bega, ce sont ces
délicieuses femmes qui descendent l'escalier extérieur du
cottage, de petits enfants sur les bras ; elles ont une élégance
naïve et rustique, une délicatesse de port et de tournure
qui vous fait rêver et soupirer. Quels excellents fromages,
quelles tartines soigneusement beurrées doivent faire ces
charmantes ménagères, quels intérieurs propres, discrets,
luisants de cire et de vernis font supposer ces douces créatures en robes blanches, en chapeaux de paille, qui le
dimanche lisent la Bible, entourées de groupes de mar-
mots! Nos paysannes ne peuvent donner aucune idée des
fermières du Lancashire.

Je suis resté une heure en contemplation devant ce
chef-d'œuvre, qui prenait une puissance d'illusion incroyable. Les figures hautes de quelques pouces me semblaient de grandeur naturelle, et la scène peinte se passait
réellement devant mes yeux.

Il y a aussi, à la galerie nationale, quelques beaux pay-

sages de Gainsborough, de Constable. Notre paysagiste
français, Paul Huet, rappelle assez Constable, soit qu'il
l'ait étudié, soit par rencontre fortuite ; Rousseau, ce grand
peintre que les injustices du jury ont dérobé au public,
ressemble à Gainsborough, auquel il est supérieur. — Le
portrait de Kemble dans le rôle d'Hamlet, par Lawrence,
artiste qui n'est pas assez connu hors de l'Angleterre, et
que je regarde comme le plus grand portraitiste qu'il y ait
eu depuis Van Dyck, est magnifique de composition et de
couleur. Ophélia et Shakespeare en seraient contents.

S'il fut jamais un peintre selon le cœur des moralistes et
des utilitaires, assurément c'est Hogarth. Chez lui, tout est
voulu, tout a un plan, une intention, un but : il choisit un
sujet, ou plutôt une série de sujets, et fait passer son idée
par toutes les phases. Chaque détail est entendu, non dans
le sens pittoresque, mais pour éclaircir et commenter l'action principale. — Eh bien ! avec beaucoup de talent, de
science, d'observation, cela fait de la peinture abominable, bonne pour des quakers, des welleslyens, des métho-
distes et des anabaptistes. — On y apprend tous les inconvénients des ménages mal assortis, de la mauvaise conduite, de l'ivrognerie et autres excellentes choses qui n'ont
aucun rapport ni avec le dessin ni avec la couleur ; c'est
de l'art, comme les quatrains de Pibrac sont de la poésie.

L'œuvre d'Hogarth, qui eut dans son temps une vogue
immense, n'est cependant pas à dédaigner : la composition de ses tableaux est pleine d'habileté ; il dispose ses
scènes d'une façon intelligible et dramatique ; sa couleur
pâle ne manque pas d'une certaine harmonie sourde ; quelques-unes de ses têtes de femme ont un piquant qu'elles
empruntent sans doute à la singularité des modes de l'é-
poque reproduites avec une fidélité scrupuleuse. Certains

masques ont la grimace bouffonne et sont d'un bon goût
de caricature, bien qu'ils ressemblent plus à des acteurs
comiquement grimés qu'à des visages naturels, et partout
règne une *humour* qui nous paraît, à vrai dire, plus littéraire que pittoresque. Il nous semble qu'Hogarth n'a pas
marché dans sa voie et s'est trompé de vocation ; cela
arrive plus souvent qu'on ne croit. La plume lui conve-
nait mieux que le pinceau ; il aurait été un remarquable
essayiste, un parfait écrivain de mœurs.

Toutefois, tel qu'il est, Hogarth a un mérite, c'est l'originalité. Il ne ressemble à personne ; un fort parfum de
terroir respire dans tout ce qu'il fait, il est gris, froid,
gourmé, raide, carré, mais Anglais jusque dans la moelle
des os. Les types qu'il reproduit n'existent nulle ailleurs,
et il vous transporte dans la vie de Londres au siècle dernier avec une puissance d'évocation surprenante.

VI.

Jetez en passant un regard sur la *Sainte-Famille* de sir Johns Reynolds. Murillo ne désavouerait pas cet enfant Jésus et ce petit saint Jean ; mais arrêtez-vous devant une autre toile du même peintre, qui a représenté dans un seul cadre les enfants de lady Londonderry. Il n'y a que des têtes sur un fond de ciel. Jamais plus charmante nichée de séraphins et de chérubins n'a voltigé dans l'azur. — C'est d'une transparence et d'une fraicheur vraiment idéales.

Qui n'a pas vu un baby anglais ne sait pas ce que c'est que la beauté de l'enfance. La pâle Albion est la corbeille où s'épanouissent le plus heureusement ces jolies fleurs de chair humaine qu'on appelle Arthur, Bobsy, Mary, Harriet, et autres noms charmants oubliés par les botanistes, qui se figurent que toutes les roses poussent dans les jardins, et s'obtiennent par des greffes sur les églantiers.

On se rappelle le portrait du jeune Lambton, de Law-

rence, qui, envoyé à l'exposition du Louvre, à Paris, produisit, il y a quelques années, une si prodigieuse sensation : cette carnation de camellia, ces cheveux si soyeux et
si brillants, ce regard nacré si sombre et si clair qu'il faisait penser au regard de Byron enfant, cette précoce rêverie,
étonnèrent beaucoup les Parisiens, qui crurent avoir devant les yeux une création due à la fantaisie d'un pinceau
poétique. L'idéal n'était qu'un portrait ressemblant, car ce
type est fréquent en Angleterre, où l'élève des enfants est
entendue d'une manière merveilleuse. Bakwell, le Prome-
thée des bestiaux, ne réussit pas mieux à faire ces bœufs
chimériques pour nous, qui ne sont que d'énormes beefs-
teaks enveloppés d'une peau lustrée comme du satin.
A force de brosses, d'eau tiède, de savon, de pierre ponce,
de peignes fins et de cold-cream, on tanne les enfants tout
vifs, et on leur rend l'épiderme d'une pureté, d'un grain,
d'une transparence inimaginables. Le papier de riz, la
feuille pulpeuse du magnolia, la pellicule intérieure de
l'œuf, le vélin sur lequel les miniaturistes gothiques tra-
çaient leurs délicates enluminures, ne sont que des tissus
rêches et rugueux à côté de la peau d'une petite Anglaise
de sept ou huit ans, appartenant à une famille aristocratique. Sur de pareilles épaules, l'hermine et le cygne paraissent noirs, la neige tourne à la suie.

Un soir, j'étais à Drury-Lane. On jouait la *Favorite*, ac-
commodée au goût britannique, et traduite dans la langue
de l'île, ce qui produisait un vacarme difficile à qualifier,
et justifiait parfaitement le mot d'un géomètre, qui n'était
pas mélomane assurément. — La musique est le plus désagréable et le plus cher de tous les bruits. — Aussi j'écou-
tais peu, et j'avais le dos tourné au théâtre.

J'aperçus dans deux loges différentes deux petites filles

charmantes, blondes toutes deux, mais aussi dissemblables entre elles que peuvent l'être une négresse et un albinos.

La première et la plus jeune avait des cheveux d'un blond opulent, presque châtains, aux places moirées d'ombre, roulés en spirales nonchalantes ; son œil gris, plein de résolution, comme celui d'un enfant gâté à qui rien ne résiste, et qui ne se doute pas de la misère et de la souffrance, se promenait fièrement autour de la salle, et de temps à autre, elle allongeait sur le velours rouge de la loge sa petite main rose, gantée d'une mitaine noire ; des couleurs de pomme d'api luisaient sur ses joues rebondies. Sa bouche, teintée par un sang pure et vivace, avait des coins arqués en dedans et une expression délicieuse de bouderie mutine.

L'autre était pâle, et ses joues ressemblaient à des pétales de rose-thé tombées dans du lait ; ses sourcils se distinguaient à peine de son front aux tempes veinées, transparent comme une agate ; ses cheveux minces et faiblement bouclés avaient des tons d'or vert tout à fait singuliers, des cheveux d'Elfe ou d'Ondine ; la première semblait éclairée par le soleil, et celle-là par la lune ; ses mains fluettes étaient si délicates, qu'elles laissaient pénétrer la lumière. Ses prunelles, d'un azur tendre comme celui de la pervenche sous la neige, se dessinaient à peine sur la nacre onctueuse du cristallin ; de longs cils, palpitant comme des ailes de papillon, adoucissaient encore son regard mélancolique et velouté.

On aurait dit deux pages du keepsake détachés du livre, et animés par un pouvoir merveilleux.

VII.

1

J'avais été visiter l'atelier de Chalon, un peintre de Londres des plus à la mode. Il habite une superbe maison : un escalier d'une blancheur éblouissante, orné de tapis, de plantes rares et de tableaux, vous conduit dans les salons où travaille le maitre. A la cheminée, dont la grille est magnifique, sont suspendues deux immenses cornes d'auroch, remplies d'eau d'où s'échappent des guirlandes de lierre. Les escabeaux qui servent à poser sont recouverts de velours, mais tout cela avec un soin, une propreté vigilante, inconnus dans les ateliers français, où « un beau désordre est un effet de l'art. »

Aux murailles étaient accrochées, dans des passe-partout les beautés de Byron, les beautés de Walter Scott, les beautés de Shakespeare, des scènes de la vie fashionable, chefs-d'œuvre de gravures où l'absence de dessin est compensée par une souplesse, un moelleux, une entente de l'effet, un ragoût de burin, un pétillant de touche vraiment prodigieux. Que de gazes, que de fleurs, que de cheveux en pleurs, que d'yeux démesurés, que de bouches si incroyablement petites qu'il en faudrait trois pour donner un baiser, que d'airs penchés, que de petites mines, que d'afféteries de toutes sortes! — C'est faux, absurde et charmant.

Ce qu'il y a d'étrange, c'est que les femmes anglaises font tout ce qu'elles peuvent pour ressembler à ces vignettes, et qu'elles y réussissent parfaitement : vous avez peutêtre cru jusqu'à présent que la nature existait ; c'est une profonde erreur, la nature est une invention des peintres. A chaque époque, les artistes ont un idéal qu'ils poursuivent et réalisent de leur mieux dans leurs statues, leurs tableaux, leurs poëmes ; cet idéal, reproduit partout à divers degrés, finit par faire impression sur l'esprit des masses. Les jeunes gens cherchent à leurs amours les figures qui se rapprochent le plus des types en vogue. Les femmes qui s'aperçoivent que pour être préférées elles ont besoin de rentrer dans certaines conditions de forme et d'ajustement, tâchent de se modeler sur cet idéal : par la coiffure, par le vêtement, par l'attitude et l'expression, elles arrivent à rappeler les tableaux. Les enfants qu'elles conçoivent dans cette préoccupation se rapprochent encore plus du type cherché ; et c'est ainsi qu'un artiste célèbre se trouve avoir changé la physionomie de son sujet. Les statues de Phidias ont créé le type grec, les madones de Raphaël ont fait les Italiennes du XVIe siècle, Albert Durer est le père de la beauté allemande ; sans Watteau et sans Boucher, la régence n'eût pas existé ; c'est de l'imagination de sir Thomas Lawrence, esquire, que la femme anglaise est sortie.

L'être a toujours la forme de son idée. — En Chine,

par exemple, le suprême du beau pour les femmes, c'est
la gracilité et la sveltesse poussées à l'extrême. Pour les
hommes, au contraire, trois mentons et un abdomen majestueux sont indispensables à l'élégance. Toutes les femmes sont minces comme des joncs, tous les hommes ventrus comme des poussahs. En France, sous l'Empire, les
versificateurs du temps avaient mis à la mode les teints
de lis et de roses ; les lis et les roses fleurirent sur tous
les visages. Le romantisme vint, Alfred de Musset fit le
célèbre vers :

> Elle est jaune comme une orange.

Il n'y eut plus que des femmes vertes. La conquête d'Alger et les *Orientales* de Victor Hugo ont produit une
quantité prodigieuse de têtes turques, arabes, albanaises,
qui n'existaient pas auparavant. La pensée est un marteau
intérieur qui *repousse* les formes à la manière des orfé-
vres, et leur donne les creux et les saillies de ses préoccu-
pations. Dans ma première jeunesse, j'étais mince et maigre comme un page de tableau gothique allemand, mais
je ne rêvais que muscles d'acier, poitrines de bronze,
athlètes, boxeurs, hercules du Nord et du Midi tordant des
barres de fer, soulevant des poids énormes, cavaliers
portant leurs chevaux dans leurs bras, et par la force de
ma volonté, aidée de quelques beefsteacks, je me suis
modelé des pectoraux dignes d'un colonel de cuirassiers.
Il est impossible de penser à quelque chose avec un peu
de suite sans que cette pensée ne s'écrive ou sur le corps
ou sur la figure.

Si les peintres font la nature, les écrivains font les
mœurs ; ce qu'on appelle le monde est une pure abstrac-

tion : un auteur compose un livre où il imagine une société à sa guise, trace des portraits et des caractères qui
n'existent pas ; les copistes arrivent bientôt, et les héros
de roman sont traduits en chair et en os. Les Lovelace,
les Saint-Preux, les Werther, etc., etc., créés par Ri-
chardson, Rousseau et Goëthe, ont servi de patron à presque tous les jeunes gens à la fin du dernier siècle
et du commencement de celui-ci. Nous ne parlons pas
des héroïnes, car les femmes sont plus impressionnables
encore que les hommes, et leur vie sédentaire les livre
sans défense aux séductions de la lecture. — A nos yeux
ce n'est pas un mal ; il vaut mieux essayer de ressembler
à Paméla, à Clarisse, à Julie, que d'être tout simplement
une imbécile ou une Maritorne. J'aime beaucoup la bonne
soupe, et ne me plais pas plus qu'un autre à porter des
hauts-de-chausses troués ; mais écumer le pot et rapetas-
ser les vieux habits, doit-il être l'unique occupation de la
plus belle moitié du genre humain ?

VIII.

ORTHOPÉDIE.

Tout en contemplant ces deux têtes d'enfant, je me demandais : Quel sera leur destin, qui aimeront-elles, à qui les mariera-t-on ?

Et d'abord vivront-elles ?

La consomption, la gelée de ces fleurs de beauté, ne les fera-t-elle pas tomber de l'arbre avant l'heure; la dernière, surtout, a le charme de ce qui doit peu durer ; elle est pâle de sa mort future, et le reflet du paradis brille déjà dans ses yeux; l'ange commence à paraître.

A propos d'ange et de petite fille, laissez-moi vous raconter une histoire qui m'a été dite par un poëte qui ne veut plus écrire, et qui en sait bien d'autres; si le conte n'est pas charmant, ne vous en prenez qu'à moi.

L'idée de tout jeune couple, c'est d'avoir un bel enfant. Un et deux font trois en arithmétique amoureuse. La mère, le père, l'enfant, composent la trinité humaine. La trinité céleste, le Père, le Fils et le Saint-Esprit, est moins heureuse ; il y manque une femme. La naissance d'Annah combla ses parents de joie ; il est vrai que c'était la plus délicieusement mignonne petite fille qui se pût imaginer. Elle était réellement ce qu'elle paraissait aux yeux de son père, et même de sa mère ; ceci rend toute description superflue.

Jusqu'à l'âge de dix ans, elle crût en grâces du corps et de l'esprit, en beautés du visage et de l'àme. Les êtres les plus grossiers éprouvaient à son aspect une admiration respectueuse. Ses petites camarades, bien qu'elle fût d'une douceur extrême, osaient à peine jouer avec elle, tellement elles comprenaient qu'Annah venait d'une région supérieure, et n'avait rien de commun avec les autres enfants.

Comme la mort est jalouse, et ne peut souffrir la vue du bonheur, au lieu de prendre de pauvres paralytiques brisés par les ans, de misérables grabataires toussant et râlant dans les greniers, elle emporta un jour, sans raison, sans en avoir besoin, l'heureuse mère d'Annah, faisant ainsi d'un seul coup un triple désespoir. — La douleur d'Annah fut profonde, concentrée ; mais au bout de quelque temps elle parut, sinon se consoler, du moins avoir maîtrisé son chagrin : seulement elle restait des heures entières les yeux tournés en haut, et ne s'occupant pas plus de ce qui se passait autour d'elle, que la statue d'albàtre de la Mélancolie placée sur un tombeau.

Deux ans se passèrent. Annah devenait d'une beauté inquiétante, surhumaine, presque fatale ; sa peau, éclairée en dedans par son âme, avait une limpidité incroyable ; ses mains dépassaient en blancheur l'hostie et la cire vierge, et sans la légère teinte rose des ongles, et les fils

d'azur tracés par les veines, on aurait dit que la vie de ce
monde n'y circulait pas.

Un matin, en l'habillant, la gouvernante d'Annah crut
apercevoir que les épaules de sa pupille étaient un peu
saillantes : elle observa avec plus d'attention le dos de son
élève ; la déviation augmentait, les omoplates formaient
une protubérance assez sensible. Annah devenait bossue ;
on la mit dans une maison orthopédique. Elle fut revêtue
d'un corset de fer, couchée sur un lit de torture, où elle
subit des tractions énormes avec une patience héroïque.
Rien n'y faisait : ce n'était pas une bosse ordinaire, mais
plutôt deux prolongations des épaules. Les médecins, selon
leur ordinaire, n'y comprenaient absolument rien ; enfin,
voyant l'inutilité des remèdes, on débarrassa la pauvre fille
de sa cuirasse, et alors il arriva une chose merveilleuse.
Des plumes plus blanches que neige commencèrent à
pointer sur son dos. Ce que l'on avait pris pour des bosses
était tout bonnement des ailes d'ange ; ces ailes se mirent
à palpiter et enlevèrent tout doucement Annah dans le
Paradis, où l'attendait sa mère ; — car c'était elle qu'elle
regardait ainsi à travers les plafonds ; le désir de s'élancer
dans ses bras tendus vers elle du fond des cieux l'avait
enlevée de terre. Apres cela, mettez des corsets aux jeunes
filles.

IX.

CONCESSION AUX BÉOTIENS.

L'autre jour, j'allai visiter le Tunnel, bien qu'en général je me soucie assez peu des curiosités. — Quand on est en voyage, il faut bien faire quelque chose pour ses amis. — J'avais déjà séjourné en Angleterre sans éprouver le besoin de voir le Tunnel ; mais à mon retour, les Béotiens de tout sexe et de tout pelage m'avaient tant de fois, abusant de ce signe bossu qu'on nomme point d'interrogation, demandé d'un air méditatif et capable : Avez-vous vu le Tunnel ? que je résolus cette fois-ci de m'exécuter courageusement ; car rien ne peut peindre le regard de mépris écrasant que les susdits Béotiens laissaient tomber sur moi lorsque je répondais : Non, je n'ai pas vu le Tunnel. — Et Westminster ? — Non plus. — Et Saint-Paul ? — Encore moins. — Alors qu'avez-vous fait à Londres ? — Je me suis promené à travers la ville pour voir des Anglais et surtout des Anglaises, dont on ne trouve la description dans aucun guide du voyageur, — ce qui me paraît aussi intéressant que des pierres posées l'une sur l'autre d'une certaine façon.

Depuis ce temps, ces braves bourgeois me regardent comme un peu fou, me soupçonnent vaguement d'anthropophagie, et, pour plus de sûreté, envoient coucher les enfants quand j'arrive. — J'ai bien peur que cela ne m'empêche de me marier.

X.

SPLEEN, ENTERREMENT, TUNNEL.

C'était le dimanche ; il tombait une pluie fine et pénétrante comme les aiguilles anglaises. — (A propos, je me souviens maintenant d'avoir oublié d'en rapporter quelques paquets en France.) — Le ciel était peut-être plus crotté que la terre, car l'on n'a 'pas la ressource d'y faire promener les traîneaux-balayeurs ; il faisait un temps de dimanche britannique ; le spleen suintait le long des murs de briques jaunes ; l'ennui descendait tamisé, impalpable comme la poussière du charbon de terre, noircissant l'âme, de même que le charbon noircit le linge ; en ces moments-là, l'on désirerait avoir une petite pharmacie portative composée d'opium, d'acide prussique, d'acétate de morphine. La pensée du suicide naît dans les esprits les plus fermes ; il n'est pas prudent de jouer avec ses pistolets ou de se pencher sur la balustrade des ponts. Un froid humide vous pénètre jusqu'à la moelle des os ; vous vous sentez moisir comme une armoire au rez-de-chaussée : la fumée que vous respirez vous remplit le cerveau de suie, et vous teint les idées en bistre ; vous mouchez noir. — Il n'y a qu'une seule ressource, c'est de se griser abominablement, de se faire dans l'estomac un soleil en flamme de punch, et de se composer un climat torride à force de porto, de sherry et de madère ; mais il faut être Anglais pour cela, et avoir tété de l'alcool.

J'avais pris un *patent-safety*, espèce de cabriolet bizarre dont le cocher s'établit par derrière, à la place où montent ordinairement les domestiques, et conduit à grandes guides par-dessus votre tête. Toutes les boutiques étaient fermées, et une seconde peste semblait avoir frappé la ville. L'on ne voyait guère dans les rues que les enfants de paroisse, revêtus de leur casaque bariolée de bleu et de jaune. Je me trompe, l'on rencontrait aussi des foules de convois, car Londres garde ses morts de la semaine pour les enterrer le dimanche. C'est là le seul divertissement qu'il se permet en ce jour solennel. Les corbillards anglais ressemblent à des tapissières, les croque-morts sont vêtus de longs manteaux de deuil, et portent de grands éventails en plumes d'autruche.

Puisque nous en sommes à ce sujet lugubre, faisons quelques réflexions sur les habitudes funéraires britanniques. A Londres, l'on enterre encore les morts dans les églises, et chaque paroisse a son cimetière, ainsi que cela était à Paris avant la révolution : il est impossible de rien voir de plus nu, de plus aride, de plus triste à l'œil et à l'âme, qu'un cimetière de Londres ; c'est à donner envie de vivre. Ni clôture, ni jardins, ni couronnes, ni fleurs ; un oubli glacial, un abandon navrant. Les tombes, de pierre noirâtre, gardent, comme les caisses des momies, une vague apparence de corps humain tout à fait lugubre.

On sent le mort là-dessous. Comment les Anglais, ce peuple si ami du *home* et du *comfort*, peuvent-ils se résiguer à être si mal à leur aise dans l'autre monde? On reconnaît bien là une nation pour qui l'utile est la première pensée : A quoi bon s'occuper des morts qui ne servent à rien et ne rapportent pas d'intérêt? — Il est étrange que ce soit en France, pays léger et frivole par excellence, que la religion des morts soit le mieux observée. Le Père-Lachaise n'a pas son pareil au monde ; il n'est pas rare d'y trouver des tombes de dix ans qui ont des fleurs de la veille.

Un jour, en passant près de Westminster, je vis un jeune garçon qui creusait une fosse. Il était dans le trou jusqu'à mi-corps ; il avait une tête blonde, bouclée et charmante, et l'animation du travail lui rendait la figure toute rose ; il mettait à sa besogne sinistre une activité joviale, chantonnait le *Rule Britannia*, et échangeait des quolibets avec les spectateurs. Parmi la terre brune qu'il jetait derrière lui, il amena un os tout mignon, et qu'à son arqûre il était facile de reconnaitre pour un fémur de femme. Des enfants s'en emparèrent aussitôt, et se mirent à jouer avec. Les passants allaient et venaient, emportés par le tourbillon de la vie, marchant sur les tombes pour abréger le chemin. Et moi, je songeais à la scène des fossoyeurs d'*Hamlet*, et au grand Shakespeare qui dormait là, tout à côté, à Wesminster, dans le coin des poëtes ; — car l'Angleterre, il faut lui rendre cette justice, tout industrielle qu'elle soit, a su trouver dans son vaste empire un coin pour les poëtes. — Il est vrai que ce coin est pour les poëtes morts, mais c'est toujours cela. Les rois doivent se trouver bien honorés de reposer à côté de Shakespeare.

Mon *patent-safety* parcourait les petites rues qui longent

11

la Tamise avec cette rapidité qui distingue la locomotion à
Londres, lorsque tout à coup il fit un soubresaut violent
et manqua de verser. C'était un vaisseau qui, soulevé par
la marée, étendait nonchalamment sa guibre à travers la
rue. — Un cabriolet accroché par un vaisseau, cela ne se
voit qu'à Londres.

Nous arrivâmes enfin au Tunnel, dont l'entrée provi-
soire n'a rien de monumental à l'extérieur. Cependant,
cet immense puits, éclairé par un jour d'en haut et con-
tourné d'un léger escalier, a quelque chose de grandiose.
C'est dans l'intérieur de cet hélice qu'on doit construire
les rampes dont les pentes adoucies permettront aux voitures d'arriver au niveau du Tunnel. Notre intention n'est
pas de dire combien le Tunnel a de mètres, ni à quelle
profondeur il pénètre dans le lit du fleuve ; cela se trouve
partout : nous dirons seulement notre impression. Au
premier abord, ces deux voûtes parallèles et communi-
quant ensemble par des arcades latérales, n'ont rien qui
frappe l'imagination ; elles sont peintes en blanc, éclairées
au gaz, et ne diffèrent en rien d'un passage ordinaire ; il
faut un effort d'esprit assez violent pour se représenter
que l'on visite un des prodiges de la volonté humaine :
aucune forme sensible ne vous traduit cette idée, et vous
avez beau vous dire que des vaisseaux à trois ponts voguent à toutes voiles au-dessus de votre tête, vous ne vous
sentez pas touché d'une admiration bien vive. Certainement cela est étonnant, miraculeux, prodigieux, mais
rien ne vous en avertit. Le moindre morceau de marbre
grec, gardant encore l'empreinte du ciseau de Phidias,
vous produit une impression bien plus forte dè puissance
et de grandeur ; et cependant ce qu'il a fallu de peine, de
science, de calcul, de persévérance, pour mener cette

œuvre à bout, est vraiment fait pour effrayer. Cette galerie, c'est l'existence tout entière d'un grand homme, d'un de ces hauts esprits qui ont la fièvre de l'impossible, la plus noble passion qui puisse brûler un cerveau. — Qu'y manque-t-il donc? Peu de chose : la beauté.

C'est là en général le défaut de toutes les créations de l'industrie, et c'est ce qui explique l'aversion instinctive des poëtes et des artistes pour les merveilles de la civilisation. — Les engins, les machines, et tous les produits des combinaisons mathématiques sont empreints de laideur. — Cela vient d'une chose : ils sont trop récents pour que l'art s'en soit encore occupé. Il leur manque le vêtement de la forme, — l'épiderme, pour ainsi dire : — ce ne sont que des écorchés où les nerfs, les muscles, les veines, les artères, apparaissent tout sanglants dans un enchevêtrement hideux. Si les hommes se promenaient dans la rue leur peau sur le bras, comme le saint Barthélemy du *Jugement dernier* de Michel-Ange, ce ne serait pas un spectacle fort agréable. En admettant la supposition que la vapeur et les chemins de fer eussent été inventés au moyen âge, la cheminée de la locomotive eût été contournée en cou de dragon, la fumée se fût échappée par une gueule à denticules bizarres; des ailes onglées comme celles des chauves-souris se seraient adaptées au flanc de la machine, sur laquelle les chauffeurs auraient produit l'effet de démons chevauchant un cauchemar, et traînant des néophytes au sabbat. Je faisais cette réflexion l'an passé, en voyant du haut du clocher de Notre-Dame d'Anvers, à la tombée du jour, arriver avec la rapidité d'une flèche, et tout pétillant d'étincelles rouges, le convoi qui venait de Malines.

A propos de tunnel, nous avions lâché, il y a quelques

mois, dans un moment de disette, deux *canards* de l'espèce la plus sauvage : l'un, d'une expérience de vitesse faite sur un chemin de fer, qui a été traduit par les journaux anglais, puis retraduit en français ; et fait présentement son tour du monde ; l'autre, d'un passage traversant la Manche de Calais à Folkstone au moyen d'immenses tuyaux de fonte ajustés bout à bout, et desservis par une machine pneumatique. Un journal britannique annonce qu'un tunnel en tuyaux de fonte se construit sous une rivière quelconque, au nom trop hérissé de w, d'y et de k, pour que nous l'ayons retenu. Seulement le tunnel se complique d'une montagne russe. Sur chaque rive sont élevés deux pavillons ; — le tunnel, formé de tuyaux courbes, plonge sous la rivière, et décrit un demi-cercle dont les deux extrémités aboutissent aux plates-formes des pavillons. Des rainures sont ajustées dans la portion inférieure des tuyaux, et, au moyen de chars à roulettes, les passagers sont lancés d'un bord à l'autre, et traversent la rivière sans la moindre fatigue, et avec la plus grande rapidité.

Ce qu'il y a d'effrayant, c'est que tout cela est possible, et sera trouvé parfaitement simple par tout le monde le lendemain de l'exécution. — Qui aurait cru autrefois que l'homme pourrait s'élever en l'air là où ne peut monter l'aile de l'aigle ni du condor ; que des vaisseaux marcheraient sans voiles et sans rames, et qu'une chaudière glissant sur des tringles traînerait des milliers de voyageurs ?

XI.

RÉFLEXIONS PROFONDES.

Ce jour-là même, on devait installer le lord-maire, et je crus devoir honorer cette solennité d'une barbe fraîche. Comme la vie ne m'amuse pas tous les jours, et que c'est une action imprudente de se mettre un rasoir si près de la gorge quand on s'ennuie, j'envoyai chercher un barbier.

Il vint tout aussitôt, et je pus faire une comparaison entre le barbier anglais et le barbier espagnol. — C'était un jeune homme blond, blême, mince, vêtu de noir, à l'air compassé, ayant quelque chose de l'apothicaire et du médecin ; il fit, en entrant, un salut grave, glacial, raide comme un col empesé, sans me jeter un regard ; puis il sortit de sa trousse un tablier blanc qu'il attacha autour de ses reins et releva sur sa poitrine. Cette opération faite, il renversa les poignets de ses manches, ouvrit une boîte, en tira plusieurs rasoirs dont il examina soigneusement le

fil ; il en choisit un, le passa sur une bande de cuir et fit
quelques pas de mon côté. Je ne saurais rendre l'air parfaitement mort et la silencieuse activité de fantôme avec
lesquels ce barbier mystérieux remplissait les fonctions de
son état. Jusque-là il n'avait pas paru, à l'exception du
signe de tête exécuté sur le seuil de la porte, s'apercevoir
qu'il y eût quelqu'un dans la chambre ; il avait pris toutes ses aises, et s'était mis préalablement dans la position
la plus confortable.

Je n'étais pour lui qu'un accessoire très-insignifiant de
ma barbe. Je me demandais en moi-même, à le voir si
froid, si pâle, si morne, si ce n'était pas quelque résurrec-
tionniste mal approvisionné qui voulait se procurer un
sujet. Aussi, je jetai instinctivement les yeux sur la portion de plancher qui soutenait ma chaise, dans l'idée de
m'assurer s'il n'y avait pas là quelque trappe masquée
pour me faire tomber dans un caveau avec une large entaille au cou. J'allais changer mon siége de place, lorsque
je fis cette réflexion rassurante que, logeant au second, il
ne pouvait pas y avoir de souterrain sous mon parquet,
et qu'une trappe, en s'ouvrant, me ferait tomber au
premier, juste dans le piano d'une jeune et jolie cantatrice. — L'opération terminée, mon barbier se retira
comme un spectre, sans remuer les jambes pour marcher,
et comme s'il eût glissé dans une coulisse.

Quelle différence entre ce barbier britannique, triste
comme le brouillard, et les barbiers espagnols, gais comme
le soleil ! Quel joyeux caquetage autour de ces grands fauteuils de chêne où vous placent les fraters dont les boutiques
avoisinent la mosquée à Cordoue ! Quel mouvement ils se
donnent ! Avec quelle agilité ils grimpent sur les bâtons
de la chaise pour vous raser par-dessus la tête ! Et ce qu'il

y a de surprenant, c'est qu'avec leurs rasoirs usés jusqu'au dos et leurs contorsions extravagantes, ils vous enlèvent la barbe d'une facon idéale. Figaro, quoiqu'il ait quitté sa veste à boutons d'argent et sa résille de soie, est encore le premier barbier du monde.

XII.

VENISE A LONDRES.

Un ami officieux nous avait procuré une fenêtre dans la Cité pour voir passer à notre aise le cortège du lord-maire. Par un heureux hasard, le temps était magnifique, et quoiqu'il ne fût encore qu'onze heures du matin, l'on y voyait clair sans bougie et sans gaz. Le cortége tardait à paraître ; mais comme c'est déjà un plaisir de regarder une rue où il doit passer quelqu'un ou quelque chose, j'étais accoudé au balcon, examinant toutes ces figures anglaises aux fronts carrés, aux mentons carrés, aux nez carrés, aux yeux carrés, enveloppées de tweeds, de mac-kintosh, et autres préparations imperméables. — Pour nous autres Français, accoutumés à l'expansion et à la facilité parisiennes, c'est un spectacle surprenant que ce flegme imperturbable, que cet oubli profond du voisin et ce culte du moi qui respirent sur les physionomies an-glaises. Personne ne s'occupe de personne ; chacun se rend à lui-même les soins les plus touchants ; tout individu est à la fois son dieu et le prêtre de ce dieu ; et il faut avouer, à l'honneur de l'égoïsme, que les Anglais sont sans comparaison plus corrects dans ces détails d'arrangement et d'ajustement que tous les autres peuples ; car, ainsi que le dit le vieil adage : Il n'y a pas de meilleur serviteur que le maître.

Quoique la rue fût pleine de monde, on n'entendait pas le moindre bruit ; une pareille réunion de Français sur le même lieu aurait produit un bourdonnement perpétuel ; un nombre égal de Napolitains aurait donné pour résultat un vacarme effroyable.

Parmi toute cette foule morne, au milieu de ces chapeaux bizarres, à forme écrasée, de ces *qui capit ille facit,* si plaisamment décrits par Méry, je vis s'agiter au loin un rouleau de mousseline blanche et reluire deux prunelles ; c'était un pauvre Indien de Calcutta ou de Bénarès, qui vendait je ne sais quel papier relatif à la cérémonie du lord-maire. Il s'approcha de la fenêtre, et je pus le considérer tout à mon aise.

Il était couleur de bronze neuf, et ce ton solide et chaud constrastait énergiquement avec les figures pralinées des Anglais. Le soleil de l'Inde reluisait dans ses yeux mobiles, qui produisaient des effets de noir et de blanc des plus singuliers. Les yeux des Orientaux ont un éclat étrange. Les nôtres sont éteints auprès des leurs, et quand on revient d'un pays méridional dans le Nord, il vous semble que les gens soient aveugles, tant leur regard est voilé, incertain, timide. — De temps en temps, l'Indou souriait, montrant ses dents aiguës, d'une blancheur sauvage, et dans ce sourire empreint de la servilité orientale, perçait cependant quelque chose de doucereusement cruel, de voluptueusement perfide, dénotant une race

11.

ennemie de la nôtre : c'était bien l'homme d'un pays dont
le tigre est le chat, d'une contrée pleine d'idoles aux cent
bras, aux nez en trompe d'éléphant, d'arbres prodigieux,
de fleurs gigantesques et de poisons violents. Les boucles
d'oreilles de cuivre qui scintillaient à côté de ses joues
tannées, sa longue robe de mousseline, un peu frestelée
de crotte par en bas, lui donnaient un air féminin en dés-
harmonie avec la dureté de ses traits, empreints d'une
nostalgie évidente.

La présence de ce pauvre Indien au milieu de la cité
de Londres fit faire à ma pensée un saut de quelques
mille lieues, et je vis monter dans une brume enflammée
des minarets étincelants, des coupoles d'or, des colonnades
monstrueuses, et toutes les énormités des illustrations de
Daniell. Je regardais passer le rajah de Lahore, assis sur
le dos d'un éléphant, à côté de sa maîtresse aux dents
peintes en bleu, au front plaqué de feuilles d'or ; j'entendais sonner les petits talons des bayadères et, tinter les
grelots de leurs chevilles. Ramalingam se préparait à souffler avec son nez dans sa flûte de bambou, et Devandasira
promenait son pouce fauve sur son tambour de papier de
riz. Enfin un mouvement dans la foule annonça l'approche du lord-maire, car tout arrive, même un cortège qu'on
attend.

Des constables et des policemen en grande tenue ouvraient la marche, puis suivaient les corporations avec
leurs bannières, les enfants des différentes écoles, des
députations du corps des marins de la Tamise en costume,
des timbaliers et des trompettes à cheval, des détache-
ments de la garde écossaise, tout l'attirail obligé d'un cortége. Mais ce qui donne à la procession un caractère tout
particulier, c'est le héraut d'armes de la cité de Londres,

vêtu comme au moyen âge, avec un tabard historié du
blason d'Angleterre ; ce sont des chevaliers couverts de
pied en cap d'armures d'or et d'acier, suivis de leurs pages portant la lance et l'écn, qui marchent isolés, de distance en distance, entre les divers pelotons. Cette appari-
tion me surprit, et je levai les yeux pour voir si je n'aper-
cevais pas bleuir au second plan la décoration de la ville
de Constance, si merveilleusement peinte par ces messieurs de l'Opéra, et la tête chauve de M. Habeneck, se balançant avec un mouvement rhythmique plus majestueux
encore que les ailes de pigeon poudrées de la perruque de
Hændel ; car je croyais assister à une représentation *sub*
Jove crudo de *la Juive* de M. Halevy. C'était bien le cortége de l'empereur Sigismond ; — il n'y manquait que
l'honnête Quériau. Un instant, convaincu de la réalité de
ce spectacle, je me crus rajeuni de cinq ou six cents ans
et transporté en pleine féodalité ; mais en prenant ma lorgnette je m'aperçus que les nez qui passaient à travers
ces visières étaient des nez anglicans, presbytériens, pro-
testants, réformistes ; que des ventres constitutionnels
bombaient ces pourpoints mi-partis, et, *proh pudor !* que
ce champion à l'air farouche avait des moustaches peintes
à l'encre de Chine ! car, pour une raison que j'ignore,
personne ne porte moustache en Angleterre, et l'absence
de cet insigne viril préoccupe dès les premiers jours
l'étranger, qui ne peut se rendre compte de la différence
de ces visages lisses aux mines hérissées du continent.

Dans de magnifiques voitures dorées, peintes dans le
genre rocaille, se prélassaient les aldermen, les différentes autorités et le lord-maire. Il est impossible de rien
voir de plus riche, de plus galant et de plus beau que les
attelages de ces carrosses, de plus correct que ces cochers

énormes, à perruque de laine, à face écarlate, gantés de
blanc, galonnés sur toutes les coutures, et fleuris d'énormes bouquets; que ces laquais en bas de soie, dont les
mollets tremblent légèrement aux cahots de la voiture. —
A travers les larges glaces des portières, on entrevoyait
des profils singuliers, des têtes hétéroclites coiffées de
bonnets et de perruques fantastiques, insignes de quelque
dignité ou de quelque office.

Enfin parut, traîné par six chevaux superbes, dans un
carrosse extravagant de sculptures, de dorures et d'ornements contournés, le lord-maire de l'année, l'honorable
sir William Magnay. Aux fenêtres de la portière, se tenaient deux graves personnages, vêtus de grandes robes,
et portant l'un la couronne, et l'autre l'épée.

A Paris, cette cérémonie, exécutée religieusement,
avec l'étiquette d'un autre âge, eût excité chez les badauds,
sinon une hilarité ouverte, du moins un sourire ironique,
une curiosité inconvenante. — John Bull regardait tout
cela d'un air parfaitement débonnaire et paisible. Chose
remarquable! l'Angleterre, malgré son excessive civilisation matérielle, a gardé infiniment plus d'usages féodaux
que la France : le moyen âge respire encore et palpite
sous le vernis moderne. Chez nous, les polissons sui-
vraient, comme le cortège du bœuf-gras, en poussant le
refrain consacré, une promenade semblable à celle du
lord-maire dans la Cité.

La procession passée, un mouvement extraordinaire
s'opéra tout de suite dans la foule, et tout le monde se
mit à courir dans la direction de la Tamise, pour voir
l'embarquement du lord-maire au pont de Southwark.
Cette course au clocher à pied, car la circulation des voitures était interdite, était des plus curieuses et des plus

amusantes. Les femmes essoufflées se faisaient remorquer par leurs cavaliers, le sexe le plus léger étant fort lourd à la course. En prenant par les rues détournées, nous arrivâmes bien avant le cortège au débarcadère du pont de Southwark, où nous attendait notre barque ; voulant suivre le cortège jusqu'au bout, nous nous étions assurés d'un patron.

Le ciel était d'un bleu laiteux presque blanc, rappelant certains reflets d'opale ; un soleil argenté souriait dans des vapeurs d'un rose transparent, qui rendaient la lumière visible en la réfractant. La Tamise miroitait comme une rivière de théâtre lamée de paillons d'étain ; des embarcations de toute forme et de toute grandeur, depuis la gondole vénitienne jusqu'à la pirogue du Hottentot, se croisaient joyeusement en tous sens avec une animation sans pareille. L'Anglais si morne et si morose à terre, devient tout à coup vif, allègre, jovial, dès qu'il est sur l'eau, de même que certains animaux amphibies, qui, à la vérité, peuvent bien vivre sur le rivage, mais s'y traînent lourdement, l'air empêché et malheureux, et ne jouissent que dans l'élément humide de la liberté et de la franchise de leurs allures.

L'embarcation du *Lord-Maire* rappelle par ses dorures et son château-gaillard, sculpté dans le goût des galères de Della-Bella, le fameux *Bucentaure*, sur lequel le doge de Venise allait autrefois épouser la mer Adriatique. Tout autour de la barque maîtresse, comme des poussins autour d'une poule, se pressait une foule de chaloupes, de felouques, d'yoles et de canots ; — les plus importantes de ces embarcations portaient des orchestres de musique qui, à l'arrivée du cortège sur le débarcadère, se mirent à jouer chacun une ouverture différente avec un aplomb sans

égal. Il vous est facile d'imaginer l'éclatant charivari que
produisaient Rossini, Meyerbeer et Donizetti exécutés en
même temps. On n'aurait jamais cru qu'il pût résulter un
pareil vacarme de tant d'harmonies. Mais l'effet baroque
ajoutait peut-être par sa discordance à la gaieté de l'ensemble. Le *Lord-Maire*, remorqué par un canot manœu-
vré par des rameurs en grand costume et la plaque au
bras, commence à descendre majestueusement vers le
pont de Westminster suivi de sa flottille. Lorsqu'il passa
près de notre barque, nous le saluâmes d'une détonation
de bouchons de vin de Champagne, et nous bûmes joyeusement à sa santé; après quoi nous jetâmes nos verres
dans le sillage de l'embarcation, aux grands applaudissements des barques voisines.

XIII.

GASTRONOMIE BRITANNIQUE

Le sujet que nous traiterons aujourd'hui paraîtra sans doute bien vulgaire aux voyageurs dits sérieux, préoccupés avant toute chose de camps de César et d'inscriptions romaines illisibles. Nous parlerons tout simplement d'un dîner fait à la Taverne, un dimanche.

La manière dont Londres mange doit sembler plus intéressante à Paris que des considérations historiques sur des personnages fabuleux.

Qu'est-ce qui fait la différence d'un pays à un autre, si ce n'est ces mille détails familiers dédaignés par les plumes majestueuses, si prolixes lorsqu'il s'agit de vieilles bornes et de statues à nez cassés ?

Le dimanche à Londres, est quelque chose d'aussi triste que la semaine à l'Escurial. On s'amuserait mieux assis tout seul, sans lumière, au fond du puits de la grande pyramide, que dans cette ville désastreuse lorsqu'elle est frappée de la catalepsie dominicale. La seule chose qu'on puisse faire dans ce jour néfaste, c'est manger.

Les Anglais eux-mêmes, si héroïques vis-à-vis de l'ennui, se sauvent toujours ce jour-là et envahissent les tavernes des environs ; ceux qui restent se coupent la gorge, se pendent ou se jettent dans la Tamise. Westminster Bridge, Hungerford, Suspension Bridge, Waterloo Bridge, leur donnent toutes les facilités désirables pour cela. Quoique le suicide soit condamné par la religion, nous croyons fermement que Dieu ne damne pas les âmes britanniques qui lui arrivent par ce moyen, de Londres, le dimanche.

Et cependant ce jour si morne, si glacial, si funèbre, semble encore trop gai aux dévots, aux puritains. Tous les ans, un évêque ou un archevêque, fait au parlement la proposition de fermer les restaurateurs, de défendre aux omnibus et aux bateaux à vapeur, de circuler le saint jour du repos ; il est probable, vu les progrès du cant et de l'hypocrisie, que cette loi passera dans un temps donné.

En attendant, le peuple de Londres se précipite hors de la ville avec l'empressement le plus vif. Les uns vont à Blakwall, les autres à Greenwich, ou à Gravesend, ceux-ci à Richmond, ceux-là à Hamptoncourt, en voiture, en omnibus, en bateau à vapeur, en canot à rames et à voiles, en wagon, par toutes les voies d'eau, de terre ou de fer, à pied même ; l'important, c'est de ne pas rester.

Le spectacle de la Tamise est alors vraiment merveilleux ; c'est un mouvement, une cohue dont on n'a pas d'idée ; les populations descendent par théorie le long des rampes, sur les escaliers et les embarcadères ; des familles de douze personnes, demoiselles en brodequins verts, garçons de quinze à dix-huit ans en veste à la matelotte se succèdent sans interruption ; tout cela, propre, bien tenu, parfaitement lavé et frisé, ganté dru et haut cravaté ; les Anglais, il faut leur rendre cette justice, peuvent souvent avoir l'air gauche et désagréable, mais ils n'ont jamais l'air commun. Cela tient à un certain orgueil intime, et au sentiment de la puissance nationale.

Ce dimanche-là, il faisait un temps aussi beau qu'on peut le désirer à Londres ; il ne pleuvait pas ; aussi la Tamise, toute large qu'elle est, disparaissait sous un encombrement d'embarcations de tout genre ; il y avait bien, sans exagération, cent mille voyageurs sur le fleuve.

Les bateaux à vapeur de la compagnie des Watermen se suivaient presque sans intervalle, chargés de monde à couler. L'Ariel, le Lutin, le Papillon, la Perle, l'Emeraude et les autres petits steamboats des entreprises rivales, filaient rapides comme l'éclair, se croisant, s'évitant d'un mouvement de gouvernail avec une prestesse de poisson ; leurs sillages, réunis et contrariés, formaient dans la Tamise comme une espèce de tempête et faisaient misérablement danser ces nacelles d'Esquimaux que conduisent, à l'aide d'une pagaye, les intrépides canotiers de Londres : l'eau, battue par des milliers de palettes, moussait comme une omelette fouettée ; un dais noir, provenant de la fumée dégorgée par tous ces tuyaux, flottait au-dessus du fleuve, et les sujets britanniques pouvaient s'asseoir sur les tillacs à l'ombre d'un nuage de fabrique anglaise : un délicieux parfum de houille délectait les narines utilitaires ; de toutes parts s'élevaient un concert de bruits aigres, stridents, rauques, affreux ; c'était la vapeur qui sifflait, râlait, crachait, éternuait, grognait, glapissait, ronflait, tonnait, détonnait, geignait, poussait des han de saint Joseph et se livrait à cette foule de vacarmes incongrus par lesquels l'eau bouillante proteste contre les rudes travaux dont l'homme la surcharge. Jamais charivari plus étrange et plus discordant n'a déchiré l'oreille ; on dirait une symphonie de musiciens savants.

Pendant que les chaudières faisaient la conversation à haute voix, les Anglais gardaient le plus profond silence. Aucune rumeur ne se dégageait de cette foule ; les femmes même ne disaient rien. Le fer seul était bavard ; au milieu de cette loquacité de machines l'homme se taisait, — sans doute parce qu'il n'était pas chauffé.

Il y avait pourtant assis, côte à côte, sur les bancs du bateau de beaux jeunes gens et de jolies jeunes filles, — des amants, des fiancés peut-être ; pendant tout le trajet, ils n'échangèrent ni un mot, ni un regard ; des groupes, évidemment composés d'amis, allant ensemble à la même taverne, avaient l'air d'un collège de prêtres d'Harpocrate. Si la parole, comme l'a dit un diplomate célèbre, a été donnée à l'homme pour dissimuler sa pensée, ces gens-là devaient être diablement sincères. — Un pauvre mulâtre, armé d'une guitare nègre, essaya de fredonner l'air favori de Lucy Neal, mais il n'eut pas le moindre succès, et bientôt, comme effrayé du son de sa voix, il s'arrêta de lui-même. Un enterrement français est plus joyeux et plus folâtre que cette gaîté anglaise. De pareils amusements donneraient le spleen aux gaillards les plus décidés à rire.

Nous nous souvenons surtout d'une jeune fille en robe vert pomme, en chapeau rose, qui avait des gants de l'azur le plus vif, des gants teints dans le bleu de la Méditerranée ou du ciel de Cadix, et dont cette réunion de nuances joyeuses n'éclaircissait en rien la mélancolie ; elle était seule et allait sans doute rejoindre son galant ; mais rien ne scintillait dans son œil de nacre, son corsage se soulevait à peine, et dans le trajet du pont de Westminster à Greenwich elle ne changea pas une seule fois de position.

Si vous voulez, nous entrerons à la taverne de l'Artichaut, c'est la meilleure de Blakwall, et de ses fenêtres l'on jouit d'une vue charmante. A cet endroit, la Tamise fait un coude et se reploie sur elle-même. Vous voyez les vaisseaux aller et venir ; par un effet de perspective bizarre, quelquefois ils semblent voguer en pleine terre, car les berges cachent l'eau du fleuve.

Ou plutôt arrêtons-nous à Greenwich, à la taverne du Vaisseau, ainsi nommée de son enseigne, et qui passe parmi les raffinés pour un des bons endroits. Pendant qu'on mettra le couvert, nous aurons le temps de jeter un coup d'œil à l'hôpital des invalides de la marine, chef-d'œuvre d'Inigo-Jones, n'ayez pas peur, nous n'allons pas vous faire une description surchargée de festons et d'astragales. Vu de la Tamise, l'hôpital de Greenwich produit un bel effet ; ses deux pavillons, un peu trop écartés peut-être, laissent librement jouer l'air sur un fond de belle verdure. La musée de Greenwich se compose de portraits d'amiraux et de marine représentants des batailles navales. Cette galerie n'est pas très-agréable à regarder pour des Français : outre que les tableaux sont pour la plupart très-mal peints, ils portent des inscriptions qui ne sont pas en notre honneur ; la bataille du Nil, Trafalgar et autres noms semblables y reviennent trop souvent ; là principale curiosité de la galerie, c'est l'habit que portait Nelson le jour de son combat suprême.

N'oublions pas cette charmante façade sculptée, ancienne maison de plaisance de la reine Élisabeth, habitée aujourd'hui par un riche négociant, et conservée avec un soin religieux.

La portion de Greenwich qui avoisine la rivière est coupée d'étroites ruelles et conserve des vestiges de l'ancien style architectural anglais. Les enseignes de taverne, les écriteaux de chambres d'accomodations pour le thé, les petits gâteaux et autres choses (accomodation à un sens très-classique en anglais) diaprent les murs de leurs formes et de leurs lettres bizarres.

La plupart de ces maisons sont bâties moitié de briques jaunâtres, moitié de planches enduites de bitume ou peintes en noir, et malgré la simplicité de leur extérieur, ne manquent, en dedans, d'aucune des recherches du luxe et du confortable

La chambre où nous devions diner donnait sur la Tamise. A peu de distance étaient à l'ancre les yachts de lord Fitz Harding et de lord Chesterfield. Ces petits bâtiments sont des merveilles de coupe, de solidité et de légèreté; le bois de teck, le bois de cèdre, l'acajou, l'érable d'Amérique entrent seuls dans leur construction. L'équipage est fait de marins éprouvés et les meilleurs du monde assurément. C'est un luxe qui revient à une quarantaine de mille francs par an, sans compter l'achat du yacht. Ces vaisseaux en miniature portent deux, trois ou quatre canons, et peuvent supporter les plus longs voyages. Le club des Yachts compte un assez grand nombre de membres recrutés, vous le pensez bien, parmi la plus haute aristocratie et les plus grandes fortunes.

N'est-ce pas charmant de pouvoir partir un matin sur un charmant navire où vous régnez en roi, pour le pays qui vous plaît, surtout si on n'a pas le mal de mer, circonstance qui rendrait maussade le séjour du yacht le plus coquettement aménagé.

Les vitres des fenêtres à guillotine, — il n'y en a point

d'autres en Angleterre, — de la chambre où notre table était servie, disparaissaient sous des milliers de rayures faites par des carres de diamants. La plupart des couples heureux ou des convives en belle humeur qui ont passé là ont écrit leurs noms sur le verre; jamais carreaux n'ont été plus égratignés ni labourés que ceux de la taverne du Vaisseau. — On y lit des signatures et des dates qui donneraient lieu à de singulières remarques. Parmi les noms de femmes, il y en a beaucoup de français et qui appartiennent à des célébrités du théâtre et de la galanterie.

Plusieurs de ces autographes sont d'une authenticité incontestable. Nous en avons copié quelques-unes avec le nom de l'Arthur contemporain, et du *for ever* inséparable d'une inscription de ce genre. Heureusement nous avons égaré cette note, dont la publication pourrait troubler quelques jolis petits ménages morganatiques.

La moralité que nous avons tirée de la compulsation de cette fenêtre étamée de griffonnages, c'est que les Estelles de tous ces Némorins français et britanniques avaient des diamants, — puisque le diamant est la seule plume avec laquelle on puisse écrire sur les carreaux.

La soupe à la tortue, *turtle-soup*, est une soupe éminemment anglaise; — elle figure bien à Paris, pour mémoire, sur la carte de quelques restaurateurs; — mais quand par hasard vous en demandez, l'on vous sert une mixture apocryphe et noirâtre, assez abominable au goût et à l'œil. — La soupe à la tortue authentique est d'un brun verdâtre, et d'une consistance gélatineuse, rappelant le tapioka très-épais : quelques morceaux de la chair même de l'animal nagent confusément sous la demi-transparence du bouillon. Toutes les épices de l'Amérique et de l'Inde se réunissent dans le turtle-soup, de manière

à produire un ragoût des plus véhéments. A la première
cuillerée, un honnête Parisien, qui n'a pas l'habitude de
ces cuisines transcendantes, se croit empoisonné, et regarde
son convive insulaire avec inquiétude, pour voir s'il ne va
pas éclater comme une bombe ; à la seconde, il commence à
discerner quelques saveurs à travers l'incendie général du
palais ; les houppes nerveuses, les papilles, trop vivement
excitées d'abord, reviennent de leur effroi en appréciant
mieux les émanations qui viennent les titiller ; à la troisième, il est tout à fait habitué, et trouve la soupe à la
tortue ce qu'elle est réellement, un héroïque et moelleux
potage.

Quelques gourmets y ajoutent le jus d'un citron pressé.
Ayant usé de l'une et de l'autre, nous déclarons que la
première manière est la meilleure, en cuisine comme en
tout, le mieux est l'ennemi du bien.

Après la soupe à la tortue on sert du punch glacé —
iced punch — c'est le seul breuvage capable de dissiper
la forte et persistante saveur de cette soupe énergique.

Sans cette précaution, l'on ne pourrait discerner le
goût des mêts qu'on vous servirait ensuite.

Le poisson prédomine naturellement dans un dîner
fait à Greenwich ; la rivière est là ; il n'y a qu'à se baisser
pour en prendre ; de la croisée vous pourriez pêcher à la
ligne.

Ce premier service se compose de petites soles ou liman-
des cuites au court bouillon, et assaisonnées de menthe ;
de tronçons d'anguilles monstrueuses ; de côtelettes de
saumon au piment — par côtelettes de saumon, il faut
entendre des tranches arrangées dans cette forme — et de
withe-baits, ce qui est la friandise locale et suprême,

comme les royans de Bordeaux et les clovisses de Marseille.

Les withe-baits (littéralement amorces blanches) sont de petits poissons argentés, d'une petitesse microscopique. Ceux qui ont plus de trois ou quatre lignes de long passent pour les monstres de l'espèce. Figurez-vous une friture de goujons réduite à l'échelle de Lilliput, une pêche miraculeuse à l'usage de Tom-Pouce — il faut, pour remplir une cuiller, des bancs entiers de ces imperceptibles animalcules. Aussi un plat de withe-baits coûte-t-il assez cher; le goût de ce poisson miniature a du rapport avec celui de l'éperlan.

L'habitude, en mangeant ce service, est de boire du vin de la Moselle ou du Rhin, frappé, sucré et parfumé d'herbes aromatiques. Cet hypocras n'a d'autre inconvénient que de griser très-vite, car sa feinte douceur cache beaucoup de force.

Le second service consiste en poulet, gigot d'agneau, jambon d'York, légumes de toutes sortes, cuits à l'eau, et qu'on saupoudre de poivre rose de Cayenne, qu'on arrose d'Harwey-sauce, d'essence d'anchois, de carri et autres ingrédients indous et diaboliques, toujours sous prétexte d'horreur des ragoûts et d'amour de la cuisine simple. Le vin de Champagne frappé, ou quelque crû supérieur de Bordeaux, servent à éteindre, tant bien que mal, la soif produite par ces méthodes incendiaires. Il est bien entendu que des carafes pleines de sherry ou de porto figurent inamoviblement sur la table, dans le but de représenter l'eau. Pour dessert, des cœurs de laitue ou des pieds de céleri, des fraises magnifiques, d'une grosseur énorme, sur lesquelles on verse de la crème glacée, toutes les variétés de fruits rouges, du fromage de Chester, des oranges, des ananas, — très-communs à Londres — et de

petites pâtisseries croquantes, ressemblant en général à du
biscuit de mer. — La séance se termine par du café, de
l'eau-de-vie de Cognac et du thé.

Ce diner, plus ou moins développé ou restreint, suivant
le nombre ou l'appétit des convives, peut être pris pour
moyenne caractéristique des parties fines qui se font à
Greenwich.

En sortant de la taverne du Vaisseau, nous vîmes devant
la porte une splendide voiture, attelée de quatre chevaux
d'une beauté fabuleuse, et qui appartenaient à un baronnet renommé pour le luxe de ses équipages; le digne
baronnet ne confie pas à d'autres, et nous sommes parfaitement de son avis, le soin de conduire ces royales bêtes.
— Il s'établit sur le siège, sa femme monta à côté de lui,
ses filles prirent place sur l'impériale, et la voiture partit
complétement vide. Nous avions cru un instant que les
domestiques allaient se prélasser dans l'intérieur, mais ils
s'installèrent tous les trois dans une espèce de cabriolet
pratiqué à l'arrière de la caisse.

Si, du libre dîner de la taverne, vous êtes curieux de
passer au banquet officiel, venez avec nous au grand en-
tertainement offert dans Mansion-House, par le lord-
maire, John Jonhson, aux membres des sociétés savantes
des différentes académies de Londres, et aux personnages
recommandables par quelques illustrations artistiques ou
littéraires. — C'était la première fois qu'un dîner de ce
genre avait lieu, et il faut féliciter le lord-maire de cette
idée, en harmonie avec les progrés et les besoins de l'époque. L'art et la science doivent être traités, maintenant,
comme des puissances.

Mansion-House, demeure officielle du lord-maire, est
située dans la vieille ville, dans cette cité, cœur de Lon-

dres, qui renvoie aux extrémités de la gigantesque métropole un sang riche et généreux.

C'est par dehors un monument noirâtre dans le goût de l'autre siècle, et qui n'a rien d'autrement remarquable.

De fines nattes des îles couvraient l'escalier à partir de la rue.

Au haut du perron, un monde de laquais, d'huissiers, s'empressait autour de vons avec cet air profondément réservé et respectueux des domestiques anglais, et vous conduisaient dans une pièce où l'on vous débarrassait de votre chapeau, contre lequel on vous rendait un carton marqué d'un chiffre.

Ensuite, un huissier vous demandait votre nom, et vous annonçait : le lord-maire, debout près de la porte, répondait à votre salut par une poignée de main, et vous étiez libre de vous confondre parmi la foule des convives, et de chercher vos connaissances dans l'épaisseur des groupes.

L'heure du repas était fixée à sept heures, et après le quart-d'heure de grâce, l'on sortit du salon pour se rendre à la salle du banquet, qu'on appelle Egyptian-Hall, non qu'elle ait rien d'égyptien, mais sans doute à cause de l'énormité des proportions.

Comme ce n'est pas une petite besogne que de placer deux cents convives, des plans de la table avaient été dessinés avec le nom de chacun au rang qu'il devait oceuper. Grâce à cette précaution ingénieuse et simple, tout le monde fut assis en moins de dix minutes et sans la moindre confusion.

Egyptian-Hall est une immense salle, peinte en blanc, voûtée, haute de soixante pieds au moins, et soutenue par deux rangées d'énormes colonnes, au nombre de dix de chaque côté.

Au fond, était dressé un dais en velours cramoisi, doublé de drap d'or, d'une apparence splendide et féodale.

Les armes d'Angleterre, flanquées du lion, de la licorne, de l'étendard et du pavillon, étincelaient au-dessus, couronnaient le dais, et complétaient l'ornementation de ce côté.

Aux colonnes, l'on avait appendu, comme les blasons des chevaliers dans la chapelle d'Henry VIII, les bannières des régiments de volontaires qui s'offrirent en 1815 pour marcher contre la France. — A part la circonstance douloureuse que ces étendards rappelaient, il faut convenir que les figures splendides et bizarres de l'art héraldique forment une décoration pleine de caractère.

Le lord-maire avait pris place sous le dais, ayant près de lui les personnes les plus marquantes et les plus considérables. — Les domestiques, attentifs et respectueux, semblaient attendre le signal de servir.

Un prêtre se leva et récita le bénédicité, usage pieux auquel on ne manque jamais en Angleterre, du moins dans les repas officiels.

Pendant tous ces préparatifs, la nuit était venue; et quelques lanternes répandaient à peine une languissante clarté dans les profondeurs de cette salle démesurée ; nous nous étonnions même de cette mesquinerie d'éclairage, lorsque le motif nous en fut tout à coup révélé.

Aux derniers mots prononcés par l'ecclésiastique, un torrent de lumière inonda subitement la salle; il y eut comme une explosion de jour : des centaines de becs de gaz dardèrent leurs jets bleus et blancs, et versèrent des nappes de clarté étincelante sur les cristaux et les dorures du surtout.

Ce coup de théâtre produisit un grand effet : jamais *fiat lux* ne fut plus rapidement obéi.

Un menu du dîner, imprimé à l'encre bleue avec beaucoup d'élégance sur un papier frapppé à l'emporte-pièce de découpures pareilles à celles dont on recouvre chez nous les boîtes de dragées qu'on distribue aux baptêmes, était placé à côté de chaque convive.

On y voyait figurer le turtle-soup sacramentel, suivi de l'iced punch, le saumon, le turbot, les poissons de toute espèce ; les chapons, les quartiers d'agneau et de venaison, les salades de homards, les truffes ornées, les gelées aux fruits et aux liqueurs, et une certaine quantité de plats français d'une orthographe un peu anglaisée. Nous pousserions plus loin la nomenclature, si nous n'avions peur de rassasier, par ces nomenclatures gastronomiques, l'appétit de nos lecteurs.

Au milieu du repas, on fait circuler un grand hanap de vermeil fait en forme de calice et récouvert d'un couvercle.

Ce hanap est rempli d'un vin aromatisé dans lequel chaque convive est tenu de tremper ses lèvres, après quoi il le fait passer à son voisin, et ainsi de suite. Il est d'étiquette de tenir le couvercle pendant que le voisin boit ; le calice recouvert par lui passe à un autre, et la cérémonie recommence.

Ce toast avait été précédé d'une espèce de litanie contenant les noms de tous les convives, et récitée par le lord-maire sur un ton de psalmodie hâtive que nécessitait la longueur de la liste.

Comme la politesse l'exigeait, tous les invités s'étaient levés et tournés de son côté. C'est l'usage en Angleterre de placer dans les dîners d'apparat quelques pièces d'argenterie remarquables par leur richesse et la beauté du travail, sur un dressoir disposé *ad hoc*.

Trois grands plats de vermeil niellés et ciselés, tout rayonnants d'ombre et de clair, se trouvaient posés précisèment derrière les têtes du lord-maire et des deux honorables personnages assis à sa droite et à sa gauche, et leur faisaient des nimbes d'or comme à des saints de peintures byzantines.

Ces messieurs ne se doutaient pas d'avoir l'air si moyen âge que cela, et de ressembler autant à des idoles de papistes.

Vers la fin du repas, l'on fait passer une aiguière pleine d'eau de rose, où chaque convié trempe le coin de sa serviette et s'essuie les doigts : c'est encore un reste des mœurs du moyen âge où des pages et des varlets donnaient à laver.

C'est alors que commence l'interminable série des toasts réglés par un cérémonial invariable. Le toast est précédé et suivi d'une fanfare de trompettes sonnée par un orchestre d'instruments de cuivre, logé dans une tribune.

Les principaux toasts étaient adressés à l'armée navale, à l'Eglise, à l'avancement des arts et des sciences, à la prospérité de l'université d'Oxford et de Cambridge, etc.

Cela dura deux heures, pendant lesquelles il se fit une grande consommation de Claret et de vin de Champagne.

Après quoi l'on se retira. — Ces dîners d'apparat se renouvellent assez souvent chez le lord-maire; heureusement il jouit d'une fortune de vingt-cinq millions; car, malgré la magnifique livrée mise à sa disposition, les services et surtouts qui appartiennent à la cité, et les frais de représentation qui sont attachés à sa place, il faut qu'il y mette beaucoup du sien.

Aussi la charge de lord-maire exige-t-elle entre autres qualités une fortune colossale ; mais aussi l'on est presqu'un roi au petit pied, on mange sous un dais de brocart, dans une vaisselle d'or, et les journaux enregistrent tout au long le menu de vos dîners, et la liste de vos convives. — Voici la carte du banquet du lord maire, nous la transcrivons exactement.

MANSION HOUSE.

THE RIGHT HON. JOHN JOHNSON, LORD MAYOR.

FRIDAY, JULY 10th, 1846.

TURTLE AND ICED PUNCH.

SALMON. TURBOT. FRIED FISH. ETC.

SIDE BOARD. — PETIT PATES.

CHICKENS, CAPONS, TURKEY POULTS, LARDED.
HAMS AND TONGUES, ORNAMENTED. RIBS LAMB. RAISED
ORNAMENTED PIES. LOBSTER SALADS. PRAWNS.
CHANTILLY BASKETS. ORNAMENTED TRIFLES NOYEAU AND MARASCHINO
JELLIES. PINE, STRAWBERRY, AND ITALIAN CREAMS.
GENVOISE PASTRY. SWISS AND VENICE
MARANGS. CHANTILLY TARTLETS.
CREAMED TARTS. NESSELRODE PUDDINGS. ETC. ETC.

REMOVES.
HAUNCHES VENISON, CURRANT JELLY, ETC.
CHINES LAMB.
DUCKLINGS. GOSLINGS. LEVERETS.
TURKEY POULTS.

DESSERT.

PINES. HOTHOUSE GRAPES. PEACHES. STRAWBERRIES.
CHERRIES. ORANGES. DRIED FRUITS. SAVOY AND ALMOND CAKES.
MIXED CAKES. BRANDY CHERRIES. PRESERVED GINGER.

ICES.

PINE. STRAWBERRY, ORANGE, MILLEFRUIT. ETC.

12.

LES RACES D'ASCOT.

Il y avait, ce jour-là, à Ascot, le Chantilly de Londrés, des courses, ou, comme on dit ici des *races;* et tout cède devant ce grand plaisir national. Les neiges de la froideur anglaise se fondent à cette occasion, et l'on ne dirait pas, en voyant cette furie d'animation, que l'on a affaire au peuple le plus flegmatique du monde. — Le cheval et le vaisseau ont seuls le don de passionner le peuple britannique, et qui n'a pas observé des Anglais sur la mer et sur le turf, ne les connaît pas. Ils sont foncièrement matelots et palfreniers, deux aptitudes qui ne paraissent pas s'accorder et qui peut-être ont secrètement le même but, — la locomotion. — Toute la nation, comme un immense Lepeintre jeune dans les *Cabinets particuliers,* se répète *in petto :* « Je voudrais bien m'en aller. » Les Français piétinent sur place et se donnent beaucoup de mouvement sans avancer; les Anglais filent comme les boulets de canon, et si le spleen monte en croupe derrière eux, il doit être rudement secoué.

Tout le temps que durent les courses, c'est un Long-champs de voitures, de diligences, d'omnibus, de chars à bancs, de véhicules de toutes sortes vraiment inimaginable. Tous les moyens de transport sont mis en réquisition, et il se produit là les échantillons les plus excentriques de la carrosserie anglaise. L'office des chemins de fer de la place de la Bourse, qui lève avec beaucoup de bonne grâce et d'intelligence les obstacles que les voyageurs inexpérimentés trouvent à Londres, avait mis à la disposition de la colonie française de King's-Armes et de Sablonière-Hôtel un omnibus-diligence superbe, attelé de quatre chevaux magnifiques, tels qu'on n'en voit pas souvent aux voitures de maître qui paradent dans nos Champs-Elysées. Des relais avaient été échelonnés la veille sur la route, de manière à nous faire franchir lestement l'espace qui sépare Londres d'Ascot.

Londres n'est pas comme Paris entourée d'un mur d'enceinte qui la cercle et qui lui gêne la taille comme un corset trop serré. La transition de la ville aux faubourgs et des faubourgs à la campagne est insensible. Seulement, à Londres, à mesure que l'on s'éloigne du centre, tout devient élégant, propre, soigné, fleuri, pittoresque ; — c'est le contraire à Paris, où les extrémités de la ville sont dans un état de délabrement hideux, où les maisons chassieuses, lézardées, ignobles, portent l'empreinte de la misère et de l'incurie, et ressemblent plutôt à des tanières de Hottentots qu'à des habitations d'êtres civilisés.

On ne peut rien imaginer de plus charmant, de plus coquet, de mieux tenu, que cette longue suite de maisons, de cottages, de parcs, de serres, de jardins pépiniéristes

qui commence au-delà de Hyde-Park pour ne jamais s'arrêter.

L'architecture anglaise, qui n'a rien de commun avec
l'art, et où tout est sacrifié au confortable, obtient, par
cela même, des effets originaux, surtout à la campagne.
Là, les prétentions corinthienne, ionienne et dorique, qui
font ressembler les maisons de la ville à des monuments
grecs malades, n'existent pas, ou du moins n'existent que
dans des proportions modérées. La maison anglaise, en briques jaunes, ou quelquefois rouges, mais rarement, rejoin-
toyées de la manière la plus précise, sans saillie sur la façade
qu'un petit vestibule peint en blanc, qui fait marquise ou
verandah avec ses angles droits, purs, que rien n'ébrèche,
ses fenêtres coupées comme à l'emporte-pièce, présente, au
bout de sa pièce de gazon, vrai velours végétal, entre ses
touffes d'arbres et de rhododendrons aux fleurs roses et
violettes, une physionomie de bien-être et de fraîcheur,
d'honnête loisir, de vie heureuse et tranquille tout à fait
séduisante.

Il est difficile, en passant devant ces charmantes habitations, de ne pas commettre le péché d'envie, surtout
lorsque la façade un peu trop précise pour nous est égayée
par un lierre, une brindille de houblon ou de vigne
vierge, un rosier palissé ou un chevrefeuille en fleur.
Cette verdure mêlée de rose produit le plus joli effet. Plus
d'une fois, du haut de notre diligence plongeant dans ces
frais asiles, sans vouloir le moins du monde porter atteinte
à la propriété britannique nous sommes-nous choisi en
idée une retraite pour reposer notre vie fatiguée du tourbillon parisien — surtout lorsqu'à la fenêtre se penchait
dans un cadre de fleurs une de ces têtes de keepsake popu-
larisées en France par le burin des Robinson et des Finden !

Cependant il paraît que ces nids, quelque charmants qu'ils soient, n'ont pas la puissance de retenir les Anglais chez eux, car il n'est pas de nation plus voyageuse. Contraste bizarre : le Français qui n'a pas le moindre confortable dans son logis, n'en sort jamais ; l'Anglais, entouré de toutes les aises imaginables, habite sur les chemins. Explique qui voudra cette logique inverse.

Quelle admirable route, unie, sablée comme une allée de parc, sans caillou ni ornière, où les voitures volent sans secousse, sans cahot, où les chevaux n'ont qu'à donner l'impulsion et ne perdent rien de leur vitesse, et quelle verdure fraîche, veloutée, vivace dans les arbres des jardins et des parcs qui la bordent !

A chaque instant passaient de grands coupés, des berlines et des calèches à quatre chevaux menés en Daumont, avec deux postillons en culottes de peau blanche, bottes à revers, chapeaux à cocarde, casaque bleue, rose ou mauve, de petits chars à bancs irlandais traînés par un ou plusieurs ponies, d'énormes omnibus, de colossales voitures de transport, avec le mot *conveyance* et un numéro inscrit sur leur caisse ; tout cela chargé de monde perché sur l'impériale en outside, comme on dit ici. Cette coutume de monter sur les voitures et non dedans, qui s'expliquerait en Italie et en Espagne ou dans tout autre pays chaud, est singulière dans un pays froid où il pleut trois jours sur quatre : — il est vrai qu'à Alger, par quarante degrés de chaleur, l'on s'installe une vingtaine dans un omnibus ou une diligence, et que personne n'aurait l'idée de grimper sur le siège ou sur la banquette. Ce n'est pas une exagération de dire qu'à Londres les voitures les plus chargées sont vides : les Anglais se mettent, par choix, où nous logeons les paquets.

La quantité de cavaliers qui filaient de ce beau trot allongé qui dépasse aisément le galop de chasse, était vraiment surprenante.

Ce fourmillement perpétuel de chevaux brillamment harnachés et de voitures peintes en couleurs tranchantes, jaune, rouge, blanc, chamarrées d'inscriptions et de lettres dorées, faisait un effet pittoresque et gai à l'œil. Quelques trompettes et cornets à piston jouant des fanfares plus ou moins réussies, régalaient moins agréablement l'oreille, tandis que des voiles de gaze bleue ou verte, portécs gravement par des Anglais confortables en habits noirs, nous faisaient légèrement sourire, nous autres Français stoïques qui n'aurions certainement pas pensé à mettre sur notre chapeau cet ornement féminin pour préserver nos yeux de la poussière.

A chaque instant, on s'arrêtait devant quelque taverne pour rafraîchir et laisser souffler les chevaux, et aussi pour manger et pour boire : ce que l'Anglais absorbe de nourriture et de boisson est vraiment étonnant : sandwichs, jambons, pâtisseries, ale, porter, sodawater, sherry, porto, brandwine, claret, vin de Champagne, il avale toujours quelque chose, ce qui est autant plus prodigieux que la colonne Rambuteau, cet ordre inconnu à Vitruve et à Vignole, n'existe pas en Angleterre. Cette voracité et cette ivrognerie nous ont toujours surpris, nous homme relativement méridional, qui avons été si honteux de notre appétit, qui serait de l'abstinence anglaise, devant la sobriété espagnole, et plus tard devant la frugalité crémitique des Arabes : le dîner d'une famille de Londres nourrirait une tribu huit jours. Cependant, contrairement aux charges des vaudevilles et des caricatures qui les représentent avec des formes d'éléphant, on voit très-peu

d'Anglais obèses : le climat, le Cayenne's peper et le ca-
lomel s'y opposent.

La distance de Londres à Ascot est de vingt-cinq milles
à peu près; on traverse et l'on côtoie pour y arriver,
Breatford, Hounslow, Driking Ground-Park, East-Bedbont,
Staines, Egham, Windsor's Park, etc., de délicieux groupes de maisonnettes enfouies dans les feuilles et les fleurs,
que l'on surprend du haut de l'outside. Rien n'est plus
frais, plus joyeux, plus vivant; les enseignes des tavernes
avec leurs titres flamboyants, leurs armoiries diaprées, di-
versifient agréablement ces aspects champêtres. De temps
à autre, tout un pensionnat de petites filles, pressant
leurs têtes blondes à la fenêtre, regardent passer les voitures et agitent leurs mouchoirs. Les gamins anglais, rangés sur le bord du chemin, poussent des hurrahs à l'aspect
de chaque voiture ou brillante ou grotesque. Les habitants
plus âgés sourient amicalement. Tout le monde est sur
les portes comme un jour férié. Même pour ceux qui n'y
vont pas, la grande affaire est la course. C'est comme en
Espagne les jours de taureaux, *dia de toros*, un motif
d'animation générale.

Le turf d'Ascot n'est pas plat comme celui du Champ-
de-Mars ou de Chantilly : une assez forte ondulation mou-
vemente le terrain, couvert d'un gazon fin et ras; le long
de la lice sont établies des tribunes, celle de la reine et
du public fashionable; puis des baraques en planches ou
en toile, avec ces inscriptions gigantesques dont les Anglais ont le goût; les voitures dételées sont rangées en
lignes, tout le monde debout sur l'impériale; les femmes
en toilette splendide, avec des robes à falbalas en soie de
couleur changeante; des ombrelles à franges, des chapeaux
aux tons frais et vifs; les équipages de la reine, conduits

par des jockeys en veste rouge et or, se promènent sur le champ de course pour satisfaire l'enthousiasme de la population, qui crie : Hurrah!

Mais voici qu'on donne le signal ; les chevaux partent. Nous pourrions vous donner leurs noms, car nous avons à côté de nous le *Ascot Heath races oxley's authentic card;* mais probablement cela n'intéresserait guère des lecteurs français, et nous nous bornerons à l'impression générale : les casaques des jockeys ne sont plus, dans la plaine et sur la ligne extrême du terrain qui se creuse, que des coquelicots, des bluets et des anémones emportés par le vent.— Les chevaux, d'abord unis, se distancent ; les uns prennent la tête, les autres restent en arrière. Celui-ci prend la corde, celui-là la perd ; on arrive au troisième tournant, hurrah! hurrah! un cri immense, universel, parti en même temps de toutes les poitrines, résonne comme un tonnerre et semble donner des ailes au cheval qui a la tête. C'est le noir qui a gagné, hurrah! pour le noir.

On le mène devant la loge de la reine, qui incline son chapeau rose et honore d'un regard le noble animal aux puissants jarrets, aux narines frémissantes, qui vient de faire gagner et de faire perdre des milliers de guinées. Dans les entr'actes des courses, on mange et on boit. La table est mise sur le toit des voitures : les bouchons de vins de Champagne, de sodawater et d'ale d'Ecosse bombardent le ciel ; c'est comme une fusillade. On éventre les pâtés de venaison ; on avale les langues de bœuf fumées, on découpe les jambons d'York, les tartes de mouton, et toutes ces belles dents anglaises blanches, longues, tranchantes comme les lames d'acier, s'enfoncent dans la chair rose.

Une autre course recommence : les couteaux et les incisives suspendent un moment leur besogne pour la reprendre un instant après. Les gypsies, au teint d'orange, à la robe bleue semée d'étoiles semblables aux gitanas de l'Albaycin, errent autour des voitures, jouant du tambour de basque et disant la bonne aventure. Et vous voyez au naturel le spectacle que présentent ces gravures anglaises de courses avec des chevaux cerise, des prés émeraude et des voitures jonquille, si incroyables de ton, et pourtant si vraies, qui, exposées chez Ritner et Goupil, font douter de l'art anglais, et qu'un voyage à Ascot justifie parfaitement.

A chaque cheval vainqueur, des nuées de pigeons se lèvent dans tous les sens et vont porter dans les villes d'Angleterre les résultats de la course : car ces courses sont en même temps une roulette et une bourse. Au lieu de jouer sur la rouge ou la noire, on joue sur Xantippe ou Gillflower ou toute autre illustration du Stud-Book.

La course terminée, ce qui a lieu à peu près vers quatre heures, tout ce monde d'équipages, de diligences, d'omnibus, presque tous menés *four in hand*, se précipite vers Londres avec une confusion joyeuse qui ne serait pas sans périls si les cochers n'étaient merveilleusement habiles, et d'autant plus prudents qu'ils sont plus ivres.

13

EN CHINE.

Pour aller en Chine, l'on s'embarque à Hereford Sus-pension-Bridge, à deux pas de Trafalgar place, sur un de ces légers pyroscaphes, omnibus aquatiques qui descendent et remontent perpétuellement la Tamise, à moins qu'on ne préfère prendre ce singulier chemin de fer de Blackwal qui passe sur le toit des maisons et vous fait plonger rapidement dans une foule d'intérieurs, et l'on arrive au dock de Sainte-Catherine au-dessous de la Tour de Londres en moins de temps qu'il n'en faudrait à Paris pour une petite course en fiacre.

A travers la forêt de mâts et d'esparres, vous voyez flotter une bannière bizarre au-dessus d'une enceinte de planches.

Cette enceinte de planches est la muraille de la Chine. Un pas de plus, et vous êtes dans l'empire du Milieu, — vous barbare, vous sauvage d'Occident, sans qu'un mandarin vous oppose de fin de non-recevoir ou qu'un tigre de guerre rayé d'orange et de noir essaie de vous faire reculer en vous présentant un bouclier portant à son centre, comme une Méduse, une tête de monstre fantastique.

La Chine était trop loin, on vous l'a apportée. La Chine s'est conduite avec vous comme le prophète avec la montague : voyant que vous n'iriez pas vers elle, miracle tout aussi grand, elle est venue vers vous ; vous êtes tout à la fois dans le dock de Sainte-Catherine et dans le port de Canton ou de Macao.

En effet, ce n'est pas une illusion, vous venez de faire un pas de trois mille lieues ; un pas à user et à désespérer les bottes du petit Poucet.

Une jonque est amarrée à ce quai en granit de Portland, et vous voyez la réalité de rêves que vous avez faits à la vapeur du thé, en regardant les tasses bleues, les coffres de laque incrustés de nacre, les potiches, les paravents, les éventails et les albums sur moelle de roseau où ce peuple singulier trace des portraits que l'Européen sceptique s'obstine à prendre pour des chimères.

Cette jonque, ne l'avons-nous pas vue déjà esquissée en traits d'azur sur le fond d'une assiette ou la panse d'un vase, voguer vers un pays impossible et vrai cependant, au milieu d'une eau rayée d'or où plongent les cormorans pêcheurs? La porcelaine et les papiers de tenture n'ont pas menti.

C'est une sensation étrange de voir flotter à travers les agrès noirs et blancs des navires européens, sous le ciel de Londres barbouillé de brouillard et de suie, ces étendards éclatants historiés de dragons, et qui se sont déroulés aux brises des Antipodes ; l'imagination a de la peine à s'y accoutumer.

La jonque a une forme qui rappelle celle des galères

du XVIe et du XVIIe siècles dessinées par Della Bella,
dans ses eaux fortes : la poupe et la proue, extrêmement
relevées, ressemblent aux gaillards d'avant et d'arrière des
anciens vaisseaux, à ces châteaux à plusieurs étages que
sous Louis XIV encore Puget décorait de cariatides gigantesques.

Ce mode de construction, qui offre plus de prise au
vent, est sans doute moins rationnel que la forme recti-
ligne adoptée par les navigateurs modernes, mais il est
plus gracieux. Cette courbe plaît à l'œil; elle s'harmonise
d'ailleurs très-bien avec les formes typiques du pays :
toits retroussés, souliers relevés en pointe.

Des boucliers peints de couleurs vives et faits de roseaux
nattés, appendus le long du bordage, donnent à cette
jonque un faux air de trirème antique; mais derrière
leurs disques on ne voit pas se dresser la pointe d'airain
de la lance d'un guerrier d'Homère. — A quoi servent
ces boucliers? Sont-ils mis là comme défense ou comme
ornement? Ils forment une espèce de bastingage qui pourrait au besoin arrêter la flèche d'un pirate malais. En tous
cas, ces boucliers ont beaucoup de caractère.

Nous voici sur le pont. Les mâts sont au nombre de
trois et garnis de voiles composées de lames de bois agraf-
fées à peu près comme celle des jalousies et qu'on relève
lorsqu'on veut prendre un ris ; les cordes et les agrès, ex-
trèmement solides, sont en bambou. L'ancre et le gouvernail, qu'un mécanisme spécial fait plonger très-pro-
fondément, sont en bois de fer.

Sur le pont, une charmante pagode, de trois ou quatre
pieds de hauteur, et très-mignonnement travaillée, forme
l'habitacle de la boussole, que les Chinois ont connue bien
des siècles avant nous.

La cabine du coq est significativement peinte de tableaux représentant des scènes culinaires et une foule de marmitons drolatiques occupés à la confection des mets.

L'intérieur de la jonque n'est pas divisé en ponts comme nos vaisseaux, mais en compartiments qui ne communiquent pas entre eux et sont séparés par des cloisons solides. On y descend par des écoutilles, et ils appartiennent à des maîtres différents qui y serrent leurs marchandises et leurs vivres.

A la poupe, qui porte sur son couronnement un gigantesque oiseau chimérique de la forme et de la couleur la plus extravagante, se trouve, dans un cabinet de laque, la chapelle de Boudda ou de Fo, où trois magots dorés représentent la trinité chinoise. Des papiers de couleur et des allumettes aromatiques brûlaient devant les petites idoles au sourire narquois, et témoignaient de la part de l'équipage une piété non attiédie par le contact incrédule des barbares. Quant aux dieux, leur sourcil circonflexe, leur sourire équivoque et leur gros ventre, leur donnaient un air sarcastique et peu révérencieux pour leurs adorateurs. La foi ne manquait pas au dévot; mais la conviction semblait manquer au fétiche. — Peut-être les religions finiront-elles par l'incrédulité des dieux.

Nous étions en train d'examiner ce sanctuaire portatif, miniature des idoles colossales que nous avions vues autrefois à la collection d'Hyde-Park's-Corner, lorsqu'un tintamarre des plus singuliers vint nous faire tressaillir.

Les vibrations prolongées d'un gong mêlées aux sons stridents d'une espèce de flûte et aux roulements précipités d'un tambour, causaient ce tapage, qui n'était autre chose qu'un concert. De temps en temps, une voix jeune, nasillarde et plaintive, chantait avec ce gloussement orien-

tal, si bizarre pour nous, des syllabes aux intonations
inconnues, mais que leur rhythme sensible annonçait être
des vers.

Nous quittâmes aussitôt l'auvent recouvert en écailles
d'huîtres transparentes, d'où nous regardions la chapelle
de Boudda, et nous descendîmes à l'étage inférieur de la
cabine, transformée en chambre de musique, par un escalier à rampe de bambou, et nous nous trouvâmes en
face des instruments et des exécutants, aussi curieux pour
nous les uns que les autres.

Certes, un objet qui vient d'un pays aussi hermétiquement fermé que la Chine, costume, vase, bronze, offre
toujours un vif intérêt; car un peuple, quelque mystérieux
qu'il soit, trahit toujours son secret dans son travail ou
dans son art; mais qu'est-ce que cela, lorsqu'on voit
l'indigène lui-même, un être humain d'une race séparée
depuis des milliers d'années du reste de la création, race
à la fois enfantine et décrépite, civilisée, quand tout le
monde était barbare, barbare quand tout le monde est
civilisé; stationnaire au milieu des siècles qui s'écou-
lent et des empires qui disparaissent, aussi nombreuse à
elle seule que toutes les nations qui peuplent le globe, et
pourtant ignorée comme si elle n'existait pas !

Rien ne nous intéresse comme de voir un individu
authentique d'une race humaine que l'on rencontre rarement en Europe. Sous cette peau bronzée, cet angle facial
d'une ouverture différente, ce crâne bossué de protubérances qui ne sont pas les nôtres, nous cherchons à devi-
ner en quoi l'âme de ce frère inconnu, adorant d'autres
dieux, exprimant d'autres idées avec une autre langue,
ayant des croyances et des préjugés spéciaux, peut ressembler à notre âme : nous cherchons avidement à devi-

ner au fond de ces yeux où le soleil d'un hémisphère, opposé a laissé sa lumière, la pensée dans laquelle nous pourrions communier et sympathiser.

Ils étaient là quatre, tous jeunes gens, avec des teints fauves, des tempes rasées, colorées de nuances bleuâtres, des yeux retroussés légèrement aux angles externes, un regard oblique et doux, une physionomie intelligente et fine, à laquelle l'énorme natte de cheveux formant la queue sacramentelle, roulée sous un bonnet noir, donnait un cachet féminin : d'après nos idées de beauté, qui se rapporte malgré nous au type grec, ces virtuoses chinois étaient laids, mais d'une laideur pour ainsi dire jolie, gracieuse et spirituelle.

A certains passages d'un rhythme plus précipité ou d'un mouvement plus lyrique, leurs figures s'animaient, leurs yeux s'ouvraient comme des fleurs noires, leurs bouches souriaient, laissant voir leurs dents jaune d'or; celui qui tenait les baguettes des timbales s'agitait avec frénésie, le percutteur du gong frappait à coups redoublés sur son disque de métal, le chanteur prenait une voix de fausset aiguë et chevrotante, et semblait tirer de ses sourcils des notes impossibles à la voix humaine.

Tous paraissaient en proie à un véritable enthousiasme, soit que le morceau exécuté fût d'un grand maître et contînt des beautés inappréciables pour nous, soit que les vers récités appartinssent à un poëte célèbre, ou que tout simplement ces airs nationaux rappelassent la patrie à ces pauvres diables exploités par la curiosité anglaise, et fissent sur eux l'effet du ranz des Vaches sur les soldats suisses.

Le vêtement de ces virtuoses consistait en une espèce de casaque de soie tombant jusqu'aux genoux, de couleur bleu foncé, se rattachant au haut de la poitrine par un bouton unique ; de larges pantalons blancs et des souliers à semelles très-épaisses complétaient ce costume qui n'est pas sans élégance et doit être très-commode : — il nous semble qu'il remplacerait avantageusement dans l'intérieur des maisons européennes la robe de chambre gênante et prétentieuse.

L'absence de collet à ce paletot chinois, et de cheveux à la nuque de ceux qui le portaient, nous permit de renouveler une remarque que nous avions déjà faite à propos des jeunes Algériens : c'est la rectitude et même le renflement de la ligne qui unit la tête aux épaules ; le cou à sa partie postérieure, chez les races orientales, au lieu de décrire une légère courbure en dedans, offre une ligne droite ou presque convexe.

Les mains de ces musiciens étaient fort petites, leurs pieds aussi se faisaient remarquer par leur exiguïté.

Deux ou trois matelots chinois, auditeurs bénévoles de ce concert sans cesse renouvelé, se tenaient appliqués sur les parois de la cabine comme des découpures de paravent, avec des poses procédant d'un autre ordre d'idées et de mouvements que les nôtres ; car, bien que les éléments des attitudes soient les mêmes chez tous les hommes, les gestes s'arrangent différemment dans chaque nation. Par exemple, le tambour tenait ses baguettes la paume de la main en dedans, ce qui est le contraire de notre habitude, et tout à l'heure nous verrons ce mouvement répété par le scribe et le peintre, car il se relie à toute une série de procédés, à la perpendicularité de l'écriture, d'abord, et ensuite au besoin de tracer des lignes nettes et légères, principal mérite de la peinture chinoise.

Quelques-uns de ces mouvements sont gauches comme

ceux des enfants qui s'essaient à quelque travail qu'ils ne
savent point faire ; d'autres sont gracieux comme ceux des
animaux en liberté. Les uns appartiennent à la domestica-
tion, les autres à la nature qui n'est point encore effacée.

Autour de cette cabine, dans des armoires vitrées,
étaient rangées une foule de curiosités, petits souliers de
mandarine où Cendrillon et Rhodope n'eussent pu fourrer
que le bout de leur orteil ; coffrets découpés à jour, espèce
de filigrane d'ivoire à décourager la patience des fées ;
potiches de porcelaine rare ; racines de mandragore bizarrement contournées, et mille autres menus objets de
ce pays fantasque, qu'il est difficile de se figurer autrement que comme un immense magasin de bric-à-brac,
comme un quai Voltaire de plusieurs centaines de lieues
de long.

Des chinoiseries? on en voit partout. L'Angleterre et la
Hollande en ont tellement inondé l'Europe depuis deux
ou trois siècles, que Pékin s'approvisionne à Paris et à
Londres. Mais, ce qui est plus rare, c'est une aimable
collection de cercueils, entassés là sans doute pour la
consommation de l'équipage, en cas de nostalgie ou de
choléra.

Les cercueils chinois sont les plus jolis du monde. Ils
n'ont pas cette affreuse physionomie de sapin et ces funè-
bres couleurs qu'ils revêtent chez nous. D'une seule pièce
et creusés dans le tronc d'un gros arbre, ils sont peints
à l'extérieur d'un beau vermillon et munis d'oreilles de
bois pour les soulever.

Ces musiciens faisant leur vacarme demi-joyeux, demi-
mélancolique à côté de ces cercueils, boîtes à violon un
peu exagérées, qui semblaient entre-bâillées pour eux,
nous jetaient malgré nous, en des rêveries philosophiques.

13.

Le concert fini, on remet l'instrument dans sa boîte ; la vie achevée, on serre l'homme dans son cercueil, et tout est dit. La seule différence, c'est qu'on ne peut tirer l'homme de son étui comme l'instrument. Mais pourquoi les violons ont-ils des boîtes qui ressemblent à des bières? Est-ce parce qu'ils ont une âme, une voix, et gémissent comme nous?

Ce contraste, qui n'aurait rien eu d'agréable pour des musiciens d'Europe, semblait, au contraire, égayer les musiciens chinois. Les habitants du céleste empire, comme les anciens Égyptiens, ont une préoccupation perpétuelle des funérailles, qui ne les empêche pas d'être gais, libertins, gourmands, ivrognes et vicieux. L'idée d'être enterrés avec luxe flatte les meilleurs vivants ; les plus prodigues mettent de côté pour avoir une sépulture confortable ; et ces cercueils avaient été placés pour entretenir les virtuoses en belle humeur et animer leur verve par l'idée d'être couchés, s'ils mouraient, dans ces belles bières rouges en bois de teck.

Le concert fini, nous remontâmes à la cabine supérieure, où se tiennent le peintre, l'écrivain, chacun dans une petite niche bariolée d'enluminures et d'inscriptions en vers de chaque côté de la chapelle de Boudda.

En notre qualité de poëte, nous nous rendîmes d'abord chez le lettré. C'était un homme d'un certain âge, au teint basané, plissé de mille petites rides, ayant quelque chose de la vieille femme et du prêtre, enfantin et sénile à la fois, grave et grotesque, poli, obséquieux et réservé en même temps, avec un sourire de danseur à la fin de sa pirouette, et un regard morne et fin comme pourrait le souhaiter un diplomate. Il tenait entre ses doigts, maigres, décharnés et jaunes comme la main d'une momie, dans une pose impossible pour nous, un pinceau dont il traçait des caractères sur un carré de papier avec une rapidité qui nous rappelait ces vers chinois d'Iu-Kiao-Li : « Le dragon noir voltige et marque en encre ses pas sur le papier treillissé de fleurs. »

Ce que cet honnête lettré écrivait ainsi, c'était tout bonnement la transcription en chinois de notre nom gréco-gaulois, qu'on lui avait donné, et si nous ne signons pas aujourd'hui cet article par un fantastique gribouillage, lisible seulement pour M. Julien, de Paris, c'est pure bienveillance de notre part.

Il nous remit ensuite sa carte, avec la transcription de son nom en caractères européens, politesse que nous reconnûmes par une petite pièce de monnaie. Ce digne magot vivant s'appelle Keyng. En prenant le papier de couleur semé de quelques paillettes de mica qu'il nous tendait, nous rencontrâmes sa main ridée, qui nous fit l'effet d'une patte d'oiseau ; les griffes y étaient figurées par des ongles de trois pouces de long, transparents comme des feuilles de talc, et qu'il nous fit admirer avec une certaine satisfaction de coquetterie. Ces grands ongles sont là-bas très-bien portés et passent pour une recherche aristocratique et fashionable. Elle prouve au moins qu'on ne se livre pas aux travaux manuels.

Keyng nous fit voir aussi plusieurs costumes et des bonnets d'étudiants, surmontés du bouton de verre de porcelaine ou de jaspe, qui marque les différents grades obtenus dans les examens, et qui mène à tontes les places; car en Chine on ne pense pas, comme en France, que la culture intellectuelle nuise à la conduite des affaires; puis, replongeant son pinceau dans la rigole du carré d'albâtre remplie d'encre de Chine, qui lui servait d'écri-

toire, il recommença pour un autre visiteur sa gracieuseté
banale.

Nous le saluâmes de notre mieux, sans nous piquer,
toutefois, d'atteindre aux finesses de la révérence chinoise,
inaccessibles, pour nous autres grossiers barbares d'Occident, et nous allâmes voir le peintre dans son atelier, à
l'autre coin de la cabine.

Pour le moment, il ne peignait pas, il posait ; l'artiste
était devenu modèle : Charles Landelle, un de nos compagnons de voyage, était en train de le croquer.

L'artiste de l'empire du Milieu se laissait faire avec
une placidité un peu ironique. On voyait qu'il se disait
en lui-même : « Ce jeune sauvage en habit noir, sous
prétexte de perspective, va me faire quelque membre plus
court que l'autre, et sous prétexte d'ombre me pocher la
moitié de la figure. »

Le croquis achevé, le peintre chinois parut assez satisfait du trait pur et léger, et de la ressemblance du dessin ; un signe d'assentiment montra qu'il était étonné
qu'un homme qui, relativement à lui, tenait son crayon
à l'envers, eût pu faire quelque chose de si correct. Seulement, comme par la position du corps on ne voyait qu'un
pied, il prit la mine de plomb et ajouta de sa main le
pied qui manquait, souriant avec une bienveillance pa-
ternelle de la négligence bizarre de cet Européen, qui
faisait une figure boiteuse. Le croquis ainsi corrigé le sa-
tisfit pleinement.

Comme son confrère le lettré, il a pour industrie de
donner aux visiteurs, moyennant une légère rétribution,
des figures esquissées au trait, et qu'il enlumine de teintes
plates au moyen de couleurs qu'il puise à de petits godets
assez semblables à ceux des aquarellistes.

Il ne nous restait plus à visiter que la cabine du milieu, espèce de salon très-propre et très-bien décoré, entouré de siéges de bambou curieusement enchevêtrés, tapissés de panneaux représentant des femmes, des oiseaux, des chimères dans des paysages pleins de rocailles, de pivoines et de pêchers en fleurs, et de cartouches contenant des strophes ou des sentences d'auteurs illustres, écrites par des calligraphes en caractères ornés. — Nous aimons beaucoup cet usage d'employer, comme arabesque, les beaux vers des poëtes ou les maximes des sages ; l'œil est réjoui par l'ornement, l'esprit par la pensée. Quelque chose d'intellectuel se mêle au luxe et l'empêche d'être bête. Nous voudrions bien lire, ainsi encadrés dans la décoration de nos appartements, des vers de Lamartine, de Victor Hugo, d'Alfred de Musset et autres auteurs chéris.

Comme nous allions sortir de la jonque, émerveillé de cet art où sur un fond barbare presque se joue tant de finesse, nous rencontrâmes une nouvelle colonie d'excursionistes français, à qui l'office des chemins de fer, outre le voyage d'Angleterre, faisait accomplir celui de la Chine par-dessus le marché.

L'idée de ce voyage par catégorie nous eût autrefois contrarié ; il nous eût plu de parcourir le monde en pèlerin solitaire, à pied ou à cheval, au hasard des chemins et des auberges ; mais les grandes inventions scientifiques modernes ont cela de remarquable qu'elles poussent à la vie commune malgré les mœurs et les répugnances politiques.

L'artiste, le poëte, l'homme du monde humoristique ou dédaigneux qui croirait son individualité froissée dans un voyage fait en masse, comme ceux de l'Office de la place de la Bourse ne peut partir qu'à l'heure marquée pour le

convoi général. Il a mille ou douze cents compagnons de
voyage forcés avec lesquels il partagera les impressions de
la route. La collectivité le rattrape sur la planche du paquebot et le reprend au collet à Douvres pour le transporter lui millième à Londres. Le pauvre diable debout aux
troisièmes places y arrive en même temps que lui, bourgeois cossu, grand seigneur fastueux. Les moyens de s'iso-
ler disparaissent de plus en plus. Une fois, pour contrarier
le chemin de fer qui nous paraissait tant soit peu tyran-
nique, nous essayâmes de venir de Boulogne à Paris en
poste; ce fut une vraie calamité : le courier ne savait plus
se tenir en selle; il n'y avait pas de chevaux aux relais.
les postillons avaient pris d'autres états; à Amiens, laissant là notre calèche, nous rentrâmes dans le wagon, au
risque de partager avec des spéculateurs en pruneaux et
des philistins d'une bêtise massive ce bénéfice de la célé-
rité obtenue par le communisme du railway. En dehors
de ces communautés, involontaires comme celles du théâtre, des maisons à plusieurs locataires, des restaurants,
des paquebots, des wagons, des diligences, des omnibus,
des journaux, qui apprennent en même temps la même
nouvelle à cent mille lecteurs de tous pays, il y a encore
beaucoup de choses à exécuter par groupes, les voyages,
par exemple. Pourquoi, ainsi qu'on vient de le faire,
pour l'excursion à Londres, des compagnies n'entrepren-
draient-elles pas des voyages de long cours, à l'instar de
la maison Waghorn, au Caire, pour la traversée de l'isthme
de Suez? Pourquoi, moyennant une somme fixée d'a-
vance, un vaisseau frété par un office ne nous prendrait-
il pas ici pour nous mener en Italie, en Grèce, en Asie,
en Chine, et nous ramener à notre point de départ? Des
excursions impraticables, à moins de grandes fortunes, à

des touristes isolés, deviendraient ainsi très-faciles, et du moins l'homme ne sortirait pas de la vie sans avoir visité sa planète et admiré la création dans son ensemble, comme c'est son devoir; car Dieu ne l'a fait que pour cela : l'homme est le lecteur du poëme divin.

L'INDE.

I.

Voir l'Inde est un désir qui nous travaille depuis notre plus tendre enfance, et, bien qu'il y ait un proverbe, menteur comme tous les proverbes, qui dise : « Vouloir c'est pouvoir, » nous n'avons pas encore pu le réaliser. L'Inde a été élevée par les Anglais à des prix au-dessus de toute littérature, et la presqu'île du Gange n'a pour visiteurs que des *civilians,* des marchands de la Cité et des princes russes. Le pauvre Jacquemont, sans la protection de lord Bentinck et les hauts personnages qu'il y rencontra, n'aurait pu y rester un mois, et la faim aurait fait chez lui l'ouvrage de la maladie de foie. Mais ce qui nous étonne profondément, c'est que parmi les gens riches qui promènent leur ennui à Spa, à Bade et autres villes d'eaux et de jeux, mille fois plus connues que le boulevard de Gand, et moins amusantes, il ne s'en trouve pas qui aient l'idée d'aller passer la saison à Lahore, à Benarès ou à Calcutta.

Il paraît que les millions, par la possibilité de tout faire, engourdissent l'imagination; autrement, ne serait-il pas inconcevable que des jeunes gens doués d'une grande fortune se contentent, pour tout régal, d'avoir cinq ou six chevaux maigres dans leur écurie, une danseuse plus maigre encore dans leur petite maison, des voitures et des habits faits à Londres, et un appartement bourré, par un tapissier, de magnificences banales où l'on voit des tentures à 100 francs le mètre, et pas un tableau qui vaille 50 fr ? Le riche, probablement, est comme l'avare; il a le monde plié en billets de banque dans son portefeuille, et cela lui suffit; il se figure l'Inde du perron de Tortoni ou de la Maison de conversation, ou plutôt il n'y songe même pas.

Heureusement, les Anglais, sachant que nous sommes trop pauvres ou trop casaniers pour jamais faire ce voyage féerique, ont mis l'Inde tout entière dans des caisses et l'ont apportée à l'Exposition ; ils se sont dit : « Ces petits Français moustachus et barbus n'auront jamais les six mille francs que coûte l'East-India-Mail, mais ils auront peut-être les deux ou trois louis d'un train de plaisir, et il serait fâcheux que ces Athéniens de Paris, habiles à toutes ces drôleries de goût, d'art et de toilette, ne vissent pas ces merveilles, d'où ils tireront de bons modèles de tapisserie, de broderie et de joaillerie, qui nous serviront plus tard. » Et le gigantesque empire, berceau du genre humain, aujourd'hui province anglaise, a été rangé très-artistement et très-méthodiquement dans des cases et catalogué avec le même phlegme que la coutellerie de Sheffields ou de Birmingham.

Nous avons donc pris le parti de faire cet immense

voyage, entre un feuilleton et l'autre, au Palais-de-Cristal ; nous évitons ainsi les omnibus de la maison Vaghorn et compagnie pour traverser le désert de l'isthme de Suez, le bateau à vapeur d'Aden et les cancrelats qui dégoûtaient si fort le prince S** dans les steamers qui vont à Calcutta, sans compter les hépatites jaunes, les choléras bleus, les pestes mouchetées de noir, les crocodiles verts, les tigres rubanés, et autres fléaux pleins de couleur locale. Nous les aurions volontiers encourus, mais nous ne sommes pas maître en cette fantaisie.

Si nous disions que nous n'avons pas jeté un seul coup d'œil sur le reste de l'exposition, nous attirerions sur notre tête le mépris des industriels, des négociants, des utilitaires et des philistins de toutes sortes. Telle est cependant la vérité. Nous avons passé sans un regard à travers ce troupeau de monstres de cuivre et d'acier, mastodontes et mammouths de l'industrie qui agitent leurs bras tronqués, soupirent avec leurs poumons de fer et semblent emprunter à la vapeur l'inquiétude et la respiration de la vie, dans cette agitation furieuse et froide qui ne connaît pas la fatigue, activité de la matière qu'on peut pousser à toute outrance sans manquer aux saintes lois de la pitié, car la matière s'use et ne souffre pas. Les bobines tournaient comme des danseuses ivres, disparaissant dans l'éblouissement de leur rapidité. Les pistons levaient et laissaient retomber leurs moignons avec un han plaintif, comme des bûcherons fendant un tronc de chêne ; les poulies folles faisaient claquer leurs lanières de cuir et de gutta-perka ; les roues crenelées se mordaient à belles dents, les laminoirs se frôlaient en sifflant, les soupapes clappaient de la langue, les ressorts faisaient jouer leurs nerfs et leurs détentes ; tous ces esclaves métalliques et plutoniens inventés par le génie de l'homme, travaillaient à qui mieux mieux sur notre passage. Ces machines nous criaient avec leurs grincements, leurs coups sourds, leurs sifflements aigus : « Moi, je fais la besogne de six mille fuseaux; moi, je remplace cinq cents marteaux de forgeron; moi, je trame le châle des Indes plus également qu'un ouvrier de Cachemire au seuil de sa cabane; moi, j'enfante des machines qui travailleront à mon exemple; moi, avec mes doigts de bronze, je ploie des enveloppes de lettres aussi habilement et aussi proprement que les ploierait une jolie femme aux doigts roses ; seulement, j'en fais en un jour assez pour cacheter tous les secrets d'amour, de diplomatie et d'affaires du monde.

C'est ainsi que parlaient ces grands animaux de fer et d'airain aux formes hybrides, aux attitudes menaçantes, polypes qui semblent vouloir vous prendre dans leurs longs bras pour vous broyer et vous laminer; ils paraissaient étonnés de notre indifférence. En effet, nous admirons plus que personne ces merveilleuses inventions de l'esprit humain, ces créations mathématiques qui, si elles n'ont pas la vie dont Dieu seul sait le secret jusqu'à présent, agissent du moins comme des êtres animés; nous les admirons et nous les aimons, car chaque machine est un serviteur insensible, un nègre qu'on peut fouetter à toute vapeur jusqu'à ce qu'il éclate, ce qui est sa manière de se révolter. La machine relève l'homme et l'animal d'un labeur, d'une fatigue ou d'un ennui; elle a déjà racheté le galérien de la rame, la bête de somme du charroi; bientôt elle labourera à la place du bœuf, qui, s'il nous donne encore sa chair, au moins ne nous donnera plus ses sueurs et ses essoufflements sous le joug, qui font de son meurtre presqu'un fratricide. Elle file, elle scie, elle martelle, elle tisse à la place d'innombrables malheureux

courbés sur leur métier ; et chaque jour le temps pour la
pensée, la rêverie, l'étude, devient plus large et plus long.
Quelques générations, hélas! périront sans pouvoir trouver
place dans le nouvel ordre ; mais ceux qui viendront plus
tard pourront faire des vers, peindre, combiner des inventions, chercher les secrets de la nature, qui aime à se
laisser crocheter ses cadenas. Les esclaves de fer feront
l'ouvrage ; la matière domptera la matière, et le travail de
l'homme deviendra purement intellectuel.

Certes, ce n'est pas nous, poëte et penseur, qui dédai-
gnerons cette race de métal destinée à remplacer les pro-
létaires et à relever l'homme de l'antique malédiction du
travail manuel ; mais assez d'autres ont loué ces prodiges
et des voix plus savantes que la nôtre en ont expliqué les
mystères, pour qu'un peu de caprice nous soit permis ;
d'ailleurs nous ne sommes pas de ces Janus dont le masque tourné vers l'avenir a les yeux crevés, et qui ne voient
que par le masque tourné vers le passé ; nous ne poussons
pas, au milieu d'un siècle, le plus grand que les évolu-
tions des temps aient amené, des gémissements élégiaco-
romantiques, et nous comprenons, quoique artiste, la
beauté de notre époque, bien que souvent la fantaisie nous
ait poussé vers les temps et les pays barbares où persiste
l'individualité locale de l'homme.

Aussi, l'on comprendra cet enivrement, cette infatuation
que nous cause l'idée seule de l'Inde. Depuis notre enfance, nous avons regardé avec une curiosité avide et
superstitieuse toutes les gravures, tous les dessins, tous
les recueils qui se rapportent à cette mystérieuse contrée
où ont pris naissance, à des époques qui se perdent dans
la nuit des temps, et qui déconcertent toute chronologie,
les théogonies, les civilisations, les sciences, les arts, les

langues dont les nôtres ne sont que les effluves et les dégé-
nérescences. Quand l'Egypte commençait, l'Inde était déjà
vieille. La Grèce n'avait encore pour habitants que des
sauvages tatoués comme les Ioways et les Mohicans ; ceux
qui furent plus tard les Athéniens étaient cannibales. Là,
bien avant le déluge, bien avant les règnes fabuleux de
Chronos et de Xixuthros, quand la terre, jeune encore,
s'épanchait en créations dithyrambiques et monstrueuses,
comme un poëte adolescent qui jette ses scories en strophes
demesurées, régnait dans une nature d'une exubérance
folle, un panthéisme effrené. Onze millions de dieux four-
millaient à travers les inextricables enlacements des forêts
vierges, effrayants et difformes comme toutes ces races
d'animaux disparus dont l'éléphant, le rhinocéros, la gi-
rafe, le chameau, l'hippopotame, le crocodile sont les
avortons, et qu'ils rappellent sous des proportions moindres
et des formes adoucies.

Que de fois, en songeant à ce pays étrange, qui pour
nous restera à l'état de chimère, nous nous sommes créé
d'éblouissants mirages! que de fois nous avons escaladé
les étages infinis de cette pagode de Djaggernath, dont les
tours superposées s'enfoncent dans le ciel, comme une
autre Babel qu'a respectée la colère de Dieu ; que de fois
nous avons pénétré, glacé par une horreur religieuse,
dans les profondeurs insondées du temple souterrain
d'Ellora, cathédrale en creux, moule et matrice d'où semblent sortir les innombrables édifices sacrés de l'Inde ; que
de fois nous avons erré dans ses dédales obscurs, cœcums
architecturaux serpentant dans le ventre de la montagne,
et dont la pointe de Piranèse serait impuissante à rendre
les opaques terreurs et les noires perspectives ébauchées
dans la nuit par un rayon livide, en nous répétant comme

le refrain d'une litanie monotone, le vers si magnifique-
ment caverneux de M. Victor Hugo :

Puits de l'Inde, tombeaux, monuments constellés!

Ah! combien souvent, lorsque nos pieds foulaient lente-
tement le ruban de bitume qui conduit de l'Obélisque à
l'Arc de l'Etoile, notre pensée se promenait dans les jungles,
où le tigre avec une pose de sphinx lèche sa patte de
velours de sa langue âpre comme une lime, et qui, même
lorsqu'elle lèche, fait venir le sang ; sous les mangliers
dont les branches pleureuses se replantent et se multiplient
en innombrables arcades, en sorte qu'un arbre est bientôt
un bois ; à travers les bambous que l'éléphant fait ployer
en marchant comme de l'herbe sèche ; à l'ombre des
monstrueux boababs âgés de six mille ans comme le monde
et qui ont peut-être vu Adam sous leurs jeunes pousses
quand il avait pour maîtresse la dive Lilith et qu'Eve
n'était pas née encore ; au milieu des colossales forêts
vierges où s'enchevêtrent les arbres, les lianes, les herbes,
dans un inextricable désordre de frondaison et de germi-
nation, masses touffues, emmêlées, hérissées, croisées en
tout sens, dont le soleil ne peut percer l'ombre séculaire
que fouette en plein jour l'aile des chauves-souris trompées
par ce crépuscule éternel ; chaos verdoyant où le cobra-ca-
pello siffle sous les joncs et les nénuphars au bord des
mares empoisonnées ; où les singes, hideuses caricatures
humaines, soldats dispersés de l'armée qui conquit Ceylan
pour Rama, sautillent de branche en branche parmi les
vols effrayés de perroquets et de kokilas ; où le serpent
boa s'enroulant autour d'un palmier s'amuse à faire d'un
tronc droit une colonne salomonique ; ah! combien sou-

vent, répondant d'une façon distraite à la question d'un
ami, nous descendions en idée les escaliers de marbre
blanc de Bénarès qui conduisent au Gange, le fleuve sacré!
Quelles silhouettes de villes prodigieuses nous nous sommes
dessinées à l'horizon du rêve, sur les rougeurs d'un couchant fantastique, pagodes indiennes, minarets mahomé-
tans, dômes, coupoles, tours, toits en terrasse entre lesquels
jaillissent des palmiers, longues bandes de murailles cré-
nelées, portes triomphales, caravansérails, chauderies,
tombeaux, collèges de brahmines, immense entassement
de colonnes d'ordres inconnus, de monstres sculptés,
d'énormités architecturales, comme Martinu sait en faire
pressentir avec un éclair dans le sombre infini de ses gravures à la manière noire.

Aussitôt que nous eûmes débarqué à Londres, nous
courûmes au Palais de Cristal, qui est lui-même une merveilleuse construction qu'on placerait volontiers dans l'Inde,
au bord d'un de ces étangs consacrés, où l'on nourrit les
crocodiles des temples, ayant pour fond une de ces forêts
dont nous parlions tout à l'heure, et soutenue par des
terrasses de marbre blanc, sur les rampes desquelles des
paons laisseraient trainer les constellations de leur queue;
il est d'une légèreté toute féerique et soutient vaillamment
dans l'air ses millions de miroirs, enchâssés dans le cadre
d'une frêle armature bleue et blanche; sa façade, lamée
d'argent et d'azur, s'épanouit comme un immense éventail, ayant pour bouton un cadran d'horloge, car le peuple
qui a dit : « Le temps c'est de l'argent, » veut toujours
savoir l'heure, même dans ses moments d'enthousiasme et
d'oubli, comme ces graves Chinois qui même pendant
l'extase de l'amour gardent leur montre à la main. Quand
le soleil donne sur cette colossale cage de verre, sur cette

énorme serre-chaude de l'industrie qui englobe, avec les mille chefs-d'œuvre du génie humain, de grands arbres à leur aise, là comme dans la clairière d'une forêt, et seulement un peu étonnés de ne plus recevoir la pluie du jour et la rosée de la nuit ; au mélange imprévu des ombres et des lumières, aux éclairs et aux murmures des fontaines jaillissantes, on ne saurait méconnaître le génie de l'Inde, approprié aux besoins de l'industrie anglaise. Ni le Parthénon, ni le Panthéon, ni la Maison-Carrée, types ordinaires des constructions modernes, n'ont rien à voir ici.— Remplissez de plantes équatoriales et tropicales ce grand palais transparent, Lackmi et Parvati pourront y conduire le chœur brillant des Apsaras.

Ces écriteaux rouges historiés de lettres blanches sont les indicateurs de la route de l'Inde. Nous y voici : le chemin n'a pas été long.

Ces petits compartiments, c'est le sol de l'Inde, depuis ses profondeurs jusqu'à sa surface. Chacune de ces pierres, chacun de ces cristaux ou de ces fragments de métal représente une mine, une veine de terrain, une province, un pays, depuis le diamant jusqu'à l'argile. Il ne s'agit encore que des matières brutes, que des produits vierges auxquels la main de l'homme n'a pas encore touché, et déjà, rien qu'à la simple nomenclature, vous croyez voir ouvert devant vous l'écrin des Mille et une Nuits. Voilà du marbre primitif, du marbre serpentin, du jaspe rouge et jaune, des bois fossiles de Senva, des argiles plastiques jaunes et bleues, du kaolin blanc, des grenats de Kasning, du sable aurifère, des colliers de grains de nimluck, des cornalines unies et taillées, des pierres vertes, de la nacre, du sable à perle d'Ava, de l'ampelite taillée en boucles d'oreilles, des cornalines, des améthystes, des émeraudes,

des saphirs, des yeux de chat, des hyalites, du lapis-lazuli, des agates de Nerbudda, des cailloux de la rivière Goane, des blocs bruts d'agate jaspée de Jesselmère, du fer de Calicut, du fer magnétique avec lequel se fait l'acier indien, de la houille de Mergni, du plomb de Shookpoor, de l'outremer de Bombay, sans compter les opales, les turquoises, les sanguines, les chrysoberils, les calcédoines, les onyx, mille pierres radieuses qui toutes ont retenu une couleur de prisme ou un rayon de soleil pour étoiler la statue des dieux, le vêtement du rajah, ou le corset de la bayadère.

Nous savons bien que toutes ces richesses sont enfouies sous la terre, éparses dans la vase des fleuves, cachées dans les veines secrètes des montagnes, et que là comme ailleurs le sol dérobe ces merveilles sous un manteau de poussière ou de végétation ; mais, malgré soi, il vous semble que la terre de l'Inde n'est qu'un vaste monceau de pierreries, un de ces entassements d'escarboucles où les califes puisaient à pleines mains. N'est-ce pas de ce pays d'ailleurs que vient le Kohinoor ou montagne de lumière, le plus pur, le plus gros morceau de carbone que le génie des richesses souterraines ait eu le temps, depuis le peu de siècles que ce monde dure, de cristalliser au fond de son alambic mystérieux.

Si la terre est un écrin, l'herbier est une cassolette. Cannelle, macis, muscade, gingembre, opium, hachich, huile de roses, noix de bétel, piment, sucre de dattes, thé de l'Himalaya, aloès, safran ; indigo de Salem et de Madras, fleurs d'Hursinghar, tabac blond comme la peau d'Amani la bayadère, fleurs de Camboja, feuilles d'ananas dont la fibre fournit une fine soie végétale, tout cela ne ressemble-t-il pas à cette montagne des aromates dont parle Salomon

14

dans le Sir Hasirim ? Un sol de diamants ne doit-il pas avoir une végétation de parfums ?

Surexcitée par tous ces noms qui souvent ne sont représentés que par des échantillons desséchés et flétris, enfermés dans des fioles ou des boîtes, l'imagination a bientôt fait verdoyer en feuilles énormes et bizarres, s'épanouir en calices éclatants toutes ces fleurs et ces herbes mortes. Elles germent et végètent avec une activité incroyable, comme ce rosier des soirées magiques qui pousse à vue d'œil ; leurs odorantes effluves embaument l'air, ces échantillons de bois reprennent leur écorce et se dilatent en forêts, les lichens jettent leurs balançoires d'un arbre à l'autre. Les cantharides tourbillonnent dans un rayon de soleil, et le bupreste mange le cœur de la rose du Bengale. Un paysage immense sort de ces étroits casiers.

Faudra-t-il beaucoup de peine pour rendre la vie à ces peaux de tigres clouées contre le mur et les faire bondir comme dans un roman de Méry ? — Ce grand monstre-fauve rayé de noir dont le mufle aplati conserve encore sa férocité doit être un comparse de l'histoire d'Héva. Peut-être est-ce Mounoussamy, le sauvage époux à forme d'éléphant, qui lui a planté cette balle entre les yeux, à moins qu'il n'ait été devancé par le spirituel et paradoxal Edwards Klerbbs. Que de pauvres Péons il doit avoir dévorés sur les routes ! Et cette panthère noire de Java, sombre comme la nuit, effrayante comme un chat cabalistique, qui ne laisse briller dans l'impénétrabilité des bois que deux phosphorescentes prunelles de hibou ! En un bond, elle va vous sauter sur les épaules et vous enfoncer dans le cou ses dix poignards de corne ! Sans être Cuvier, il est facile de reconstruire, à l'aide de ces massacres aux cornes démesurées, le buffle hideux qui se cuirasse de vase dans les flaques de pluie sous les ramures léthifères des opaques forêts de Ceylan.

Quand on a vu sur ces jolis encriers et ces charmantes boites peintes qui nous viennent des Indes quelques-unes de ces chasses vernissées où des princes en robe rose et à figure de femme poursuivent des antilopes, des daims mouchetés et des daims blancs, avec des guépards pour chiens, on peut aisément ressusciter ces peaux mégissées et les faire courir dans les rizières ou les plaines de sable, autour de Madras ou d'Allahabad. — Ces trompes préparées, est-ce le nez de Ganesa, le dieu de la Sagesse, que quelque mauvais plaisant voltairien à sa manière lui aura arraché dans un moment de belle humeur? — Non; l'Indien dévot ne se permet pas de ces facéties : c'est bien la proboscide du monstrueux animal arrangée en tuyau de caoutchouc ; ces lourdes défenses d'ivoire qui semblent dérobées à ce cimetière où se rendent les éléphants millenaires pris de la pudeur de la mort, ces soies de sanglier ou de chèvre, ces nageoires de requin, ces nids d'hirondelle-salangane qu'un Chinois mettrait tout de suite en potage, ne forment-ils pas au bout de quelques minutes à l'œil de l'âme une ménagerie hurlante, glapissante, fourmillante, comme le bois dont il est parlé dans la pièce de *Nourmahal-la-Rousse* des Orientales.

Si vous le permettez, nous nous arrêterons aujourd'hui à Lahore, qui se dessine là-bas sous une cage de verre,— une étape de trois mille lieues fatigue, même quand on ne la parcourt que la plume à la main.

Il est vrai que ce n'est pas Lahore elle-même, mais seulement le modèle de Lahore. Si vous regardiez la ville véritable par le gros bout de la lorgnette, vous obtiendriez l'effet du plan; en regardant le plan par le petit bout, vous le grandissez et vous obtenez un effet satisfaisant.

Lahore noue autour de ses reins une ceinture de tours et de fortifications en style moyen âge orientalisé ; des fossés dont l'eau verte a des caïmans pour grenouilles, font comme une frange verte à sa robe rouge, car Lahore, comme Munich, est presque toute peinte avec ce rouge antique si cher au roi de Bavière. De ce fond sombre, s'élancent comme des mâts d'ivoire, les minarets des mosquées et les aiguilles fleuries des pagodes en albâtre ou en marbre. Dans les rues étroites fourmille un peuple innombrable, étrange et bariolé comme un rêve ; des formes que l'on croyait disparues avec le moyen âge revivent là dans une splendeur orientale. A chaque instant passent de longues cavalcades de cavaliers sykes, des caravanes de chameaux, des files de chariots dorés traînés par des bœufs bossus. Les frêles balcons étincèlent comme des dyptiques entr'-ouverts, laissant apercevoir sous des formes humaines, des ruissellements de pierreries et des miroitements de bro-cart. Les bayadères et les courtisanes, chargées d'anneaux, de bracelets, de pendeloques, de bijoux, de grelots, de paillettes, sourient aux passants, et mêlent leurs éclats de rire aux caquets des poules et des oiseaux suspendus dans des cages. Les éléphants avec leurs riches housses passent, élargissant des hanches les rues trop étroites, emportant avec le dos les arcades trop basses ou ruinées ; ils se dirigent vers la chauderie, suivons-les, et asseyons-nous à la porte pour observer les mœurs et les costumes.

II.

Non contente d'avoir apporté le sol, les plantes, les animaux, la compagnie dés Indes a exposé une ville tout entière, afin que l'on pût se faire une idée complète de son
empire oriental. Elle a aussi transporté la population sous
forme de petites maquettes de terre coloriée, modelées par
les habitants eux-mêmes, qui font pénétrer intimement
dans la vie des différentes castes.

Nous avons lu souvent les *Lettres sur L'Inde*, du prince
S***, et feuilleté son magnifique album. Nous voyons,
dans le Palais de Cristal, la réalité de ces merveilles, qui
nous semblaient chimériques, malgré la sincérité évidente
du dessin. Ce n'est pas seulement dans les mises en scène
d'opéras féeriques que ces magnificences existent, et les
poëtes de l'Orient, qui font à tout moment des métaphores
dont s'effarouche l'économie occidentale, qui remuent les
pierreries par monceaux et battent des omelettes de soleils
dans le moindre ghazel, dans le plus mince pantoum,

14.

ne sont, avec toute leur joaillerie tant reprochée, que d'exacts faiseurs de procès-verbaux. L'hyperbole est tuée d'avance par l'éblouissant éclat du vrai.

Voici un éléphant qui s'offre à vos yeux ; — un éléphant empaillé, il est vrai ; mais si vous voulez en voir un vivant, vous n'avez qu'à aller au *Zoological garden*, où vous monterez sur son dos pour un shilling. — Sa peau rugueuse, fendillée comme de la vase sèche, disparaît à demi sous un riche caparaçon de velours rouge quadrillé et frangé d'or ; son front bombé est orné d'une ferronnière colossale, et de grosses houppes de soie pendent confusément de chaque côté parmi les plis de ses oreilles. Quelquefois, ce frontail est orné d'énormes pierres fausses, émeraudes, rubis ou perles de verre, ou même de petits miroirs. Sur le dos de la bête s'élève une espèce d'estrade surmontée d'un pavillon soutenu par des colonnettes d'ivoire niellé de charmants dessins. Des coussins de brocart servent de siége au personnage qui se sert de ce mode de transport, prince indien ou employé de la Compagnie ; une place est ménagée derrière pour le domestique. Le cornac se tient assis sur le col du monstre qu'il dirige à l'aide d'un crochet de fer. Le pavillon, en forme de dôme à double renflement, est tapissé de brocart d'or et d'argent, et bordé d'un effilé où la lumière scintille à éblouir. Quand un puissant rayon de ce soleil qui vit Bacchus et Alexandre, tombe sur ce dôme aux phosphorescences métalliques, les yeux doivent se baisser comme devant l'astre lui-même.

Cet éléphant nous a fait penser aux grandes batailles de Lebrun. Celui monté par Porus, ce géant écaillé qui lançait des flèches de six pieds de long, devait être harnaché ainsi, et cette vue vous plonge dans des rêveries d'antiquité où la mémoire se perd.

Si vous craignez de vous hisser sur cette montagne mouvante qui pourtant s'agenouillera docilement devant vous pour vous faciliter l'ascension, entrez plutôt dans cet eka sculpté, peint doré, aux roues massives, enjolivées d'ornements fantastiques et traîné par un petit bœuf à loupe et à pelage gris de souris, modèle naïf rappelant le chariot de terre cuite de la pièce de Vasantesena et les voitures que les enfants se taillent dans l'écorce des potirons, ou bien encore laissez-vous bercer par le pas rhythmique des péons dans ce somptueux palanquin aux brancards d'ivoire, aux plaques d'argent repoussé, aux rideaux de soie brochée et lamée d'or, où la songerie doit être si douce, où le sommeil doit arriver si aisément.

Quand on pense aux selles anglaises si nues, si pauvres dans leur froide correction relevée, pour tout agrément, de quelques piqûres, on reste épouvanté de la folie prodigue de la sellerie indienne : sur ces arçons et ces troussequins, qui confondent les formes du moyen âge et de l'Orient, la fantaisie luxueuse de l'ouvrier a semé les arabesques et les pierreries avec une verve effrénée d'éclat. Ce n'est pas une selle, c'est un joyau de grande dimension, c'est un écrin avec des étriers. Rien n'est assez précieux : le velours disparaît sous l'or, l'or sous les turquoises, les grenats, les rubis et les diamants. Ne croyez pas, d'après cela, à une richesse lourde, à une opulence massive : l'art y vaut encore plus que la matière ; le goût le plus pur, le plus fin, le plus inventif a ciselé, guilloché, découpé, filigrané, ces ornements infinis si nets, si opiniâtrément suivis malgré leur complication dédaléenne. Benvenuto Cellini, Henri d'Arfé, Vechte n'ont pas fait mieux dans leurs merveilleuses orfévreries ; et qu'elle admirable entente de la couleur ! comme un fil d'argent

adoucit à propos l'éclat trop fauve de ce galon d'or, comme
un champ mat fait ressortir un filet bruni ; comme une
pierre enchâssée avec bonheur rompt une plaque de lumière trop diffuse ! Les nuances les plus vives et les plus
violemment opposées se marient sans effort dans un flam-
boiement général.

En posant en idée, sur le dos de quelques vigoureux
coursiers du Scinde ou du Népaul à la queue et à la crinière teintes de henné, ces monceaux d'or et de pierreries,
en y asseyant un Européen en bottes vernies, en pantalon
noir, en habit à queue de morue, en chapeau à tuyau de
poêle, on obtient une caricature tellement grotesque,
l'écuyer, fût-il le vicomte d'Aure, Baucher ou Victor
Franconi, que l'on en rit volontairement tout seul, bien à
tort, puisque les rajahs, juchés sur ces selles fulgurantes,
ne sont que les serviteurs tremblants du premier Anglais en
water-proof nullement pittoresque, qui passe par là, préférant à toutes ces joailleries de Golconde le vrai diamant,
le diamant noir de Cornouailles. Comment devaient être
les selles de Gengiskan, d'Aurengzeb, de Timour et des
grands victorieux de l'Inde? de quels rayons de soleil et
de lune, de quels scintillements d'étoiles étaient-elles pas-
sementées et constellées, puisque les selles des vaincus
offrent encore de telles magnificences !

Parmi ces caparaçons d'un éclat éblouissant, il y en a un
d'un caprice singulier, déjà tartare, presque chinois peut-
être, tout papelonné d'écailles de dragon roses, bleues et
noires, comme certains écus héraldiques. Oh! que nous
aimerions, sur un de ces chevaux blancs mouchetés de
brun comme des léopards que l'on voit caracoler dans les
chasses impossibles des paravents, bien assis dans cette
selle qui semble faite de la peau d'une chimère, parcourir

ces contrées inexplorées sur lesquelles s'allonge l'ombre démesurée de l'Himalaya, cette extrême Inde qui se confond avec le Céleste-Empire par le Thibet et le royaume de Cachemire, où vole le grand papillon bleu, et où les romans de chevalerie du moyen âge plaçaient les empires fabuleux de leurs héros!

Quant aux brides, aux mors, aux têtières, aux frontails, nos langues du Nord sont trop froides, trop pauvres, trop mesquines, pour en décrire les somptuosités; c'est le moins que des coursiers de la race nedji mâchent l'or et l'argent dans leur bave plus blanche que l'écume qui baisait les pieds de Wishnou, endormi sur la feuille de lotus au milieu de l'océan d'immortalité.

Quel spectacle qu'une cavalcade ainsi montée, s'élançant des portes de Lahore au milieu d'un nuage de poussière lumineuse! — Nous croyons, quel que soit notre respect pour la civilisation, que la promenade des gentlemen sur leurs hacks, leurs ponies et leurs purs-sang baï cerise, à six heures du soir, dans Hyde-Park, le long de Serpentine-River, doit être infiniment moins pittoresque.

Si cette chevauchée à dos d'éléphant, en chariot, en palanquin et en selle, bosselée d'ornement d'or vous a fatigué quelque peu, voici pour vour reposer un lit en velours incarnadin chimériquement historié d'or, sous un dais de brocart porté par des colonnes d'ivoire et de vermeil; des chasse-mouches aux manches d'or, miraculeusement ciselés, sont placés à côté de l'oreiller de toile d'or, prêts à faire envoler l'insecte qui troublerait votre sommeil. Un tapis d'or entoure cette couche qui semble descendue sur terre du paradis d'Indra pour bercer le corps de Sacountala ressuscitée. — Si vous avez peur de faire tache au milieu de cette magnificence comme un grain de sable

sur le soleil, asseyez-vous tout simplement sur ce fauteuil
sculpté dans des défenses d'éléphant, ou sur cette chaise
longue en marbre de Rajpootana, découpée comme une
guipure, fenestrée comme une truelle à poisson et rappelant les plus délicates arabesques de l'Alhambra que vous
offre le rajah Anund Nath, roi de Nattore. Vous serez plus
fraîchement sur ce froid et blanc canapé, dans cette salle
ventilée par les ponkas toujours en mouvement, aux
fenêtres fermées de nattes de joncs arrosées d'eaux odifé-
rantes, aux soupiraux treillagés de feuillis d'albâtre frappés
à jour par l'emporte-pièce de la patience, comme les dentelles de papier de nos boîtes de dragées ; là vous pourrez
fumer dans ce houka d'argent, émaillé et ciselé, le tabac
mélangé de benjoin, de confitures et de roses, entortillant
votre bras des longs anneaux du tuyau flexible, comme
une Cléopâtre jouant avec l'aspic ; mâcher le bétel qui empourpre les gencives, prendre le thé de Kemaon et d'Assam
dans des tasses enveloppées de filigrane, ou bien encore,
si vous trouvez un adversaire de votre force, faire une
partie avec ce jeu d'échec en agate dont les cavaliers che-
vauchent des éléphants.

Mais c'est assez se reposer ; les éblouissements ne sont
pas encore finis. Si vous ne sortez pas aveugle du Palais
de Cristal, ce ne sera pas la faute de l'Inde ; mettez des
lunettes de verre noir comme pour regarder une éclipse,
et plongez l'œil dans ces armoires, vestiaires des fées, des
péris et des apsaras. Les cachemires passent en Europe
pour des tissus somptueux. Une femme se croit riche lorsqu'elle peut en enfermer une demi-douzaine dans son
coffre de palissandre. Là-bas, l'on en fait des rideaux de
lit, des tentures d'appartement, des tapis de table ou de
pied ; ils remplacent, pour les tentes, la toile ou le contil

grossier. En voilà pourtant cinq ou six admirables, bleus, rouges, noirs, verts, avec des palmes de trois pieds de haut, si souples qu'ils font des plis comme une draperie de Phidias, si fins qu'ils passeraient par une bague ; là, ils ne servent que d'ombre au tableau.

On ne commence à les regarder que lorsque les palmes sont d'or et les fleurs de perles, et que le fond écarlate se constelle de disques éclatants de broderie : mais ils pâlissent bien vite à côté de ces étoffes rayées en long, en diagonale, qui mêlent à leurs splendeurs des tons si fins que Rubens, Paul Véronèse, Delacroix n'y sauraient atteindre ; finesse ardente, fraîcheur embrasée, nuances flamboyantes et tendres, harmonies dans le tumulte ; il y a là des fonds saumon, topaze brûlée, pétales de fleur recouvertes d'émail ou de paillon dont aucune langue ni aucun pinceau ne sauraient donner l'idée ; des draps de Kyrpoor, des soieries d'Agra, des broderies du Moultan, des brocarts de Borhanpore et d'Ahmedabad, des gazes de Trichinopoli, des rubans de Célèbes, des écharpes de Sumatra, des châles de Lahore pour ceinture et pour turban, à rendre la coquetterie folle.

Tantôt ce sont de larges bandes d'or, fleuves de lumières qui ruissellent en miroitant entre des rives d'améthyste, de rubis et de saphir ; tantôt un mince fil étincelant serpente dans la trame grenue qu'il égratigne d'une traînée de points phosphorescents ; ici, l'argent pleut et fourmille en paillettes estampées sur une gaze d'azur qui frissonne et tremble comme un ventre de poisson au soleil, ou comme une eau au clair de lune ; là une dentelle d'or plus fine que la maline ou la valencienne, laisse rougeoyer un fond de paillon pourpre ; plus loin, l'argent et l'or font combattre leur éclat blanc et jaune sur un champ de bataille

rose. Mais quel rose, un rose idéal, un rose d'intérieur de
clochette à l'heure de la rosée ! — partout l'or scintille en
paillettes, en mouches, en filigrane, en fleurs, en étoiles,
en passequilles, en effilé, en fanfreluches, — il y a des
moments où cela touche au délire.

On dirait que le luxe indien a voulu engager une lutte
directe avec le soleil, avoir un duel à mort avec la lumière
dévorante de son ciel embrasé ; il essaie de resplendir
d'un éclat égal sous ce déluge de feux ; il réalise les merveilles des contes de fées, il fait des robes couleur du
temps, couleur du soleil, couleur de la lune ; métaux,
fleurs, pierreries, reflets, rayons, éclairs, il mélange tout
sur sa palette incandescente. Dans un tulle d'argent il fait
palpiter des ailes de cantharides, émeraudes dorées qui
semblent voler encore. Avec les élytres des scarabées, il
compose des feuillages impossibles à des fleurs de diamant.
Il profite du frisson fauve de la soie, des nuances d'opale
du burgau, des moires splendides et de l'or bleu du paon.
Il ne dédaigne rien, pas même le clinquant, pourvu qu'il
jette son éclair ; pas même le cristal, pourvu qu'il jette
son feu. Il faut qu'à tout prix il brille, il étincelle, il re-
luise, qu'il lance des rayons prismatiques, qu'il soit flamboyant, éblouissant, phosphorescent. Il faut que le soleil
s'avoue vaincu.

Ces ouvriers, c'est-à-dire ces grands artistes, seraient
gens à vouloir tisser la lumière électrique, s'ils la connais-
saient ; et dans ces irradiations, ces effluves, ces feux
croisés, ces folles bluettes, ces iris, ces feux follets du
spectre solaire qui dansent sur ces écrins tramés, sur ces
mines de Golconde et de Visapour taillées en robes, en
châles, en turbans, en écharpes, jamais le dessin ne se perd
une minute, jamais l'ornement qui circule à travers ces

incendies n'altère son élégance ou sa légèreté ; tracé sur un papier par une simple ligne noire, il ne serait pas moins précieux. L'on ne pourrait pas dire à l'ouvrier indien comme au mauvais peintre d'Athènes : « Ne pouvant la faire belle tu l'as faite riche. »

Les mousselines ne sont pas moins admirables dans leur blancheur transparente, c'est du vent filé, de l'air tissu, de la brume condensée. Quels plis fins, quelle souplesse ! elles n'habillent pas, elles caressent comme un baiser les corps qu'elles enveloppent. Les unes sont tout unies, et ce ne sont pas les moins belles ; les autres ont çà et là une étincelle d'argent ou d'or, une feuille de rose du Bengale ou une aile verte de bupreste arrêtée dans leur trame. Comme elles doivent voler légèrement ces longues écharpes blanches piquées de points de lumière sur le corset de pierreries des bayadères qui, ivres du parfum des fleurs de Siricha, suspendues le long de leurs joues brunes, s'avancent en tourbillonnant devant la procession de la trois fois sainte Timurti dans les rues d'Hyderabad ou de Bénarès ! Comme elles doivent boire sur le corps poli de Vasentasena les pleurs sacrées du Gange au bas des terrasses de marbre !

Les toiles d'ananas et d'aloès, les indiennes, les cotonnades, les madras, les soies flambées, les corans, les chittes dont parle Bernardin de Saint-Pierre, les tissus les plus ordinaires ont un éclat et une douceur de ton inconnue chez nous.

Nous avons parlé un peu ici de tissus simples, de productions moins rares pour faire trêve à ce feu d'artifice de mots, à ces bombes lumineuses de métaphores, à ces pluies d'argent et d'or, d'adjectifs et de comparaisons auxquels nous sommes obligé d'avoir recours pour éveiller dans

15

l'idée de ceux qui nous lisent une image effacée et con-
fuse des féeries que nous voyons. Mais nous voici déjà
repris au collet par la magnificence. Quoique nous n'ayons
donné à boire à aucune vieille, nous sommes dans la position de la jeune fille du conte de Perrault, nous ne pouvons ouvrir la bouche sans qu'il en tombe aussitôt des
pièces d'or, des diamants, des rubis et des perles; nous
voudrions bien de temps en temps vomir un crapaud, une
couleuvre et une souris rouge, ne fût-ce que pour varier,
mais cela n'est pas en notre pouvoir.

Sous une vitrine resplendissent à deux pas de là d'in-
calculables richesses : ni le souterrain d'Aladin, ni le puits
d'Aboulcasem, ni le trésor d'Haaroun-al-Raschid avec son
paon de pierreries, son arbre d'or, ses masses d'ambre
jaune et son éléphant de cristal de roche n'ont contenu
plus de merveilles. Le Durrial-Noor forme le centre d'une
constellation de diamants montée en bracelet. Son nom de
mer de lumière est des plus mérités, il fulgure d'un éclat
sans rival. Quelle reine, quelle Imperia ne rêverait pas
pour son bras d'albâtre ce volcan de lumière. Ces deux cent
vingt-quatre perles d'un orient parfait, aussi grosses que
celle fondue par Cléopâtre à son souper, au collier de
quelle Néréide de l'océan Pacifique le plongeur intrépide
les a-t-il arrachées sous des voûtes d'algues marines, et de
corail? Quel est cet énorme joyau, ce lingot d'or qui le
disputerait à celui de la loterie parisienne? C'est une selle ;
mais comme l'or massif a paru trop vil, on l'a fait disparaître sous une croûte de diamants, d'émeraudes et de
rubis, médiocre magnificence à côté de cette robe de perles
et de cette ceinture d'émeraudes d'un chef sicke.

Une robe de perles, entièrement de perles, nous ne
connaissons que la vierge de Tolède qui en ait une sem-

blable dans sa garde-robe de Notre-Dame; encore, dit-on, qu'elle a été apportée du ciel par les anges. Quant à ces diadèmes, à ces plaques bosselées de boules de filigranes, à ces ornements en fil d'argent, à ces lutchkas émaillés, à ces chaînes, à ces guirlandes d'or et de pierres, ce n'est pas la peine d'en parler. Remarquons seulement, hizarrerie locale parmi tout ce luxe, ce bracelet tissé en cils d'éléphant.

Qui l'aurai cru? l'éléphant a les cils les plus beaux, les plus longs, les plus soyeux du monde. Nous notons avec joie ce terme de comparaison nouveau aux jeunes poëtes qui font pour leurs maîtresses des orientales à la façon de Victor Hugo ou de Ruckert.

Vous vous croyez quitte maintenant avec les pierreries. —Nullement, car des joyaux vous allez tomber aux armes; et pour l'Indien, l'arme est un prétexte à damasquinages, ciselures, sculptures, incrustations de toutes sortes: l'or, l'argent, le burgau, la nacre, le corail, les diamants, les turquoises et les perles laissent à peine soupçonner le fer. Peut-être peut-on aussi se tuer avec ces bijoux, mais ce n'est qu'une question subsidiaire. Ces cottes de maille, fines toiles d'acier moirées d'or, ces casques aux formes étranges, capricieuses, ces boucliers de peau d'hippopotame ou de rhinocéros, incrustés d'écaille de tortue, constellés de boules de métal, ces épées aux poignées ciselées à jour où la main d'une jolie femme entrerait à peine, tellement les peuples orientaux ont les extremités délicates, ces flèches mogoles barbelées, ces kriss malais ondulés comme des flammes, empoisonnés dans le suc de l'upa et munis d'hameçons pour ramener les entrailles de la victime, ces hallebardes dentelées, découpées en croissant, ces masses d'armes garnies de chaînettes et de pointes, rappellent involontairement les formes et les habitudes de guerre du moyen âge. Il y a bien aussi quelques arquebuses à rouet, quelques mousquets à mèche et même aussi un canon fantasié en chimère qui se termine par une gueule de dragon d'un goût chinois; mais le tout relève plutôt du joaillier que de l'armurier. Ce goût des pierreries est si fort aux Indes que, non content d'en mettre partout, on en met en bouteille. Non, seulement on s'en pare, mais encore on en boit. Il y a du vin rouge de rubis, du vin blanc de perle, qui est fort comme du vitriol et coûte 300 fr. le flacon. Cette délicatesse, vous le concevez, est réservée aux rajahs et aux nababs.

Mais, allez-vous dire, après le récit de ces incroyables profusions, tout le monde est donc riche, là-bas? Hélas! non. Cette robe de perles est tissée de la nudité d'une province. Cent mille Indous boivent de l'eau pour qu'un rajah boive du rubis fondu. Des millions d'individus parqués fatalement dans la caste d'où ils ne peuvent sortir, vivent d'une poignée de riz, d'un régime de banane, et n'ont pour ornement sur leur peau hâlée que des tatouages et des stigmates de bouse de vache. Chaque caste, sortie d'une partie plus ou moins honorable du corps de Bramah, garde sa hiérarchie inviolable que la domination anglaise n'a pu altérer. Le brahmine et le tchatrya, c'est-à-dire le prêtre et le guerrier, sont tout; les marchands et les laboureurs ne sont rien, même à leurs propres yeux. Aussi voyez avec quelle douce résignation fataliste, demi-nus sous la morsure du soleil, ils labourent avec leurs charrues de bambou, puisent de l'eau à leur piccotahs, conduisent leurs chariots primitifs, attelés de bœufs bossus, travaillent courbés dans leurs rizières ou trament accroupis devant leurs métiers faits de quelques roseaux assujétis des châles, chefs-d'œuvre de patience et de génie obscur qui font l'admiration de l'Europe savante.

Toute leur misérable vie est racontée naturellement et sans emphase, dans ces naïfs petits groupes de terre cuite, Inde complète en miniature. Regardez ces modèles des pagodes de Sheerungum et de Nagasorum ; cette cour de justice européenne et indigène. Ce percepteur qui va lever les revenus de la Compagnie dans un village de cultivateurs, pauvres huttes aux formes étranges, disséminées sous des figuiers d'Inde et des nopals ; ces filets pour la pêche, ces embarcations aux noms barbares, Buglo, Naadoe, Gongo, Muchoo de Cutch, bateau-serpent de Cochin, catamaran de Madras, Bugalo, prahus-lanum, ou corsaire de Mindanao, bateau de plaisir et de musique ; étudiez ces instruments que Berlioz critiquerait sans doute amèrement, mais qui, s'ils sont peu agréables à l'oreille, sont du moins charmants à l'œil : guitare, timbales, farindah, tomtona, tambour de papier de riz, flûtes, sambucques, harmonica de gongs à timbres variés.

Rien ne manque à l'immense collection, ni les grossières cartes à jouer, ni les poteries aussi pures de galbe que les plus beaux vases étrusques, ni les images sur verre, de dieux à trois têtes, à six bras, les uns bleus, les autres roses ou jaune-serin, ni les manuscrits ressemblant à la fois à des parterres de fleurs et à des tracés d'ornements, tant les lettres sont belles et les couleurs vives ; ni les jouets d'enfants, ni les ombres chinoises, caricatures pantagruéliques, exagération grotesque de la difformité des idoles ; ni les nattes, admirables mosaïques de jonc ou de paille ; ni les babouches en or ou en argent, en maroquin, en velours, en soie, en chagrin, en fibre d'aloès, avec des paillettes, des broderies, des houppes et des fanfreluches, à désespérer Rhodope ou Cendrillon.

Le côté hideux de l'Inde n'est pas même caché; des pénitents suspendus en l'air par des crocs passés sous les muscles des omoplates accomplissent une ronde aérienne en l'honneur de l'idole de Jaggernath. Plus loin, des thugs étrangleurs sacrifient à Durga, la femme monstrueuse de Shiva, le dïeu de la destruction, les victimes qu'ils peuvent surprendre. Les Thugs figurent à l'exposition autrement que d'une façon plastique. Quelques membres de cette secte fanatique et farouche, amenés à résipiscence par des missionnaires anglais, occupent dans leur prison à des travaux d'industrie leurs mains qui ne savaient que serrer des gorges râlantes. Ils ont fait, sur un dessin évidemment européen, un immense tapis à fond grisâtre, souillé d'ornements noirâtres et rougeâtres, ressemblant à des brûlures et à des taches de sang mal essuyé, de l'aspect le plus funèbre et le plus sinistre. — C'est aussi laid qu'un tapis anglais naturel. Quel supplice cela a dû être pour ces pauvres thugs, amoureux de beaux dessins et de couleurs harmonieuses de tisser cet abominable tapis expiatoire ! N'eût-il pas été plus humain de les jeter dans le puits sur le corps de leurs victimes, que de les faire travailler à cet ouvrage de quaker ou de frère morave ?

III.

   . L'Inde, avec ses industries qui ont l'air de poésies et de contes de fées mis en œuvre par le génie de la patience, n'est pas la seule contrée *barbare* qu'on puisse visiter à l'Exposition. Ceylan, l'île ombreuse pleine d'éléphants, de rhinocéros et de singes, et dont les forêts impénétrables cachent la pagode où se conserve dans des masses d'or la dent pourrie de Bouddah, ce palladium de l'Inde maintenant possédé par les Anglais, a envoyé aussi ses sauvages échantillons ; des ivoires, des cornes de buffle, des bois de cerfs, des nids d'oiseaux, des épices et des aromates, des minéraux et des pierres précieuses, des perles et des mousses de Jaffna, de minutieux ouvrages d'un goût exquis et d'une perfection puérile, petites merveilles sculptées sur ivoire, ébène, noix de coco, coquille d'œuf, des corbeilles, des boîtes en corne, en écaille, en paille, des tissus en fibres d'aloès ou de plantain, des dentelles d'or et d'argent

plus délicates que des réseaux d'araignée, des coutelle-
ries féroces appelant les kriss malais, des modèles de voitures et de palanquins, des pagodes en miniature venant
de Columbo, des arrosoirs à parfum, des nattes de mille
couleurs aussi fines que des étuis à cigares de Manille,
toutes ces industries naturelles où excellent les nations
primitives:

Si ce n'était un sacrilége de placer ici les îles Ioniennes, ces perles du collier de la Grèce égrenées sur l'azur
des mers, et de ranger sous cette étiquette le pays pour
qui jadis toute la terre fut à bon droit barbare, nous di-
rions que Zante, Céphalonie et Corfou sont représentées
au Palais de Cristal par une robe grecque d'un travail charmant, des bracelets d'argent qui portent, écrites dans
ce caractère qui est celui de l'Iliade, deux inscriptions :
« Je serre comme l'amitié sans fraude » et « qui me porte
est sensible »; par des taktikos, des écharpes, des mouchoirs rayés d'or et de couleurs vives, et des tabliers que
font au crochet les paysannes d'Ionie, et qui égalent en
complications délicates les ouvrages de ce genre les plus
admirés en France et en Angleterre, où tant de femmes
amusent à ce frêle travail, dans le loisir de la vie de château, leurs minces doigts aristocratiques. Nous nous souvenons d'avoir acheté en Afrique, presque pour rien, des
merveilles semblables exécutées par les pauvres femmes
kabyles. Des sacs brodés, des sachets, des portefeuilles, et
autres menus bijoux, complètent cette exhibition touchante.

Ces îles sont maintenant des colonies anglaises. La
Grèce bavaroise, puisque c'est un Allemand qui règne dans
Athènes, n'a que du tan, de la garance, de la soie, du
miel de l'Hymette, s'il vous plaît, et du marbre de toute

espèce, comme il convient à la patrie d'Ictinus, de Nicias, de Phidias, de Praxitèle, à la terre sacrée des grands architectes et des grands sculpteurs, du marbre blanc pour les corps des dieux et des déesses, du marbre couleur de chair où Alfred de Musset pourrait tailler « ses trois marches de marbre rose, » du cipolin, du porphyre serpentin, du porphyre vert, du pentélique, du paros, de l'albâtre, des brèches jaunes et violettes. Chose bizarre et cependant bien naturelle, Messène a envoyé une pierre lithographique. N'y a-t-il pas entre ce nom antique et cette invention toute moderne, un contraste qui fait sourire et qui fait rêver? Milo, l'île heureuse qui a laissé jaillir de son sein, après un sommeil de deux mille cinq cents ans, la plus radieuse réalisation de la beauté, le plus admirable poëme de la forme qu'ait chanté la divine statuaire antique, apporte à l'Exposition de la pierre de savon pour enlever les taches de graisse, en sorte que si sa Vénus avait les bras qui lui manquent, elle vous saisirait au collet pour essayer sur votre habit la puissance de son détersif.

Il y a aussi des productions de l'Afrique occidentale et orientale. De la soie grége, des bracelets d'ivoire et de verre, des flèches empoisonnées, des arcs, des boucliers, des pipes, des poteries, des calebasses, des instruments de musique sauvage, violons et guitares, faits avec des calebasses, des nattes, des pagnes, des guinées, des cartouchières, des serrures du Cap-Vert, exactement pareilles à celles dont se servaient les Egyptiens il y a quarante siècles, la défense de l'éléphant fétiche, les robes d'uniforme du corps d'amazones qui gardent le roi de Dahomey, des bouteilles de cuir contenant de la teinture pour les paupières, des sacs renfermant des copies du Coran, des amulettes portées en Gambie, des ornements de corne

15.

sur fond de soie à l'usage des femmes, des pièces d'étoffe obtenues en effilant des soieries d'Europe tramées de nouveau, le trône d'un roi nègre, et mille autres singularités barbares d'un goût charmant et curieux.

Le Canada, qui fut autrefois une terre française, arrive avec ses échantillons de bois et ses pelleteries, comme un forestier et un chasseur qu'il est; il a des patins et des traîneaux pour courir sur la neige, des canots d'écorce de bouleau que l'on peut porter d'une rivière à l'autre, et qui rappellent involontairement Uncas et Chingakook; des houseaux pour la pêche, des mocassins en peau de daim brodés finement en piquants de hérisson coloriés; des manteaux de peau d'ours, de loup et de renard, et des bottes fourrées pour vous garantir du froid lorsque les attelages de chiens ou d'élans vous emportent avec la rapidité de la flèche par les immenses plaines blanches; des haches pour abattre dans les forêts l'érable et le noyer noir; toute une industrie agreste et robuste qui sent le voyage, la vie en plein air, les courses énormes à la poursuite d'un daim, d'un bison ou d'un renard, et qui vous remet en plein dans les odyssées indiennes de Fenimore Cooper, et vous fait penser à ces aventureuses existences de trappeurs dont Natty-Bumpo, dit Bas de Cuir, résume en lui le type original.

La Turquie, bien qu'elle commence à se *civiliser*, dans le mauvais sens du mot, a une exposition riche, éclatante et nombreuse.— Dans tous les pays soumis à l'islamisme; l'art proprement dit ne saurait exister. Le Koran défend comme une idolâtrie la représentation de la figure humaine et même de tout être vivant. Cette défense annihile d'un coup la statuaire et la peinture, surtout en y joignant la réclusion de la femme, l'idéal visible. Elle a toujours été religieusement suivie, sauf quelques exceptions chez les sectes dissidentes, en Perse par exemple. — Ce qu'un ancien abonné du *Constitutionnel* appellerait « le progrès des lumières, » n'a produit aucun changement sur ce point. Nous avons vu dans le palais du bey à Constantine des vues de villes saintes, des sièges de places fortes où les combattants étaient supprimés et où les pièces d'artillerie jouaient toutes seules. Rien n'était plus singulier que ces batailles sans soldats et ces bombardements solitaires.

Les vues de cette espèce sont très-nombreuses à Constantinople. Une superstition bizarre renforce le préjugé religieux, et les musulmans disent aux artistes francs qu'ils voient occupés à dessiner ou à peindre : « Que répondras-tu à ces figures au jour du jugement dernier lorsqu'elles te demanderont une âme? » En Algérie beaucoup d'Arabes ont la croyance que tout homme dont on fait le portrait meurt inévitablement dans l'année. Mais l'art est plus fort que les préceptes antihumains d'un illuminé ou d'un fanatique plus ou moins consciencieux ; ce désir si naturel de faire une création dans la création ne peut être arbitrairement supprimé. L'idéal tourmente les natures même les plus grossières. Le Sauvage qui se tatoue, se barbouille de rouge ou de bleu, se passe une arête de poisson dans le nez, obéit à un sentiment confus de la beauté. Il cherche quelque chose au-delà de ce qui est ; il tâche de perfectionner son type guidé par une obscure notion d'art : le goût de l'ornement distingue l'homme de la brute plus nettement que toute autre particularité. Aucun chien n'a eu l'idée de se mettre des boucles d'oreilles, et les Papous stupides qui mangent de la glaise et des vers de terre s'en font avec des coquillages et des baies colorés.

L'interdiction de Mahomet, qui semblait devoir tuer à jamais l'art chez les nations musulmanes, n'a fait que le déplacer. Les païens et les catholiques ont donné une place immense à l'homme dans leurs créations plastiques; les musulmans se sont développés dans le sens de l'orne-mentation et de la couleur; ils ont appliqué leur génie à l'invention d'arabesques compliquées, où les lignes ma-thématiques, décomposées à l'infini, produisent des com-binaisons toujours nouvelles et toujours charmantes; on ne saurait imaginer, quand on n'a pas vu les stucs décou-pés qui plaquent les murs de l'Alhambra, quelle variété, quelle fécondité le génie humain peut atteindre dans un espace aussi fatalement circonscrit; des angles, des carrés, des ovales, des lignes brisées sous diverses incidences forment, avec quelques fleurs et des lettres arabes, une création abstraite, puisque rien n'y rappelle la vie, d'une élégance, d'une richesse et d'un charme surprenants. Là, tout est imaginaire, inventé, tiré de rien, les types de cette ornementation n'existant pas dans la nature, et les formes ornementales n'étant que des mathématiques rhythmées. — Plus d'un Arabe ou d'un Turc, qui peut-être aurait été Michel-Ange ou Raphaël sous une autre religion, a dé-pensé des facultés immenses à l'invention ou à la déduc-tion de ces merveilleux dédales qui servent à exprimer des rêves d'infini tout aussi bien que la Madone ou le Pensiero.

Privés du dessin proprement dit, les Orientaux ont ac-quis une prodigieuse finesse de coloris. Leurs facultés ar-tistes comprimées à d'autres endroits se sont singulière-ment développées en ce sens; personne ne les a jamais égalés dans l'art de rompre les nuances, de les marier, de les contraster, de les employer par masse ou par filets, de

les proportionner dans une eurythmie infaillible. Le
moindre teinturier de Damas, le moindre tisseur de tapis
de Smyrne en sait plus sur les couleurs, que M. Chevreul
avec ses travaux chimiques, et ses roues bariolées. —
Nous ne pouvons associer deux couleurs sans qu'aussitôt
elles ne se mettent à hurler, et encore nous faut-il, pour
ces accouplements qui réussissent si mal, consulter scien-
tifiquement les affinités prismatiques. Ce doit être cette
impuissance confusément sentie qui nous a poussés à
adopter les teintes neutres de notre uniforme noir. Notre
costume contient l'aveu implicite de nos disgrâces dans ce
genre. Nos bleus sont si crûs, nos rouges si durs, nos jaunes si criards, nos roses si vineux, nos verts si malsains,
que nous avons renoncé à les employer, et qu'ils donnent
quelque chose de *commun* à quiconque ose les porter.
Désespérant de l'harmonie, nous nous sommes jetés dans
l'effacement, et nous avons évité, par un deuil général,
ces contrastes qui grincent à l'œil, et que nous ne savons
pas ménager. Et cependant voyez un Turc vêtu de l'ancien costume oriental ; malgré la diversité des couleurs, le
papillotage des détails, l'éclat des broderies d'or et d'argent, il reste toujours harmonieux, et charme l'œil comme
un bouquet. Faites exécuter les pièces de ce costume par
les ouvriers européens les plus habiles, vous produirez un
affreux charivari de tons pleins de dissonnances et de notes
fausses. Nous dirons tout à l'heure pourquoi, en résumant
nos idées sur l'art, le goût et l'industrie des Barbares.

Il y a une notable différence entre le goût turc et le
goût indien. Une rapide inspection des vitrines qui con-
tiennent les produits des deux pays vous la fait sentir tout
d'abord. On comprend qu'on est en présence de deux civilisations, ou, si vous l'aimez mieux, de deux barbaries

différentes. L'énorme panthéon des dieux hybrides se réfléchit dans l'art indien par un fourmillement lumineux et une multiplicité touffue qui ne se retrouve pas dans l'art mahométan, plus sobre, plus contenu, sur lequel plane un dieu solitaire et jaloux, Allah, l'iconoclaste qui ne veut voir son image nulle part. L'Inde, même dans sa beauté, a nous ne savons quoi de monstreux, d'excessif, de démesuré, que n'ont ni l'Espagne, ni la Turquie, ni l'Afrique de l'islam, toujours réglées, même dans leurs excès fastueux, par une sorte de goût relatif. On n'y voit pas ce vertige de somptuosité folle, cette débauche effrénée de splendeur, cette rage insensée de lumière qui caractérisent les gigantesques prodigalités indiennes, et cette confusion de tous les éblouissements de la nature, couleurs étincelantes, or, argent, diamants, perles, fleurs, nacres, ailes de scarabées entassés sur le même vêtement, comme si celui qui le porte voulait s'assimiler l'univers et sentir toute la création palpiter sur ses épaules.

Nous ne nous arrêterons pas aux produits naturels, tels que cardamome, myrrhe, santal, baume de la Mecque, sésame, tabac de Latakié, henné, sassafras, opium, jujube d'Egypte, eaux de rose, de miel, de violette, de jasmin, anis, cumin, cire jaune et blanche, vins de Damas, de Smyrne et de Konieh, bus sans doute par ces chiens de Giaours, et nous réservons l'espace qui nous reste pour les œuvres de la main humaine.

Le luxe, pour les Orientaux, se concentre dans les armes, les habits, les harnais de chevaux, les pipes et tout ce qui est en contact direct avec l'individu. Leur vie se complique de beaucoup moins d'ustensiles que la nôtre. C'est un mélange de magnificence et de simplicité : un tapis, un divan bourré de coton composent l'ameublement

de ces personnages splendides, aussi richement habillés
que le paon. Un cavalier porte sur lui et sur son cheval
toute sa fortune, et tel a une selle de dix mille francs qui
couche par terre sur un rouleau de natte et se nourrit
d'une poignée de riz ou de dattes. — Le confortable, qui
serait peut-être une gêne dans les pays chauds, n'existe
pas pour eux; la beauté y passe avant la commodité.

Aussi cette exposition turque, qui vous transporte en
plein Londres dans le bezestan de Constantinople, a-t-elle
l'air du vestiaire d'un conte oriental. Ce ne sont que velours, satin, soies rayées, brocart d'or ou d'argent, mélan-
ges des couleurs les plus fraîches et les plus tendres, gazes
lamées, mousselines scintillant sous une pluie de paillettes,
pantoufles, blagues à tabac, sachets brodés; à chaque instant
l'écarlate disparaît sous l'or, l'azur sous l'argent, et des
fleurs de pierreries s'épanouissent sur des champs de lumière : voilà des machlas de Damas, des zébrures splendides, des katnarias de soie brochés d'or, des draps de lit et
des serviettes de bain frangés d'argent, des gants en or et
en perles que nous préférons, pour notre part, à ceux de
Boivin, dût-on nous appeler sauvage; des saltahs ou ja-
quettes de velours étincelantes de broderies et de paillon,
des costumes albanais avec la fustanelle, les knémides qui
rappellent les jambarts d'étain des guerriers d'Homère,
les vestes raides de soutaches et de passementeries, luisant
au soleil comme des cuirasses; des selles aux ornements
enlacés et déliés comme l'écriture arabe ; des armes constellées de nacre, de corail, de diamants et de rubis; des
fusils de filigrane d'argent, des lames de Damas où dans
la moire bleue de l'acier courent en lettres d'or des versets
du Coran, des tasses à café sculptées dans des coquilles
de nacre, des cuillers d'ambre jaune, des bouquins de

même matière, cerclés de turquoises et de perles; des tuyaux de pipe en jasmin, en ébène, en cerisier, à faire concevoir l'idée du vol au fumeur le plus honnête, des bottes d'écuyer en maroquin rouge ramagées de dessins en similor d'un goût merveilleux, des glands de Fez, des jarretières de soie et d'argent, des courte-pointes cramoisies, piquées d'or, sous lesquelles se tapissent les odalisques frileuses lorsque la brise, venant de Russie, souffle par les treillis vernissés. — La laine, le feutre, le drap qu'on parvient à distinguer quelquefois sous la floraison touffue des broderies, montrent qu'on a affaire avec un Orient moins torride et plus voisin de notre Europe. Le goût général, quoique magnifique, montre qu'on n'a pas toujours sur la tête un soleil chauffé à blanc, et n'indique pas cette lutte désespérée contre la lumière, dont nous parlions tout à l'heure à propos de l'Inde.

Tunis est plus sobre encore de dorures. De belles draperies blanches, de larges rayures de couleurs tranchées, des armes plus féroces et moins chargées de bijoux, indiquent l'approche du désert : la rude nature africaine, les courses effrénées dans le sable ardent, c'est la beauté mâle et nerveuse de l'Arabe, qui vit sous la tente de poil de chameau, loin des villes, en face de Dieu, exposé à tous les dangers de la solitude.

L'Egypte abonde en productions naturelles; on y reconnaît la fertilité de la terre antique où le Nil écrit, avec les couches successives de ses inondations, des chronologies à démentir les Genèses et les cosmogonies. La nomenclature des riz, des blés, des opiums, des chanvres, des dattes, des cotons, des maïs est infinie. — Les objets d'art ou de fabrication sont moins nombreux : ce sont des gazes, des crêpes, des chémises de mousseline opaque et

transparente, des voiles de femme à fond rouge et mou-
cheté d'or, des cordons de soie pour attacher les pantalons; des yasmas, des yardakams, dont les femmes se
coiffent ou qu'elles portent en tablier à peu près comme
les Moresques d'Alger, des selles de dromadaire et de
chameau, des chapelets en noyaux de palmiers doum, des
œufs d'autruches, des tarbouchs, des gargoulettes en terre
de Thèbes qui rafraîchissent l'eau sous ce ciel de feu, aussi
parfaites, aussi pures de forme que si elles eussent été
tournées sur la rue du potier au temps de Rhamsès ou de
Thoutmosis, des narguilhés, des cassolettes, et, réjouissez-
vous sainte phalange des épiciers, du sucre raffiné de la
raffinerie d'Ibrahim-Pacha.

L'Algérie étant infestée par les Français n'a que très-
peu de produits sauvages; quelques haïcks, quelques gan-
douras, quelques burnous, des jupes de juives historiées
d'or; une natte tissue de laine et de fibres de palmier rappellent seuls l'ancienne industrie des peuplades barba-
resques.

Si l'Espagne, que nous aimons de tout notre cœur, voulait bien ne pas se fâcher du compliment, car c'en est un
dans notre bouche, nous la rattacherions à nos Barbares par
ses belles capas de muestra de Valence, rayées transversalement de couleurs d'une harmonie tranchée digne d'un
châle de l'Inde ou d'un tapis de Smyrne. Le dessin et les
nuances ne doivent pas avoir subi la moindre altération
depuis l'invasion des Mores, et Florinde, assurément, a
bien fait de mesurer sa jambe au bord du Tage, en face de
la fenêtre de Rodrigues; car sans elle, les chrétiens n'auraient jamais su zébrer une étoffe d'un jaune et d'un
rouge si doux et si éclatant à l'œil. Est-ce que cette énorme
jarre moulée à Toboso, la patrie de don Quichotte, for-

midable Tinaja, foudre d'Heidelberg en argile, ne vous fait pas songer à l'histoire d'Ali-Baba et des quarante voleurs?

Ces figurines représentant des scènes du combat de taureaux, des muletiers, des contrebandiers, des majos, ne sont-elles pas cousines des petits groupes indiens que nous avons décrits? — Ces lames de Tolède ne tiendraient-elles pas bien leur place à côté des aciers de Damas? Cette épée, flexible comme une cravache qui a pour gaine un serpent d'argent arrondi en cercle, ne vaut-elle pas ce sabre avec lequel le sultan Saladin coupait des oreillers au vol sous la tente de Richard Cœur de Lion? N'y a-t-il rien de la veste sarrasine dans la veste bariolée de l'arriero, et le harnachement des mules n'a-t-il pas conservé fidèlement la tradition de la sellerie arabe?

La Circassie, la Géorgie relient la Russie aux Barbares pittoresques par leurs belles armes aux formes moyen âge et leurs maroquins cousus de fleurs d'or, dont nous faisons plus de cas que de ses panneaux de malachite.

Nous n'avons pas rangé les Chinois dans cette catégorié, les Chinois ne sont pas des Barbares, mais des civilisés au dernier degré de décrépitude, presque tombés en enfance. Ils ont les vices, les recherches et les maladies de la vieillesse. La beauté consiste, pour eux, dans des inventions chimériques. Ils demandent aux déviations infinies du laid les moyens de raviver leur goût blasé et monstrueux. — Malgré mille délicatesses charmantes, mille ingéniosités singulières, ils restent inférieurs, à nos yeux, aux Indiens, aux Orientaux et même aux sauvages. Au fond, ils sont affreusement bourgeois.

Maintenant que cette revue est à peu près terminée, disons l'idée qui, pour nous, en résulte.

En fait de couleur et de goût, les Barbares l'emportent infiniment sur les civilisés. — Leurs armes, leurs étoffes, leurs selles, leur nattes, leurs tapis, leur poterie, leur joaillerie dépassent de beaucoup les nôtres en *beauté*. L'Exposition leur donne pleine victoire sur ce point; pourtant ils n'ont ni métiers, ni machines, leurs outils sont grossiers, leurs procédés imparfaits; mais c'est à cause de cela qu'ils sont humains. Les machines donnent des résultats parfaits, irréprochables, mathématiques, toujours égaux à eux-mêmes. Elles ne s'ennuient pas, elles ne pensent pas à autre chose en faisant leur ouvrage. Elles n'aiment, ni ne haïssent, ni ne jouissent, ni ne souffrent; de là, je ne sais quoi de criard, de glacé, de sec, d'impersonnel : dans ce chiffon de gaze indienne, dans cette broderie turque, dans cette natte d'Afrique, il y a une âme : la machine est sans cœur comme Fœdora. — Voilà tout le secret.

VOYAGE HORS BARRIÈRES.

I.

MONTFAUCON.

Avant de commencer, nous prierons nos lectrices de se munir d'un flacon de sels d'Angleterre, d'imbiber leur mouchoir de vinaigre des quatre-voleurs, et de poser sur un guéridon, à côté d'elles, une soucoupe pleine de chlorure désinfectant de Labarraque ; en outre, quand elles auront achevé notre article, si la délicatesse de leurs nerfs et de leur odorat leur permet d'aller jusqu'au bout, nous leur conseillons de lire quelques pages musquées de Dorat, et quelques lettres de Dumoustier, sur la mythologie, cela les remettra tout à fait. D'ailleurs, les paroles ne puent pas, c'est le proverbe qui le dit.

Quoique nous ayons à décrire des objets plus rebelles au beau style que les carottes et les épingles, qui coûtaient cependant quatre vers à la muse grande dame de M. De-

lille, nous serons sincère dans nos peintures, et nous
poursuivrons la vérité jusqu'à l'ignoble ; nous n'em-
ploierons la périphrase qu'à la dernière extrémité. Il ne
faut voir en ceci qu'un tableau de genre à la manière de
Vélasquez ou de Van-Ostade, représentant une triperie et
une poissonnerie ; une débauche de couleur espagnole et
flamande ; quelque chose dans le goût de *l'Opitalle des
chiens galeux*, par Decamps, et non autre chose ; nous
avons assez hautement célébré la divinité du marbre et la
blancheur sereine des belles statues grecques, pour qu'on
nous pardonne cette excursion ultra-pittoresque et romantique.

Ceci posé, commençons courageusement et sans faire la
petite bouche.

Après avoir fait quelques pas sur la route de Pantin,
un chemin se présente à la droite des promeneurs. C'est
celui-là qu'il faut suivre ; c'est la spirale infecte qui, à
travers mille horribles détours, vous conduira au dernier
cercle de cet enfer nauséabond.

Des ornières où les roues des charrettes plongent jusqu'au moyen, sillonnent cette chaussée défoncée par les
pluies, et qui est plus impraticable qu'un chemin de Bretagne ou d'Afrique.

A mesure qu'on avance, la physionomie du paysage
devient étrange et sauvage ; la végétation disparaît complétement, il n'y a pas un seul arbre, un seul arbuste dans
tout ce rayon, pas un bouton d'or, pas une herbe, pas un
brin de folle-avoine ; la terre, brûlée par des sels corrosifs,
dévore les germes que le vent y sème et ne peut rien produire ; les oiseaux évitent de passer au-dessus de cet
Averne, bien plus méphitique que celui dont parle Virgile.

Pour ôter toute fuite au regard et le concentrer dans ce lieu d'horreur, l'horizon est fermé par des collines chauves, pelées, accroupies au bord du ciel en toutes sortes d'attitudes gauches et difformes ; leurs épaules bossues, leurs mamelons ridés sont couverts d'une lèpre de mousse glauque d'une aridité désolante ; la glaise verdâtre comme une chair qui commence à pourrir, l'ocre aux teintes rousses pareilles à du sang extravasé, la craie et le tuf, avec leur blancheur d'ossements, zèbrent affreusement leurs flancs décharnés : on dirait des cadavres de collines dépouillées de leur peau de terre végétale, et jetées là par la main de quelque *écorcheur* gigantesque ; digne encadrement aux scènes que nous avons à décrire.

Un ciel hâve, plombé comme le teint d'un fiévreux de la Maremme, allourdi par les miasmes délétères qui montent de toutes parts, et si bas, qu'il semble prêt à trébucher sur votre tête, recouvre cette misère et cette désolation de sa coupole enfumée. Des nuages épais fouettés par une bise aigre et stridente rampent péniblement sur la ligne de l'horizon, et montrent au-dessus des collines leurs mufles bouffis, comme des phoques monstrueux qui sortent de la mer ; les fours à chaux barbouillent de leur traînée de fumée blanche les tons vineux des lointains, et les tuyaux noirs des usines crachent en l'air la vapeur des chaudières avec un râle asthmatique et des hoquets de cachalot trop repu.

Mais tout ceci n'est que roses ; encore quelques pas, et vous en verrez bien d'autres. Cette baraque tigrée de boue et de sang, avec ses tas d'os mal dépouillés, ses chaudières noires et grasses où l'on cuisine d'abominables mixtures, vous paraîtra un riant ermitage, une blanche villa, une retraite souhaitable ; du misérable, vous allez passer au fétide, du fétide à l'horrible ; vous n'avez encore les pieds que dans la boue, tout à l'heure vous les aurez dans le fumier, puis dans le sang et la sanie.

Ceux à qui l'odeur d'une tubéreuse donne la migraine, et dont le cœur vient facilement aux lèvres, feront bien de ne pas dépasser ce bouge où l'on fabrique de la colle de *poisson* avec des pieds de bœuf. — Poursuivons.

Nous ne serons pas plus pudique que l'enseigne de cette grande maison délabrée qui s'élève à la gauche du sentier que nous suivons : nous sommes dans une fabrique de *poudrette;* des femmes, des enfants, petits garçons et petites filles, vannent, bluttent, tamisent la précieuse poudre, qui a la couleur mais non le parfum du tabac d'Espagne ; ils n'ont pas l'air de soupçonner qu'ils maniment quelque chose de fort dégoûtant, car ils quittent leur ouvrage, prennent un morceau de pain, mordent dedans, se remettent à travailler, puis recommencent à manger sans la moindre ablution préalable; dans le repos, tout le monde s'épluche à l'espagnole avec la plus touchante réciprocité ; nous avons remarqué que la plupart des enfants étaient de ce blond albinos qui nous avait déjà frappé chez les petits polissons belges qui font la roue devant les diligences.

Tout est passé avec un soin minutieux, car il paraît que l'on trouve là-dedans de l'argent, de l'or, des montres et autres objets précieux ; *margaritas in stercore.*

Trois ou quatre étangs d'un liquide inqualifiable et couverts de pellicules jaunâtres comme le plomb en fusion, reluisent au soleil et souillent le ciel qu'ils réfléchissent confusément.

Ces étangs baignent de leurs ondes épaisses, que le vent peut à peine rider, une chaussée de pierres et de madriers, du haut de laquelle les voitures épanchent leur immonde chargement; la putridité de l'air est telle à cet endroit, que l'argent noircit dans les poches, et que la couleur se plombe sur les volets.

Ainsi, l'enseigne de l'auberge du *Superbe Cheval blanc*, qui devrait représenter au moins un cheval blanc, sinon un cheval superbe, ne représente qu'un quadrupède lilas-clair sans prototype dans la création. Cette enseigne est cruellement épigrammatique pour les pauvres animaux qui se traînent à la mort sur trois jambes avec des sabots désemparés, le dos pelé à vif, la croupe pommelée d'écorchures, l'œil déjà bleuâtre et vitreux, et qui passent par longues files devant l'insultante auberge qu'ils ne reverront plus.

Au bout de cette chaussée, qui laisse échapper par des écluses et des batardeaux à moitié levés, des cascatelles de fange liquide marbrée de longues veines de sang, vous apercevez un pâté de maisons borgnes, chassieuses, rechignées, avec des physionomies scrofuleuses et patibulaires : c'est Montfaucon, l'ancien gibet où tant de squelettes se sont balancés au vent, *plus piqués que dez à coudre*, comme dit Villon; une tuerie qui a pour fondations un gibet, on ne peut rien exiger de plus en fait d'horreur et de sinistre !

Une cour enclose de murs peu élevés sert d'antichambre à la tuerie. Quand nous nous y présentâmes, trois ou quatre dogues, gras comme des chiens de dévote, le col luisant, les flancs rebondis, dormaient, à côté de la porte, dans une torpeur digestive pleine de béatitude; seulement, de temps à autre, ils ouvraient à demi leurs yeux rouges, et remuaient la peau noire de leurs babines plissées, avec un tic nerveux assez inquiétant : mais un des équarrisseurs, nous voyant hésiter sur le seuil, nous dit que ces intéressantes bêtes ne mangeaient pas d'homme, préférant le cheval (qui est meilleur, à ce qu'il paraît), et que nous pouvions entrer sans crainte. Nous entrâmes donc, fort content d'être regardé comme une viande médiocre par ces redoutables molosses. Des carcasses saigneuses où pendaient encore des lambeaux de viande, étaient empilées par centaines dans les coins de ce cloaque fourmillant de putréfaction. Les murs disparaissaient sous de larges glacis de sang coagulé ; la pluie, la boue, le fiel, la sanie, les avaient diaprés de tant de couleurs, qu'il eût été impossible d'en reconnaître l'enduit primitif ; pour un coloriste, ce sont les murs les plus croustillants du monde, un plâtre éraillé, égratigné, qui s'exfolie, qui se crevasse, qui se lézarde, où la moisissure cotonne en peluche bleuâtre, où la froideur du blanc est réchauffée de tons si blonds, si roux, si allumés ; quelle trouvaille! quel bonheur! Quant à nous, qui comprenons cependant toutes les furies de l'art, nous avouons que nous avons regretté *le jaune-serin* et *le café au lait*, ordinaire objet de nos diatribes les plus amères.

Un ouvrier ou peut-être une ouvrière, car beaucoup de femmes travaillent à la voirie habillées en hommes, écorchait un cheval ; la peau était déjà presque à moitié détachée, et la chair luisait au soleil sous sa moiteur sanglante. On ne peut rien imaginer de plus splendide en fait de couleur : c'étaient des tons nacrés, roses, laqueux, violets, bleu de ciel, vert-pomme, argentés comme le plus beau et le plus riche coquillage exotique. Un coq lustré, vernissé, de la plus triomphante mine, se tenait debout sur la carcasse qu'il picotait du bec avec un air de grand appétit ; d'autres charognes gonflées, hydropiques, et

16

ressemblant fort aux chevaux des jeux de bague, jon-
chaient le reste du pavé.

Le facétieux équarrisseur nous demanda si nous vou-
lions·qu'on nous tuât un ou deux chevaux pour nous
divertir; cela nous fit penser à Thomas Diafoirus, qui
invite sa future Angélique au régal d'une dissection.
Mais, moins dégoûtés qu'Angélique, après quelque hési-
tation, nous acceptâmes.

Les chevaux condamnés attendent leur sort dans une
écurie sans râtelier. Le râtelier est inutile : à quoi bon
faire manger aujourd'hui ceux qui doivent mourir demain? On en prit un maigre, efflanqué, décrépit, on le
plaça sur une dalle, les yeux bandés par une courroie, et
l'équarisseur le frappa sur le front d'un marteau de fer
assez petit, mais adapté à un long manche aussi de fer;
l'animal tomba sur le côté, d'une seule pièce, sans tres-
saillement, sans convulsions, sans la moindre agitation
nerveuse qui trahît la souffrance : on ne l'avait pas tué,
on lui avait escamoté la vie, et cela si prestement, si
adroitement, qu'il ne s'en était pas aperçu; ensuite on
lui plongea un couteau dans la gorge, et le sang coula
écarlate d'abord, puis violet, puis noir.

Cette galanterie terminée, l'équarrisseur, homme de
manières exquises, et qui ne serait déplacé dans aucun
raout fashionable, nous pria gracieusement de passer dans
le salon des chats : nous grimpâmes par un escalier cal-
leux et bossué dans le salon de messieurs les chats; il y
avait plus de quatre cents peaux bourrées de paille suspendues au plafond, et gambadant au gré de tous les
zéphyrs (si les zéphyrs se hasardent à Montfaucon); les
corps de ces peaux étaient rangés sur des planches comme
les saucisses aux devantures des charcutiers ou les pa-

quets de bougies de l'étoile, une couche en travers, une couche en long; cet aspect nous a rempli de commisération pour les mangeurs de gibelottes de la banlieue.

Le salon des chiens ressemble fort à celui des chats et n'a rien de particulier, sinon qu'on y met aussi les ânons et les petits chevaux qui ne sont pas venus à terme.

Il nous restait à voir l'endroit le plus *pittoresque*, selon l'expression de notre ami l'équarrisseur, c'est-à-dire la mare de sang caillé où les pêcheurs et les marchands d'*asticots* (pardon, Mesdames...) vont s'approvisionner. Cette fourmillante denrée se vend au litre comme les petits pois; on dirait du blé vivant; l'infection de ce cloaque spécial est sensible à travers les miasmes méphitiques de la poudrette et de la tuerie; ce qui n'est pas peu dire.

L'équarrisseur, qui nous avait montré toutes ces charogneuses merveilles, pour nous initier complétement à la vie de Montfaucon, nous offrit quelques grillades de cheval qu'il avait fait préparer pour son déjeuner; et comme je l'en remerciais au nom de la compagnie, en lui disant que j'en avais mangé suffisamment chez les restaurateurs de Paris, il me répondit avec un sourire ironique : — Monsieur, vous vous êtes *flatté* d'avoir mangé du cheval, parce qu'on vous servait de mauvais bœuf, ce qui n'est pas la même chose; la chair du cheval est fine, savonreuse, tendre et d'excellent goût, bien supérieure à la viande de boucherie; toutes les fois que vous mangez un beefsteak meilleur qu'à l'ordinaire, croyez que c'est du cheval, et vous serez dans le vrai. — Ce paradoxal équarrisseur nous a jeté en de bien grandes perplexités, et nos opinions à l'endroit de la viande tendre et de la viande coriace sont singulièrement dérangées.

Les chiens, du reste, sont de l'avis de l'ingénieux

équarrisseur et préfèrent le cheval à toute autre pâture ;
ils viennent de fort loin chercher leur pitance ; les maîtres leur fourrent deux sous dans la gueule et leur
donnent un coup de pied au derrière ; les chiens, sentant
l'importance de ce qu'ils portent, tiennent tout le long
du chemin les mâchoires strictement fermées et n'aboie-
raient pas pour un empire, de peur de perdre la bienheureuse pièce qu'ils ne lâchent que dans la main de l'homme
qui coupe les portions. Avant cela, vous les roueriez de
coups, que vous ne parviendrez pas à vous faire mordre,
quoique ces messieurs soient ordinairement d'humeur
peu endurante ; l'on fait un trou dans le morceau de cha-
rogne qui leur revient, puis on le leur passe au col en
manière de collier. Jusque-là tout va bien ; mais il faut
sortir ; et la sortie de Montfaucon est aussi fréquentée que
la descente du grand escalier de l'Opéra. Les chiens qui
n'ont pas le sol, peu aisés ou qui ont éprouvé des malheurs, ceux qui servent des maîtres avares ou qui appartiennent à des poëtes, font la haie des deux côtés de la
porte et attende que les dogues opulents, les matadors,
les gros bonnets de la chiennerie, sortent avec leur cordon
rouge de mou de cheval ; mais ceux-ci, qui savent qu'ils
sont guettés, s'élancent de la cour au quadruple galop
pour ne pas être happés au passage par toutes ces gueules
affamées et béantes. Deux ou trois des chiens nécessiteux
se détachent de la haie et donnent la chasse au richard,
qu'ils rattrapent assez souvent, étant plus légers et plus
prompts à cause de leur maigreur ; alors ce sont des batailles à faire pâlir celles des héros d'Homère, des aboiements sur toutes les gammes, des luttes désespérées pour
savoir à qui restera le précieux morceau.

L'on a vu un dogue de forte taille faire une lieue ventre

à terre, avec deux chiens plus petits suspendus par la mâchoire à sa fraise de viande, et rentrer ainsi chargé dans la cour de son logis, où quelques coups de fouet le débarrassèrent de ses étranges pendants d'oreille. Cette histoire se conte à Montfaucon, et fait beaucoup rire les garçons du combat. Nous souhaitons qu'elle ne vous ennuie pas trop, c'est de l'esprit du crû. Maintenant nous en avons fini avec toutes ces horreurs,

> Versons-nous sur la tête, ainsi qu'un flot lustral,
> Un flacon tout entier d'huile de Portugal,

et demandons bien pardon à nos lectrices du crime de lèse-odorat que nous venons de commettre ; puissent les Vénus et les **Cupidons** ne pas nous en vouloir !

II.

LA VILLE DES RATS.

Un grand péril nous menace ; notre existence pend à un cheveu. — D'un moment à l'autre, nous pouvons être mangés tout vifs, et nous réveiller le matin parfaitement débarrassés d'yeux, de peau, de graisse, de chair, avec des os nettoyés, blanchis, brossés, prêts à recevoir des chevilles et des charnières de cuivre pour aller figurer dans l'armoire vitrée d'un cabinet anatomique.

Voilà notre position...

Et pourtant l'on continue à se promener sur le boulevard de Gand, à boire du porter, à prendre des glaces chez Tortoni, à ne pas aller au Gymnase, à lire les feuilletons de Karr et les histoires de Méry. — Les journaux *quotidiens* paraissent *tous les jours*, et les journaux hebdomadaires ne paraissent jamais. Les tigresses et les lions se pavanent aux avant-scènes, comme de coutume ; rien n'est changé dans la vie parisienne ; personne ne semble avoir la conscience de sa mort future.

Plus insouciants que les Napolitains, qui dansent sur le bord du volcan, nous nous abandonnons au flot des voluptés mondaines, sans penser un instant que nous sommes exposés au sort de Ladislas, roi de Pologne, qui fut dévoré par les rats, ainsi qu'on le peut voir au livre des histoires prodigieuses.

La cinquième plaie d'Égypte va tomber un de ces jours sur nous.

Le Vésuve est près de Naples, mais Montfaucon est près de Paris. — La Babylone moderne ne sera pas foudroyée comme la tour de Lylacq, submergée comme la Pentapole par un lac de bitume (Dez-Maurel et Cie), ni ensablée comme Thèbes; elle sera tout simplement dépeuplée et détruite de fond en comble par les rats de Montfaucon.

Des légions innombrables de rats vont descendre en noires colonnes sur Paris, miner les fondations des bâtiments, et les faire écrouler sur les rares habitants qu'ils n'auront pas encore dévorés.

Cette terrible invasion arrivera le jour où l'on transportera la voirie dans son palais de la plaine des Vertus; alors auront lieu dans Paris des *anthropomyomachies* dignes d'un nouvel Homère. Tous ces rats, plus sensuels que le rat d'Horace, qui font à Montfaucon des déjeuners de Balthazar, comme dit Bilboquet, manquant soudain de pâture, viendront à Paris manger de l'homme à défaut de cheval.

Les rats de Montfaucon ne sont point des rats ordinaires; l'abondance et la qualité de la nourriture les a développés prodigieusement; ce sont des rats herculéens, énormes, gros comme des éléphants, féroces comme des tigres, avec des dents d'acier et des griffes de fer; des rats qui ne font qu'une bouchée d'un chat ou tout au plus deux; les

champs qu'ils traversent sont terrassés et battus comme
s'il y avait passé une armée avec artillerie, bagages, cais-
sons et forges de campagne; la glaise qu'ils emportent
avec leurs pattes donne à ces sentiers une couleur verdâtre qui les fait distinguer des autres chemins : ces
routes, aussi unies que si elles étaient macadamisées,
aboutissent à des ratopolis souterraines, à d'immenses
terriers où fourmillent d'innombrables populations ron-
geantes et dévorantes.

Si, par malheur, un ivrogne attardé s'endormait près
d'une de ces villes de rats, le lendemain, il ne resterait de
lui que ses dents et les clous de ses souliers : aussi les
habitants de l'endroit se veillent-ils les uns les autres, et
ne dorment-ils que chacun à leur tour, sans cela les rats
viendraient leur grignoter les pieds pendant la nuit et
leur ronger les tendons; aucune bâtisse un peu solide
n'est possible sur ce terrain fouillé, bouleversé, miné, con-
treminé par ces formidables animaux; en moins dè rien,
les fondations d'une maison sont criblées de trous comme
des planches à bouteilles ou des truelles à poisson : on se
couche avec quatre murs, et le matin, il y en a trois de fon-
dus, la fenêtre du premier étage se trouve au niveau du
rez-de-chaussée, et vous peut servir de porte; pour obvier
à ce désagrément, on ne bâtit que sur un lit de tessons de
bouteilles, où messieurs les rats se coupent les babines et
se déchirent les pattes.

De temps à autre, vingt ou trente pieds de colline s'é-
croulent et font ce que les habitants appellent un coup de
cloche; tant pis pour ceux qui sont dessous; — ceux qui
sont dessus n'ont pas une position beaucoup plus agréable. — C'est encore l'ouvrage de ces messieurs.

La croûte extérieure ne tient que par les racines des

plantes. La couche intérieure est déchiquetée et vermicn-lée·comme un polypier marin. — Quand la voirie sera déplacée, ce joli travail s'exécutera sous Paris, qui a déjà bien assez de catacombes.

On a essayé tous les moyens pour détruire cette vermine, mais inutilement. — Les rats ont la vie dure ; l'arsenic, la *mort aux rats* ne fait que leur tenir le ventre libre et leur exciter l'appétit. Ainsi purgés, ils mangent davantage et vivent plus longtemps. — Les souricières sont un artifice mesquin, bon pour les rats isolés qui se laissent prendre au maigre appât d'un morceau de lard rance ; il faudrait faire une levée de cinquante à soixante mille chats bien vigoureux et bien disciplinés pour pouvoir lutter avec eux, sans trop de désavantage ; mais !les rats détruits ou diminués, comment se débarrasser des chats ? — *That it questions.*

En attendant qu'ils nous dévorent, décrivons leurs mœurs et leurs goûts ; — bientôt il ne sera plus temps. — L'endroit recherché et délicat, le fin morceau, le *sot-l'y-laisse* de ces gastronomes trotte-menu, c'est l'œil du cheval. — Aussitôt qu'un cheval est abattu, les rats accourent en faisant remuer leur groin vergeté de longues moustaches, en frétillant de la queue, en frottant leur patte contre leur nez avec tous les signes d'une profonde jubilation. — Les chefs de la troupe, les plus considérables de la société, attaquent les yeux, les trouent, fendent la cornée et vident l'orbite, jusqu'à ce qu'ils aient atteint à une petite pelote de graisse qui tapisse le fond de la cavité. — Cette friandise équivaut, pour un rat gourmand, à ce que serait pour nous une perdrix truffée ou une terrine de Nérac. — Il est sans exemple, tant ce mets est recherché, qu'un cheval ait conservé les yeux après avoir passé une nuit dans un des clos.

S'il ne se trouve pas de graisse à cet endroit, vous en chercheriez en vain une demi-once sur tout le corps de l'animal : — les rats le savent parfaitement bien, et quand ils ne rencontrent pas la pelote cherchée dans le creux de l'orbite, ils abandonnent la carcasse et vont en essayer une autre.

Ce goût des rats pour les yeux est partagé par les corbeaux et les autres oiseaux de proie. C'est toujours par là qu'ils entament les charognes et les corps morts.

Dans les hivers rigoureux, les cadavres des chevaux surpris par la gelée prennent la rigidité et la consistance du bois, de sorte qu'il est impossible d'en détacher la peau. Il faut donc les laisser sur place, avec leurs quatre pieds tendus en piquets, leur ventre gonflé et leur raideur de chevaux de carton, jusqu'à ce que l'adoucissement de la température permette de les travailler et de les équarrir. — Les rats, animaux frileux de leur nature, ne pouvant plus d'ailleurs se nourrir avec les chairs durcies par la gelée, choisissent un cheval de belle apparence pour en faire leur logis. Si l'animal a été saigné au col, ils entrent par la blessure, sinon ils pénètrent par l'orifice opposé. Une fois entrés, ils nettoient leur demeure du mieux qu'ils peuvent, et la rendent tout à fait confortable; les boyaux leur servent de corridors et de couloirs de communication, le salon est établi dans les grandes cavités abdominales; les chambres à coucher et les cabinets de toilette dans les interstices des côtes et lieux circonvoisins. — Ils sont d'abord fort à l'étroit, mais leur logis s'agrandit tous les jours; le cœur, le foie et les poumons dévorés leur font deux ou trois pièces de plus. — Ils vivent là bien plus à l'aise que le rat de La Fontaine, dans son fromage de

Hollande; ils mangent, ils évident, ils creusent en prenant le plus grand soin de ne pas entamer ni piquer la peau, de peur de donner passage à l'air extérieur, car les rats craignent beaucoup les vents coulis et redoutent par-dessus toutes choses d'attraper des fluxions ou des rhumes de cerveau. — Quand vient le dégel, il ne reste du cheval qu'un squelette enveloppé d'une peau; cette peau sonne comme un tambour, et le squelette est aussi bien préparé qu'il pourrait l'être par l'anatomiste le plus habile du Jardin des Plantes et de l'école d'Alfort.

Cette sensuelle précaution est d'autant plus remarquable, qu'en été ils ne se font aucun scrupule de percer et de ronger le cuir; leur férocité est tellement grande qu'ils se battent et se dévorent entre eux comme des hommes. — Dès qu'un rat blessé exprime la douleur par des glapissements, ses parents et ses amis accourent aussitôt, se jettent sur lui et l'achèvent. — Rien ne paraît les contrarier comme les cris et les plaintes. Tout rat qui piaille hors de propos est mis à mort sur-le-champ.

Les amateurs du *Sport* envoient souvent chercher des rats à Montfaucon, pour les faire servir au divertissement tout à fait britannique que nous allons raconter :

On enferme dans des cages de bois, entourées de treillis à mailles fines, deux épagneuls ou deux *pointers* avec six ou huit douzaines de rats. — Les chiens doivent étrangler tous les rats dans un temps marqué, sans se reprendre, c'est-à-dire en ne donnant qu'un coup de croc à chacun.

— Celui qui a fini le premier est proclamé vainqueur, et les gens qui ont parié pour lui empochent les enjeux, qui sont souvent très-considérables.

C'est un spectacle fort bouffon que celui de ce chien impassible au milieu de cette fourmilière de rats éperdus,

qui se démènent et poussent des cris affreux ; ils vont, ils
viennent, ils grimpent après les treillages, ils se pendent
aux babines de leur ennemi, qui balance la tête, et cogne
leurs grappes noires contre les barreaux de la cage pour
se débarrasser et leur faire lâcher prise ; en quelques mi-
uutes tout est exterminé, tant est grande l'adresse des
chiens élevés à cet exercice. Mais ce qu'il y a de plus
extraordinaire dans tout ceci, c'est que les domestiques
chargés d'apporter les rats de Montfaucon à Paris, sont
obligés de mettre dans leurs caisses deux ou trois douzaines supplémentaires pour avoir le compte en arrivant chez
leurs maîtres ; car ils se mangent en route, et l'on ne
trouverait plus que les queues à l'ouverture de la boîte :
ceci paraît peu croyable, rien n'est pourtant plus vrai. —
M. Magendie ayant été prendre lui-même douze rats à la
voirie pour faire quelques expériences, n'en rapporta chez
lui que trois vivants prodigieusement gonflés et distendus.
Il ne restait des autres que les griffes, les dents, et quelques débris.

O rats myophages ! n'avez-vous donc pas honte de faire
mentir les vers de Boileau, où il est dit que l'on ne voit
point les animaux se déchirer entre eux !

— A combien évaluer le nombre de ces formidables
rongeurs ! Les uns disent cent mille, les autres deux cents,
ceux-là vingt mille seulement, ce qui est peu probable :
il est fort difficile d'avoir un chiffre juste. Mais, d'après
la quantité de chair dévorée, l'état du terrain entièrement
bouleversé, les chasses générales et particulières, qui
n'ont jamais eu d'effet sensible, l'extrême fécondité des
mères rates, qui ne font pas moins de quinze à dix-huit
petits, on doit supposer un nombre exorbitant.

— Voici comme se pratiquent les grandes chasses :

Il y a dans Montfaucon un clos exactement entouré de murailles : dans ces murailles sont pratiquées des espèces de chatières, des barbacanes espacées régulièrement : on fait abattre dans l'enceinte trois ou quatre chevaux bien gras ; la nuit tombée, les rats entrent par les chatières et commencent leur festin. Quand on pense que la frérie est en bon train, que l'orgie est au plus haut degré d'effervescence, on arrive à pas de loup, on bouche les trous avec des tampons ; puis on pénètre dans le clos par-dessus les murailles avec des échelles, des torches, des bâtons, des bottes fortes et une vingtaine de chiens.

Alors le carnage commence : à coups de pieds, à coups de bâton, à coups de dents. Les chiens aboient, les rats poussent leur glapissement à la fois lâche et féroce ; les plus déterminés tâchent de gravir au long des murs, et de se sauver ainsi, mais on les poursuit avec la flamme des torches ; à moitié grillés, ils sont bien forcés de quitter les aspérités auxquelles ils se cramponnent, et de tomber, tout roussis et tout flambés, dans les gueules béantes qui les attendent en bas.

Dans l'espace d'un mois, l'on en a tué 16,050 ; 9,101 en quatre chasses, 2,650 en une seule fois. — Un équarrisseur nous a dit en avoir pris cinq mille cet hiver dans un trou qui se trouve à l'angle de l'écurie et qu'il avait garni d'une espèce de nasse ; ces grands massacres ne font pas le moindre effet. — Les amateurs en tuent aussi beaucoup avec des sarbacanes dans lesquelles ils soufflent fortement un petit dard empenné d'un flocon de laine rouge ; les rats blessés se sauvant avec leur banderille plantée dans le dos en manière d'oriflamme, ont une mine fort héroïque. On les asphyxie encore dans leurs terriers en y poussant, au moyen d'un fourneau et d'un

17

soufflet, de la vapeur de soufre. Mais ils n'en pullulent pas moins, et deviennent tous les jours de plus en plus nombreux ; ainsi, il faut nous résigner à notre sort et nous accoutumer à l'idée d'être dévoré prochainement :

Lo que ha de ser, non puede faltar.

III.

LA BARRIÈRE DU COMBAT.

Dans un roman de Walter Scott, *le Château de Kenilworth*, si nous avons bonne mémoire, est esquissée la plaisante figure d'un propriétaire d'ours et de bouledogues, qui se plaint à la reine Élisabeth du tort que font à son spectacle les pièces de théâtre d'un certain drôle nommé Shakespeare qui corrompt l'esprit de la jeunesse anglaise par toutes sortes de billevesées et d'inventions romanesques; les plaintes de ce bonhomme sur ce que le brave jeu de l'ours et du bouledogue, ce plaisir si foncièrement britannique, n'est plus aussi suivi et aussi goûté qu'autrefois, sont tout à fait touchantes et prises sur nature. La digne maîtresse de l'établissement de la barrière du Combat nous a rappelé les doléances du vieil Anglais; il est vrai que, ne pouvant s'en prendre à aucun Shakespeare de la diminution de sa clientèle, elle accuse la révolution de juillet et le choléra : le peuple préfère les mélodrames du boulevard aux escarmouches innocentes de la barrière du Combat et les hurlements des acteurs aux abois des chiens. Est-ce un progrès ? — Nous sommes de l'avis du bon montreur d'ours, et nous en doutons.

Le spectacle du Combat est un plaisir plus sain et moins énervant que celui du théâtre qui agit sur l'imagination, et qui trouble les têtes faibles par des maximes immorales et des raisonnements dangereux ; dangereux en eux-mêmes, ou parce qu'ils sont mal compris, ce qui est la même chose ; on ne pense pas assez aux ramifications étranges et difformes que pousse une idée, indifférente d'ailleurs, dans un cerveau mal fait ; et quelle mandragore hideusement tortillée il peut naître d'une graine de violette ou de rose tombée sur un mauvais terrain ! Quant au reproche de barbarie, il est peu ou point fondé ; du reste, nous préférerions un peu de rudesse et de franche grossièreté, à l'exaltation romanesque et à la mollesse fiévreuse entretenue par la littérature frelatée des petits théâtres. Mais nous moralisons ici à perte de vue, ce qui n'est pas notre affaire. Revenons à la description pure et simple.

Tout le monde se rappelle avoir vu, dans des temps plus prospères, les affiches du Combat avec les autres affiches de spectacles, à l'angle de tous les murs. Cette pancarte était ornée à sa partie supérieure d'une gravure sur bois très-curieuse et très-mirifique ; on y voyait le *jeune et vigoureux taureau d'Espagne* faisant sauter en l'air une demi-douzaine de chiens éventrés dont les boyaux décrivaient de capricieuses arabesques, et dont le sang pleuvait en gouttes noires longues d'un pouce ; des *piqueux* habillés en sauvages avec des cottes et des bonnets emplumés, comme les gardes du corps du bœuf gras, recevaient tendrement les victimes dans leurs bras, ou les rattra-

paient au vol ; d'autres sonnaient du cor ou se précipi-
taient sur l'*ours indomptable de la mer du Nord*, armés
de lances et de harpons ; en haut le *fameux bouledogue
Maroquin, si connu pour la force de sa mâchoire*, s'en-
levait dans une roue d'artifice, suspendu seulement par
deux crocs. Tout cela dessiné dans le goût de la complainte du Juif-Errant et de la gravure de Pyrame et
Thisbé, formait déjà un spectacle fort réjouissant ; suivait
en termes pompeux la nomenclature des acteurs et de
leurs prouesses. *Peccata, Martin, Carpolin*, et dix autres
non moins célèbres dans le monde des garçons bouchers,
et dont les noms ne nous reviennent pas. En bas se lisait
cet avertissement : « Ici l'on vend de la graisse d'ours et
autres (de pendu probablement) ; l'on prend les chiens en
pension, à l'année ou au mois. Les maîtres d'agrément se
payent à part. »

Cette bienheureuse affiche ne se voit plus nulle part,
et c'est dommage.

Le Combat est situé entre Belleville et la Villette, immédiatement au sortir de la barrière qui porte ce nom ; faites
quelques pas, et puis regardez à droite : vous verrez un
mur gris percé d'une porte à panneaux rouges ; un grand
escogriffe, grimpé sur le chaperon du mur, souffle à se
crever les joues, dans une large trompe à pavillon, une
fanfare aigre et discordante ; à côté de lui un singe accroupi fait des grimaces et se toilette très-activement ; sept
ou huit chiens, la tête posée entre leurs deux pattes, tirent
une aune de langue, glapissent et piaillent sur tous les
tons possibles. Ce tapage aigu a pour base les abois plus
étouffés de l'intérieur, le tonnerre grondeur des ours et le
beuglement guttural des taureaux : c'est le charivari le
plus complet que l'on puisse imaginer.

Les belles places coûtent quarante sous, ni plus ni moins ; le double d'une avant-scène des Funambules ; — comme vous voyez, c'est un plaisir coûteux.

En dedans de la porte, à la place des contrôleurs et des ouvreuses, se prélassent dans des tonneaux treillissés et des cages de bois, des chiens de l'aspect le plus rogue et le plus menaçant ; de tous côtés ce ne sont que gueules rouges et enflammées, où des rangées de dents blanches se détachent terriblement sur un fond écarlate, comme des lames de scie sur un champ de blason ; l'antique cerbère aux trois têtes toujours aboyantes devait avoir la mine moins rébarbative et faire moins de bruit avec sa triple gueule. Nous avons regretté les contrôleurs et les ouvreuses. Il y avait surtout un grand diable de lévrier noir mâtiné, qui paraissait animé du plus sincère désir de *manger de nous, mangiar di noi*, pour nous servir d'une expression dantesque, et qui se démenait éperdû- ment dans sa niche pour arriver à nos mollets ; heureu- sement, la chaîne dont il était attaché était aussi courte que ses crocs étaient longs.

On monte aux loges et aux travées supérieures par un escalier assez pareil à celui de Montfaucon, et dont les marchés bossuées offrent en grand les callosités d'une peau d'orange ; les loges, qui peuvent contenir une dou- zaine de personnes, et s'ouvrent sur un couloir obscur, ont pour soubassement les *loges* des animaux féroces des- tinés au combat.

Si vous voulez une *baignoire*, le *belluaire* ouvre une cage, donne un coup de pied au derrière à l'ours ou au loup qui l'occupe, le fait passer dans une bauge voisine, et vous met à sa place ; rien de plus simple. Vous êtes véritablement en loge grillée.

Le théâtre représente une cour carrée assez vaste, le milieu est sablé, ratissé. à peu près comme le cirque de Franconi ; une bordure de pavage encadre cette arène, dont le point central est marqué par un anneau où l'on attache les bêtes fauves contre qui les chiens doivent se mesurer, car les ours, les taureaux et les loups ne combattent pas entièrement libres, et la longueur de leur corde est calculée, de manière à laisser tout autour, en dehors de leurs atteintes, un espace de huit à dix pieds, où les piqueux et les dogues rebutés ou blessés peuvent se mettre à l'abri. Une chaîne de fer fixée aux deux bords du toit, traverse la cour dans toute sa largeur ; cette chaîne sert à suspendre les roues d'artifices et à faire les ascensions *à la force de la mâchoire*. A l'angle de la cour, on voit une petite porte basse, dont le vantail supérieur est tailladé de meurtrières ; cette porte remplace la coulisse des théâtres ordinaires. C'est par là que messieurs les chiens font leurs entrées, non pas à reculons, comme Hamlet obsédé par l'ombre de son père, mais d'une manière assez pittoresque ; un valet les apporte tout brandis par la queue comme des bassinoires ou des casseroles, ou bien, s'ils sont trop lourds, on leur fait un pli à la peau du col et de l'échine, et on les empoigne en manière de pots à deux anses ; les efforts que font ces chiens à moitié étranglés pour donner de la voix produisent des. cacophonies et des piaulements enroués et éraillés les plus grotesques du monde : les valets ont des souquenilles jaunes et des pantalons rouges.

Le combat s'est ouvert par deux jeunes *bulls-dogs* d'une férocité extraordinaire et d'une laideur monstrueuse. Dès qu'on les eut posés l'un en face de l'autre, ils partirent comme deux flèches, en poussant un hurlement furieux

et plaintif, et s'accrochèrent sans hésiter. Ces deux affreu-
ses petites bêtes avaient le pelage café clair, ras, uni et
dru ; leurs corps ronds et sans plis faisaient l'effet de
traversins bourrés outre mesure, dans lesquels on aurait
fiché quatre allumettes pour figurer les pattes ; leurs cous,
d'une grosseur prodigieuse, étaient plus larges que leurs
épaules qu'ils débordaient ; dans ces cous athlétiques
s'emmanchaient des têtes difformes, grosses comme des
citrouilles, avec des mufles charbonnés, des museaux fen-
dus à narines doubles, une mâchoire inférieure proémi-
nente, des crocs formidables, retroussant la babine en
manière de défense de sanglier, des yeux sanieux et sanglants, enfouis et comme perdus dans un dédale de rides
et de plis, des oreilles déchiquetées en barbe d'écrevisse
par les morsures des précédentes batailles, et sur tout cela
des physionomies de vieilles portières, basses et méchan-
tes à la fois.

Ils se colletèrent assez longtemps, engloutissant tour à
tour leurs grosses têtes dans leurs énormes gueules et se
déchirant le mufle à belles dents ; de nombreux filets de
sang rose rayaient leurs corps, et il ne serait probable-
blement resté sur le champ de bataille que la dernière
vertèbre de la queue des combattants, si la galerie, tou-
chée du courage des héroïques bouledogues, ne fût inter-
venue et n'eût crié : Assez ! assez !

Tous les efforts qu'on fit pour les séparer furent super-
flus, et l'on fut obligé de leur brûler la queue avec un
fer chaud, moyen extrême, mais seul efficace.

Le bouledogue est, à ce qu'il paraît, un animal excessi-
vement stoïque de sa nature, et la façon dont on reconnaît ceux qui sont de bonne race et dont on veut obtenir
lignée nous semble passablement barbare et sauvage : on

coupe une patte au bouledogue, puis on lâche un ours ; si le bouledogue mutilé, malgré sa souffrance, s'élance sur l'ours sans hésiter, il est de bonne race, il est *pur sang*, et ses descendants sont très-recherchés ; si, au contraire, il ne s'occupe que de sa blessure et cherche à se cacher dans quelque coin, c'est signe qu'il ne vaut rien, et les fins amateurs ne leur permettent aucune accointance avec leurs chiennes. Les *bulls-dogs* de lord Seymour sont, dit-on, obtenus de cette manière : c'est une épreuve tout anglaise et dont on ne se serait pas avisé en France.

A ce combat, succéda l'escarmouche plus innocente d'un mâtin de grand taille et d'un chien de Terre-Neuve tout noir, avec une tache blanche à la poitrine comme une hirondelle, assez pareil au célèbre Freyschütz de notre ami Alphonse Karr, mais moins belliqueux à coup sûr ; ces deux animaux, après avoir échangé quelques morsures, déclarèrent l'honneur satisfait et se mirent à jouer ensemble, au grand mécontentement des dieux bras-nus de l'Olympe à dix sous, qui vociféraient à pleine gueule : « Apportez des bêtes qui mordent ! nous sommes volés, « rendez-nous notre argent ! » et autres menus propos injurieux pour la férocité des bêtes de l'endroit.

Alors on fit sortir un loup ; museau pointu, queue serrée entre les jambes, œil inquiet et sournois, oreille mobile alternativement couchée et levée, une laide bête. Ce loup, après avoir commis plusieurs incongruités de mauvais augure pour son courage, se mit à tourner en rond comme dans un manège ; sa manière de marcher était singulière : il levait les pattes de devant très-haut et se balançait sur les premières articulations, à peu près comme un cheval trotteur : l'allure du chien n'a rien de commun avec cette allure nerveuse et saccadée : de temps en temps

17.

il s'arrêtait et regardait d'un air méditatif la porte par où devait venir son ennemi.

La porte s'ouvrit, et il en sortit un homme portant un chien dans ses bras. Le chien ne fut pas plus tôt posé par terre, qu'il courut droit au loup en brave et bon chien. Le loup rangea sa queue sous son ventre, s'affaissa sur son train de derrière et attendit; car, chose remarquable, quelle que soit la bête donnée pour adversaire, c'est toujours le chien qui attache le grelot et commence la bataille.

Cette fois la lutte fut sérieuse, et la fortune allait incertaine du loup au chien et du chien au loup; les deux bêtes se renversaient, se foulaient aux pieds, et se mordaient consciencieusement; tous deux étaient souillés de sang, d'écume, de poussière et de bave. Le loup avait pris le chien sous la gorge, mais le chien lui rongeait le dessus de la tête; le loup, outré de douleur et aveuglé par son sang, lâcha prise un instant; le chien, dégagé, fit un saut en arrière, et, s'élançant de nouveau, emporta un grand lambeau de chair de la cuisse de son adversaire : ce qui ajoutait encore à l'intérêt de ce combat, c'étaient les cris et les gestes frénétiques du propriétaire du chien, qui en suivait les alternatives avec la sollicitude la plus passionnée. Il exhortait son chien, et lui adressait des conseils : « Saute-lui au cou, mords-le, déchire-le, ce gredin, ce brigand de loup; ô le brave chien! Prends-le à l'oreille, mon petit, c'est plus sensible; comment! toi, tu te laisserais battre par un mauvais loup pelé, un loup galeux, éreinté, qui n'a que le souffle; tu ne devrais faire qu'une bouchée d'une rosse pareille; ah! canaille de chien, tu renonces; tu veux que je meure de honte; je te rouerai de coups, tu verras : terre et sang, Dieu et diable! Il est dessous maintenant, le loup l'a pris en traître; ah! sei-

gneur Dieu! mon chien, mon bon chien! Allons, un bon
coup de mâchoire et casse lui les reins ; bravo ! » et il
trépignait, il se démenait, il hurlait, il écumait, il aboyait,
il aurait sauté lui-même à la gorge du loup et l'aurait
déchiré à belles dents comme un chien naturel. C'était un
homme de vingt-huit à trente ans, d'une figure pâle et
fine, encadrée d'une large barbe noire et se rapprochant
du type italien, quelque modèle sans doute.

On sépara les combattants, car l'avantage ne se décla-
rait pour aucun, et le crépuscule commençait à tomber.

Une chose singulière, c'est que jamais les animaux,
ours, loups, chiens et bouledogues, ne se retournent pour
mordre les parieurs et les piqueurs. Ils se battent seulement entre eux, et si, quand deux chiens sont aux
prises, on fait paraître une autre bête, ils se lâchent aussitôt et courent ensemble à celle-là.

Après le loup, on fit paraître un ours, successeur ou
doublure de *Carpolin :* l'ours, réjoui de se trouver en
liberté, et excité par les fanfares du cor, se mit à danser
assez en cadence, ma foi ! Et pour compléter la bouffon-
nerie, tous les autres ours en cage, imitant leur confrère,
se mirent à trépigner lourdement et à faire des cabrioles
dans leurs bouges ; ce ballet d'ours était fort récréatif ;
mais la joie de M. l'ours fut de courte durée, car on lui
mit aux trousses une demi-douzaine de dogues qui le
firent détaler au grand galop et quitter sa position de bi-
pède pour celle de quadrumane : soit par lâcheté, soit
qu'il dédaignât de si faibles ennemis, il courait devant la
meute sans se défendre ; seulement il se retournait de
temps en temps, s'asseyait sur son derrière, penchait la
tête et regardait les chiens, qui faisaient cercle autour de
lui, en renâclant d'une manière formidable. Cette espèce

de râle guttural et nasal est tout ce que l'on peut entendre
de plus effrayant en fait de cris de bêtes féroces. Aussi
fait-il reculer les chiens les plus hardis.

Le profil de l'ours acculé surpasse en laideur les faces
les plus monstrueuses. Cela tient du cochon et du brochet,
le nez est long, busqué, cambré en dedans, avec une narine
rebroussée formant au bout du museau une espèce de
bourlet tuberculeux ; la mâchoire inférieure ressemble à
une mâchoire de poisson ; un petit œil rond, un œil de rat
ou de taupe, bleuâtre dans la lumière, fauve dans l'ombre,
complète cette gracieuse physionomie. Cette tête mince,
osseuse, effilée, sortant de cet énorme paquet de poil,
produit l'effet le plus étrange : on dirait une levrette passant à travers un bonnet de garde nationale effondré, ou un
merlan enveloppé avec de la laine. Le combat de l'ours et
des chiens n'eut d'autres résultats que quelques soufflets
solidement appliqués pour ceux-ci et quelques flocons
de poil arraché pour celui-là.

Le fameux taureau d'Espagne, que nous soupçonnons
violemment n'avoir pas besoin de lettre de grande natura-
lisation, remplaça l'ours dans l'arène. Fidèle à l'ancienne
gravure de l'affiche, il fit voler beaucoup de chiens et de
sables en l'air ; mais, comme ses cornes avaient été mor-
nées et emmaillotées préalablement, nous fûmes privés
des arabesques de boyaux et des pluies de sang.

Les chiens pirouettant à dix pieds du sol, faisaient les
mines les plus comiques. Auriol ne cabriole pas avec plus
de grâce ; les gardiens, comme nous l'avons dit, les rattrapent au vol avec beaucoup de prestesse, ce qui n'empêche
pas toutefois qu'il n'en tombe quelques-uns assez dure-
ment par terre ou sur les grillages des loges.

Au taureau succéda un âne. Vous croyez peut-être

qu'il fut déchiré et mis en pièces : point du tout. Il prit un petit galop de chasse et se mit à manéger autour de l'enceinte, serrant le mur d'assez près pour être à couvert de ce côté ; puis avec des ruades et des piétinements, des voltes subites, des pétarades et des soubresauts inattendus, il dérouta et rossa parfaitement les quatre mâtins que l'on avait mis à sa poursuite, et cela, sans que ses longues oreilles proverbiales eussent reçu la moindre atteinte ; pourtant, ce n'était pas la prise qui manquait : c'est un des animaux qui se sont le plus courageusement battus. L'acharnement avec lequel il broyait les chiens sous ses sabots nous conduit au paradoxe suivant : « L'âne est le plus féroce de tous les animaux ! »

La représentation se termina là. Aussi bien il ne faisait plus jour, et la pluie commençait à tomber en larges gouttes.

CHIENS ET RATS.

Vous avez sans doute entendu dire que la race des car-
lins était perdue, et vous vous en êtes réjoui, car le carlin
était la plus hideuse bête que pût imaginer la féroce ten-
dresse d'une douairière pour le désespoir de ses neveux et
de ses collatéraux. Effectivement, le carlin est passé aujourd'hui à l'état de fossile antédiluvien; il n'existe plus
qu'empaillé et sous verre dans quelque arrière-boutique
de naturaliste. Eh bien! l'autre jour, nous en avons vu
deux vivants, ayant des dents et le mufle aussi noir que
le masque de l'Arlequin de Bergame, le poil d'un café
irréprochable, les jambes arquées, et tous les signes de la
pureté la plus authentique.

A ce spectacle, nous restâmes aussi surpris qui si on
nous eût mis en présence d'un ptérodactyle, d'un ichthyo-
saurus, d'un mégalonix, ou de toute autre bête des créations primitives qu'on ne retrouve plus que dans la pâte
des marbres et des granits.

C'était chez lord D..., Anglais de haute naissance, de grande fortune et de vie élégante, qui, ayant beaucoup connu les hommes, préfère les chiens, même avec le correctif de la rage.

Autour d'une cour en fer à cheval, étaient rangés des niches de différentes dimensions, contenant chacune un chien idéal, fabuleux, fantastique, introuvable. Dès qu'un chien existe à deux exemplaires, lord D... n'en veut plus. Il a une meute de chimères, de monstres sans prix; ses pointers sont si bas sur jambes qu'ils rampent comme des phoques; ses dogues ont des têtes d'hippopotames et peuvent s'avaler tout entiers; ceux-là ont des oreilles qui font trois fois le tour du corps, ceux-ci sont fourrés d'une toison pareille à de l'herbe sèche; chacun est doué d'une impossibilité : ce sont des rêves chinois exécutés par la nature, et qu'on croirait en porcelaine craquelée, tant ils sont extravagants.

Lord D... possède le caniche noir sans un seul poil gris, rareté aussi phénoménale que le merle blanc ou le phénix! Les chiens que l'on croit précieux, les blenheim, les king's-Charles sans museau à force d'être camards, et dont la tête n'a de place que pour les yeux, il les repousse du pied et dit : « Ne regardez pas cette bête, elle vaut à peine mille écus. C'est un chien commun; il y en a trois ou quatre pareils, un chez lady B..., un autre chez le major C...; en voici un qui vaut la peine d'être examiné. » Et il vous montre un animal gros comme un écureuil dépouillé avec des pattes d'allumettes si frêles qu'on craignait de les briser en les touchant. « Il a atteint toute sa croissance, et c'est le plus âgé de mes pensionnaires. »

Ce jour-là, c'était, dans la cour de lord D..., un chœur

d'aboiements, de jappements et de glapissements à rendre sourd.

Une espèce de cirque composé d'une grande caisse en planches, ouverte par le haut, était placée au bas du perron, afin que les regards des spectateurs pussent pénétrer à l'intérieur et suivre les chances des combats qui allaient s'y livrer.

Une boîte grillée de fils de fer contenait les victimes, c'est-à-dire une soixante d'énormes rats recueillis avec une peine qu'on ne connaissait pas autrefois, lorsque la voirie était encore à Montfaucon. C'était là le bon temps pour les amateurs ; en une demi-heure de chasse on avait un coffre plein de rats féroces, monstrueux, formidables, homériques, descendants en ligne directe des héros de la Batrachomyomachie, qui ne faisaient qu'une bouchée des chats. Maintenant que les carcasses des chevaux transportées à l'établissement de la plaine des Vertus et cuites dans des chaudières à vapeur servent à engraisser les porcs, les rats, privés de cette nourriture succulente et remis forcément au régime végétal, ont perdu beaucoup de leur vigueur et de leur courage ; l'espèce dégénère, ils tournent à la souris ; et ceux de lord D...: devaient avoir été choisis entre mille.

Où est le beau temps de ces chasses colossales, aux flambeaux, où, dans la cour de l'écorcherie, dix mille rats périssaient en une nuit sous le croc des pointers ou sous le bâton des maîtres ?

On ouvrit la cage, et deux rongeurs, extirpés délicatement avec des pincettes, furent mis en présence d'un petit chien dont c'était le coup d'essai. Les deux rats s'acculèrent chacun dans un angle, et, comme s'ils avaient concerté ensemble leur attaque, sautèrent l'un au nez, l'autre à la queue du chien, qui, vigoureusement pincé, se mit à glapir d'une façon piteuse et à exécuter une valse éperdue dans un coin de la boîte.

Rien au monde n'était plus comique que cette danse à trois : les queues des rats s'allongeaient et fendaient l'air, et leurs corps soutenus par la rotation s'étendaient horizontalement. Ce chien, commencé et terminé par un rat, semblait, au milieu du tourbillon, un animal fantastique, inexplicable. Mais s'il valsait ainsi, ce n'était pas par enthousiasme chorégraphique : il cognait ses ennemis le long des parois de la caisse, les étourdissait et les assommait dans cette valse de Faust; en effet, les rats lâchèrent prise, et deux coups de croc leur cassèrent les reins et les renvoyèrent dans l'autre monde retrouver leurs aïeux, Psycarpax et Méridarpax, qui durent bien recevoir leurs ombres valeureuses.

Les morts enlevés, le chien retiré de l'arène, on lâcha d'autres combattants. Cette fois, l'on mit douze rats contre un chien; mais celui-ci était un vieux routier qui fondit sur le gros de l'armée ennemie avec une telle impétuosité, que deux ou trois étaient tués, autant blessés, et le reste jeté en l'air, avant qu'ils se fussent reconnus; à chaque rat un coup de dent, ni plus ni moins. Il les prenait en travers très-adroitement, de façon à ce qu'ils ne pussent le mordre.

Un autre chien fut mis aux prises avec vingt-quatre rats. La bataille fut vive et sanglante, mais dura peu; les rats se démoralisèrent, et le sauve qui peut ayant été crié en langue myagrienne, la troupe à la débandade se réfugia et s'entassa misérablement dans l'angle le plus éloigné de l'ennemi. Les rats blessés se soulevaient à demi, semblaient implorer la clémence en joignant leurs pattes de devant, pareilles à des mains humaines; le vainqueur eût peut-être été clément; mais un chien ayant rompu sa chaîne s'élança par-dessus les rebords de la caisse et tomba au milieu de la bataille, qui dégénera en boucherie.

Pour rendre la chance des rats qui restaient plus égale, on les lâcha dans la cour, et la bataille se compliqua d'une chasse à courre des plus divertissantes, où se distingua un descendant du célèbre Mylord, dont Jadin fut le maître et Alexandre Dumas le chantre. — Quant aux rats, il n'en survécut pas un seul. Honneur au courage malheureux!

PARIS FUTUR.

Paris s'occupe infiniment de lui-même ; il se regarde, avec la plus grande naïveté, comme le centre, l'œil et l'ombilic de l'univers. Il admet à peine qu'il existe quelque chose en dehors de lui. — Il sait bien, vaguement, qu'il y a sur les cartes un petit point que les Anglais appellent *London*, au bord d'un mince fil tortillé que ces mêmes Anglais nomment *Thames*; mais il s'en inquiète peu, et se décerne tranquillement la couronne de la civilisation. Donnez à un Parisien de pure race un carré de vélin, une plume et des couleurs, et dites-lui : — Faites-moi un croquis de mappemonde ! — il s'y prendra comme un sujet du Céleste-Empire ; Paris tiendra presque toute la place, et les autres royaumes, noyés dans la pénombre, ne figureront que pour mémoire, comme ces pays inconnus ou inexplorés que les géographes indiquent par des lignes ponctuées.

Cela vient d'une chose, c'est que Paris, comme un bon

bourgeois qu'il est, ne sort jamais de chez lui, ou s'il en
sort, il ne dépasse guère les fortifications. Versailles est
son Tombouctou. A cela vous répondrez que, si Paris
reste chez lui, c'est qu'il s'y trouve bien. L'objection est
spécieuse, si elle n'est pas fondée. Aussi Paris, enivré de
lui-même, a-t-il toujours le nez contre un miroir, comme
un myope qui se rase, dans l'idée de faire son portrait
ressemblant. Que de publications en prose, en vers, en
gravure, en lithographie n'a-t-il pas commises pour qu'aucun trait de cette précieuse physionomie ne soit perdu !

Il est dommage que le paradoxe soit passé de mode ; —
le paradoxe, fruit vert qui, mûri par le temps, devient une
vérité ! nous en aurions développé un qui, pour sembler
étrange au premier coup d'œil, n'en est pas moins réel,
c'est que Paris n'existe pas.

Nous savons bien qu'en cherchant on trouverait sur les
rives de la Seine quelques petits tas de plâtre qui, à la
rigueur, forment des espèces de ruelles, dont l'agrégation
pourrait, au besoin, constituer ce qu'on a l'habitude généralement d'appeler une ville. Piganiol, Sainte-Foix, Du-
laure et beaucoup d'autres ont fait l'histoire de ces moellons
prétentieux en volumes plus ou moins in-4° ; mais les
histoires ne prouvent rien ; il n'y a que les contes de fées
qui soient vrais.

Que de bouges impurs, que de maisons bossues, chassieuses, rechignées, malsaines, contrefaites, couvertes de
lèpres et de verrues, sans air, sans lumière, sans soleil,
indignes d'être habitées par des lapins ou des porcs ! Les
kraals des Hottentots, où l'on entre à quatre pattes, les
cavernes des Troglodytes, les huttes des Lapons et des
Groënlandais, à moitié enfoncées sous la neige, où jau-
nissent dans une fumée perpétuelle des poissons à moitié

pourris, sont des lieux de plaisance en comparaison ! Les
trois quarts des rues ne sont que des ruisseaux de fange
noire et fétide comme au temps de la plus franche barbarie. Nulle trace d'art, nulle élégance, nul sentiment des
lignes ; des boîtes de plâtras percées de trous carrés, sur-
montées d'affreux tuyaux de tôle, voilà ce qu'on appelle
des maisons au dix-neuvième siècle, dans une ville qui se
prétend l'Athènes moderne, la reine de la civilisation ! —
Vraiment, l'on serait tenté de désirer que quelque Néron
eût la fantaisie de se donner une représentation de l'em-
brasement de Troie en mettant le feu à cette ville, qui n'est
que de briques, et devrait être de marbre !

Parlez-moi de Ninive, de Babylone, à la bonne heure !
cela peut s'appeler des villes ; cela vous a sur l'horizon un
profil recommandable. Et pourtant alors le gouvernement
constitutionnel n'était pas inventé ; l'on ne connaissait ni
la poudre, ni l'imprimerie, ni la vapeur, personne ne
discutait sur le progrès.

Souvent, lorsque je me promène dans quelque plaine
sombre à l'heure du crépuscule, et que l'horizon livide
est encombré de grands écroulements de nuages amoncelés
les uns sur les autres, comme les blocs d'une immense
ville aérienne tombée en ruine, il me vient des rêveries
babyloniennes, des fantasmagories à la Martinu me passent
devant les yeux.

Je commence à tailler dans les flancs des collines lointaines des tranches gigantesques pour le soubassement des
édifices ; bientôt les angles des frontons s'ébauchent dans
la vapeur, les pyramides découpent leurs pans de marbre,
les obélisques s'élancent d'un seul jet comme des points
d'admiration de granit ; des palais démesurés s'élèvent sur
des superpositions de terrasses en recul, escalier colossal,

que pourraient seuls enjamber les géants du monde pré-
adamite. Je vois s'allonger sur des colonnes trapues, fortes
comme des tours, et rayées de cannelures en spirales où
six hommes se cacheraient, des frises faites de quartiers
de montagnes, et couvertes de zodiaques monstrueux,
d'hiéroglyphes menaçants ; des arches de pont se courbent
au-dessus du fleuve qui reluit à travers la ville qu'il tran-
che, comme un damas dans un col à moitié coupé ; les
lacs d'eau salée, où sautent les léviathans privés, miroitent
sous un rayon de lumière, et le grand cercle d'or d'Osy-
mandias étincelle comme une roue détachée du char du
soleil ! Baigné par sa base dans la brume ardente et rousse
que soulève l'activité sans repos de la ville en ébullition
de travail ou de plaisir, le temple de Bélus envahit le ciel,
où il va défier la foudre, par huit efforts convulsifs dont
chacun produit une tour énorme plus haute que l'aiguille
de Strasbourg ou la pyramide de Gizeh ; les nuages coupent ses plans de leurs bandes zébrées, et sur les entable-
ments du dernier étage blanchissent des filets de neige
éternelle. D'autres temples inscrivent aussi sur l'horizon
leurs formes sévères et magnifiques, dont la grandeur ne
sert qu'à faire mieux ressortir l'énormité du temple de
Bélus ; et tout au fond, dans la rougeur incandescente du
couchant, l'on devine la silhouette démantelée de Lylac,
ce colosse d'orgueil, dont l'action des jours a fait se lézar-
der les murailles en appuyant la main à son sommet
comme sur un bâton trop faible ; les flammes du soir filtrent à travers les fissures, où les béhémoths et les mastodontes passeraient sans frôler leur carapace, et font les
plus bizarres jeux de lumière : on dirait qu'un incendie
essaie de dévorer la ruine formidable que la colère de
Dieu n'a pu renverser tout à fait, et dont la cime s'élève.

rait encore au-dessus des eaux d'un nouveau déluge.

Çà et là, le noir chaos des maisons s'éclaircit : des sphinx de basalte étalent leur croupe et allongent leurs griffes sur des piédestaux de granit, et forment une avenue d'une lieue de long à la porte de quelque palais. Au-dessus des toits, du milieu des touffes de palmiers et de boababs surgit la trompe d'un éléphant d'airain qui souffle en l'air une trombe d'eau que le vent éparpille en perles fines et en brume argentée. Des rampes montent et descendent, traçant des angles sur le flanc des terrasses ; des proues de navires, des pointes de mâts, des antennes trahissent la présence des canaux ; des rues en escaliers se font jour à travers la foule des édifices, et de loin en loin, selon les hasards de la perspective, apparaissent les murailles de l'enceinte, si épaisses, qu'elles font, à trois cents pieds du sol, un chemin où huit quadriges galoperaient de front.

Ceci au moins ressemble un peu à une ville, et dentelle richement un fond de ciel. Faites planer là-dessus, pour que le tableau soit complet, des ombres des nuages qui passent, pareils à de prodigieux aigles noirs ; frappez de reflets inattendus la fourmilière des multitudes qui se pressent sur les places, aux carrefours, aux portes extérieures ; faites se dérouler dans les plaines de sable, comme les anneaux de serpents infinis, les caravanes qui arrivent ou qui partent chargées des trésors de tous les mondes, et intronisez, au centre de cette cité grandiose, un roi puissant comme un Dieu, redouté comme un Dieu, invisible comme un Dieu, s'appelant Teglah-Phalazar, Evilmerodach-Baladan, ou Balthazar, qui, par ses énormités, forçait l'Eternel à écrire sur les murailles !

Une ville comme celle-là plonge autant sous la terre

qu'elle s'élève en l'air ; ses racines vont chercher le noyau
du monde et ne s'arrêtent que quand elles arrivent à la
nappe des lacs intérieurs ou au brasier du feu central.
Sous la cité vivante s'étend la cité morte, la ville noire aux
habitants immobiles. De larges soupiraux, béants comme
des gueules d'enfer, conduisent à la région des cryptes et
des syringes. Dans ces vomitoires travaillent les races fu-
nèbres, les tribus des fossoyeurs, les esclaves de la mort ;
ceux qui fondent dans les chaudières le natrum et le
bitume, ceux qui tissent les bandelettes mortuaires ; les
menuisiers du cercueil, les peintres, les doreurs et les
sculpteurs du tombeau, tous ceux dont les ouvrages ne
verront jamais le jour, et qui tracent à la lueur jaune
d'une lampe qui manque d'air, des inscriptions aussitôt
recouvertes d'ombre, et qui ne doivent être lues que par
des yeux sans regard. Cette population crépusculaire, qui
n'a de communication avec la cité supérieure que par les
morts qu'elle en reçoit, pourrait remplir une ville plus
grande que Rome ; ils naissent, s'accouplent et meurent
dans cette obscurité. Ce sont les nations vaincues, forcées
à rentrer en terre et à céder leur place au soleil, au peuple
victorieux ; la nécropole dont ils habitent le seuil est l'ouvrage des races disparues, et son immensité effraie même
les plus audacieux architectes babyloniens.

Ce sont d'interminables corridors, tout plaqués de panneaux d'hiéroglyphes et de bas-reliefs cosmogoniques,
conduisant à des puits noirs comme l'abîme et profonds
comme lui, où l'on descend par des crampons d'airain.
Ce sont des chambres creusées dans le roc vif, dont le
centre est occupé par d'énormes sarcophages de basalte
et de porphyre, sans qu'on puisse comprendre comment
ils ont été amenés là, des salles dont les torches ne

peuvent éclairer la profondeur, où dorment, adossés à des colonnes soutenant des plafonds qu'on ne peut voir tant ils sont haut, des cycles entiers de générations, des règnes complets avec leurs princes, leurs mages, leurs poètes, leurs soldats, leurs chevaux et leurs éléphants de guerre.

Plus on descend, plus les momies prennent des proportions gigantesques et des physionomies étranges. Sous le hâle fauve du baume se dessinent des profils inconnus, des traits comme taillés à coups de hache dans des quartiers de roc ; des masques qui rappellent des mufles d'animaux primitifs ; des fronts où les rides semblent des sillons de foudre ou des lits de torrents ; des membres invaincus que la corruption n'ose pas attaquer, et dont les muscles s'enchevêtrent comme les poutres d'une charpente. On voit là les compagnons de Nemrod, rudes chasseurs qui ployaient des arcs faits de mâchoires de baleine, et se battaient corps à corps avec les mastodontes, les palæotherium, les dinotherium, et toutes ces bêtes colossales et monstrueuses que produisit la terre ivre de force et de jeunesse, qui, si elles avaient vécu, auraient fini par dévorer le monde.

Les contemporains de Chronos et de Xixuthros reposent dans les cercles inférieurs où nul n'est descendu ; car il faut des poumons plus puissants que ceux des générations actuelles pour supporter cet air imprégné des âcres parfums du sépulcre ; et les secrets qui couvrent ces tombes mystérieuses sont perdus ou ne sont connus que par les vieillards du peuple souterrain, si chargés d'ans qu'on ne comprend plus leur idiome archaïque. Au-dessous sont couchés les rois qui vécurent avant Adam ; mais la croûte de la terre s'est tant épaissie depuis leur mort, qu'ils gisen

18

à une incalculable profondeur, et qu'ils) sont devenus comme les ossements du globe !

Ne voilà-t-il pas une nécropole supérieure au Père-Lachaise, au cimetière Montmartre, etc., etc., où nous ne pouvons laisser dormir nos morts tranquilles plus de sept ans, où le mot *concession à perpétuité* est une vraie dérision et ne signifie pas plus que le *toujours* des amants ; où les tombeaux sont de véritables joujoux sans tristesse, sans dignité, sans grandeur, et qui ferait croire qu'on a enterré là un peuple de nains, tant les proportions sont mesquines et l'espace avarement ménagé ? Mais nous n'entendons pas plus la mort que la vie, et sous prétexte de progrès, voilà tantôt quatre ou cinq mille ans que nous reculons. — L'empreinte du pied d'Adam, que l'on voit encore sur le rocher de l'île de Sérendib, a neuf palmes de long ! — Nous avons un peu dégénéré depuis.

Cependant, si énorme que soit l'ancien monde et si bas que nous ait menés ce qu'on appelle la civilisation, il y aurait moyen, et l'avenir le fera sans doute, de bâtir une ville plus grande, plus belle et plus étrange que les Babylone, les Ninive, les Persépolis ; de dépasser, dans la réalité, les audaces les plus effrénées, les délires les plus extravagants de Pyranèse et de Martinn, et si vous nous le permettez, nous tâcherons de vous en donner un léger crayon.

Pour première supposition, permettez-nous de passer sur le Paris actuel un rouleau qui écrase ses maisons et ses monuments, et en fasse un plateau parfaitement uni ; puis élargissons la Seine, creusons son lit, et faisons venir l'Océan jusqu'à nous. Toute ville qui ne peut pas prendre un bain de pied dans la mer ne mérite pas ce nom. Les vaisseaux, tout imprégnés des parfums de l'Inde et de Java, viendront, comme des chevaux fatigués qui appuient nonchalamment leur col sur le col de leur compagnon d'attelage, appuyer leurs guibres et leurs proues sculptées sur les quais de granit du Paris futur. De l'endroit où est le pont Royal aujourd'hui, l'on apercevra un fouillis de mâts, de cordages et d'esparres plus compliqué qu'une forêt vierge d'Amérique ; on verra des flottes entières arriver et partir les voiles dehors ou remorquées par des bateaux à vapeur ; tout le mouvement du port de mer le plus actif.

Il n'y aurait qu'une seule église qui occuperait la place du Panthéon. Ce faîte serait consacré à la Divinité. Cette église unique aurait des proportions démesurées : toute la montagne latine, taillée en assises, lui servirait d'escalier. Ses tours et ses coupoles feraient au bord du ciel une entaille si profonde que les étoiles s'épanouiraient comme des fleurs d'or aux acanthes des chapiteaux du premier étage. Notre-Dame pourrait entrer par le porche géant sans baisser la tête. Dans ce temple hybride seraient concentrées toutes les architectures du passé, celles du présent et celles de l'avenir : on y retrouverait, sous des formes plus savantes, les vertiges granitiques d'Ellora et de Karnac, les aspirations désespérées des ogives de la cathédrale de Séville ; l'aiguille gothique, le campanile romain, la coupole byzantine, le minaret oriental, formeraient d'harmonieux accords dans cette vaste symphonie de pierre chantée à Dieu par tout un peuple. — Les mythes génésiaques, les allégories de la chute et du rachat, la rémunération du bien et la punition des forfaits, les symboles des puissances célestes, exécutés en mosaïques, revêtiraient les murailles de teintes chaudes et riches. L'or scintillerait aux parois intérieures avec une

profusion digne des Incas ; un peuple de statues anime-
rait les frises, les niches, les entrecolonnements et les rin-
ceaux des portails.

Au lieu des cloches dont les capsules de bronze n'ont
qu'une psalmodie lugubre et monotone, on établirait dans
les tours des orgues immenses avec des tuyaux gros comme
la colonne de la place Vendôme, dont les soufflets seraient
mis en mouvement par des machines à vapeur de la force
de huit cents chevaux. Des musiques religieuses, composées exprès, seraient exécutées aux différentes heures du
jour, et des trombes d'harmonie passeraient sur la ville,
dominant toutes les rumeurs et rappelant l'idée de Dieu à
la foule distraite. A l'intérieur du temple, les voûtes, disposées selon les lois de l'acoustique, donneraient une so-
norité merveilleuse aux cantiques sacrés ; le prédicateur,
du haut de sa chaire géante, aidé du téléphone, soufflerait
la parole divine, comme du bord d'un nuage, un de ces
grands anges à clairon que les peintres placent dans les
jugements derniers. Quoique les cathédrales gothiques
soient belles, il est permis de croire qu'un édifice, qui
résumerait à lui seul les trois cents églises de Paris, offri-
rait aux yeux une silhouette encore plus hardie et plus
surprenante.

L'unité de Dieu resulterait d'une façon plus claire de
l'unité du temple, et sa toute-puissance de la masse formidable de l'ensemble. — A cela vous pourriez objecter
l'éloignement où beaucoup de fidèles se trouveraient de la
maison du Seigneur ; mais les moyens de locomotion de
l'avenir seront tellement perfectionnés que ce qui nous
paraît aujourd'hui une longue distance sera dévoré avec
une rapidité à peine appréciable à la pensée !

Voilà donc Dieu logé confortablement ; occupons-nous

maintenant du chef, élu de la nation. — Nous l'établissons sur la butte Montmartre, que l'on ferait écrouler sous d'énormes pressions, et qui, tassée de la sorte, servira merveilleusement aux remblais, aux terrasses et aux travaux de substruction. Les serres, les orangeries, les écuries, toutes les dépendances occuperont le premier gradin de cette pyramide de contructions, dont les assises inférieures commenceront à l'endroit où est aujourd'hui l'église de Notre-Dame-de-Lorette. Des terrasses, liées entre elles par des pentes douces, supporteront des palais et des colonnades, du centre desquels jailliront d'autres palais moins vastes, jusqu'à ce que l'on arrive au faîte de l'édifice, au sanctuaire mystérieux et splendide, à la tour du chef, chambre unique recouverte de lames d'or constellées de pierreries ; ornée, ce qui est plus riche encore, des plus belles peintures des grands maîtres.

Aux quatre faces de cette tour s'ouvriront autant de balcons, dans la direction des quatre points cardinaux, d'où le chef, raide d'or, de diamants et d'escarboucles, se fera voir au peuple dans un flot de velours et dans un rayon de lumière. Ce chef, choisi par la nation, sera le plus beau, le plus intelligent et le plus fort de son royaume ; en sorte qu'étant supérieur à tous dans tout, il sera obéi passionnément de chacun. Ceux que son génie blesserait seront subjugués par sa beauté : on ne peut estimer sa taille à moins de huit pieds de haut. A cette stature de Titan il joindra des formes dignes de l'Antinoüs, du Méléagre et des plus suaves conceptions de l'art grec. — Une cuisine raisonnée, une hygiène transcendante, le maintiendront dans un état de jeunesse et de santé admirables, dans un tel équilibre d'humeur, que ses décisions ne pourront être qu'impartiales et

judicieuses. Ses paroles seront recueillies et gravées sur
le marbre comme des oracles, et, la nuit, des scribes veil-
leront à côté de son lit, afin de guetter les mots qui lui
échapperaient dans son sommeil ; car rien ne doit être
perdu de la pensée du chef, chacune de ces pensées étant
un bienfait pour le peuple et l'humanité.

Quand le chef descendrait dans la ville, ce serait un
splendide coup d'œil de voir, du faite du palais jusqu'à
la base, se dérouler les théories du cortége. — La population en extase regarderait, du haut des toits et des balcons, cette réalisation de ses rêveries de magnificence ;
les chefs doivent donner aux peuples qu'ils gouvernent,
sous peine de désaffection, le spectacle des formes plastiques du pouvoir. Il y a au fond de tout être, si humble
et si pauvre qu'il soit, u ne aspiration secrète vers les
féeries de l'opulence. L'amour de l'or, de la pourpre, du
marbre tourmente plus ou moins toutes les âmes. C'est
donc un devoir sacré, pour les puissants et les riches, de
faire aux multitudes cette aumône qui n'appauvrit en rien,
l'aumône de la vue de leur luxe.

Mille timbaliers, montés sur cinq cents éléphants, —
les éléphants seront alors parfaitement acclimatés en
France, — ouvriront le cortége en accentuant le rhythme
des symphonies d'instruments de cuivre, bien autrement
puissants encore que le bugle et le saxophone, exécutées
par quatre mille nègres vêtus de casaques d'écarlate rayé
d'or ou d'azur rayé d'argent ; des théories de magistrats,
de prêtres, de savants, de poëtes, d'artistes, revêtus de
costumes sévères ou brillants, viendraient ensuite ; puis
le chef, dans un char étincelant traîné par des lions, des
tigres (rendus domestiques), des chevaux de race particulière, qui ne ressembleront en rien aux nôtres, ou bien

par quelque animal de nouvelle invention, en cuivre, en
acier, ou quelque autre matière ; car les minéraux seront
alors élevés jusqu'à la vie par les efforts de la science. On
fera des machines qui se reproduiront d'elles-mêmes. La
maison du chef suivra ensuite, échansons, pannetiers,
chambellans, écuyers, etc., etc., etc. — Si l'on s'étonne
de ne pas voir de militaire dans ce cortége, c'est qu'il n'y
en aura plus depuis longtemps. — La guerre sera sup-
primée avec les vestiges de l'ancienne barbarie ; l'on aura
trouvé des engins de destruction d'une telle puissance,
que, d'un côté comme d'un autre, la résistance serait impossible. Il faut, entre les armes offensives et le corps
humain, une certaine corrélation, un équilibre quelconque, au-delà duquel le courage n'existe plus. Achille,
Mars lui-même, fuiraient devant un canon perfectionné,
tirant à la minute soixante boulets de deux ou trois cent
livres chacun.

La ville sera d'une magnificence architecturale dont on
ne peut se faire une idée : sans tomber dans les ennuis
d'une uniformité stupide, les rues, conçues d'après un
plan raisonné, présenteront chacune une physionomie et
un ensemble ; telle rue affectera le style byzantin, telle
autre le style gothique, une troisième le goût mauresque,
l'autre celui de la renaissance. Les architectures grecque
et romaine montreront aussi leurs échantillons. Ces curiosités serviront à varier le caractère des quartiers bâtis,
en général, dans un style nouveau, que nous ne pouvons
désigner encore, mais qui, selon toutes les probabilités,
se rapprochera de celui que les Espagnols appellent
plateresco. Les architectes de ce temps-là, au lieu de chercher à dissimuler les pièces de leurs constructions, leur
donneront beaucoup de relief et d'accent ; ils tireront des

toits, des fenêtres, des portes, des poutres, nettement
accusés, des motifs d'ornementation pleins de caractère
et de nouveauté. Les façades ne seront plus plates comme
elles sont aujourd'hui ; les corniches, les balcons et les
corps de logis se permettront des reliefs prohibés maintenant par une voirie mal entendue ; de grandes dalles de
marbre blanc ou de lave émaillée de diverses couleurs, de
façon à former des mosaïques, remplaceront nos horribles
pavages modernes ; des ruisseaux, d'une eau pure comme
le cristal, courront de chaque côté ; quant aux eaux
ménagères, elles s'écouleront dans deux égouts parallèles
pratiqués sous les maisons, et perpétuellement balayés
par des courants d'une grande force.

Au milieu de la voie s'allongeront les doubles lignes du
rail-way, car les charrettes, les camions, les haquets, les
fiacres, les voitures et tous ces modes de transport barbares seront supprimés par la force des choses. — D'immenses et nombreux squares pleins d'arbres, de fleurs et
de fontaines, absorberont les vapeurs, assainiront l'air
et distilleront l'acide carbonique ; les enfants, les femmes,
les vieillards et les rêveurs y trouveront à chaque pas des
lieux de repos et de promenade, et, du moins, les ouvrages
de la nature tiendraient leur place au milieu des constructions du génie des hommes, et feraient souvenir qu'il y a
un Dieu, chose que l'on peut fort bien oublier dans les
villes actuelles. L'été, des *tendidos* de toile, rayés de couleurs vives et arrosés d'eau de senteur, mettront les passants à l'abri du soleil, et l'hiver, de vastes panneaux
vitrés, posés d'une corniche à l'autre, les préserveront des
intempéries de la saison : les rues trop larges, pour être
ainsi recouvertes, auraient des arcades que l'on fermerait
par des cloisons de verre.

Chaque maison serait tenue d'avoir une bouche de son
calorifère tournée à l'extérieur, de sorte que, dans ces
passages, ainsi fermés, l'on jouirait de la plus douce
température; que de rhumes, que de fluxions de poitrine
ainsi évités! Dans les quartiers opulents, ces corridors ou
ces cloîtres, comme on voudra bien les appeler, seraient
garnis de tapis, d'orangers, de magnolias, de lauriers, de
camellias et autres arbustes en fleur. Cette disposition
amènerait d'importantes modifications dans les costumes ;
les couleurs claires et tendres, les broderies d'or et d'argent, que la boue et la pluie effarouchent, ne tarderaient
pas à revenir. Nos neveux dépouilleraient enfin ce long
deuil que porte l'Europe entière.

Il n'y aurait plus que quatre théâtres : — un théâtre
de chant et de déclamation lyrique, un théâtre de danse et
spectacles pittoresques, un théâtre de drame et tragédie,
un théâtre de comédie, pantalonades et farces exhila-
rantes ; — mais d'une beauté et d'une magnificence
inouïes, dignes d'un peuple qui se proclame lui-même le
plus spirituel de l'univers, et qui va prendre ses plaisirs
dans des bouges pestilents, où il ne voudrait pas envoyer
ses forçats. — Tout y sera large, aéré, commode; les loges
offriront le confortable des appartements les plus recher-
chés; on pourra prendre des bains parfumés dans les
baignoires, tout en regardant le spectacle à travers un
grillage d'or ; on soupera, l'on fera des visites, l'on rece-
vra dans les salons des avant-scènes, et l'on jouira de ces
plaisirs composites, si peu connus de nous autres, pauvres
civilisés, qui ne savons procéder que par énormes séances
L'éclairage de la scène viendra d'en haut, et non d'en
bas, comme cela se pratique stupidement aujourd'hui :
cette amélioration permettra d'arriver à des effets d'opti-

que d'une vérité complète, et modifiera le système des décorations, où tant de talent est dépensé en pure perte : les mécanismes seront tellement simplifiés et tellement parfaits, qu'un seul ingénieur, placé devant un petit clavier, fera changer le théâtre de fond en comble en frappant une touche, ou en tournant un bouton de cuivre. Le personnel sera innombrable : il y aura cent premiers chanteurs, dont le plus mauvais vaudra Rubini : autant de premières danseuses, et ainsi de suite; les choristes formeraient au besoin une armée.

Les bourses, les chambres de commerce, les salles de conversation, les portiques pour causer philosophie en se promenant, les Elysées des petits enfants, tout cela sera disposé avec une entente de l'hygiène et du bien-être dont nous n'avons aucune idée et que les poëtes seuls peuvent entrevoir de cet œil intérieur dont ils regardent les choses de l'avenir.

Grâce aux études faites sur les climatures, on jouira à Paris d'une température assez semblable à celle de Naples. Une large zone de forêts se nouera autour de la ville, comme une ceinture verte, arrêtera les vents et retiendra les brouillards, que ses feuilles absorberont pour les rendre à la terre, qui en fera des sources et des fontaines. — Quand le temps menacera d'être pluvieux, des détonations de monstrueuses pièces d'artillerie, par la commotion qu'elles causeront à l'air, rompront et disperseront les bancs de nuages; si ce moyen ne suffit pas, des aéronautes monteront jusqu'à la région des nuées dans des ballons métalliques, et en entraînant les vapeurs dans les turbines de leur sillage, ils les conduiront à la remorque au-dessus des campagnes qui auraient besoin d'eau. On balaiera le ciel chaque matin comme on balaie le pavé de Paris.

Il n'y aura plus de nuit : sur chaque place s'élèveront des phares, des minarets, d'architecture mauresque, dont le sommet portera des aigrettes de lumière électrique, d'un éclat si intense que le gaz se détachera en noir sur sa flamme. Ces phares jetteront sur la ville une lueur blanche et bleue dix fois plus vive que celle du plus brillant clair de lune oriental. L'on pourra lire à cinq ou six lieues dans la campagne les éditions les plus microscopiques. — La seule chose à quoi l'on pourra reconnaître la nuit, c'est qu'on y verra plus clair que dans le jour. Les gaz d'éclairage, aujourd'hui si infects, exhaleront les parfums les plus délicieux, les arômes les plus suaves. Les hommes de ce temps-là dormiront très-peu, ils n'auront pas besoin d'oublier la vie dans cette mort intermittente qu'on appelle le sommeil : leur existence sera d'abord si bien combinée qu'ils n'éprouveront jamais de fatigues, les résistances de la matière étant vaincues, et l'alimentation dégagée de tout ce qu'elle a de grossier.

Si nous voulions, nous pourrions mener bien loin notre hypothèse, et décrire les mœurs du Paris futur avec autant de détails que le ferait un romancier intime de l'école de M. de Balzac; mais en voilà bien assez pour prouver aux Parisiens, qui se flattent d'avoir une capitale, combien est profonde leur erreur. — Il leur faut encore mille ans pour égaler seulement Londres, et Dieu sait que nous ne sommes pas anglomane !

UNE VISITE CHEZ MERODACH-BALADAN.

En entrant dans ces deux salles basses, à l'angle de la cour du Louvre, où sont déposées les antiquités trouvées à Khorsabad, nous avons éprouvé une sensation étrange. Ici la vie triviale, affairée, la foule s'écoulant par les guichets ; là un monde inconnu, une civilisation mystérieuse retrouvée tout à coup. D'un seul pas, nous avions franchi deux mille lieues et quatre mille ans !

L'on sait l'histoire de la découverte de ces précieux restes dus à la sagace activité de M. Botta, consul de France à Mossoul. De l'autre côté du Tigre, en face de Mossoul, sur la rive orientale du fleuve, s'étend une plaine bossuée de monticules et semée de détritus de briques : c'est là que fut Ninive.

La mort des villes est un phénomène que l'on n'a pas assez étudié. Ces grands corps qu'anime une vie multiple et collective semblent avoir des maladies particulières dont les historiens n'ont que confusément tracé la pathologie. Soudainement, on ne sait pas pourquoi, une ville qui paraissait florissante et douée d'un long avenir est frappée de langueur et de paralysie. L'existence l'abandonne et ses rues sont comme des veines ouvertes par où son sang s'écoule. Tantôt c'est une invasion de barbares ou de conquérants, tantôt une révolution climatérique, ou bien encore, comme c'est le cas de Ninive, une malédiction céleste.

Ces centres prodigieux où les populations abondaient et bourdonnaient comme des essaims d'abeilles aux abords d'une ruche, entrant et sortant par les larges bouches des cités vomitoires, deviennent déserts tout à coup. L'herbe pousse dans les ornières des chars. Les pullulations de la solitude, l'ortie et les reptiles, envahissent les chambres des palais ; les orfraies et les griffons habitent les temples dévastés. Les chemins des hommes s'éloignent de plus en plus de ces lieux maudits, et alors, dans le silence et l'abandon, il se passe une chose étrange : lorsqu'un oiseau meurt au fond des bois, des insectes noirs sortis on ne sait d'où arrivent aussitôt et se mettent à l'œuvre. On les appelle fossoyeurs, et ils sont bien nommés ; ils creusent sous le petit corps une fosse où ils le font tomber, puis ils s'en vont après avoir soigneusement nivelé le sol. L'entomologie n'a pas classé les noirs insectes qui, dans la solitude, creusent la tombe des villes mortes et les font lentement disparaître de la surface du globe. Mais on ne sait comment la terre monte et s'accumule jetée par la pelle d'invisibles fossoyeurs. Les colonnes en ont bientôt jusqu'aux genoux ; les vastes cours des palais s'emplissent comme une mesure où le laboureur tasse le froment; les rues s'oblitèrent peu à peu, les canaux tarissent, la poussière envahissante monte les escaliers marche à marche,

s'arrêtant quelquefois un siècle sur les paliers, pour reprendre haleine ; elle nivelle les toits, gagne les tours étage
par étage, suit dans les airs les spirales infinies des Babels,
et les cercles d'aigles centenaires qui tournoyaient autour
du sommet prodigieux sont tout surpris un jour d'enche-
vêtrer leurs ailes aux brousailles du sol, là où ils fouettaient
de leur noire envergure le créneau d'une Lylacq.

Dans un pli du terrain, elle a disparu l'énorme ville,
avec ses temples démesurés, ses palais géants, ses superpositions de tours, ses escaliers de terrasses, du haut desquelles, accoudés et rêveurs, les rois étalaient leurs barbes
frisées sur un pectoral de pierreries, avec ses pylônes faits
d'un seul bloc, ses colosses de granit rose, ses éléphants
de basalte soufflant l'eau et le feu par leurs trompes re-
dressées, ses piscines où l'on descendait par cent degrés
de porphyre, ses viviers pleins d'eaux amères, où sautent
et reniflent les monstres de l'Océan, ses toits de marbre
d'où les mages épelaient la nuit dans l'alphabet d'étoiles
du ciel, et ses profondes cités mortuaires, où, couche par
couche comme des feuilles d'automne, se déposent les
générations tombées de l'arbre du temps. Tout cet immense
entassement de richesse, de puissance et d'orgueil, ce prodigieux amas dont les dentelures déchiraient les nuées au
passage, n'est plus maintenant qu'une plaine aride et
bossuée de monticules difformes. Les sources extravasées y
filtrent à travers les pierres et les briques, et s'y étalent en
flaques noires où s'abreuvent les plantes vénéneuses, où frétillent les hydres en nœuds verdâtres. La terre corrompue et
brûlée par la putréfaction lente du cadavre qu'elle recouvre ne produit que des poisons et ne peut fournir à la vie
des aliments. L'homme meurt dans ces lieux que foulaient
jadis d'innombrables populations. Quelle est la raison

secrète, la cause occulte qui raie du livre de la vie, comme
un mot inutile, toutes ces cités colossales, centres d'empires tels que le soleil n'en reverra plus? faut-il croire,
comme pour Babylone et Ninive, à l'effet d'une malédiction? Dieu a-t-il pris la peine de se colérer contre ces
villes superbes, et d'appuyer son pouce sur leur front re-
belle pour les écraser? Impénétrable mystère, problème
insoluble qu'on cherche en vain à expliquer par les con-
quêtes et les changements d'empires, les écroulements de
dynasties, les substitutions et les dispersions des races.

Qui aurait jamais cru que nous verrions de nos yeux,
que nous toucherions de nos mains, des fragments de la
ville anathématisée par le prophète ; que nos pieds foule-
raient le seuil qu'ont foulé Assur, fils de Sem ; Ninus, fils
de Bélus ; Sardanapale, Teglathphalasar et Salmanasar,
tous ces rois demi-réels, demi-fantastiques, embaumés
dans des versets de la Bible? Un de ces jours, si l'on fait
des fouilles à la place où fut Babylone, on apportera au
Louvre la salle tout entière du festin de Balthasar et la
muraille avec le *manè, thecel, pharès,* écrits par la main
flamboyante et traduits par Daniel.

La découverte de ces restes merveilleux est due à un
de ces hasards qui n'arrivent qu'aux gens d'esprit :
M. Botta faisait pratiquer des fouilles sur l'enceinte où
l'on croit généralement qu'était située Ninive, et, las de
ne rencontrer que des briques et des fragments informes,
il fit attaquer un monticule au village de Khorsabad. Ce
monticule à peine éraillé par les travailleurs livra le secret
que renfermaient ses flancs. C'était la caisse de terre, la
boîte mystérieuse qui conservait la momie d'un palais
ninivite. Palais gigantesque tout plaqué de bas-reliefs et
d'inscriptions cunéiformes, peuplé de colosses d'albâtre

aux aspects étranges et symboliques. Un incendie avait dévasté l'édifice, et sur le plancher gisaient les poutres carbonisées du plafond, parmi les cendres mêlées des restes d'un enduit bleu, car cette architecture était colo- riée, suivant l'usage presque général de l'antiquité. Le feu, qui a laissé ses traces sur les murailles de ce palais, avait peut-être été allumé par Cyaxare, le roi mède, le réalisateur des menaces prophétiques, l'exécuteur des ven- geances divines. Quelques-uns des bas-reliefs, trop pro- fondément mordus par la flamme, s'exfoliaient et s'effritaient au contact de l'air ; et jusqu'à l'arrivée de M. Flandin, envoyé par le gouvernement au bruit de la découverte, M. Botta dut s'improviser dessinateur pour conserver au moins en croquis ces révélations du passé que le néant allait ressaisir. Heureusement beaucoup de portions avaient été moins maltraitées et purent être détachées des murailles pour être embarquées sur le Tigre et envoyées à Paris. Alors, découverte abrutissante, qui confond tout raisonnement et ouvre des perspectives sans borne à la rêverie, on s'aperçut que sur l'envers des bas-reliefs étaient gravées d'interminables descriptions cunéiformes, creusées avec le soin le plus méticuleux, et que nul œil n'avait jamais pu lire, puisqu'elles regar- daient la paroi de la muraille et qu'elles étaient faites pour se noyer dans la maçonnerie. Ainsi ce n'était pas assez d'orner des salles de bas-reliefs du travail le plus fin et le plus soigné, et qui, mis bout à bout, formeraient une bandelette de plusieurs kilomètres, il fallait encore que, la face perdue, le côté aveugle de ces frises sculptu- rales dans lesquelles se déroule la vie d'un peuple, fût sillonné de légendes cryptiques. Quelle armée d'artistes infatigables et habiles on a dû employer à l'exécution de ces travaux incompréhensibles! Quels étaient l'intention et le but de ceux qui les commandaient? Qu'espéraient-ils de ces inscriptions qui ne pouvaient être lues qu'après la dévastation et la ruine des monuments auxquels on les appliquait? Quelle révélation terrible voulaient-ils faire à l'avenir, qu'ils prenaient de telles précautions? Oh! si l'on pouvait pénétrer cette pensée si profondément mystérieuse, et devant laquelle le sphinx, cet expert en fait d'énigmes, resterait rêveur pendant des siècles en se rongeant les griffes! Quel est le sens de tous ces petits clous gravés en creux, qui se groupent, s'isolent, se penchent, se dressent, se couchent en mille attitudes inintelligiblement significatives? Sont-ce des formules talismaniques destinées à rendre éternel le palais qu'elles protègent occultement, des dates ou des renseignements historiques comme ceux qu'on enfouit sous la première pierre des monuments qu'on élève, des éloges tellement hyperboliques du maître qu'il aurait rougi de les exposer aux regards des contemporains, et disposés ainsi pour donner de lui l'idée la plus flatteuse à la postérité? Ou bien encore les esclaves occupés à sculpter ces bas-reliefs, où leur défaite était glorifiée, auraient-ils voulu sur la face opposée inscrire la légende ironique de leurs vainqueurs et se venger ainsi de leur abaissement? Après tout, cette abnégation n'a rien qui doive surprendre dans l'art antique, où des peuples entiers travaillaient au profit et à la gloire d'un seul maître, où l'Egypte gravait patiemment dans le plus noir granit, sur les murailles ténébreuses de ses syringes, d'incommensurables bandelettes d'hiéroglyphes coloriées pour amuser la momie de quelque prêtre ou de quelque pharaon.

Outre ces bas-reliefs, M. Botta a fait embarquer après

qu'on les eut sciés en plusieurs morceaux, car leurs
monstreuses dimensions ne le permettaient pas avec les
ressources dont il disposait, quatre colosses qui formaient
les jambages d'une porte, et dont les proportions, l'aspect
grandiose et le travail admirable frappent d'étonnement et
de stupeur, et font se demander si, depuis trois mille ans,
le genre humain a fait un pas et si le progrès n'est pas
un vain mot dont se berce l'orgueil de chaque génération.

Ces fragments ont été ressoudés au Louvre avec une
telle adresse, que le point de jonction est introuvable :
d'autres colosses du même genre, réenterrés par les soins
de M. Botta, attendent, dans l'intégrité la plus pure, que
quelque vaisseau d'Europe les vienne chercher et les tirer
de leur tête-à-tête éternel avec l'ombre, le silence et la
solitude, ces trois compagnons mélancoliques des splendeurs et des divinités déchues.

Le musée assyrien se compose de deux salles : dans la
première, sont encastrés différents bas-reliefs; dans la
seconde, ont été reconstruits les colosses dont nous
venons de parler.

Parmi les bas-reliefs de la première salle, les uns sont
en forme de frises, les autres offrent d'autres dimensions
et plaquaient probablement des panneaux.

Sur deux d'entre eux assez frustes, mais cependant
facilement reconnaissables, sont sculptées des scènes
maritimes d'un grand intérêt. Une mer capricieusement
ondée et constellée d'animaux caractéristiques, tels que
tortues, crabes, poissons, hydres, porte une grande
quantité de barques manœuvrées par de petits bons-
hommes d'un mouvement très-vif et très-vrai. Dans l'un,
il s'agit de l'attaque d'un port; dans l'autre, d'un arme-
ment naval. Les barques traînent des poutres attachées à

une corde passée dans des trous faits à leur extrémité. Ces bois de construction sont remorqués vers la rive, où des ouvriers semblent les attendre. La conformation des barques est assez singulière : leur proue est faite d'une tête de cheval emmanchée d'un long col où viennent s'accrocher les cordages commes des rênes, ce qui donne aux matelots un air d'écuyers assez étrange et rappelle ces métaphores parlementaires où l'on voit que le vaisseau de l'état a besoin d'être tenu en bride par une main ferme : le cheval était autrefois consacré à Neptune, et c'est peut-être quelque raison religieuse qui faisait sculpter dans cette forme la proue des navires. D'ailleurs, l'usage de donner une apparence de vie et d'intelligence aux embarcations existe encore aujourd'hui. Nous nous rappelons avoir vu à Cadix des barques portant à leur avant deux grands yeux peints, qui, avec le taille-mer pour nez, dessinaient une espèce de visage humain.

Un écuyer guidant un cheval qui se trouve enclavé dans la muraille offre une souplesse de mouvement, un sentiment du vrai, une étude de la myologie, qui laissent bien loin derrière eux les silhouettes les plus pures de l'art égyptien. Bien que, çà et là, dans l'aspect général plutôt que dans les détails, les traditions iératiques fassent sentir leur raideur, ce morceau rappelle plutôt les bas-reliefs d'Egine et les sculptures archaïques de la Grèce. Le cheval contenu par le palefrenier, qui se tient un peu en arrière, est vraiment d'une élégance et d'une pureté de dessin remarquables. Son anatomie ne laisse pas de prise à la critique. Les muscles son indiqués avec vigueur, et les veines gonflées serpentent moelleusement sur le lacis des nerfs des jarrets ; la tête a du caractère, et le harnachement, exécuté avec une précision telle qu'il

pourrait servir de modèle à un sellier, est d'une grâce et
d'un goût auxquels trente siècles de perfectionnements ont
pu ôter, mais non ajouter : rien n'est plus léger et plus
riche que ce système de bossettes et de franges. — L'Hip-
podrome devrait bien nous donner dans une de ses pro-
chaines représentations le spectacle d'un quadrige ninivite, avec ses écuyers et ses guerriers : rien ne serait plus
facile, car voici précisément dans un autre bas-relief des
hommes qui transportent à dos un char de guerre dé-
monté, et qui pourrait remplacer un plan géométrique si
l'on voulait le reconstruire.

Tout cela est sans doute très-beau et très-curieux, mais
n'approche pas de l'effet produit par les colosses de la
seconde salle.

Représentez-vous deux taureaux ailés à tête humaine,
d'une beauté monstrueuse, d'une grâce grandiose, d'une
sauvagerie coquette, où le symbolisme, l'ornementation
et la vérité se fondent dans des proportions étranges, et
dont rien ne peut donner l'idée.

La tête humaine a des traits d'une noblesse et d'une
régularité parfaites. Le nez prend une courbe aquiline, et
l'œil, sous un sourcil épais, s'allonge avec la langueur
des paupières orientales ; la bouche s'épanouit dans une
barbe frisée qui commence par des tire-bouchons et finit
sur la poitrine par plusieurs étages de nattes cannelées et
striées, les cheveux ondés et frisés également à leur extrémité s'étalent en s'arrondissant sur les premières plumes
des ailes qui s'insèrent aux épaules. La coiffure est une
mitre terminée par un rang de palmettes et semée de
petites rosaces ; quatre cornes qui se recourbent en avant
et des oreilles de taureau enjolivées de pendeloques, complètent l'ornement d'une richesse à la foi efféminée et

barbare. Les ailes se composent de cinq rangées de plumes disposées symétriquement. Les trois premiers rangs partent du poitrail et montent jusqu'à l'articulation de l'aile, formant une espèce de zone imbriquée ou papelonnée, si l'on nous permet d'emprunter au blason ce terme significatif ; les deux autres sont composés de pennes ou longues plumes placées horizontalement. Tout le poil qui hérisse le bas du ventre, les reins et le contour de la croupe est tordu en petits frisons, de même que celui de la queue terminée par une houppe à trois étages. A la naissance de la queue, nous avons remarqué un épi de poil comme en font à leurs bœufs les bouviers de l'Andalousie.

Entre les jambes de devant de ces taureaux sont gravées très-finement et très-précieusement des inscriptions cunéiformes, des prières, des talismans ou des dédicaces ; — ces colosses qui remplacent les pieds droits d'une porte sont-ils des dieux tutélaires, des figures emblématiques, ou de purs objets d'ornement, des espèces de cariatides-quadrupèdes faisant office de piliers? c'est ce que nous ne saurions résoudre : trop d'obscurité enveloppe ces mythologies lointaines. Cependant les taureaux à tête humaine, les ailes d'aigle et les figures de géant étouffant les lions qui les accompagnent, et dont nous n'avons pas encore parlé, rappellent sous plusieurs rapports le symbolisme mithriaque.

Une particularité assez bizarre dans l'exécution des taureaux, ce sont les pieds additionnels dont ils sont ornés sur chaque face latérale. La tête et le poitrail de l'animal, pris de face, forment la façade de la porte, et les deux pieds de devant se présentent d'une façon toute naturelle. Mais, comme dans des masses si énormes et de qui l'on

19.

exigeait la plus grande solidité, le bloc de pierre compris entre les jambes de l'animal n'aurait pu être évidé sans danger, il en résulte que les jambes de l'autre face n'étant pas aperçues, la figure eût boité à l'œil quoique mathématiquement régulière, et un pied supplémentaire a dissimulé cet inconvénient avec bonheur. Ce n'est qu'un long examen qui nous a fait découvrir ce singulier subterfuge sculptural.

Passons maintenant aux géants dompteurs de lions qui, dans la réalité, se tenaient debout à côté des taureaux, mais qu'on a placés en retour, faute d'espace.

Ils ont bien cinq ou six mètres de haut, et sont exécutés avec une minutie qui contraste avec leur caractère grandiose : le haut du corps est de face jusqu'au genoux. Le reste se présente de profil avec un mouvement de torsion dont il ne faut pas chercher la cause ailleurs que dans les nécessités du bas-relief. Les pieds, vus de face, auraient eu trop de saillie et se fussent facilement blessés. Les présenter en raccourci est une hardiesse qui n'appartient qu'aux arts parvenus à leur apogée. Les personnages, de la tête desquels s'échappent plusieurs rouleaux de nattes, et dont la barbe descend sur la poitrine par cinq rangées de spirales, sont nus jusqu'à mi-corps. A partir de leurs reins, serrés par une ceinture dont le bout flotte entre leurs jambes, s'allonge une espèce de pagne historié de grecques et de franges qui bride assez étroitement.

Des bracelets enserrent leurs poignets et leurs biceps. Le premier est composé de rosaces ou boutons étoilés ; le second d'un cercle coupé brusquement à ses deux bouts et s'enroulant trois fois sur lui-même. Ces bracelets sont du style le plus élégant, et pourraient être exécutés par Froment-Meurice. Chacun de ces géants tient à la main une arme courbe, terminée à sa poignée par une tête de génisse, et dont il serait difficile de dire si c'est un fouet, une massue ou un sabre. L'autre bras comprime avec la tranquillité de la force un lion, ou plutôt un lionceau, car la disproportion est grande entre l'homme et l'animal, à moins toutefois qu'on n'ait voulu caractériser, ainsi que cela arrive dans la symbolique chrétienne, la divinité du personnage par la grandeur de la taille. Ces lions se débattent avec une énergie admirable; leurs mufles se contractent, leurs nerfs se tendent, leurs griffes sortent de leurs étuis rétractiles, et l'on voit dans leurs jarrets en arcs-boutants les efforts qu'ils font pour se soustraire à la pression qui les étouffe.

Pour en finir avec la race léonine, parlons d'un admirable lion de bronze posé sur un autel triangulaire si pur de forme, que, sans les inscriptions qui tapissent les pans du musée ninivite, on aurait pu le croire grec et du plus beau temps.

Ce lion, accroupi et allongé sur les pattes, porte dans le dos un fort anneau, et son usage paraît avoir été, soit de retenir les cordes qui servent à tendre les tentes, soit à fixer le coin d'une portière. Il bâille. Son masque se fronce et sa gueule fait un rictus que Barye ne rendrait pas avec plus de vérité et d'énergie. En art, nous ne connaissons d'égal à ce lion ninivite, que le lion déchirant le serpent qui est aux Tuileries, au bas de la terrasse du bord de l'eau. Il a fallu trois mille ans et un sculpteur de génie pour revenir à ce degré de perfection.

D'autres figures très-curieuses, sont encastrées çà et là dans les murailles; — un dieu, — peut-être un roi à ailes quadruples, à tête d'aigle ou d'épervier, rappelant les idoles égyptiennes, et tenant dans ses mains un panier ou vase et une pomme de pin, l'un emblème de l'eau; l'autre du feu; un sacrificateur portant une gazelle; un guerrier armé d'un sabre suspendu à un baudrier, d'un arc, d'un carquois et d'une masse d'armes; des rois, des eunuques, des esclaves faisant leur soumission; des soldats portant du butin; des serviteurs préparant des banquets, occupent les frises entières ou fragmentées, qui remplissent le musée ninivite. — Un attelage de quatre chevaux, qui s'y trouve reproduit, présente cette particularité. Les têtes des quatre chevaux sont représentées avec beaucoup de soin et de finesse, mais les jambes des deux premiers chevaux sont seules indiquées, sans doute pour ne pas produire une confusion désagréable à l'œil.

A l'aide de ces fragments, qui ne forment pas la centième partie des richesses découvertes à Khorsabad, rien n'est plus facile que de reconstruire en idée le palais d'un de ces rois considéré jusqu'ici comme fabuleux; et si nous voulions faire un roman historique à la Walter Scott sur Merodach-Baladan, grâce à M. Botta, nous pourrions y mettre la couleur locale la plus exacte et commencer ainsi :

..... Le jeune étranger, conduit par un eunuque à la face rebondie et vêtu d'une robe talaire, passa avec respect devant ces géants dompteurs de lions, et s'avança vers la porte formée de deux taureaux de dimension colossale, gardiens mystérieux déployant des ailes d'aigle et regardant avec des yeux d'homme. Il s'arrêta un instant à l'inscription cunéiforme gravée sur le seuil du palais, et dont on avait rempli les creux avec du cuivre brillant comme l'or. L'eunuque lui expliqua complaisamment le sens de cette légende qui contenait une formule talismanique et l'éloge du roi fondateur du palais. Puis, soulevant une

riche portière retenue d'un côté par un lion accroupi, et
de l'autre par un anneau de bronze, il l'introduisit dans
une vaste salle au plafond de bois de cèdre peint d'un azur
aussi vif que l'azur des cieux, au pavé de briques recouvert de nattes d'une finesse merveilleuse; une corniche
canée d'oves peintes d'un jaune aussi brillant que l'or
encadrait le bleu du plafond. Au-dessous régnait une
bande de carreaux émaillés des plus splendides couleurs,
et formait des symétries et des mosaïques; une longue frise
de bas-reliefs coloriés avec art et accompagnés d'inscriptions explicatives faisait le tour de la salle. Une autre
bande de tuiles vernissées servait de plinthe et complétait
l'ornement.

Merodach-Baladan, assis sur un trône aux pieds sculptés
de cannelures décroissantes, ayant pour bras douze chevaux richement harnachés dont la tête hennissante se
courbait sous la main distraite du roi, respirait nonchalamment une fleur de soma, pendant que les eunuques
agitaient autour de lui des éventails et des chasse-mouches. Une thiare tricorne constellée de pierres précieuses
pressait ses tempes, et sa barbe, frisée avec un soin minutieux, semblait sculptée dans un bloc de jais. Des pendeloques étincelaient à ses oreilles, et sa robe, quadrillée de
dessins symétriques et terminée par de riches franges d'or,
descendait jusqu'à ses sandales, retenues à l'orteil par un
seul ligament. Des bracelets d'or massif cerclaient ses bras
nus, et à son baudrier, orné de riches broderies, pendait
un sabre droit dont le fourreau portait à son extrémité un
groupe de lions combattants, ciselé avec un art admirable.

C'était l'heure du repas. Des esclaves couverts d'un
pagne assez semblable à celui des Egyptiens, sanglés d'une
espèce de ceinture gymnastique, et portant sur les reins

une peau d'agneau ou de mouton, s'empressaient autour du roi. L'un plaçait la table aux pieds aiguisés en griffes, l'antre tenait les cornes à boire terminées par des mufles de lion, un troisième plaçait les mets.

Les guerriers, la main appuyée sur leurs arcs, se tenaient immobiles derrière le roi, qui, apercevant le jeune étranger, lui fit signe d'avancer.

Le jeune homme ayant fait les génuflexions et les prosternations exigées par le rite, se releva et rendit au roi les tablettes que le satrape d'Ecbatane aux sept murailles l'avait chargé de porter à Merodach-Baladan, etc., etc.

On pourrait pousser la chose plus loin ; et si maintenant la mise en scène de *Sémiramide* n'est pas aux Italiens aussi parfaitement assyrienne que possible, c'est que M. Vatel y mettra de la mauvaise volonté.

Eh bien ! tout ceci n'est rien. — On retrouvera bientôt la tour de Lylacq et la cité d'Enochia. M. Layard, voyageur anglais, a découvert un autre palais construit avec les ruines d'un palais antérieur d'une antiquité fabuleuse. En détachant les bas reliefs, on vit qu'ils étaient sculptés des deux côtés. La face intérieure portait les traces d'un art beaucoup plus archaïque. Pour bâtir le nouveau palais, on avait tout bonnement retourné les pierres de l'ancien et sculpté la face restée plane. Où cela nous conduit-il ? Au déluge, pour le moins ! Et ce maudit alphabet de clous, qui le déchiffrera ? Qui pourra nous traduire les pensées de ces races disparues, les chefs-d'œuvre de ces poëtes énigmatiques qui, eux aussi, ont compté sur l'immortalité de leurs vers, et n'ont pas même laissé leur nom.

LES BAYADÈRES.

Le seul mot de bayadère éveille dans les cerveaux les plus prosaïques et les plus bourgeois une idée de soleil, de parfum et de beauté ; à ce nom doux comme une musique, les Philistins eux-mêmes commencent à sauter sur un pied et à chanter *Tirely*, comme le Berlinois de Henri Heine ; l'imagination se met en travail, l'on rêve de pagodes découpées à jour, d'idoles monstrueuses de jade ou de porphyre, de viviers transparents aux rampes de marbre, de chauderies au toit de bambou, de palanquins enveloppés de moustiquaires et d'éléphant blancs chargés de tours vermeilles ; l'on sent comme une espèce d'éblouissement lumineux, et l'on voit passer à travers la blonde fumée des cassolettes les étranges silhouettes de l'Orient.

Les jambes fluettes de Mlle Taglioni soulevant des nuages de mousseline vous reviennent aussi en mémoire, et les nuances roses de son maillot vous jettent dans dès rêves de même couleur. — La bayadère très-peu indoue

340 CAPRICES ET ZIGZAGS.

de l'Opéra se mêle malgré vous à la devadasi de Pondichéry ou de Chandernagor.

Jusqu'à présent les bayadères étaient restées pour nous aussi mystérieusement poétiques que les houris du ciel de Mahomet. C'était quelque chose de lointain, de splendide, de féerique et de charmant, que l'on se figurait d'une manière vague dans un tourbillon de soleil, où étincelaient tour à tour des yeux noirs et des pierreries. — Les récits des voyageurs, toujours occupés de la recherche d'un insecte ou d'un caillou, ne nous avaient donné que des notions fort insuffisantes à leur endroit, et, à l'exception de la ravissante histoire de Mamia racontée par Hummer, nous ne savions rien sur les danseuses de l'Inde, pas même leur nom; car le mot bayadère est portugais, elles s'appelent en réalité Devadasis (favorisées de Dieu). Cette dénomination leur vient d'une fable de la mythologie indoue, qui a fait le sujet du *Dieu et la Bayadère*.

Cette poésie parfumée, qui n'existait pour nous qu'à l'état de rêve, comme toutes les poésies, on nous l'a apportée, à nous autres paresseux Parisiens qui ne pouvons quitter le ruisseau de la rue Saint-Honoré, et pour qui le monde finit à la banlieue. L'Inde, voyant bien que nous n'irions pas à elle, est venue à nous, comme le prophète qui prit le parti de marcher lui-même vers la montagne qui ne marchait pas vers lui. Car l'Inde, toute sauvage, toute lointaine qu'elle soit, ne peut se passer de l'opinion de Paris. Il faut que Paris dise ce qu'il pense de ses devadasis, l'Inde veut savoir quel effet produiraient à côté des sœurs Elssler et des sœurs Noblet, Amani, Saoundiroun et Ramgoun, les danseuses prêtresses.

A défaut de l'Hoogly ou du Gange, le fleuve sacré, les

devadasis ont établi leur bungalow, à quelques pas de la Seine, allée des Veuves, dans une maison entourée de verdure, et qui représente tant bien que mal une chaumière indienne ; frappez à ces barreaux peints en vert, et garnis intérieurement de volets pour intercepter les regards curieux. — C'est là : un invalide, de garde à la porte, vous fera aisément reconnaître la maison mystérieuse. L'invalide n'est pas une précaution inutile, car il paraît que l'on a déjà tenté d'enlever ces beautés exotiques, et que des amateurs, trop fervents de danses orientales, escaladent les murailles du jardin.

Après avoir bien constaté notre identité à travers le guichet, on nous fit entrer dans une salle basse, dont le fond était fermé par une porte à larges battants : une vague odeur de parfums d'Orient remplissait la maison, des allumettes aromatiques au benjoin et à l'ambre se consumaient lentement dans un coin de la chambre, et derrière la porte on entendait babiller les clochettes aux pieds des danseuses.

Nous n'étions séparé d'un des rêves de notre vie, d'une de nos dernières illusions poétiques, que par une simple porte, et nous éprouvions une singulière émotion, mêlée d'attente et d'anxiété ; au signe du maître, les battants s'ouvrirent, et la troupe, composée de cinq femmes et de trois hommes, s'avança vers nous et nous fit le sélam, à quoi nous répondîmes de notre mieux par un salut parisien.

Le sélam consiste à pencher la tête jusqu'aux pieds en tenant les mains près des oreilles, puis on se relève, et l'on fait voir alternativement le blanc et le noir des yeux, tout cela accompagné d'un petit frétillement impossible à décrire.

Ce salut a ce cachet de grâce humble et fière particulier aux Orientaux, et il l'emporte sur le nôtre comme les oranges sur les pommes et le soleil sur le gaz.

Hâtons-nous de constater avant de passer à la description des bayadères, et de leurs danses, qu'elles sont charmantes, d'une authenticité irrécusable, quoi qu'en aient pu dire les petits journaux, et qu'elles ont parfaitement réalisé l'idée que nous nous en formions; nous avons été très-flatté de la justesse de notre intuition, car dans un roman de nous intitulé *Fortunio*, que vous ne connaissez probablement pas, quoiqu'il ait paru, ou peut-être parce qu'il a paru (excellent moyen d'incognito), nous avons introduit plusieurs figures indoues qui se trouvent de la plus grande exactitude et d'une ressemblance telle, qu'après avoir vu les véritables devadasis, nous n'aurions pas un mot à changer; cet hommage rendu à notre perspicacité instinctive, revenons à nos bayadères.

Nous commencerons par Amani, la plus belle et la plus grande de la troupe.

Amani peut avoir dix-huit ans, sa peau ressemble, pour la couleur, à un bronze florentin ; — une nuance olivâtre et dorée à la fois, très-chaude et très-douce, qui n'a aucun rapport avec le noir des nègres et le brun des mulâtres ; une nuance fauve comme l'or, et qui rappelle certains tons du pelage des biches ou des panthères ; — au toucher, cette peau est plus soyeuse qu'un papier de riz et plus froide que le ventre d'un lézard.—Amani a les cheveux d'un noir bleuâtre, longs, fins et souples comme les cheveux d'une brune d'Europe ; ses mains et ses pieds sont d'une petitesse et d'une distinction extrêmes ; la cheville est mince, dégagée, l'orteil séparé des autres doigts, en pied d'alouette, comme dans les anciennes statues grecques ; les flancs, le

ventre, les reins, pourraient lutter, pour la délicatesse et
l'élégance, avec ce que l'art antique nous a laissé de plus
parfait ; les bras sont charmants, d'une rondeur et d'une
sveltesse sans pareilles ; toute l'habitude du corps annonce
une force et une pureté de sang inconnues dans notre civilisation , où le mélange des classes efface et rend frustes
toutes les physionomies.

La tête est ovale avec un front bien proportionné, un
nez droit, un menton relevé, des pommettes peu saillantes,
un visage de jolie femme française ; la seule différence
consiste dans la bouche, petite, il est vrai, mais un peu plus
épanouie qu'une bouche européenne, à qui ses gencives
teintes en bleu, et ses dents séparées par des traits noirs,
donnent un caractère asiatique et sauvage ; pour les yeux,
ils sont d'une beauté et d'un brillant incomparables.— On
dirait deux soleils de jais roulant sur des cieux de cristal ;
c'est une transparence, une limpidité, un éclat onctueux
et velouté, une langueur extatique et voluptueuse dont on
ne peut se faire une idée ; toute la vie de la figure semble
s'être réfugiée dans ces yeux miraculeux ; le reste de la
face est immobile comme un masque de bronze, un vague
sourire entr'ouvre seulement un peu les lèvres, et fait respirer toute cette quiétude. La toilette d'Amani est bizarre
et charmante comme sa personne ; une ligne jaune, tracée
au pinceau et renouvelée tous les jours, s'étend sur son
front de la raie des cheveux à la jonction des sourcils ; sa
chevelure séparée en bandeaux, et nattée à la mode des
Suissesses, fait ressortir par son noir vigoureux l'éclat
papillotant du clinquant et des verroteries dont elle est
ornée; une calotte de cuivre sur laquelle est ciselée une
couleuvre, occupe au sommet de la tête la place où nos
femmes attachent leurs chignons ; cette calotte est main-

tenue par un cordon qui aboutit à un cercle transversal ; les tresses sont entremêlées de fils d'or et de houppes de soie. — L'on ne peut rien voir de plus étrangement gracieux, et de plus coquettement sauvage que cette coiffure.

D'énormes pendeloques, bizarrement travaillées, scintillent et frissonnent au bout des oreilles percées dé trous démesurés, où l'on pourrait faire entrer le pouce : le lobe supérieur est aussi criblé d'ouvertures remplies par de petites chevilles de bois, pour les empêcher de se renfermer.

De plus, ce qui contrarie un peu nos idées en matière d'élégance, la narine gauche percée, ainsi què la cloison nasale, donne passage à un anneau d'argent, enrichi de pierreries, qui retombe sur la lèvre supérieure : au premier abord, cet ornement semble d'un goût barbare, mais l'on s'y accoutume bien vite, et l'on finit par y trouver une grâce dépravée et piquante ; au milieu de ces figures bistrées, cet anneau écaillé de vives paillettes de lumière produit un bon effet, il éclaire la physionomie et tempère un peu l'éclat diamanté du regard, qui, sans cela tournerait peut-être au farouche, en ressortant avec trop de vivacité d'une face uniformément sombre.

Cinq ou six rangs de filigranes d'or entourent le col d'Amani ; deux ou trois cercles de cuivre jouent autour de ses poignets ; le haut du bras est serré par une espèce de bracelet en forme de V renversé qui comprime les chairs assez fortement ; de grands anneaux résonnent au-dessus de ses chevilles et accompagnent chacun de ses mouvements d'un bruissement métallique ; en outre, des bagues d'argent scintillent aux doigts de ses pieds ; — car c'est aux pieds que les Indiennes portent leurs bagues : les mains d'Amani sont zébrées de tatouages noirs, exécutés avec beaucoup de délicatesse, qui montent jusqu'à la moitié de l'avant-bras, et ressemblent, à s'y méprendre, à des mitaines de filet.

Un large pantalon à l'orientale, retenu au-dessus des hanches par une courroie de cuir vigoureusement sanglée, descend à grands plis jusqu'aux chevilles, une petite brassière à manches très-courtes enferme et contient la gorge : cette brassière est fort jolie ; les paillettes, les clinquants, les verroteries, les agréments d'or et d'argent, y forment les arabesques les plus capricieuses et les plus élégantes. A propos de ceci, remarquons que les nations, que nous regardons comme barbares, font preuve d'un goût exquis dans tous leurs ornements, et que les plus habiles passementiers de Paris restent bien loin des bourses, des blagues à tabac, des portefeuilles, des éventails et autres mômeries que l'on rapporte du Levant, et qui sont faites à la main par de pauvres diables rongés de vermine et roués de coups.

Entre cette brassière et le pantalon, il reste un assez grand espace entièrement nu, et qui n'est pas le moins paré. On ne saurait rien voir de plus charmant que cette peau blonde et dorée, si lisse et si tendue, qu'on la prendrait pour un corset de satin, et sur laquelle la lumière joue et frissonne en luisants bleuâtres. La chemise, il faut l'avouer, est un meuble inconnu aux bayadères.

Une grande écharpe d'étoffe bariolée, dont les bouts pendent par devant et ballonnent sur le ventre, complète ce costume de la plus piquante originalité.

Saoundiroun et Ramgoun sont habillées exactement de la même manière, à l'exception de l'écharpe qui est de mousseline blanche brochée d'or. Saoundiroun et Ram-

goun son âgées d'environ quatorze ans; elles portent au
cou un petit bijou d'or comme fiancées à la pagode;
Saoundiroun est la plus jolie des deux, du moins dans nos
idées européennes; leur vivacité pétulante et l'éclat joyeux
de leur sourire contraste avec l'air de résignation plaintive
d'Amani, qui a l'air d'une statue de la Mélancolie person-
nifiée; Tillé, qui est l'ancienne de la troupe n'a pas beaucoup plus de trente ans; elle en paraît bien avoir cinquante. Quant à Veydoun, elle a six ans; figurez-vous
l'amour teint en noir; c'est le plus charmant, le plus
espiègle et le plus éveillé diablotin du monde.

Les hommes sont d'une grande beauté, ils ont des yeux
noirs étincelants, des nez de coupe aquiline, de petites
moustaches, et pour tout vêtement, un pantalon retenu
par une coulisse comme les grègues turques; — leur
coiffure consiste en un morceau d'étoffe rayée, gracieusement roulé autour de la tête; au milieu du front, reluit
une petite tache d'un jaune vif et grande comme un pain à
cacheter; leur tors ressemble, pour la finesse et la pureté
des formes, au danseur napolitain de Duret; c'est, du
reste, la même couleur, un beau ton de bronze neuf uni
et chaud; l'un d'eux, Ramalingam, porte une barbe
blanche de l'effet le plus pittoresque sur sa figure noire,
on dirait un vieillard homérique quoiqu'il prétende n'avoir
que quarante-deux ans; Ramalingam a trois barres
blanches au-dessus des yeux, trois autres sur le flanc,
ainsi que sur les bras : c'est le rapsode de la troupe; c'est
lui qui psalmodie le chant qu'exécutent Saoundiroun et
Ramgoun, à peu près comme dans ces jeux antiques où un
acteur récitait les paroles tandis qu'un autre faisait les
gestes; le poëte Ramalingam n'a pour lyre que deux
petites cymbales d'airain assez semblables à des casta-

gnettes, qu'il frappe l'une contre l'autre pour marquer la mesure ; cette musique, tout à fait primitive, est soutenue par le chalumeau de Savaranim et le *tam* de Deveneyagorn ; cette flûte, composée d'un morceau de bambou, est jointe avec de la cire comme la flûte d'un berger arcadien, et rien ne vous empêche de prendre Savaranim pour un des pasteurs de Théocrite ; il y a six trous à cette flûte, mais ils sont bouchés, nous ne savons pas pourquoi, de sorte qu'elle ne donne qu'une seule note, ce qui restreint beaucoup la mélodie ; le *tam* de Deveneyagorn est fait de peau de riz tendue fortement ; c'est la forme de notre tambourin ; on en joue avec les doigts au lieu de se servir de baguettes comme chez nous : sur le milieu de la peau est tracé un rond noir, cette couleur est fabriquée avec du riz brûlé, et se renouvelle comme le blanc d'une buffletterie ou le bleu d'une queue de billard.

Voilà pour l'orchestre ; c'est tout ce que l'on peut rêver de plus simple, de plus patriarcal et de plus antédiluvien, de la musique d'enfant, le *lillaby* de la nourrice qui cherche à endormir son nourrisson par sa plainte monotone.

Maintenant que nous vous avons fait voir en détail les musiciens et les danseuses, nous allons vous les montrer à l'œuvre.

Ramalingam, debout au fond de la pièce, récite un poeme en frappant sur ses cymbales ; il scande fortement chaque vers, et fait voir ses dents blanches et pointues comme celles d'un chien de Terre-Neuve ; Savaranim souffle imperturbablement la note unique dans son chalumeau ; Deveneyagorn tourmente son tam, et fait aller ses doigts comme s'il jouait du piano. De temps en temps, les trois virtuoses roulent leurs yeux avec des mines extati-

ques, comme des dilettanti qui entendraient la symphonie
en *ut* de Beethoven.

Saoundiroun et Ramgoun dansent avec une vivacité et
une pétulance qui rappellent les mouvements brusques et
enjoués des jeunes chamois, un pas qui représente *la toilette du dieu Shiva :* cette danse n'a rien de commun avec
la nôtre, et c'est plutôt une pantomime très-accentuée
qu'un véritable pas réglé : nous avons remarqué un certain mouvement de tête, d'avant en arrière, comme d'un
oiseau qui se rengorge, qui est on ne peut plus gracieux,
et dont l'exécution reste incompréhensible pour nous ;
ajoutez à cela des *tours d'yeux* incroyables, qui éteignent
les regards français les plus vifs et les œillades espagnoles
le mieux dardées ; des ondulations de hanches et des ronds
de bras d'une souplesse extraordinaire, et vous aurez un
spectacle fort piquant et fort original.

Une chose singulière, c'est le bruit que font sur le plancher les petits pieds nus des bayadères ; on dirait qu'elles
dansent une mazurka avec des talons et des éperons d'a-
cier ; au son clair et sec qu'elles produisent en marquant
la mesure, on pourrait croire qu'elles sont ferrées.

Elles ont aussi un temps d'arrêt brusque qui fait tinter
toutes leurs verroteries et leurs colliers comme un coup
de chapeau chinois.

Au pas de Saoundiroun et de Ramgoun succéda une
espèce de jota aragonésa exécutée par les quatre danseuses
y compris la vieille Tillé ; Amani y déploya une grâce
extrême.

Après la jota, on procéda au pas des colombes.

Le pas des colombes obtiendra un succès fou, un succès
d'enthousiasme, un succès pareil à celui de la cachucha ;
il suffirait seul pour faire la fortune des danseuses indien-

nes. — Amani se place entre ses deux compagnes Saoun-
dironn et Ramgoun, et récite avec des gestes et des poses
d'une tristesse et d'une volupté profondes, une mélancolique complainte d'amour et d'abandon, quelque chose
comme le Cantique des Cantiques, la romance du Saule,
ou le *pantoum* de la colombe de Patani ; elle élève et jette
en arrière ses bras pâmés qu'elle laisse ensuite retomber
languissamment comme des guirlandes de fleurs énervées
par la chaleur du jour ; elle fait nager ses belles prunelles
brunes dans la moite limpidité de ses grands yeux, en con-
tinuant toujours son grasseyant murmure, tout allangni
de terminaisons en *a* et de voyelles enfantines. — Cependant, Ramgoun et Saoundiroun pivotent sur elles-mêmes
avec une rapidité effrayante ; quelque chose de blanc
scintille et voltige au milieu du tourbillon ; c'est une écharpe
que les walseuses chiffonnent et tourmentent entre leurs
doigts ; la walse effrénée se prolonge, le vieux Ramalingam
entre-choque ses cymbales avec un redoublement d'ardeur,
le travail avance ; au sein du nuage papillotant vous voyez
déjà poindre le bec du pigeon : sa tête se dessine, son corps
s'arrondit, ses ailes palpitent ; après le pigeon vient le nid
et le palmier avec ses feuilles figurées par les bouillons
de l'étoffe. La musique cesse, les walseuses s'arrêtent et
viennent vous présenter un genou en terre leur gracieux
travail.

Ce qu'il y a de plus surprenant, c'est qu'après cette
walse délirante, qui dure près d'une demi-heure, les bayadères ne laissent apercevoir aucun signe de fatigue, leur
sein ne donne pas un battement de plus, leur front n'est
pas trempé de la plus légère moiteur. Ces corps de bronze,
mis en mouvement par des nerfs d'acier, sont comme les
chevaux de bonne race qui ne suent jamais.

Après la danse des colombes, la troupe se retira en laissant derrière un doux parfum d'ambre et de sandal. —
Les portes se refermèrent, et de la pagode de Pondichéry,
nous retombâmes à Paris, allée des Veuves.

FIN.

TABLE.

FIN DE LA TABLE.

SAINT-DENIS. — TYPOGRAPHIE DE PREVOT ET DROUARD.

DE VICTOR LECOU

ÉDITEUR

10, Rue du Bouloi.

NOUVELLES PUBLICATIONS FORMAT IN-12.

SÉRIE A 3 FR. 50 C. LE VOLUME.

CASTELLANE (Cte DE). **Souvenirs de la vie militaire en Afrique.** 1 vol.

CHAMFLEURY. **Contes Domestiques.** 1 vol.

CHAMFORT. **Œuvres.** 1 vol.

GAUTIER (TH.). **Italia,** Voyage à Venise, Milan, Padoue, Ferrare, etc., etc. 1 vol.

     Caprices et Zigzags. 1 vol.

—   **Militona. — Jean et Jeannette.** 1 vol.

GÉRARD DE NERVAL. **Les Illuminés,** Récits et Portraits. 1 vol.

GOZLAN (L.). **Contes et Nouvelles.** 1 vol.

HOMÈRE. **L'Iliade et l'Odyssée,** traduit par Giguet (vol. de 650 pages). 1 vol.

HOUSSAYE (A.). **Philosophes et Comédiennes** (2e édit.). 1 vol.

—   **Les Filles d'Ève.** 1 vol.

—   **Poésies complètes** (3e édition). 1 vol.

KARR (A.). **Clovis Gosselin.** 1 vol.

—   **Contes et Nouvelles.** 1 vol.

     Romans. 1 vol.

—   **Les Guêpes,** Mœurs contemporaines. 1 vol.

MERCIER. **Tableau de Paris,** avec notice par Gustave DESNOIRESTERRES. 1 vol.

NODIER (CH.).	**Contes Fantastiques,** illustrés de gravures sur bois dans le texte.	1 vol.
PITRE-CHEVALIER.	**Les Révolutions d'autrefois.**	1 vol.
SCUDO.	**Les Cantatrices célèbres.**	1 vol.
—	**Critique et littérature musicales.**	1 vol.
STAHL (J. HETZEL).	**Œuvres choisies. — Contes philosophiques et études de mœurs.**	1 vol.
TOPFFER.	**Le Presbytère** (nouvelle édition autorisée, par Mme veuve Topffer).	1 vol.

SÉRIE A 2 FR. LE VOLUME.

FLORIAN.	**Fables, Églogues et Contes en vers,** belle édition illustrée de gravures sur bois, à part et dans le texte.	1 vol.
LAFONTAINE.	**Fables et Morceaux choisis,** belle édit.	1 vol.
LAMENNAIS.	**Les Évangiles.**	1 vol.
Le Langage des Fleurs, orné de 16 gravures coloriées.		1 vol.
LEBLANC D'HACKLUYA.	**Histoire de l'Islamisme et des sectes** qui s'y rattachent.	1 vol.
SAND (GEORGE).	**Œuvres complètes.** Nouvelle édition revue, corrigée et augmentée de préfaces nouvelles.	1 vol.

Les ouvrages suivants sont en vente :

LA MARE AU DIABLE. — ANDRÉ. — LA FAUVETTE DU DOCTEUR. — LES NOCES DE CAMPAGNE.	1 vol.
MAUPRAT. — MÉTELLA.	1 vol.
LE COMPAGNON DU TOUR DE FRANCE.	1 vol.
LE PÉCHÉ DE MONSIEUR ANTOINE. — PAULINE. — L'ORCO.	2 vol.
LA PETITE FADETTE. — LA MARQUISE. — MOUNY-ROBIN. — MONSIEUR ROUSSET. — LES SAUVAGES.	1 vol.

Malgré son bas prix, cette publication ne laisse rien à désirer sous le rapport de la fabrication, et, de plus, elle aura l'avantage de contenir dans un nombre restreint de volumes les œuvres actuellement divisées entre plusieurs éditeurs.

NOUVELLES PUBLICATIONS ILLUSTRÉES

imprimées avec luxe sur papier vélin glacé et satiné qui paraîtront en juillet et août prochain.

SAINT-VINCENT DE PAUL,

Histoire de sa vie, par l'abbé ORSINI. 1 magnifique vol. grand in-8 jésus, illustré de 10 splendides gravures sur chine, par KARL GIRARDET, MEISSONNIER, STAAL, etc., etc.   12 fr.

LES BEAUTÉS DE LA FRANCE,

NOUVELLE SÉRIE

(Pour faire suite à celle publiée l'année dernière),

Par M. A. GIRAULT DE SAINT-FARGEAU. 1 magnifique vol. grand in-8 jésus, illustré de 34 gravures sur acier.   10 fr.

PAUL ET VIRGINIE, ET LA CHAUMIÈRE INDIENNE,

Par BERNARDIN DE SAINT - PIERRE, nouvelle édition richement illustrée de 120 bois dans le texte, et de 14 gravures sur chine, tirées à part.   7 fr. 50.

CONTES DE CHARLES NODIER,

Nouvelle édition illustrée de 8 magnifiques eaux fortes, de TONY JOHANNOT, sur chine. 1 vol. grand in-8.   6 fr.

LE VICAIRE DE WAKEFIELD,

Par GOLDSMITH, traduit par CHARLES NODIER, nouvelle édition illustrée de 10 vignettes sur acier, par TONY JOHANNOT, 1 vol. grand in-8.   6 fr.

WERTHER DE GOETHE,

Traduit par P. LEROUX, accompagné d'un travail littéraire par

CORINNE,

Par Mme DE STAEL. 1 magnifique vol. grand in-8 jésus, illustré d'un grand nombre de bois dans le texte.   10 fr.

MOLIÈRE,

OEuvres complètes, précédées d'une Notice sur sa vie et ses ouvrages, par SAINTE-BEUVE ; édition illustrée de 800 dessins de JOHANNOT. 1 vol. grand in-8 jésus.   12 fr.

DON QUICHOTTE,

Traduction de LOUIS VIARDOT, illustré de 800 dessins, par TONY JOHANNOT. 1 vol. grand in-8 jésus.   12 fr.

COLLECTION FORMAT HETZEL IN-8° ANGLAIS.

BERQUIN. **L'Ami des Adolescents**, illustré de vignettes dans le texte. 1 vol.   2 fr.

— **Astronomie pour la Jeunesse**, illustrée de vignettes dans le texte. 1 vol.   2 fr.

FLORIAN. **Fables**, illustrées de vignettes dans le texte. 1 vol.   2 fr.

La mère Michel et son chat, par Labedollière, illustrée de vignettes dans le texte. 1 vol.   2 fr.

Le Livre des petits Enfants, Alphabets, Exercices, Fables, etc., par Balzac, Janin, Labedollière, etc., orné de 90 vignettes dans le texte. 1 vol.   2 fr.

DICTIONNAIRE
DU COMMERCE ET DES MARCHANDISES,

Contenant tout ce qui concerne le commerce de terre et de mer. 2 forts vol. grand in-8°, à deux colonnes, avec atlas.   30 fr.

C'est la réimpression du Dictionnaire du Commerce publié par Guillaumin et Cie ; ouvrage épuisé depuis longtemps.

WS - #0021 - 200522 - C0 - 229/152/20 - PB - 9781332656455 - Gloss Lamination